젊은이여 한국을 이야기하자

이어령 전집
09

젊은이여 한국을 이야기하자

베스트셀러 컬렉션 9
세대론_지적 모험의 명저 『신한국인』 개정판

이어령 지음

21세기북스

상상력과 흥의 근원에 관한 깊은 탐구

박보균 | 문화체육관광부 장관

이어령 초대 문화부 장관이 작고하신 지 1년이 지났습니다. 그러나 그의 언어는 여전히 우리 곁에 남아 새로운 것을 볼 수 있는 창조적 통찰과 지혜를 주고 있습니다. 이 스물네 권의 전집은 그가 평생을 걸쳐 집대성한 언어의 힘을 보여줍니다. 특히 '한국문화론' 컬렉션에는 지금 전 세계가 갈채를 보내는 K컬처의 바탕인 한국인의 핏속에 흐르는 상상력과 흥의 근원에 관한 깊은 탐구가 담겨 있습니다.

선생은 우리 시대를 대표하는 지성이자 언어의 승부사셨습니다. 그는 "국가 간 경쟁에서 군사력, 정치력 그리고 문화력 중에서 언어의 힘, 언력言力이 중요한 시대"라며 문화의 힘, 언어의 힘을 강조했습니다. 제가 기자 시절 리더십의 언어를 주목하고 추적하는 데도 선생의 말씀이 주효하게 작용했습니다. 문체부 장관 지명을 받고 처음 떠올린 것도 이어령 선생의 말씀이었습니다. 그 개념을 발전시키고 제 방식의 언어로 다듬어 새 정부의 문화정책 방향을 '문화매력국가'로 설정했습니다. 문화의 힘은 경제력이나 군사력같이 상대방을 압도하고 누르는 것이 아닙니다. 문화는 스며들고 상대방의 마음을 잡고 훔치는 것입니다. 그래야 문화의 힘이 오래갑니다. 선생께서 말씀하신 "매력으로 스며들어야만 상대방의 마음을 잡을 수 있다"라는 말에서도 힌트를 얻었습니다. 그 가치를 윤석열 정부의 문화정책에 주입해 펼쳐나가고 있습니다.

선생께서는 뛰어난 문인이자 논객이었고, 교육자, 행정가였습니다. 선생은 인식과 사고思考의 기성질서를 대담한 파격으로 재구성했습니다. 그는 "현실에서 눈뜨고 꾸는 꿈은 오직 문학적 상상력, 미지를 향한 호기심"뿐이었다고 말했습니다. 그는 마지막까지 왕성한 호기심으로 지知를 탐구하고 실천하는 삶을 사셨으며 진정한 학문적 통섭을 이룬 지식인이었습니다. 인문학 전반을 아우르는 방대한 지적 스펙트럼과 탁월한 필력은 그가 남긴 160여 권의 저작물로 남아 있습니다. 이 전집은 비교적 초기작인 1960~1980년대 글들을 많이 품고 있습니다. 선생께서 젊은 시절 걸어오신 왕성한 탐구와 언어의 발자취를 따라가다 보면 지적 풍요와 함께 삶에 대한 진지한 고찰을 마주할 것입니다. 이 전집이 독자들, 특히 대한민국 젊은 세대에게 문화 전반을 아우르는 교과서이자 삶의 지표가 되어줄 것으로 확신합니다.

100년 한국을 깨운 '이어령학'의 대전大全

이근배 | 시인, 대한민국예술원 회원

여기 빛의 붓 한 자루의 대역사大役事가 있습니다. 저 나라 잃고 말과 글도 **빼앗기**던 항일기抗日期 한복판에서 하늘이 내린 붓을 쥐고 태어난 한국의 아들이 있습니다. 어려서부터 책 읽기와 글쓰기로 한국은 어떤 나라이며 한국인은 누구인가에 대한 깊고 먼 천착穿鑿을 하였습니다. 「우상의 파괴」로 한국 문단 미망迷妄의 껍데기를 깨고 『흙 속에 저 바람 속에』로 이어령의 붓 길은 옛날과 오늘, 동양과 서양을 넘나들며 한국을 넘어 인류를 향한 거침없는 지성의 새 문법을 만들기 시작했습니다.

서울올림픽의 마당을 가로지르던 굴렁쇠는 아직도 세계인의 눈 속에 분단 한국의 자유, 평화의 글자로 새겨지고 있으며 디지로그, 지성에서 영성으로, 생명 자본주의…… 등은 세계의 지성들에 앞장서 한국의 미래, 인류의 미래를 위한 문명의 먹거리를 경작해냈습니다.

빛의 붓 한 자루가 수확한 '이어령학'을 집대성한 이 대전大全은 오늘과 내일을 사는 모든 이들이 한번은 기어코 넘어야 할 높은 산이며 건너야 할 깊은 강입니다. 옷깃을 여미며 추천의 글을 올립니다.

시대의 언어를 창조한 위대한 상상력

'이어령 전집' 발간에 부쳐

권영민 | 문학평론가, 서울대학교 명예교수

이어령 선생은 언제나 시대를 앞서가는 예지의 힘을 모두에게 보여주었다. 선생은 한국전쟁이 끝난 뒤 불모의 문단에 서서 이념적 잣대에 휘둘리던 문학을 위해 저항의 정신을 내세웠다. 어떤 경우에라도 문학의 언어는 자유가 되어야 한다는 신념으로 문단의 고정된 가치와 우상을 파괴하는 일에도 주저함 없이 앞장섰다.

선생은 한국의 역사와 한국인의 삶의 현장을 섬세하게 살피고 그 속에서 슬기로움과 아름다움을 찾아내어 문화의 이름으로 그 가치를 빛내는 일을 선도했다. '디지로그'와 '생명자본주의' 같은 새로운 말을 만들어 다가오는 시대의 변화를 내다보는 통찰력을 보여준 것도 선생이었다. 선생은 문화의 개념과 가치의 중요성을 일깨우고 그 새로운 방향을 제시하면서 삶의 현실을 따스하게 보살펴야 하는 지성의 역할을 가르쳤다.

이어령 선생이 자랑해온 우리 언어와 창조의 힘, 우리 문화와 자유의 가치 그리고 우리 모두의 상생과 생명의 의미는 이제 한국문화사의 빛나는 기록이 되었다. 새롭게 엮어낸 '이어령 전집'은 시대의 언어를 창조한 위대한 상상력의 보고다.

일러두기

- '이어령 전집'은 문학사상사에서 2002년부터 2006년 사이에 출간한 '이어령 라이브러리' 시리즈를 정본으로 삼았다.
- 『시 다시 읽기』는 문학사상사에서 1995년에 출간한 단행본을 정본으로 삼았다.
- 『공간의 기호학』은 민음사에서 2000년에 출간한 단행본을 정본으로 삼았다.
- 『문화 코드』는 문학사상사에서 2006년에 출간한 단행본을 정본으로 삼았다.
- '이어령 라이브러리' 및 단행본에서 한자로 표기했던 것은 가능한 한 한글로 옮겨 적었다.
- '이어령 라이브러리'에서 오자로 표기됐던 것은 바로잡았고, 옛 말투는 현대 문법에 맞지 않더라도 가능한 한 그대로 살렸다.
- 원어 병기는 첨자로 달았다.
- 인물의 영문 풀네임은 가독성을 위해 되도록 생략했고, 의미가 통하지 않을 경우 선별적으로 달았다.
- 인용문은 크기만 줄이고 서체는 그대로 두었다.
- 전집을 통틀어 괄호와 따옴표의 사용은 아래와 같다.
   『 』: 장편소설, 단행본, 단편소설이지만 같은 제목의 단편소설집이 출간된 경우
   「 」: 단편소설, 단행본에 포함된 장, 논문
   《 》: 신문, 잡지 등의 매체명
   〈 〉: 신문 기사, 잡지 기사, 영화, 연극, 그림, 음악, 기타 글, 작품 등
   ' ': 시리즈명, 강조
- 표제지 일러스트는 소설가 김승옥이 그린 이어령 캐리커처.

차례

II 젊은이여 한국을 이야기하자

작품 해설
조갑제

편집 후기

W세대에게 주는 글

　내 에세이들은 대부분이 신문에 연재된 것이다. 여기 실린 에세이 역시 '신한국인'이라는 제목으로 일간지에 연재됐던 글이다. 그러나 『젊은이여, 한국을 이야기하자』는 그 무렵 KBS에서 연속 방송으로 내보낸 토크쇼를 글자로 옮긴 것이다.

　그리고 이 두 글을 한데 모아서 출판한 『신한국인』을 이번 새 기획으로 개정판을 내면서 제목을 『젊은이여 한국을 이야기하자』로 고쳤다.

　20대의 젊은이들을 주축으로 한 붉은악마의 세대, 이른바 W세대에게 이 글을 읽혀주고 싶기 때문에 책 제목을 그렇게 고친 것이다. 그리고 또 하나의 이유는 '신한국인'이라는 책 제명은 그 뒤 김영삼 대통령의 선거전에서 정치 키워드로 사용되었기 때문에 되도록 그 잔상효과에서 벗어나기 위해서 새롭게 고친 것이다.

　『젊은이여 한국을 이야기하자』는 토크쇼의 테이프를 풀어 만든 것이기 때문에 문맥이나 그 표현에 거친 부분이 많다. 하지만 그 맛을 그대로 살리기 위해 어색한 부분이 있더라도 손을 대지 않고 그대로 내보내기로 했다.

2002년 12월 10일
이어령

I
젊은이여 바람을 보았는가

정신과 물질의 변화 속에서 새롭게 태어나고 있는 낯선 부족들.

우리는 이 신종 한국인들의 바람을 똑똑히 보아야 할 것이다.

그러나 누가 바람을 보았는가.

보이지 않는 것, 그러면서도 들판을, 마을을, 온갖 풍경들을 바꿔놓는 것.

대체 누가 그 바람을 보았는가.

소나무형 문화

어쩌다 시골길을 걷다가 한국산 토박이 소나무 한 그루를 만나게 되면 눈시울이 뜨거워진다. 사태진 황토흙을 뿌리로 움켜잡고 서 있는 나뭇가지의 형상은 사방으로 뒤틀려져 있다. 바람에 시달리고 또 싸워온 아픈 흔적이 보인다. 차라리 돌에 가까운 나무다. 한국 소나무처럼 바위와 잘 어울리는 나무도 아마 없을 것이다. 꼿꼿이 하늘로 뻗은 서양 포플러나무와는 얼마나 다른가.

우리는 뒤틀린 그 소나무에서 한국을 본다. 그것은 외세의 바람 속에서 견뎌온 모습이며 끝없는 겨울의 수난 속에서도 푸른 잎을 지켜온 투쟁의 자세다. 소나무의 아름다움은 바로 그를 시달리게 한 그 바람으로부터 오는 것이다. 그래서 옛날의 시인 묵객墨客들은 소나무 바람 소리를 '송금松琴'이라 하여 거문고 소리처럼 들었다.

이제는 분단으로 그 말조차 잊혀지고 있지만, 우리가 반도라는 말을 잘 써왔던 것을 생각하면 어째서 소나무와 한국인이 그렇게 닮았는지를 알 수 있을 것 같다. 소나무가 바람 많은 바닷가나 산등성이에서 자라나듯이 한국인은 바람 잘 날 없는 반도의 땅에서 그 생生의 이파리를 드리웠다.

반도란 대륙과 바다를 동시에 끼고 있는 땅이다. 광활한 몽골, 중국의 벌판과 서양의 거센 바닷바람이 모두 이곳으로 불어온다.

한국과 일본의 가장 큰 차이가 무엇인지 꼭 한 가지만 지적해 달라는 일본 기자의 질문을 받고 나는 언젠가 이렇게 대답한 적이 있다.

"일본에 비해 꼭 부족한 것이 하나 있다. 그것은 바로 바다가 하나 없다는 점이다."

일본은 섬이기 때문에 사면이 바다지만 한국은 반도라 삼면밖에 바다가 없다는 뜻이었다. 이 바다 하나가 적고 많고에 따라 두 나라의 문화에 큰 차이가 생겨나게 된 것은 새삼스럽게 지적될 이야기가 아니다.

어느 지정학자도 반도의 숙명에 대해서 말한 적이 있었지만 반도치고 두 토막이 안 난 나라는 드물다. 인도차이나 반도가 그랬고 발칸 반도가 그랬고 스칸디나비아 반도가 모두 그렇다. 이른바 대륙형 문화와 해양형 문화의 투쟁이 반도를 끼고 전개되는 까닭이다.

그러나 더욱 중요한 것은 지정학적인 환경이 아니다. 이미 말한 대로 같은 땅, 같은 바람 속에서도 나무의 종류가 다르면 바람을 타는 영향력도 달라지기 때문이다. 바람 부는 대로 나부끼는 버드나무에는 소나무와 같은 모습을 찾아볼 수 없다. 서구의 바람이 동아시아로 불어왔을 때도 그것을 받아들이는 나라의 내부 사정이나 그 주체에 따라서 그 영향이 전혀 달라졌다는 것은 상식에 속하는 일이다.

중국의 경우, 서양의 근대 문화와 제일 먼저 접촉한 사람들은 주로 천문학자들이었다. 중국에서 외국어를 공부한 사람은 흠천감欽天監이라고 불리어졌던 천문대의 관계자들뿐이었기 때문이라는 것이다. 19세기 초엽까지는 천문대장이 서양 사람들이어서 그 밑에서 일하던 중국인들은 모두 영어를 배웠다.

그런데 일본은 주로 의사들이 외국인(네덜란드인)과 접촉한 주체들이었다. 의사들은 인체를 다루는 사람인데 천문대 사람들은 천체를 연구하는 사람들이다. 그야말로 그 성격이 하늘과 땅만큼 차이가 있었던 것이다.

진순신陳舜臣이라는 중국인 문필가는 이것이 일본과 중국 근대화의 성격을 크게 갈라놓은 원인의 하나라고 개탄했다. 일본인들의 서양 문화 섭취는 땅 위의 것이었는데 비해(실제적이고 일상적인 것), 중국의 그것은 관념적인 하늘의 정보였다는 것이다.

그런데 우리는 땅도 하늘도 아니라 역관譯官을 통해서였다. 개화기 때도 그랬고 2차 대전 후에도 그랬다. 같은 서양 바람이라도 그것은 의사나 천문학자가 아니라 통역관이나 이른바 '하우스 보이'들이 그 창구 역할을 했다는데 우리 근대화의 한 숙명이 있었는지도 모른다.

바람이 무서운 것이 아니다. 외래문화를 받아오는 것이 부끄러움이 아니다. 그것은 받아들이는 주체의 성격에 문제가 있다. 한국을 상징하는 고추를 생각해보면 알 수 있을 것이다. 고추는 원래 남미가 원산지로서, 포르투갈 상인들이 일본에 전해준 것이 임란壬亂 무렵에 한국 땅으로 들어온 것이라고 한다. 그런데 지금은 어떤가. 그것을 전해준 일본은 물론이고 그 원산지의 사람보다도 더 친숙한 의미를 지니게 되지 않았는가.

바람의 방향이 바뀌는 것보다 더 근본적인 변화는 바람에 대응하는 자세 그 자체의 변화에 있는지도 모른다.

버드나무형 문화

소나무와 가장 다른 나무가 버들이다. 소나무는 높은 곳에 있
어야 소나무답다. 그리고 홀로 있을수록 더욱 소나무다워진다.
그래서 성삼문成三問 같은 옛날 선비들은 봉래산 제일봉의 낙락장
송落落長松에서 자신의 모습을 찾으려고 했다.

그러나 버드나무는 정반대다. 높은 봉우리가 아니라 물이 흐르
는 냇가의 낮은 땅을 찾는다. 냇물이 흐느적거리는 자세로 있을
때 버들은 비로소 버들이 된다. 그것은 장중하지도 영감적인 것
도 아니라고 임어당林語堂은 말한다. 단지 버들은 부드럽고 섬세
하기 때문에 가인佳人을 연상케 한다는 것이다.

소나무는 시화 속에서 딱딱하고 묵직한 바위와 짝을 이루고 있
는데 버들은 언제나 꽃과 대구를 이루고 있다. 유암화명柳暗花明이
라는 말이 그것이다.

소나무가 금욕적인 이념의 나무라면 버들은 현세적인 쾌락의
나무다. 수양제가 행궁을 짓고 음란하게 놀 때 그 강 언덕에 심었

던 나무는 바로 버들이었다. 심지어 그 나무를 찾아오는 생물까지도 다른 것이다. "버들을 심는 뜻은 매미를 청하기 위함"이라는 장조張潮의 시처럼 그것은 노송에 와 앉는 학과 어쩌면 그렇게도 대조적인가!

『이솝 우화』가 아니더라도 매미는 여름 한철 노래로 소일하다가 덧없이 꺼져버리는 찰나의 삶이다. 그런데 학은 천년을 산다고 했고 한 번 깃을 치면 어느 시인의 말대로 천애天涯에 맞닿는다고 했다. 모든 나무는 지상에 있으면서도 그 가지는 언제나 하늘을 향해 수직으로 뻗어오르고 있다. 그 때문에 인간은 신화 시대 때부터 자신의 운명을 초월하는 종교의 의미를 그 수목으로부터 구했던 것이다.

그런데 유독 수양버들 가지만은 땅을 향해 드리워져 있다. 바람에 대해서만이 아니라 땅의 중력에 대해서도 순응적이다. 백가지 설명보다도 화류계라는 말이 무슨 뜻으로 쓰여왔는가를 생각해보면 알 것이다. 두말할 것 없이 그것은 세속적 쾌락주의인 창기娼妓 문화를 의미한다.

이러한 비교만으로 우리는 소나무형과 버드나무형의 문화적 성격이 무엇인지 짐작할 수 있을 것이다. 그러나 두 문화를 결정짓는 가장 근본적 특성은 뿌리의 차이에 있다. 소나무는 바람과 정면에서 부딪치면서 살아야 되기 때문에 땅속 깊게 그 뿌리를 박지 않으면 안 된다. 소나무의 근본적인 특성은 버드나무에 비해 '심근성深根性'이라는 데 있는 것이다.

그런데 버드나무는 바람 부는 대로 나부낀다. 뿌리가 깊지 않아도 웬만한 바람은 다 피할 수 있다. 그래서 버드나무의 뿌리는 얕으며 잔뿌리만 무성하다. 즉 소나무와는 전연 다른 '천근성淺根性'에 속하는 나무다.

그러므로 소나무는 한곳에 뿌리를 박으면 여간해서 다른 곳으로 옮겨지지 않는다. 뿌리 돌리기를 하지 않으면 이식이 거의 불가능한 것이다. 그런데 버드나무는 뿌리 없어도 사는 나무다. 나무 가운데 삽목이 가장 쉬운 이 나무가 이별을 상징하는 나무가 된 것도 결코 우연한 일이 아닐 것 같다.

누구와 이별을 할 때 버들가지를 꺾어주는 풍습은 한나라 때부터 있어왔던 풍습이라고 했고, 그것은 길 가다 물을 마실 때 버들잎을 띄워 마시라는 의미라 했지만, 아무 땅에 가지를 꽂아도 잘 살 수 있는 적응력이 있기에 이별을 상징하는 나무가 되었는지도 모를 일이다.

문화의 특성도 인간의 성격도 크게 나누어보면 심근성과 천근성으로 나누어볼 수가 있다. 심근성의 문화는 이념이나 정통에 깊이 뿌리를 박고 있는 대륙형 문화이며, 천근성의 문화는 이식과 수용 적응이 잘되는 해양성 섬 문화다. 소나무 가지는 한 번 꺾이고 부러지면 재생 불능이지만 버들은 아무 데서나 새 가지가 돋는다.

이렇게 고지식하고 융통성이 없는 깐깐한 소나무 문화와는 달리 뿌리가 얕기 때문에 오히려 덕을 보는 버드나무형 문화, 우리의 문화는 지금 이 소나무형 문화에서 버드나무형 문화로 옮겨가는 것을 근대화에 선진화로 오해하고 있는 사람들이 많은 것같다. "버들가지가 딱딱한 장작을 묶는다."는 속담처럼 연하고 심지가 없기에 때로는 강한 것을 이길 수도 있는 실리주의 문화, 성장이 빠르면서도 금세 시들기를 잘하고 썩을 때는 겉이 아니라 속으로부터 썩어들어오는 퇴폐 문화, 이 천근성 버들 문화는 일찍이 '뿌리 깊은 나무'를 노래한 「용비어천가」의 세계와는 너무나 이질적인 문화인 것이다.

받아들이는 방법

"한국·일본·중국 세 나라 사람을 돼지우리에 가두면 어떻게 될 것인가."라는 우스개 이야기가 있다.

들어가자마자 맨 먼저 울 밖으로 뛰어나오는 것은 두말할 것 없이 일본 사람이다. 성급할 뿐 아니라 깨끗한 것을 좋아하는 민족이기 때문이다.

다음에 더 이상 못 견디겠다고 비명을 지르고 나오는 것은 그래도 뚝심과 오기가 있는 한국인이다.

그런데 아무리 기다려도 나오지 않는 것은 중국인이다.

끝내 견디지 못해 밖으로 뛰쳐나오는 것은 중국인이 아니라 오히려 돼지 쪽이라는 것이다. 중국 사람들이 그만큼 둔하고 더럽다는 욕이지만, 해석하기에 따라서는 끝까지 역경 속에서도 살아남을 수 있는 끈덕지고 통이 큰 대륙 사람이라는 칭찬이 될 수도 있다.

한·중·일 동양 3국을 비교한 이런 우스개 이야기들을 보면 한 반도인 한국은 언제나 대륙인 중국과 섬나라 일본의 중간에 끼는 일이 많다.

남의 문화를 받아들이는 데 있어서도 한국은 그 두 나라의 중간쯤에 위치해 있음을 알 수 있다. 외국어를 받아들이는 태도 하나만 봐도 그렇다. 일본이 현재 일상생활에서 사용하고 있는 외래어(서양 말)는 무려 4천 단어가 넘는다. 다른 것은 그만두고라도 제 나라에서 천년 동안이나 먹어온 밥까지도 식당 메뉴에 '라이스'라고 적는 나라다. 그것도 기본 모음이 다섯 개밖에 없어 트래블(travel, 여행)이라는 영어를 도라베루라고 적을 수밖에 없으면서도, 그 수상한 외국어를 여행사 간판마다 내걸고 '국제화'를 노래하고 있는 것이다.

이와는 극단적인 대조를 이루고 있는 것이 중국이다. 아무리 서양의 신발명품들이 밀려와도, 일단 중국에 들어오면 중국식 이름으로 창씨개명되게 마련이다. 에스컬레이터가 '전기 사다리[電梯]'가 되고 세계 어디에서나 통하는 텔레비전도 '전기로 보는 것[電視]'이라고 해야 비로소 고개를 끄덕이는 나라가 바로 중국이다.

심지어 고유명사까지도 중국식 의미로 둔갑한다. 미국 식민주의라는 이름이 붙을 정도로 세계를 휩쓰는 그 당당한 코카콜라도 중국 땅에 들어서면 별수 없이 '가구가락可口可樂'으로 통성명을 하게 되는 것이다. 그것도 입에 좋고 즐겁다는 뜻으로 바뀐 것이니 화조차 낼 수가 없다. 또 라이벌 펩시콜라는 '백사가락百事可樂'이니, 상품명 자체에서 즐거운 시엠송CM song 경쟁을 듣는 것 같다.

한국은 어떤가? 엉거주춤이라는 기묘한 말을 가진 나라답게 그 수용 태도도 어중간한 데가 없지 않다. 외래어를 잘 쓴다는 면에서는 일본 사람에 가까운 것 같으면서도 그들처럼 내놓고 썼다가는 거센 바람을 맞는다. 그렇다고 중국 사람처럼 자기 것으로 만들어 쓰는 축도 아닌 것 같다.

전화를 번갯불 딱따구리라고 부르고, 케이블카를 소리개 차로 하자고 목에 힘주어 말하던 독창성 풍부하던 애국자들의 발언은 지금 어디에 있는가. 요즈음 학생들이 냅킨을 주둥아리 행주, 팬티를 으뜸부끄럼가리개, 미팅을 짝짓기로 부르는 장난 속에 서글픈 유산으로 남아 있는 것이다.

오히려 외국어를 받아들이는 한국적 특징은 일본식도 중국식도 아닌 그 중간 노선에서 독자성을 지니고 있다. 대표적인 예가 역전驛前 앞이라는 말이다. 역전이라는 한자 말에는 이미 앞이라는 말이 들어 있는데도 거기에 다시 순수한 우리말을 덧붙여 쓴다. 초가草家집도 그렇고 양옥洋屋집도 그렇다.

한자를 그렇게 천년을 써왔어도, 말하자면 거의 일방적으로 받아들인 것 같으면서도, 맹장처럼 붙어 있을망정 제 나라 말을 함께 쓰려고 한 무의식을 엿볼 수 있다.

일본 말이 이 땅을 휩쓸 때에도 '모찌'라는 일본어는 한국을 완전히 제패하지 못했다. 모찌라는 말을 받아들이면서도 역시 떡이라는 우리말을 붙여 모찌떡이라고 불렀기 때문이다.

서양 말이 들어와도 '역전 앞'식 표현은 살아 있었다. 깡통이라는 말이 그 전형적인 예다. 깡은 영어의 캔can에서 온 것으로 금속의 통을 의미하는 것이었지만, 우리는 거기에 다시 통이라는 한국말을 붙여 깡통이라는 새말을 만들어 썼던 것이다. 야구 중계 때 이따금 우리는 "파울라인 선상으로"라는 말을 들을 수 있는 것도 마찬가지가 아니겠는가. 다 먹힌 것 같은데도 통째로 삼켜 버릴 수 없는 것이 한국 문화요, 한국인이었다. 언제나 모두 먹힌 체하면서도 한쪽 팔, 한쪽 발이 남아 꿈틀거리며 살아나는 것이 외세 문화 속의 한국 문화였다.

반 병의 술

중간처럼 어려운 것도 없다. 엄격한 의미에서 중간이란 존재할 수 없는 것이다. 여기에 술이 꼭 반이 들어 있는 술병이 있다고 하자. 그러나 그것은 보는 사람에 따라 전연 다른 두 가지 표현으로 갈라지게 될 것이다.

한 사람은 술이 반 병 '차 있다'고 하고, 다른 한 사람은 거꾸로 반이 '비어 있다'고 말할 것이다. 똑같은 술병인데도, 더 비어 있지도 더 차지도 않은 술병인데도 보는 사람에 따라 비어 있는 쪽이 되기도 하고, 차 있는 편에 속하기도 한다. 영어에서 절반의 것을 놓고 하프 엠티half empty라고도 하고 하프 풀half full이라고도 하는 경우와 마찬가지다.

꼭 한가운데 위치한다는 것도 어렵지만 그렇게 한다 해도 어느 쪽을 기준으로 했느냐로 이렇게 그 의미의 균형은 기울게 마련이다. 빈 병을 생각했을 때는 반 병은 차 있는 쪽이 되고, 차 있는 병을 기준으로 했을 때는 반대로 비어 있는 쪽이 강조된다. 한국인의 특성이나 한국 문화의 쟁점도 항상 이 중간 성격이라는 데 어려움이 있었다.

로스앤젤레스에서 올림픽 경기가 열렸을 때 그것을 호칭하는 방식만 예로 들어도 알 수 있을 것이다. 중국은 '나성오륜羅城五輪'이라고 했고, 일본은 '로스올림픽'이라고 했다. 문제는 한국인데, 우리는 중국처럼 나성이니 오륜이니 하는 표현을 쓰기도 했고 일본형으로 로스앤젤레스나 LA 올림픽이라고도 부른다.

중국이나 일본은 어느 것이든 하나로 되어 있는데, 우리는 그 가운데 위치해 두 개를 다 갖고 있다. 그러나 나성이나 오륜은 사라져가는 한자 세대의 말씨고 로스앤젤레스는 중간 세대, 그리고 LA는 문자 그대로 신한국인들의 것에 속한다. 시대가 옮아가면서 언어의 지층이 생겨나게 된 것이다. 동시에 우리는 거기에서 중국으로부터 일본 쪽을 향해 옮겨가고 있는 바람을 읽을 수 있다.

그러나 이 바람의 해독법은 그렇게 단순치 않다. 지금 서양 사람들은 우리의 경제 성장이나 서양 시장의 진출을 보고 한국인을 리틀 재팬 또는 좀 유식하게 클론 재팬이라고 부르기도 한다. 한국과 일본을 동일시하고 있는 것이다. 그러나 좀 더 치밀하게 관찰해보면, 중국형 문화에서 점차 벗어나고 있다 해서 우리가 남들이 보고 있는 것처럼 일본과 동질화한 것은 아니다. 그 상징적인 단서로 일본인은 로스앤젤레스를 머리만 잘라내서 '로스'라고 하는데 한국인은 절대로 그런 식으로 부르는 법이 없다. 이 경우만이 아니라 테이프 레코더를 '테레코'라고 부르는, 거두절미의 일본식 외래어는 찾아볼 수 없다.

일본인들은 남의 문화도 자기네 편한 대로, 멋대로 왜곡하고 변조해버린다. 어떤 원리 원칙에 구애받지 않는다. 버드나무처럼 그때그때의 대세인 움직이는 바람에 따라 자세가 바뀌게 되는 것이다.

같은 유교를 받아들였어도 일본 사람들은 자기네 편리한 것만 취하고 불편한 것은 헌신짝처럼 버렸다.

'동성금혼同姓禁婚'이라는 유교의 법칙을 우리는 근대화되었다는 오늘날에도 신주 모시듯 법으로 지키고 있는데, 일본은 에도[江戸] 초기에 주자학을 받아들인 뒤에도 사촌이나 이종끼리 서슴지 않고 혼인을 했다. 『소학小學』을 읽고 사촌 누이와의 결혼이 잘못된 것이라는 것을 깨닫고 뒤늦게 이혼을 했다는 야중겸산野中兼山의 이야기는 아주 희귀한 일에 속한다. 조선조 통신사들이 그들의 무원칙한 잡혼을 보고 차마 부끄러워 입에 담을 수조차 없다고 적은 것을 보아도 알 수 있다.

어느 국기나 위아래가 있고, 좌우가 서로 다르게 마련인데 일본의 일장기만은 아무렇게나 달아도 좋게 되어 있다. 모사상毛思想이 대륙을 통일하고 지배한 중국은 말할 것도 없고, 이념 싸움으로 동족끼리 피를 흘려야만 했던 한국과는 달리 유독 일본만은

버드나무 외교로 동서 냉전 속에도 경제 부흥의 열풍을 맞이하고
있었다.

　신한국인은 중국의 이념 지향적 문화와 일본 편의적인 상황주
의 사이에서 '반 병의 술'로 태어난 것이다.

유구조의 조건

신한국인의 조건을 생각할 때마다 다음과 같은 일화를 연상하게 된다. 무용가 이사도라 던컨Isadora Duncan이 버나드 쇼George Bernard Shaw를 만난 자리에서 만약에 당신과 내가 결혼을 하면 세상에서 가장 이상적인 아이가 태어날 것이라고 말했다. 즉 그 아이는 이 세상에서 가장 아름다운 무용가의 육체에 이 세상에서 가장 머리가 좋은 극작가의 두뇌를 갖고 태어날 것이기 때문이다. 그러자 독설가 쇼는 "천만에요. 세상에서 가장 못생긴 내 육체에 당신의 두뇌를 닮은 기형아가 생겨나겠지요."라고 말했다는 이야기다.

우리의 경우도 마찬가지일 것 같다. 한국은 중국과 일본의 양면을 동시에 흡수할 수 있는 위치에 있다. 중국의 깊은 뿌리에 일본의 유연한 나뭇가지의 문화를 접목시키면 이 세상에서 가장 이상적인 문화의 나무를 키울 수 있을 것이다. 그러나 잘못 결합되면 중국의 경직된 가지에 일본의 얕은 뿌리를 닮은 최악의 나무가 생길 수도 있다. 그렇다. 현실은 대체로 이상적인 결합보다 그 반대인 경우가 많은 법이다.

일본인들은 자기네들의 버드나무형 문화를 잘 살려서 어려운 상황에 유연하게 대처해온 것을 자랑으로 삼고 있다. 세계적인 건축가 F. 라이트Frank Lloyd Wright가 도쿄[東京]의 제국 호텔을 지은 것도 바로 일본 문화의 독특한 버드나무의 유구조柔構造를 이용한 것이라고 한다.

제국 호텔 자리는 지반이 약해 라이트는 그것을 어떻게 굳히느냐로 골머리를 앓고 있었을 때라고 했다. 그때 우연히 피라미드처럼 포개놓은 모밀국수판을 한 손에 받쳐들고 자전거를 타고 가는 배달꾼을 목격했다는 것이다. 서양에서는 볼 수 없는 광경이었다. 그리고 그것은 기반이 흔들리기 때문에 오히려 움직이는 물 위에 뜬 배가 풍랑 위에서도 부서지지 않는 것과 같은 이치를 암시해주는 것이었다. 라이트는 부드러운 지반을 오히려 역으로 이용하여 거대한 건물을 그 위에 배처럼 띄울 생각을 해내게 된 것이다.

주위의 힘에 저항하는 것이 아니라 흡수함으로써 충격을 견디게 한 독특한 공법을 쓰게 된 것이다. 과연 동경 대지진이 났을 때 모든 건물은 풍비박산이 났는데 제국 호텔만은 유리창 대여섯 장만이 깨지는 기적으로 끝났다.

지진에 견디려면 이처럼 유구조라야 한다. 일본의 정통적인 축성법의 원리도 토압을 막는 것이 아니라 그것을 흡수하는 방식으로 되어 있다.

전후의 일본이 다시 살아나는 전략을 보아도 이 유구조로 대응했기 때문이다. 미국 점령군들은 가미카제 특공대에게 당했던 경험으로 보아 비록 항복을 했더라도 국민들의 완강한 저항을 받게 될 것으로 알고 만반의 준비를 하고 본토에 상륙을 했다. 그러나 일본 국민들은 저항은커녕 환영과 존경으로 그들을 맞이했다. 만약 일본이 미국에 맞서 그들의 승리를 인정하지 않으려 했다면 오늘의 부흥은 없었을 것이다. 장자의 말대로 혓바닥은 부드럽고 약하나 딱딱한 이빨이 다 빠지고 난 뒤에도 남아 있다. 부드러운 혀가 딱딱한 이빨을 이긴다.

그러나 이러한 전략이 우리에게 잘못 받아들여지면 불의와 타협하고 강자에게 순응하는 뼈 없는 문화를 낳을 수도 있는 것이다.

그렇게 되면 중국의 이념 지향적인 문화가 옛날 선비들의 경직된 당쟁으로 나타난 것처럼 이번에는 시류를 타는 타협과 굴종의 문화, 상업주의의 안이한 실리주의 문화를 초래하게 될 것이다.

우리의 외래어가 여러 나라 말을 합친 혼합형인 것처럼 신한국인들은 그것을 어떻게 조화시키고 이상적인 것으로 결합시키는가에 따라 빛과 어둠의 양면성을 갖게 되는 것이다. 그렇지 않으면 시골 초등학교 운동회장에서 "학생들은 라인 선 줄 너머로 나가시오."라는 방송을 듣고 "그 사람 말 겹쳐 쓰는 표준 견본 샘플이네."라고 말했다는 우스갯소리와 같은 광경들이 벌어지게 되는 것이다.

엘리베이터 경주

엘리베이터를 탈 때마다 부끄러운 기억 하나가 떠오른다. 내가 처음 유럽을 여행하고 있을 때 최초로 저지른 실수가 바로 그 엘리베이터 속이었기 때문이다.

호텔 로비에서 엘리베이터 문이 열리자마자 나는 늘 하던 버릇대로 쏜살같이 밖으로 뛰쳐나갔다. 그 순간 그 안에 타고 있던 백인들은 내리려다 말고 일제히 길을 비켜주었다. 좀 과장해서 홍해 바다가 양쪽으로 갈라지는 느낌이었다.

사람들은 이 얼굴이 노란 동양 군자에게 비상 사태가 벌어진 줄 알았던 모양이다. 그러니까 앰뷸런스의 경적 소리를 듣고 길을 비켜주는 자동차와 같은 일이 벌어졌다고 생각하면 될 것이다.

한국이었다면 으레 같이 탔던 사람들이 나와 같은 템포로 뛰어나왔을 것이기에, 아니 좀 더 정확하게 말하자면 초등학교 운동회 때 한 번도 뜀뛰기에 이겨본 적이 없는 나보다는 남들이 먼저 튀어나왔을 것이기에 그런 해프닝은 결코 벌어지지 않았을 것이다.

엘리베이터 승객들이 모두 놀란 표정으로 나를 지켜보고 있는데 호텔 로비에서 서성거릴 수야 없지 않은가. 나는 그들의 시선에서 벗어날 때까지 계속 바쁜 사람처럼 뛸 수밖에 없었다. 아! 쫓기는 사람처럼 헐레벌떡 이유도 없이 달리고 또 달렸다.

그렇다. 무엇엔가 우리는 쫓기고 있는 것이다. 이유도 없이 바쁘게 뛰고 있다는 사실마저도 잊은 채 뛰는 경주를 하고 있는 것이다. 나의 부끄러움은 낯선 이방인 앞에서가 아니라 내 자신에 대한 것이었고 나와 같은 이웃에 대한 것이었다.

엘리베이터를 타고 내릴 때마다 우리는 주야로 사람들과 경주를 하고 있는 것이다. 바쁜 일이 있어서가 아니다. 조금 더 빨리 타고 내려봤자 부처님 손바닥 위의 원숭이에 불과하다는 것쯤 모를 사람이 어디 있겠는가.

인간은 위에 오르기 위해서 계단이라는 것을 만들었다. 한 층 한 층 올라가는 층계는 정신이나 행동의 한 과정을 보여준다. 아무리 바빠도 그것은 비약이나 생략을 용서하지 않는다. 열 개의 계단에는 열 개의 고뇌와 그것을 극복하는 열 개의 시련이 있는 것이다. 한 층 한 층이 하늘을 향한 문과도 같은 것이어서 계단은 근본적으로 탑과 구별될 수가 없다.

그런데 바슐라르Gaston Bachelard의 말대로 이 계단의 영웅적 승격을 파괴해버린 것은 기능주의에 오염된 성급한 서구인의 발명품인 엘리베이터인 것이다. 그러나 그것을 발명한 백인들보다도 지금은 오히려 우리가 더 빠르고 성급하게 위로 오르려 하고 있는 것은 어찌된 일인가. 세계 어디를 가나 엘리베이터 안에 있는 '열림', '닫힘'의 단추가 반질반질 닳은 것은 한국과 일본뿐이라는 말이 있다.

급할 때가 아니면 자동으로 문이 여닫히기 때문에 다른 나라 사람들은 그 단추를 사용하는 일이 없다는 것이다. 그새를 못 참아서 탈 때 내릴 때 그 개폐 단추를 누르는 사람들—이 한국인들이 과연 『삼국유사』에 나오는 진평왕眞平王의 후예들인가 의심스럽다.

힘이 장사였던 신라 진평왕이 어느 날 내제석궁(內帝釋宮, 절)으로 향할 때 돌층계를 밟으니 두셋이 한꺼번에 깨졌다는 것이다. 왕은 그것을 치우려는 사람들에게 이 돌을 옮기지 말고 뒤에 오는 자들이 보도록 제자리에 두라고 명했다. 그런데 바로 뒤에 오는 자인 우리는 그 늠름하고 활기 있는 12척 거인의 발자국을 보고 있는가?

구겨진 서류 봉투 하나를 옆구리에 끼고 마치 야구 선수가 도루라도 하듯 눈치를 보며 초 단위로 뛰고 있는 현대의 이 서글픈 한국인들은 엘리베이터 속에서도 뛰어야만 하는 것이다.

그래서 요즘 젊은이들 사이에서 유행하고 있는 식인종 시리즈의 한 대목에는 그것이 자동판매기로 비치게 된다. 동전을 넣고 누르면 먹을 것이 일시에 왈칵 쏟아져나오는 것처럼 늘어가는 고층 건물의 엘리베이터 상자 속에서 사람들은 그렇게 쏟아져나온다.

남보다 한 발이라도 먼저 나오려고 맹렬한 속도 경주를 벌이는 한국인이 아니면 엘리베이터를 자동판매기로 비유한 한국 젊은이의 재치를 어떻게 실감할 수 있겠는가.

누가 더 빠른가

속도를 뜻하는 영어의 스피드speed는 본래 부와 성공을 나타내는 말이었다고 한다. 남보다 빨리 뛰어야 산다는 속도의 철학은 아무래도 서양이 그 본적지인 것 같다. "뛰는 놈 위에 나는 놈 있다."는 속담을 보더라도 우리라고 속도의 중요성을 몰랐을 리 없다. 그러나 아무리 바빠도 옛날 한국인의 모습엔 "쉬어간들 어떠리"라고 벽계수의 말고삐를 잡았던 황진이의 부드러운 손과 파란 달빛이 보인다.

불과 반세기 전만 하더라도 한국을 방문한 외국인들의 인상기를 보면, 제일 먼저 그들의 눈길을 끈 것은 느릿느릿 대로를 걸어다니던 우리 할아버지네의 여덟팔자 걸음걸이였다. 그중에는 "지배자인 일본 사람들은 종종걸음으로 조급하게 걸어다니는데 오히려 한국인들은 대로 한복판을 유유히 걸어다니고 있어 과연 누가 식민지인인지 모르겠다."고 술회한 기록도 있다.

옛날 한국인과 신한국인의 특성을 가름하는 중요한 지표의 하나도 바로 이 속도감의 차이에서 찾아볼 수 있다. 그러나 사회심리학자의 기준에 따르면 시대의 속도는 그 성격에 따라 크게 세 가지로 나누어 생각하지 않으면 안 될 것이다. 물리적 속도, 사회적 속도, 개인적 속도가 그것이다. 신문을 인쇄하는 윤전기의 속도는 물리적 속도에 속하는 것이고, 그것을 가정에 배달하는 속도는 사회의 조직이나 보급망을 통해 이루어지는 것이기 때문에 사회적 속도에 속하는 것이다.

그러나 개인이 그 신문을 읽는 속도—급하게 읽는가 여유 있게 느릿느릿 읽는가 하는 마음의 문제는 개인 속도에 해당한다. 물론 이 세 가지 속도는 서로 떼어내서 생각할 수 없는 연관이 있는 것이지만, 한 사회가 지니고 있는 속도의 성격을 분석하기 위해서는 하나하나 구별해서 논할 필요가 있다.

앞 글에서도 잠깐 언급했지만, 우선 우리 주변에서 가장 눈에 많이 띄는 개인 속도부터 보기로 하자. 개인 속도는 심리적인 것, 즉 개인 행동과 사고에 나타난 조급성에 관계된 것이다. 물리적인 속도와는 달리 이 경우를 재는 스톱워치로는 간접적인 모델을 사용하는 수밖에 없다.

우리나라는 편리하게도 개인 속도를 한눈으로 측량할 수 있는 기회가 많은데 그중의 하나가 애국가가 울릴 때다. 길거리 같으면 오후 다섯 시 국기 하강식이 있을 때, 극장 같은 곳이라면 영화가 상영되기 직전 장엄한 애국가가 울려퍼지는 바로 그 순간인 것이다. 사람들은 하던 일을 멈추고 일제히 서서 애국가가 끝날 때까지 기다린다. 기다리기보다, 정직한 표현으로 하자면 참고 서 있는 경우가 많은 것 같다. 그런데 국기에 대한 존경심이든 마지못한 참을성이든 간에 그것은 애국가의 한 소절을 다 채우지 못하고 무너져나간다.

대개는 "길이 보전하세"의 '길이'에서 움직이고(조급지수가 제일 높은 사람이다) 다음에는 '보전'의 대목, 그리고 가장 굼뜬 사람이라 해도 '하세'에 이르러서는 이미 다른 행동으로 옮겨져 있다. 권총을 빼어 결투를 하는 황야의 총잡이도 아닌데 초 단위 이하로 움직이는 것이다. 그래서 "길이 보전하세"라는 우리 애국가의 끝 소절은 무안을 당하듯이 늘 길이 보전하지 못한 채 사라진다.

그러나 이렇게 항의하는 사람이 있을지도 모른다. 성급해서가 아니다, 모처럼 영화 구경을 하러 온 자리에서 그런 의식을 하는 것이 내키지 않기 때문이라고.

물론 그렇다. 하지만 그것이 변명에 지나지 않는다는 것은 영화가 끝날 때를 보면 안다. 몇 사람이나 엔드 마크를 보고 일어나는가? 대개는 애국가가 다 끝나기 전에 자리에 급하게 앉는 것처럼 이번에는 영화가 미처 끝나기 전에 자리에서 일어나 문간으로 달려갈 준비를 하는 것이다. 여운이라는 것이 현대 한국인의 사전에서 사라진 지 오래인 까닭이다.

그래도 또 항변하는 사람이 있을 것이다. 남의 나라도 다 그렇지 않겠느냐고, 현대인의 특성이지 그게 어찌 한국인만의 것이겠느냐고.

사실 개인 속도—마음의 급하기를 재어 비교한다는 것은 어려운 일이다. 더구나 길거리나 극장에서 매일매일 우리처럼 애국심의 기동 훈련을 하고 있는 나라가 흔하지 않으니 비교할 도리가 없을 것이다.

그러나 에스컬레이터에서 걷는 사람들은 어떤가? 그것은 도쿄에도 뉴욕에도 있으니까, 아니 거기에서 들어온 것이니까 충분히 비교될 수 있을 것이다. 그리고 그 통계도 있다. 백화점이나 지하철 에스컬레이터가 성에 안 차서 그 위를 성급하게 걸어다니는 사람이 얼마나 되는지 비교해보면 알 것이다.

고속 사회와 개인 속도

에스컬레이터는 곧 움직이는 계단이다. 그리고 그것은 동시에 도시인의 마음을 비춰주는 거대한 거울이기도 하다. 성급한 사람들은 가만히 서 있질 못하고 그 위에서도 걷는다. 그래서 에스컬레이터의 풍경을 보면 그 도시에서 사는 사람들의 마음을 한눈으로 볼 수 있다는 것이다.

일본의 한 사회학자가 조사한 것을 보면 "에스컬레이터 위에서 걷느냐"는 질문에 대해서 도쿄의 경우, "그렇다"고 대답한 사람은 25.2퍼센트에 지나지 않는데, 오사카[大阪]의 경우에는 무려 35퍼센트의 비율을 보이고 있다. 같은 일본인이라도 도쿄보다 오사카 사람들이 훨씬 더 급하게 산다는 것을 나타내주고 있다.

개인 속도의 차이에 있어서 도쿄와 오사카가 서로 다르다는 것은 교통질서에서도 여실히 드러나는 일이다. 가령 신호가 청신호로 바뀌었을 때 앞차가 움직이지 않아도 도쿄에서는 평균 4.2초를 기다려주는데, 오사카에서는 1.8초만 되어도 요란하게 경적을 울려댄다는 것이다. 이러한 성급함 때문에 차를 탈 때도 오사카 사람들은 줄을 잘 서지 않을 뿐만 아니라 차를 몰 때에도 신호를 지키지 않는 경우가 도쿄보다 한결 높은 것으로 나타나 있다. 그러므로 교통사고율도 월등 높아서 10만 명당 사망자 수가 도쿄에 비해 거의 배가 된다(도쿄 2.9명, 오사카 4.4명).

남의 나라 걱정을 하고 있는 것이 아니다. 이와 똑같은 방법으로 서울의 에스컬레이터의 거울을 들여다볼 때 어떠한 풍경이 나타날 것인가 하는 문제다.

신한국인의 의식조사반이 조사한 결과를 보면 앞이 막혀 있지 않을 경우 에스컬레이터에서 걷는다는 응답은 전체의 66퍼센트를 차지하고 있다. 물론 조사 방법의 차이에서 정확한 대비를 기대할 수는 없지만, 우리의 조급지수는 오사카 사람들의 거의 배가 된다. 교통사고율이 세계에서 으뜸가는 우리의 통계 숫자를 보더라도 이 통계에 신빙성이 간다.

개인 속도가 이렇게 남의 나라보다 빠르다는 것이 흉이 될 수는 없다. 이른바 후진국으로 갈수록 개인 속도는 느린 것으로 되어 있기 때문이다. 고속 사회는 선진국의 가슴에 채워지는 훈장 같은 것이니, 크게 한숨 쉴 일은 못 된다. 농담인지 진담인지는 몰라도 세상에는 어째서 급행열차가 완행열차보다 더 요금을 많이 받아야 하는지 이해 못 하는 민족들도 있는 모양이다. 더 오래 타니까 완행이 더 비싸야 하지 않겠느냐 하는 것이 그들의 생각이다.

이제 우리도 일본 사람 뺨치게 개인 속도가 빨라졌으니 경제 발전도 그들만큼 빨라질 게 아니냐고 즐거운 휘파람을 부는 사람도 있을 것이다. 서양 사람들은 그렇게 생각하고 있어서 일본인 다음에는 한국인이 몰려올 차례라고 야단이다.

그런데 우리 위정자들은 성급하게도 그들의 손에 든 경계의 가시는 보지 않고 벌써부터 선진국이 된 기분을 가불해 쓰는 사람들이 많은 것 같다.

오랫동안 낮잠을 자온 우리이다. 남들이 뛸 때 날아가도 모자라는 것이다. 한 발짝이라도 빨리 가자는 데 눈을 흘길 사람이 있겠는가. 빨리 갈 수만 있다면 장대 위에서인들 못 뛰겠는가.

그러나 다시 기억해주기 바란다. 속도에는 세 가지 구별이 있다고 한 사실을……. 개인 속도가 빨라지면 사회 속도나 물리적 속도도 함께 빨라져야 된다. 이 이가 맞지 않을 때 생활의 리듬과 사회의 순환에 붕괴가 온다.

쉬운 예로 중국집에서 음식을 시켰을 때의 경우를 생각해보면 된다. 서비스를 하는 사회 속도는 느리고 음식을 시킨 사람의 개인 속도는 빠르다. 그래서 이런 서글픈 일화가 생겨나게 된다. 미국으로 이민 간 교포가 역시 한국에서 이주해온 중국집으로 식사를 하러 간 것이다. 그 교포는 한국에서 하던 버릇대로 빨리빨리 가져오라고 소리 질렀다. 그러나 그 중국집 주인이 나와서 하는 말이 "우리 사람 장사 안 해도 좋으니 나가해. 빨리빨리라는 소리 듣기 싫어 미국까지 왔어 했는데 또 그 소리 들으니 지긋지긋해." 라고 했다는 것이다.

개인 속도와 사회 속도가 맞지 않으면 이렇게 나라 전체가 중국집처럼 되고 만다.

급행료로 움직이는 사회

유럽의 식당에서 음식을 독촉하는 사람은 일본인과 한국인뿐이라고 하지만 우리와 일본을 함께 비교한다는 것은 어려운 일이다. 왜냐하면 일본의 경우에는 개인 속도도 빠르고 사회 속도도 또한 빠르기 때문이다. 중국은 반대로 개인 속도도 만만디요 사회 속도도 만만디다. 그러나 속도의 차이는 있어도 상대적으로 균형을 이루고 있으므로 양쪽 모두 갈등은 별로 생기지 않는다.

일본인들은 옛날부터 다치구이(たちぐい, 서서 먹는 간이식당)가 있어서 아무리 성급하고 바쁜 사람들이라 해도 식당에서 신경 곤두세우지 않고 참새들처럼 모이를 찍어 먹고 나올 수가 있다. 그러니까 일본 우동집에서 음식을 시키면 나오는 시간이 평균 30초로 되어 있다. 먹는 시간도 빨라서 평균 6분인 것이다. 이런 사람들을 위해 생겨난 것이 이른바 패스트푸드 산업이다.

세상이 바빠질수록 맥도날드 햄버거의 세계 판도는 알렉산더 대왕의 영토보다도 더 넓어져가고 있지만 바쁘다 바쁘다 말하면서도 패스트푸드 산업은 우리에게는 아직도 그 새벽이 멀다. 그러니까 우리는 음식을 재촉하는 면에서는 남의 나라에 결코 뒤지는 편이 아니지만 서비스 속도는 그렇게 빠르다고 할 수가 없다. 즉 개인 속도는 토끼고 사회 속도는 거북이다. 시키는 사람은 일본 사람과 같고 음식을 차려 내오는 사람은 중국 수준이라고 말할 수 있다.

역시 신한국인 조사팀이 직접 조사한 것을 보면 같은 햄버거집인데도 서비스 속도에 차이가 있음을 알 수 있다. 일본의 경우(쓰지무라 교수팀)에는 음식이 평균 56초 걸려서 나오는데 우리의 경우는 평균 3분쯤 걸린다. 물론 조사자가 다르기 때문에 이 숫자에 너무 큰 비중을 두어서는 안 될 것이다. 그러나 확실하게 말할 수 있는 것은 햄버거가 자기가 원하는 시간보다 늦게 나온다는 설문 응답자의 수가 43퍼센트를 차지한다는 점이다. 여자보다는 남자가, 그리고 나이 든 사람보다는 나이가 아래로 내려갈수록 그런 비율이 늘어간다는 사실이다.

한국 전체를 식당으로 생각할 때 개인 속도는 음식을 시킨 국민이요 사회 속도는 음식을 차려 내놓는 정부와 관료 체제라고 할 수 있다. 민원 서류 하나 떼는 데도 그 속도는 이가 맞지 않는다. 개인 속도는 날로 증대되고 있는데, 사회 속도는 거북이 걸음으로 태평성대를 노래 부르고 있다. 이런 사회를 움직이려면 이른바 급행료라는 것이 필요하게 된다. 거꾸로 관료 체제에 있어

발등에 불이 떨어졌을 때는 와우아파트가, 누더기 고속도로가 생겨난다. 졸속행정은 바로 급행료를 뒤집어놓은 형태의 산물이다.

그렇다면 개인 속도를 재는 미국의 에스컬레이터 풍경은 어떤가. 오히려 스피드 시대를 낳은 본고장에는 그 피해가 덜한 것이다. 미국의 경우에는 에스컬레이터에서 그냥 서 있는 사람도 있고 걸어다니는 사람도 있다. 그 비율이 문제가 되지 않는다. 왜냐하면 일본이나 한국에 비해 에스컬레이터를 이용하는 에티켓 자체가 다르기 때문이다.

그들은 아예 에스컬레이터를 탈 때 서 있는 사람은 우측 가에 바싹 붙어 서 있다. 성급하게 걸어갈 사람을 위해서 길을 터주는 것이다. 천천히 갈 사람은 천천히 가고 바삐 갈 사람은 바삐 가면 된다. 이것은 다양성과 선택의 자유를 누리는 미국 사회의 상징이다.

우리는 빨리 가고 싶은데도 남이 가로막고 있으면 서 있어야 하고, 또 거꾸로 서 있고 싶은데도 남들이 다 걸으면 할 수 없이 바쁘지도 않은데 함께 밀려가야 한다. 개인의 속도와 사회의 속도가 맞지 않을 뿐만 아니라 그 속도 자체가 획일화되어 있어 속담대로 말이 한번 미치면 개도 소도 다 뛰게 마련이다. 이래서 신한국인의 표정은, 살기가 옛날보다 나아지고 곧 선진국 대열에 끼게 된다는 반가운 소식인데 보릿고개 때의 한국인보다 더 초조하게 찌든 표정인 것이다.

감정의 속도만 빨라지고 막상 빨라져야 하는 사회의 기능적인 속도는 어디에선가 낮잠을 자고 있는 것이다. 남들은 시속 1,800마일의 우주선 시대에 살고 있는데 그 물리적 속도에 있어서도 우리의 낮잠은 깊은 것이다. 남보다 빠른 것은 우리의 신경뿐인 것이다.

밥과 빵

　참을성과 기다림이 사라진 세대를 단적으로 상징하고 있는 것이 인스턴트식품인 라면이다. 어느 시인의 말투를 흉내내어 말한다면, 구한국인을 키운 것이 8할이 밥이었다면 요즈음 세대를 키운 것은 8할이 라면이라고 할 수 있다. 실제 먹는 비율이 아니라 식생활 문화의 상징적 의미가 그렇게 변했다는 것이다.

　아무리 성급해진 신한국인들이라 해도 밥과 라면의 시대가 어떻게 다른지를 알기 위해서는 우선 밥의 의미가 무엇인지부터 알아야 하고 그것을 또 따지기 위해서 빵과 비교하는 번거로움을 감수해야 할 것이다. 조금만 지루해도 가차없이 텔레비전 채널을 바꿔버리는 습관이 몸에 배어버린 요즈음의 독자 앞에서 그리고 그런 성급함을 꾸짖기는커녕 편리한 리모트 컨트롤remote control을 개발하여 응원가를 불러주고 있는 현대 문명 속에서 예수 탄생 이전까지 거슬러 올라가야만 하는 그 비교가 얼마나 위태로운 일인가를 몰라서가 아니다. 그러나 한번 꾹 참고 성경책을 넘겨

보라고 권유하지 않을 수 없다.

광야에서 예수가 40일 동안 기도를 드리고 있을 때 악마가 나타나 돌을 내밀고 이것으로 빵을 만들어보라고 유혹하는 유명한 그 장면이 우리나라에서는 어떻게 번역이 되어 있는지 살펴보라는 이야기다. 아마도 옛날 성경책 같으면 빵은 떡이라고 되어 있을 것이다. 즉 악마의 권유를 듣고 "사람은 빵만으로 살아가는 것이 아니다."라는 예수님의 말씀이 "사람은 떡만으로 살아가는 것이 아니다."로 되어 있다. 번역만 가지고 볼 때 한국인의 눈에는 예수님이 실없게 보일 것이다. 왜냐하면 밥을 먹어야지 떡만 먹고사는 사람이 어디 있겠는가. 이렇게 당연하고 당연한 일을 무엇 때문에 말했는가라고.

그래서 현대 번역 중에는 빵을 아예 밥으로 한 것이 있다. 그러나 이것도 문제가 아닐 수 없다. 악마가 내민 것은 모래가 아니라 돌이었기 때문이다. 떡은 빵처럼 돌의 이미지가 있지만 밥은 형태가 다르다. 밥이라고 하려면 돌을 모래라고 해야 한다.

이렇게 빵은 밥도 떡도 아닌 것이다. 이 말을 뒤집으면 밥은 빵이 아닌 것이다. 밥은 서양 문화와 다른 동양인의 고유한 문화, 번역하기 힘든 삶의 방식을 지니고 있음을 우리에게 말해주고 있다.

어느 학자는 서양 사람들이 빵을 먹었기 때문에 밀가루를 빻아야 했고 그 때문에 일찍 동력을 발견하게 되었다고 했지만, 그보다는 열로 익히는 방식의 차이에서 더 많은 문화의 특성을 만들었다고 볼 수 있다. 즉 빵은 굽는 것이고 밥은 찌는 것이다. 그래서 빵은 좀 딱딱해져도 한 번 구우면 일주일쯤 두고 먹을 수가 있는 보존 식품이다. 그러나 밥은 만들어두었다가 먹는 것이 아니라 매일매일 지어서 따뜻할 때 먹어야만 한다. 빵은 인스턴트식품과 별로 다를 것이 없는데 밥은 뜸까지 들여야 하는 본질적으로 반反인스턴트식품이다.

빵은 만드는 방식이 까다롭고 굽는 가마솥이 우리의 솥과 달라서 일찍부터 가정의 울타리 밖으로 나갈 수밖에 없었다. "빵을 지배하는 자가 국가를 지배한다."는 말이 있었던 것처럼 이미 기원전 로마에서는 50만 명이 넘는 시민들에게 빵을 구워 무상으로 배급해주었다는 기록도 있다. 빵은 이렇게 국가(사회)에서 개인의 입으로 직접 전달된다.

그러나 밥의 경우를 생각해보자. 국가에서 쌀을 나누어줄 수는 있어도 그것이 한 개인의 입으로 들어가려면 반드시 가정의 솥을 통하지 않으면 안 된다. 한솥엣밥을 먹는다는 말이 상징하고 있듯이 밥은 가족이라는 정을 매개로 삼지 않고서는 존재할 수 없는 식품이다.

중세 봉건 시대의 서양 사람들은 영주의 관리하에 있는 빵 굽는 가마솥을 세내어 사용했다. 그야말로 같은 말이라 해도 한솥엣밥과 빵의 그 의미는 이렇게도 달랐다. 서양 사람들의 사회화는 빵에서 비롯되고 우리의 가족주의는 밥에서 생겨났다고 해도 과언이 아닐 것이다.

밥은 그때그때 먹을 사람을 위해 지어야 한다. 먹는 사람을 생각하지 않고 어떻게 밥을 안칠 수 있겠는가. 늦게 오는 식구를 위해 아랫목에 묻어둔 그 밥의 온기는 화롯가에서 끓고 있는 찌개처럼 바로 어머니의 온기이며 기다림인 것이다.

뜸을 들여야 비로소 먹을 수 있는 밥은 아무때나 잘라 먹을 수 있는 싸늘한 빵이 아니다.

밥은 본질적으로 반인스턴트식품이다.

라면봉지 속에 가득 찬 우수

"엄마야 누나야 강변 살자"라는 소월의 아름다운 시구가 요즘 젊은이들의 입으로 옮겨오면 "엄마야 누나야 간편하게 살자"로 바뀐다. 강변이란 낱말 하나가 소리도 음절도 비슷한 간편으로 변한 것뿐인데 그 뜻은 하늘과 땅만큼이나 다르다. 그것은 그냥 간편하게 살자는 무슨 신생활 운동 구호가 아니라 다름 아닌 라면을 뜻하는 은어이기 때문이다.

라면과 같은 인스턴트식품이 얼마나 생활과 밀착되었는가 하는 것은 요즈음 젊은이들 사이에 유행하고 있는 숫자 타령만 봐도 알 수가 있다.

"1 하면 일번지라면, 2 하면 V라면(손가락으로 V자를 쓰면 2자가 되니까), 3 하면 삼양라면, 4 하면 사발면, 5 하면 오향면, 6 하면 육개장, 8 하면 팔도라면……"이라는 노래가 그것이다. 물론 이것은 라면 식품 회사가 만든 종합 광고가 아니다. '호걸'을 호떡 같은 걸레, '스타'를 스스로 타락한 자의 준말로 풀이하고 있는 우리 젊은 세대들의 반짝이는 기지의 산물이다.

무슨 이유에서인지 옛날부터 우리 민중들은 시대의 풍속을 숫자로 나타내는 타령을 즐겨 불러왔다. 그 전통이 라면 시대에도 용케 그대로 이어져 내려온 것은 신기한 일이 아닐 수 없다.

그러나 열녀 춘향이 매를 때리는 숫자에 맞춰 사랑 노래를 부른 것이나, "1, 일본놈이 2, 이등박문이가 3, 삼천리 강산을 먹으려고……"로 시작되는 식민지 시대의 그 숫자타령과 비교해보면 시대가 어떻게 달라졌는지 쉽게 짐작할 수 있다.

밥이란 덤덤한 것이다. 톡 쏘는 자극도 무슨 향기도 없다. 그렇기 때문에 오히려 매일매일 먹어도 물리지 않는다. 그렇기에 꾸밈이라는 것이 없고 패션이라는 것도 없다. 그것은 전통적인 삶 그 자체의 맛이라 할 수 있다.

그러나 라면은 그 자체가 반전통적인 혼합 문화의 성격을 보여주고 있다. 면은 중국적인 것이고 그것을 인스턴트식품으로 만든 발상은 미국 문화의 산물이다. 그러나 그것을 상품화하여 시장에 내놓은 것은 일본인들이었다. 라면은 전형적인 잡종 문화의 상징이다. 라면 맛은 바로 튀기의 맛이다.

그렇기 때문에 라면의 특성은 한곳에 붙박여 있는 것이 아니라 끝없이 전전해야 된다. 라면의 숫자타령을 보아도 우선 그 종류가 많다는 사실을 알 수 있다. 그것은 쉬 물리기 때문에 끝없이 새로운 유행을 만들어주어야 하고 이것저것을 섞어서 새 튀기들을 만들어주지 않으면 그 생명을 유지할 수 없다. 그리고 광고의 힘이 아니면 살아가기 힘들다. 쇠고기라면·계란라면·우유라면·짜스면·짜파게티·영라면·비빔라면―그러다가 VIP라면에, 드디어는 올림픽 지정 라면까지 등장하게 되었다.

겉으로 보기엔 종류도 많고 소재도 다양해서 밥에서는 찾아볼 수 없는 선택의 자유와 개성의 특이성이 있는 듯싶지만 막상 봉지를 뜯어 맛을 보면 그 맛이 그 맛이다. 다른 것은 단지 포장이요, 그 이름이다. 선택의 자유와 개성의 차이성―그 다양성의 철학은 라면이 아니라 우리가 어디서 많이 들었던 말이 아닌가.

그렇다! 학교에서 민주주의를 배울 때 듣던 그 말이다. 겉으로 보면 다양성이 있는 듯하면서도 실제로 속 알맹이는 획일주의로 엮어져 있는 우리 사회와 어쩌면 그렇게도 비슷한 것일까. 라면 정치, 라면 사회, 라면 인간…….

환히 들여다보이는 투명한 라면봉지 속에는 신한국인의 독특한 우수가 들어 있는 것이다. 누구도 우수라고 의식조차 못 하는 그 일상의 고독과 가치의 해체가…….

"당신은 어느 때 라면을 먹습니까, 그리고 라면을 먹고 났을 때 어떤 생각이 듭니까?"

신한국인 조사팀은 이러한 질문을 해보았다. 그 답을 한자리에 그대로 모아놓아도 안톤 슈낙Anton Schinack의 「우리를 슬프게 하는 것들」 못지않은 현대인의 우수를 실감 있게 읽을 수 있을 것이다.

라면의 기호학

사람들은 어떤 경우, 어떤 동기로 라면을 먹는 것일까? 설문 조사를 통해서 보면, 그것은 라면 종류만큼이나 다양하다.

빨리 먹어야 하거나 급할 때, 밥하기 귀찮을 때, 간단히 먹고 싶을 때, 식사 시간이 어중간할 때, 돈이 없을 때, 아내가 집을 나갔을 때, 혼자 식사를 하게 될 때, 일요일 점심때, 놀러 나가서 편히 먹으려 할 때, 비가 내리고 있을 때, 심심할 때, 새벽에 잠이 안 올 때, 왠지 별식을 하고 싶을 때, 외식을 하고 싶지만 돈이나 시간이 없을 때…… 사람들은 라면봉지를 뜯는다고 했다.

백 가지 이유, 천 가지 이유가 있어도 우리는 거기에서 어떤 공통적인 매듭을 찾아낼 수 있는 법이다. 그러나 라면을 먹게 되는 그 상황과 동기만은 한 오라기의 끈으로 묶을 수가 없다. 가난해서 먹는 절박성이 있는가 하면, 심심해서 먹는 유희성이 있고, 하는 수 없이 먹을 수밖에 없는 수동성이 있는가 하면, 별식으로(밥이 먹기 싫어서) 먹는 능동적 의미 작용을 나타내기도 한다. 그러나

라면이 의미하는 한 가지 공통성은 어떤 동기나 상황이든 그 머리 위에 '비非' 자가 따라다니게 마련이라는 점이다. 밥은 보통이고 일상이고 주된 것이고 반복적인 것이지만, 라면은 그와 반대로 비일상적인 것, 변칙적인 것이다. 기호론적으로 설명을 하자면 라면은 단독적 의미가 아니라 밥과의 구조적 관계에서만 비로소 그 의미 작용을 파악할 수 있다는 것이다.

서양 문화의 홍수 속에서도 빵은 밥의 자리를 넘보지 못했다. 생활의 3대 요소라는 의식주 가운데 옷도, 사는 집도 다 변하여 서양 것이 담 안에 들어와 남의 집 아랫목 차지를 했지만 먹는 입만은 완강하게 그 성문을 굳게 지켜온 셈이다. 우리가 먹고 있는 밥은 서양 사람에게 있어서의 빵과도 또 다른 의미를 갖고 있는 것이다. 왜냐하면 서양 사람들은 "빵만으로는 살아갈 수가 없었다."는 것이다.

쌀밥을 먹을 때 100그램을 먹는다고 하면 인체에 단백질을 88그램 보급한 것이 되는데 필수아미노산이 적은 빵의 단백질은 100그램 중 35그램밖에는 효력이 없다는 것이다. 그래서 고기나 버터 같은 것을 먹지 않으면 하루 3킬로그램의 빵을 먹어야 살아갈 수 있다. 소와 같은 위를 가진 사람도 그 많은 빵을 하루에 다 먹을 수는 없을 것이다. 그러므로 빵은 우리의 밥과 같은 개념의 주식과는 다르다. 즉 우리는 서양 사람들이 빵에 의지해온 것보다 몇 배나 더 밥에 기대어왔다는 점이다.

그러고 보면 하찮은 것처럼 보여도 라면이 밥 문화 속에 뛰어들어온 의미 작용은 결코 만만한 것이 아니다.

빵은 우리 생활에 토착화하지 못했지만 인스턴트 라면은 일본에서 들어오자마자 급속도로 번져 이제는 한 회사가 공급하는 라면의 양만 해도 하루 400만 개가 넘고 1년에 15억 개의 판매고를 올리고 있다. 라면의 수요가 커져간다는 것은 그만큼 밥으로 상징되어온 한국인의 라이프 패턴이 변하고 있다는 의미이며 개인이나 사회 구조에 새 바람이 일고 있다는 증후군의 하나로 해석될 수 있다.

라면의 가장 상식적이고 뻔한 독해법은 물론 그것이 인스턴트 식품이기 때문에, 앞에서 말한 대로 그 사회의 조급지수를 나타내는 눈금으로 볼 수 있다는 점일 것이다. 농지 개혁을 하는데, 극단과 급변을 피해 5년여의 세월을 3단계로 나누어 성공을 시켰다는 느긋한 중국(대만)에서는 라면이 그렇게 큰 바람을 일으키지는 못했던 모양이다.

사회나 개인이나 비상적 감각으로 살아오는 것이 생리화되고 임시변통으로 사는 것이 생활 수단의 철학이 된 사람들에게는 산다는 것은 곧 '때운다'는 것으로 통한다. 개인이나 정부나 구멍 난 것을 때우는 식으로 반세기를 살아오지 않았는가? 뭐라고 하든지 라면을 먹은 사람은 라면을 먹었다고 말하기보다 라면으로 '때웠다'고 하지 않던가.

대학생들은 그것을 '라보때'라고 한다. 라면으로 보통 때운다
는 약어다.

이 '라보때' 사상이 법으로 나타나면 무슨 '조치법', '특례법'
같은 법 만능 사상이 되고 경제나 건설에 나타나면 땜질하기가
바쁜 고속도로가 되는 것이다.

성과 속의 문지방

라면이 성급한 자의 음식이라는 것은 표면적인 관찰에 불과하다. 라면의 보다 심층적인 의미 작용을 끌어내기 위해서는 좀 더 그 특성을 분절화分節化하지 않으면 안 될 것이다. 인스턴트라는 것은 라면의 일차적 의미에 지나지 않기 때문이다. 커피 같은 것은 그만두고라도 밥까지도 인스턴트로 개발되는 세상에서 라면만이 '성급한 자의 양식'이라는 낙인이 찍혀야 할 까닭이 없다.

라면의 기호 체제는 좀 더 깊은 곳에 있다. 떡과 비교해보면 납득이 갈 것이다. 밥은 주식이고 떡은 별식이기 때문에 기호론적으로 볼 때 그 대립 구조는 일상성과 비일상성으로 구별된다. 가령 우리가 누구의 집에 갔을 때 떡이 나오게 되면 으레 "웬 떡이냐?"라고 묻는다. 그것은 무슨 날이냐는 물음이다. 밥을 보고 "웬 밥이냐?"라고 말할 사람은 없다. 따라서 "웬 떡이냐"라는 말은 기대하지 않았던 행운이나 보통 때는 잘 일어나지 않는 좋은 일이 생겼을 때 놀라움을 표시하는 말로 쓰이기도 한다.

밥은 일상의 생활, 먹고 잠자고 노동하며 살아가는 인간의 세속적 삶을 나타내주는 것이지만 떡은 그러한 중력에서 잠시 벗어나 예외적인 시간이나 공간 속으로, 이를테면 축제의 신화적 세계로 들어가는 성聖의 세계를 나타낸다.

결혼식 같은 잔칫날이나 저승 사람과 만나는 제삿날에는 떡을 만든다. 떡은 춤과 노래와 탈 그리고 색동옷 같은 것들과 어울려 여느 날과는 다른 축제 문화를 만든다. 세속의 삶이란 태어나서 죽을 때까지 일하고 경쟁하고 그러다가 병들며 괴로워하다가 숨을 거둔다. 부피가 없는 삶이다.

그러나 성의 세계에서는 모든 것이 의외성을 지니고 번쩍인다. 평범한 일상의 말이 시가 된다. 맹물이 시가 되고 걸음걸이가 가벼운 춤으로 변한다. 늘 보던 이웃 사람이 탈을 쓰고 새사람처럼 나타난다. 그러나 그것은 이 지상의 것이 아니기에 새벽닭 소리와 함께 사라지는 환상의 기둥들이다.

속俗과 성聖, 여느 날과 축제날—이것은 개인이나 사회에 있어 생존의 리듬을 결정짓는 두 바퀴다. 우리의 삶이란 성과 속의 두 바퀴로 굴러가는 수레에 지나지 않는다. 그것이 바로 문화란 것다. 그리고 그 성·속의 두 경계선을 그어주는 것이 밥과 떡이다. 즉 주식과 별식의 대립 구조다.

그런데 라면은 어디에 속하는 음식인가? 라면은 엄격한 의미에서 밥과 떡의 문지방 위에 놓여 있는 경계 침범의 식품이라고 할 수 있다. 주식의 대용일 뿐만이 아니라 경우에 따라서는 별식의 대용이기도 한 까닭이다. 이미 설문 조사에서 본 대로 사람들은 밥 대신 요기하는 것만이 아니라 때로는 심심해서 라면봉지를 들여다보는 것이다.

현대의 소시민들에게 있어 그 삶의 변화란 바다가 갈라지는 기적도 아니며 왕성을 부수는 무슨 혁명도 아니다. 거대한 잔치가 아닌 것이다. 잠이 안 올 때, 모처럼의 휴일이 그냥 심심한 꼬리를 보이고 사라지려고 할 때, 동전 한 닢만 가지면 되는 라면이란 이름의 주문을 외는 것이다.

라면은 간단히, 빠르게 먹을 수 있는 가장 세속적인 음식이면서도 동시에 그것은 떡이나 과자처럼 유희성이 강한 비일상적 음식이기도 한 것이다. 아이들이 라면을 좋아하는 이유도 거기에 있다.

설문 조사를 보면 라면을 즐기는 것은 일반 사람보다 젊은 학생층이고(그래서 영라면이란 것이 생겨난 모양이다) 그중에서도 초등학교로 내려갈수록 좋아한다는 것을 알 수 있다. 그리고 또 음식 이름은 대개가 엄숙한 법인데 웬일인지 라면만은 희극성이 섞여 있다. 화장품 광고가 미인들의 콘테스트인 것처럼 라면 광고는 희극배우의 전용 무대인 것이다.

무엇보다도 라면은 엉뚱한 것을 갖다 붙이는 미스매치의 창조물인 것이다. 웃음은 의외의 것이 결합되었을 때 터져나온다. 똥

뚱이와 홀쭉이, 키다리와 난쟁이가 미스매치의 정석 플레이다. 미국 텔레비전의 한 코미디 프로그램에 나오는 주인공이 우유와 콜라를 섞어서 마시는 것이나 콜라에다 밥을 말아 먹는 일본 젊은이들의 기괴한 유행 등이 바로 그와 같은 예라고 할 수 있다.

라면의 신개발 경쟁을 분석해보면 바로 이러한 미스매치 감각의 상품화라고 할 수 있다. 우유와 라면을 매치시킨 것이 그렇고 짜장면과 스파게티를 합쳐놓은 짜파게티의 탄생이 그렇다. 물론 이런 것들은 일본의 라면 광고의 "히토아지 지가우—味違ぅ"가 그대로 우리에게 "한 맛이 다릅니다."로 직수입되어 국어 선생님들을 당황케 한 것처럼 중국 라면에 서양 샐러드를 얹어 파는 일본 사람들의 발상에서 나온 상술이다.

성과 속의 문화가 뒤범벅이 된 현대 사회, 의외성에서 새 감각을 찾는 미스매치의 잡종 변태, 그 바람이 우리에게도 벌써 일고 있는 것이다.

더구나 라면을 먹는 동기와 상황을 분석해보면 가족이나 소집단의(한솥엣밥을 먹는다는 전통적 집단의식) 해체를 겪고 있는 현실이 여실히 나타나 있다. 라면은 혼자 만들어 혼자 먹어야 하는 사람에게 가장 잘 어울리는 식품이다. 예수님은 십자가를 혼자 지셨지만 식사만은 여러 제자와 함께 드셨다. 음식이란 원래 함께 먹는 것이다. 먹는다는 의미는 육체적 공복만이 아니라 정신의 허기를 달래준다. 그것은 커뮤니케이션의 한 욕망이기도 한 까닭이다.

이렇게 라면의 해독법을 통해서 우리는 성과 속의 코드가 깨지고 전통성이나 순종 문화를 거부하는 미스매치의 희극 시대 그리고 동시에 소집단의 해체 속에 외로운 개인들이 혼자서 훌쩍거리며 사발면을 마시고 있는 비극의 시대, 그 엄숙하지조차 못한 비극의 시대를 맞이하고 있다는 것을 배우게 된다.

눌은밥의 지혜

숭늉이나 누룽지 맛을 모르는 사람들—이것이 바로 지금 우리가 이야기하고 있는 신한국인이다. 이제 도시에서 사는 10대들은 숭늉이나 누룽지란 말조차 모를 지경이 되었다.

나는 일본에서 내 책이 번역되었을 때 숭늉이 무엇이냐는 출판사 측의 질문을 받고 진땀을 흘린 적이 있었다. 앞으로는 같은 한국인 앞에서도 그와 같은 답답함을 느껴야 할 때가 올 것이다.

같은 밥을 해 먹고 살았어도 일본인들은 숭늉 맛이 무엇인지를 모른다. 기껏 번역한다는 것이 '오코게유(누룽지물)'였고 거기에 "보리차와 같은 것으로 솥바닥에 눌어붙어 있는 누룽지에 물을 부어 만든 것"이라는 주석을 맹장처럼 달아놓아야만 했다.

세계적으로 이름난 일본의 그 차도에 비해 누룽지에 물을 부어 마신다는 숭늉이 얼마나 우습게 보였을 것인지 능히 짐작이 간다. 그러나 그들에게 숭늉을 설명하는 자리에서 나는 조금도 얼굴이 붉어지지 않았다. 아니다. 그 정반대로 나는 자랑스러움을 느꼈다. 결코 그것은 "고슴도치도 제 새끼는 예뻐 보인다."는 속담처럼 내 것에 대한 맹목적 애정 때문만은 아니었다.

"한국에는 재미있는 속담이 하나 있지요. 당신네들은 숭늉이라는 말도, 그 맛도 모르니 이것 역시 번역할 수 없겠지만요."라고 나는 말했다.

"성급한 사람의 행동을 보고 우리는 우물가에서 숭늉 찾는다고 한답니다. 숭늉 맛은 아무리 급해도 급조해낼 수 없는 거지요. 그것은 참고 기다릴 줄 아는 사람만이 마실 수 있는 물이지요. 똑같은 쌀, 똑같은 솥으로 밥을 지어 먹었는데도 어째서 한국 사람만이 숭늉을 만들어 마셨을까요?"

그러고는 중국인도 일본인도 모르는 숭늉 문화에 대해서 나는 목청을 높여 말했다.

지금 생각을 해봐도 그것은 임기응변의 궤변은 아니었다. 중국인이나 일본인들도 밥을 푸고 나면 솥에 눌어붙어 있는 누룽지를 긁는다. 밥 짓는 일은 거기에서 끝난다. 그러나 한국인에겐 그 최종적인 단계를 넘어선 또 하나의 과정이 기다리고 있는 것이다. 밥을 다 퍼내고서도 마지막 마무리가 더 남아 있는 까닭이다. 남들이 솥에 남은 찌꺼기를 헹구어서 내버릴 때 우리는 그것을 숭늉으로 만들어 마셨다. 그것은 최종적 단계에서 얻어지는 맛, 마지막 종지부 뒤에 나타난 한 토막 시구의 운율과도 같은 것이다.

숭늉 문화란 결국 끝마무리의 문화가 아니겠는가. 밥을 짓는

끝마무리를 가장 잘해낸 민족은 중국인도 일본인도 아니었다. 오늘날 일본 상품이 세계 시장의 영마루에 올라 있는 것은 그 제품의 끝마무리가 잘되었기 때문이라고들 한다. 그래서 일본인에겐 '끝손질 잘하는 민족'이라는 신화가 생겨났고 우리 역시도 끝마무리란 말 자체를 일본 말 그대로 '시아게しぁげ'라고 했다. 그러나 그것이 신화가 아니라 미신이라는 것은 수백 년 되풀이하며 하루도 거르지 않고 해 먹는 밥짓기의 끝손질을 보면 알 것이다.

사람들은 우리가 가난했기 때문에 솥을 헹군 물까지 버리지 않고 마신 것이라고 할는지 모르고, 또 누구는 일본이나 중국에는 일찍이 차茶 문화가 서민들에게까지 보급되어 숭늉을 마실 필요가 없었을 것이라고 할는지도 모른다. 그러나 이러한 반론들이 숭늉 문화를 훼손하기는커녕 오히려 그 본질을 더 잘 설명해주는 것이라고 할 수 있다.

밥을 푼다는 것은 밥을 짓는 과정에서 생기는 마이너스 요인이다. 이때 이것을 해결하는 방법에는 두 가지가 있다. 하나는 밥이 눋지 않게 솥을 개량하는 방법이다. 물질의 법칙을 제어하는 기술이다. 여기에서 생겨난 것이 전기밥솥이다. 우리 생활에서 숭늉이나 누룽지가 급격히 사라진 것은 바로 눋지 않고 밥을 짓는 기술의 혁신 때문이다.

그러나 또 한 가지 방법은 눌은밥을 마이너스 현상으로 생각하지 않고 오히려 플러스 요소로 바꾸는 사고의 창조성이다. 여기에서 마음을 제어하는 기술인 정신 문화란 게 생겨난다.

일본 사람들은 누룽지를 마이너스 요인으로 생각해왔기 때문에 결국 자동 전기밥솥을 만들어냈지만, 그 눌은밥을 오히려 플러스로 받아들이려는 마음을 가진 중국인은 누룽지탕이라는 요리를 만들어냈고, 한국인은 한걸음 더 나아가 숭늉을 마시는 풍습을 창조해냈다.

한국의 중동 취업자들 사이에 일제보다 국산 전기밥솥이 더 인기가 있었다는 것은 국산품 애용 차원이 아니었다. 국산 밥통이라야 밥이 눌어 눌은밥이나 숭늉을 해먹을 수 있었기 때문이다. 숭늉과 누룽지 맛을 잃어버린 신한국인들에게는 일제 밥솥만 이 문명의 우승컵처럼 보일 것이다.

여우와 신 포도

가난을 앞에 놓고도 우리는 똑같은 경우를 생각할 수가 있다. 박연암朴燕巖의 허생許生처럼 가난을 없애기 위해서 직접 돈을 버는 방법이 있는가 하면, 백결百結 선생처럼 청빈의 철학과 노래[詩]로써 그 속에서 자족하고 사는 길도 있는 것이다.

옛날 한국인들은 남의 집 떡방아 소리에 한숨을 쉬는 아내에게 실제 쌀을 구해다 주기보다는 거문고를 타는 멋으로 그 떡방아 소리를 대신해준 백결 선생을 이상으로 삼고 있는 사람들이었다. 김삿갓이 가난한 집에서 묽은 죽 한 그릇을 받아들고도 오히려 그 죽그릇에 거꾸로 어리는 산 그림자를 사랑하노라고 시 한 수를 읊은 것도 다 그러한 유행에 속한다.

다시 갓을 쓰고 다니는 세상이 온다면 당장이라도 허생처럼 제주도로 달려가 말총을 모조리 사재기할 오늘의 복부인들 눈으로 볼 때 청빈낙도의 철학과 노래는 『이솝 우화』의 여우에게나 들려주라고 할지 모른다.

물론 이제까지 벼슬살이를 하다가도 귀양길에 오르면 금방 은 둔 거사가 되어 초연한 목청으로 「백구가」를 불렀던 선비들이 한 둘이 아니었던 것을 보면 그들의 청빈낙도라고 액면 그대로 신용 할 수 있겠는가. 그들이 흰 눈으로 흘겨본 부富라는 것이 따먹으 려다가 끝내 따먹을 수 없었던 높은 가지 위의 포도였을는지 누 가 아는가.

그러나 아무래도 좋다. 그것이 『이솝 우화』의 신 포도라고 해 도 문제될 것이 없다. 우리의 관심은 도주선이 있는 사회와 그렇 지 못한 사회의 성격을 밝혀내는 데 있기 때문이다. 진짜든 가짜 든 청빈이라는 사상이 존재하는 사회에서는, 이를테면 가난을 욕 망의 제어로 극복하려는 정신주의적 방법을 갖고 있는 사회에서 는 빈자에게도 떳떳한 삶이라는 것이 허용된다. 패자에게도 빠져 나갈 도주선이 있는 것이다.

가난이 멋이 되고 자랑이 되며 부가 오히려 수치가 되는 정신 풍토에서는 빈자가 설 수 있는 땅에도 햇볕이 들 수 있는 것이다. 이 도주선이 막혀 있는 사회에서는 가치의 획일주의가 생겨나게 되고 그 땅에서는 부자라 할지라도, 승리자라 할지라도 진정한 내면의 충족 같은 것을 맛보기 힘든 것이다.

옛날 한국인들이 "저 포도는 시다."고 한 『이솝 우화』의 주인 공이라고 비웃는 현대인들이 있다면 그러한 사람들을 위해서는 케스트너Erich Kästner가 만든 그 『이솝 우화』의 속편을 들려주지 않으면 안 될 것이다.

여우는 어느 날 정말 천신만고 끝에 높은 가지 위의 포도를 따먹는 데 성공한다. 그러나 따먹어보니 그것은 정말로 못 먹는 신 포도였다. 그러나 이 경우는 도주선이 허용되지 않는다. 왜냐하면 남들이 따먹을 수 없는 포도를 따먹었다는 그 이유만으로도 여우는 승자인 것이고 또 그 여우는 남들이 자기를 부러워하는 앞에서 그것이 신 포도라고 밝힐 수 없기 때문이다.

그러니까 자신의 승리를 증명하고 확인하기 위해서 매일같이 그 포도를 따먹어야 하고 아무리 그 맛이 떫어도 섣불리 그것을 표정에 드러내서는 안 된다. 그래서 드디어 어느 날 그 여우는 위궤양에 걸려 죽게 된다는 것이다. 『이솝 우화』의 속편은 비극이다.

"저 포도는 시다."고 말했던 여우의 실패와 자기기만은 자신을 절망으로부터 도망치게 할 길을 만들어냈지만 오히려 포도를 따먹은 여우의 승리와 자기기만은 완전히 자신을 파멸로 이끌어간다.

가난을 마음이 아니라 물질적 기술이나 상술로 없애려고 할 때 우리는 그것이 개인이든 한 사회든 『이솝 우화』의 속편 같은 일이 벌어지게 되는 것을 볼 수 있다.

높은 공장 굴뚝에서 얻어낸 그 부의 포도는 공해라는 신 포도였고 그 부의 상징인 번쩍이는 자동차는 달리는 흉기라고 말해지는 신종 신 포도였다. 어찌 그것뿐이겠는가. 이런 항목을 뽑자면 현대 생활—우리가 부의 상징으로 삼고 있는 온갖 상품, 온갖 기계, 온갖 발명품의 그 빛나는 품목들을 나열해야 할 것이다.

광택 인간

신한국인의 내면 상실을 한마디로 드러낸 것이 '때 빼고 광낸다'는 말이다. 광이란 빛의 한자 말이지만 그 뜻은 좀 다르다. 그것은 겉을 문지르거나 칠을 해서 뻔쩍거리게 만든 표면의 광택을 뜻한다. 그런데 얼마나 우리가 광을 좋아했으면 우리말만으로는 안 되어 일본 말까지 빌려다가 삐까뻔쩍이라는 말을 만들었을까 (삐까란 말은 뻔쩍에 해당하는 일어의 피카피카ぴかぴか에서 온 말이다). 이 말에서도 알 수 있듯이 광내기 좋아하는 것은 주로 요즈음에 생겨난 신한국인의 버릇이라고 할 수 있다.

옛날로 거슬러 올라갈수록 우리가 좋아했던 빛은 분명히 무광택의 빛이었다는 것을 알 수 있다. 창호지를 바른 영창은 유리처럼 번쩍이지 않는다. 청자나 백자는 유약을 발랐어도 안으로 배어들어가는 은은한 빛을 띠고 있다. 표면을 닦아서 내는 광과는 다른 것이다. 백 가지 설명이 필요 없는 것은 누가 석굴암 대불을 보고 때 빼고 광냈다고 할 수 있으며 삐까뻔쩍이란 말을 쓸 수 있을 것인가. 석굴 깊숙한 곳에서 빛나는 그 돌의 아름다움은 문자 그대로 내면에서 우러나온 빛인 까닭이다.

먼 옛날로 거슬러 올라갈 필요도 없이 우리가 늘 신고 다니는 신발을 보면 알 수 있을 것이다. 옛날 또는 토박이 한국인을 뜻하는 말로 '짚세기'나 '고무신'이란 비유를 잘 쓴다. 다분히 자기 비하의 경멸이 섞여 있는 물건인데도 거기에는 우리 고유의 미가 담겨져 있다. 짚세기는 짚으로 만든 것이라 아무리 광을 내려야 낼 수 없는 선천성 무광택의 사물이다. 짚세기에 무엇인가 아름다움이 있다면 칠피 구두처럼 번쩍거리는 광택이 아니라 새끼줄이 자아내는 선의 율동이다.

신문명과 함께 짚이 고무로 바뀌었어도 우리 선조들은 한 번도 무릎을 꿇지 않았다. 고무신을 보면 짚신이나 버선이 가지고 있는 오묘한 곡선의 멋이 그대로 재현되어 있는 것이다. 특히 남자들이 신는 고무신의 신발 코가 그렇다.

그런데 요즈음 한국인의 구두는 어떤가. 양재기, 양은 그릇처럼 '양' 자 붙은 것치고 번쩍이지 않는 것이 없으니 양화라고 예외일 수 없지만 구두를 신고 다니는 우리 신사들의 이상은 신발 코에 파리가 앉았다 낙상할 정도로 광택이 나는 데 있다. 그래서 한국의 구두닦이들은 손님들 구두에 광을 내려고 갖은 연구를 다한다. 그 결과로 때 빼고 광내는 기술에 있어서는 구두닦이가 단연 선진 조국의 명예를 독점하고 있는 것이다.

내 말이 거짓이 아니라는 것을 증명하기 위해서는 세계 일주를 하며 직접 구두를 닦여보아야 하겠지만 그보다는 손님한테 침을 뱉고도 돈과 거기에다 칭찬까지 받아내는 직업이 세상 또 있겠는가를 생각해보는 쪽이 빠를 것이다. 침을 뱉어서라도 광만 내준다면 무슨 불평이 있겠는가.

　이 광택 문화 덕분에 아무리 수입 자유화가 되어도 높은 베개를 벨 수 있는 것은 국산 구두약이라는 이야기다. 외제 구두약을 수입하려던 어느 한 상사가 구두닦이를 통해 시장 조사를 해본 결과 놀랍게도 국산 구두약만큼 광이 잘 나는 외제가 없다는 사실이 밝혀진 까닭이다. 광보다 가죽을 보호하는 데 더 많은 신경을 쓴 외제 구두약은 광 위주로 개발된 한국형 구두약과는 경쟁이 되지 않았던 것이다. 그야말로 빛을 잃고 무색해지고 만 것이다.

　구두로 상징되는 이 광택 문화를 확대해보면 개인이나 사회나 또 남자나 여자나 애나 어른이나 4천만 모두 구두닦이들처럼 자신의 광을 내려고 겉을 문지르고 칠을 하는 경쟁에 말려들고 있다. 그래서 신한국인의 시엠송은 "침을 뱉어도 좋다. 광만 나게 해다오"다.

　다른 유행어는 모두 하루살이의 운명을 살았는데 유독 비속하고 조잡한 삐까삔쩍이나 때 빼고 광낸다는 말만은 왜 그렇게도 생명이 긴 것일까? 시대가 바뀌어도 '무언가 보여준다'는 유행어로 변할지언정 그 본질의 뜻은 건재한다.

　단순한 비유로 듣지 말라. 광내고 다니는 사람, 삐까삐쩍하고 다니는 사람의 얼굴을 유심히 들여다보면 그 광 속에 남들이 뱉은 침 자국이 남아 있는 것을 볼 수 있을 것이다. 남이 침을 뱉어도 끄덕하지 않는 양질의 두꺼운 가죽을 쓴 사람이 어찌 한두 사람뿐이겠는가. 광光은 광狂이 되기도 하는 것이다.

때 빼기

광을 내기 위해서는 때부터 빼야 한다. 그래서 '광을 낸다'는 말 앞에는 '때 빼고……'라는 전제가 붙어다닌다. 때라는 것은 나쁜 것인가? 때라는 것은 가차없이 벗겨버려야 하고 씻어내야 하는 것인가?

세상에는 벗겨야 할 때도 있지만, 소중히 간직해야 할 때도 또한 있는 법이다. 때는 시간 속에서 이끼처럼 끼는 것이기 때문에 비록 더럽게 보여도 돈으로 살 수 없는 소중함이 들어 있는 경우도 많다.

골동품 가게에 가봐라. 때가 많이 묻어 있는 것일수록 값이 나간다. 그래서 때로는 '때 빼고 광낸다'는 것이 물구나무를 서서 '광 빼고 때 묻히기'가 되는 가짜 골동품상들이 나타나는 수도 있다.

시간만이 아니라 때 속에는 정情도 들어 있다. '손때 묻었다'는 말은 나쁜 경우보다 좋은 뜻으로, 이를테면 정이 든 물건을 두고 쓸 때가 많은 것이다. '때 빼고 광내기 위해' 세상을 살아가는 광택 인간들은 바로 인생을 합성세제 비누만 가지고 살아가려는 사람들이다. '시간(전통)'과 '정'의 참된 가치를 모르는 사람들이다.

신한국인들의 '때 빼기' 생활 철학 속에는 인간의 정도, 시간의 지속성도 여지없이 비누 거품 속에서 사라지고, 오로지 오늘의 때 묻지 않은 신제품들만이 포장지 속에서 반짝이는 행복의 눈짓을 보낸다.

그렇기 때문에 광택 인간들이 반짝거리며 살고 있는 이 도시에는 나무보다는 유리, 플라스틱, 스테인리스 스틸 같은 것이 환영을 받는다.

이것들은 때가 잘 묻지 않고 녹이 잘 슬지 않기 때문에 '나무'의 시대를 누르고 우렁찬 팡파르 속에서 화려하게 등장한다.

현대를 대표하는 플라스틱은 때가 묻는 즉시 값이 떨어지고 버을 받는다. 그러므로 플라스틱으로 만들어진 현대의 물건들은 인간보다 언제나 일찍 죽는 것이다. 아니다. 일찍 죽어줘야 새 유행을 따를 수 있고 장사하는 사람의 장부도 따라서 살찔 수가 있다.

옛날에는 이와 정반대였다는 것을 알 수 있다. 나무는 뿌리에서 잘려 목재가 된 후에도 숨을 쉰다. 플라스틱과 달리 나무에는 시간과 함께 때가 끼고 온기가 배는 법이다. 사람의 몸처럼 자기 내부에 체온 같은 일정한 열기를 품고 있다.

그렇기 때문에 조선조의 나무로 된 가구들은, 몇 대씩 대를 물려오면서, 사람의 목숨보다도 더 오래 남아 작은 전설들을 만들어내고 있는 것이다. 그렇다. 분명히 그것들은 단순한 소비품이 아니라 어제와 오늘의 인간들을 이어주는 시간의 빛나는 다리[橋]였다.

때는 나무의 체온이었고, 기억의 언어였고, 시간과 정이 괴어 있는 늪이었다. 그러나 광택의 시대, 때조차 제대로 묻지 못하는 플라스틱 시대의 가구들에게 있어서 시간이란 단순한 소모이고 벗겨버려야만 할 때 그 자체에 지나지 않는다.

아무리 값비싼 냉장고라도 백 년 후에 뒤주나 반닫이처럼 우리 자손들의 사랑을 받는다는 것은 상상조차 할 수 없는 일이다. 폐차장의 자동차처럼 시간이란 때는 물건의 병이며, 죽음 이외의 아무것도 아니다. 그것은 유행에 뒤처졌다는 기호이고, 그 코드는 옛날의 보존, 무게, 권위에서 파기, 소거, 소모, 범칙으로 전환된다. 쉽게 말하자면 옛날 사람들은 그것이 때 묻었기 때문에 버릴 수 없었지만, 지금 사람들은 그것이 때 묻었기 때문에 버릴 수밖에 없는 것이다. 이렇게 '때'의 의미가 완전히 뒤바뀜으로써 모든 생의 의미, 사회의 모든 구조가 반전된 것이 바로 신한국인―광택 인간들이 살고 있는 오늘의 상황인 셈이다.

물건뿐인가. 모든 문화가 때 빼기다. 유행의 문화라는 것이 바로 때 빼기 문화의 전형이다. 인간도 그렇다. 조강지처는 그 때[情]가 묻어 있어 버리지 못했지만, 요즈음처럼 이혼이 늘기 시작하는 가정에서는 사람도 때가 묻으면 폐차해버리고 만다.

광택 인간들의 때 빼는 철학은 관료 사회에서도 예외가 아니다. 관료의 자리가 바뀌면 전임자가 해놓은 것은 그날로 뒤집어진다. 좋든 나쁘든 앞의 사람이 해놓은 것은 하나의 '때'에 지나지 않으며, 자기 광을 내기 위해서는 가차없이 벗겨내버리는 것이 신한국인의 관료상이다. '온고이지신溫故而知新'은 기절해서 죽은 지 오래다.

옛날 옛적, 수천 년의 유적지 문화재까지도 복원한답시고 시멘트를 이겨 붙이고, 플라스틱으로 개조해서 때 빼기를 하는 세상이다.

이렇게 해서 이 사회는 항구한 성좌 대신 유성들만 반짝이다 흔적 없이 사라지는 어두운 밤하늘이 된다.

자동차 경주

속세를 떠난 심산유곡의 절간에서도 아침저녁으로 종소리는 들 려온다. 하물며 속세에서 사는 사람들이야 더 할 말이 있겠는 가.

금의환향이라는 옛말도 있는 것을 보면 남 앞에서 광내려는 것 이 신한국인의 특성이라고 못 박을 수만은 없다. 사람이면, 아니 생명을 가진 것이면, 모두 자기를 현시하려는 공작새의 날개 깃 을 가지고 있다. 문제는 그 정도와 성격의 차이다. 그리고 그것을 억제하는 힘이 얼마나 있느냐 하는 데 있다.

인간의 마음에도 수도꼭지와 같은 장치가 있어 때로는 잠그기 도 하고 때로는 열기도 한다. 그것이 바로 문화라는 것이다. 즉 신한국인의 광내기 문화에는 바로 그 수도꼭지가 고장난 상태라 는 점에 그 문제성이 있다는 이야기다.

광내기 경주의 빙산일각氷山一角 격인 자동차 문화의 경우를 두 관찰해보자. 우선 이상한 것은 서울의 경우 다른 나라의 도시에 비해 자전거와 오토바이를 타고 다니는 사람이 눈에 띄게 적다는 것이다. 아시아 지역을 일주한 외국 관광객의 인상담을 들어봐도 제일 먼저 눈에 띄는 차이가 바로 그 점인 모양이다. 특히 한눈으로 볼 수 있는 대만과 서울의 인상이 통근 시간에 오토바이가 많고 적은 차이라고 지적하고 있는 사람도 많다.

대만에서는 회사나 공장의 공터에 으레 종업원들이 타고 온 형형색색의 오토바이, 스쿠터로 가득 차 있지만 한국의 경우에는 좀처럼 그런 광경을 찾아보기 힘들다. 실제의 생산 대수만 봐도 대만과 우리는 7대 1의 비율을 나타내고 있고 보유 대수에서도 대만은 이미 1980년도에 4백만 대를 넘어서고 있는 것이다. 이러한 격차는 단순한 경제력의 숫자로만 풀이될 수 있는 것이 아니다.

왜냐하면 한국인들은 특수한 직업이나 젊은 사람이 아니면 오토바이나 자전거를 잘 타지 않으려는 경향이 있기 때문이다. 요컨대 그것은 일반 사람이 타기에는 어딘가 창피한 생각이 드는, 이를테면 광을 잘 낼 수 없는 승용물인 탓이다.

'자동차 왕국' 소리를 듣는 일본에서도 자전거 인구는 엄청나다. 통계 숫자를 볼 것도 없이 도쿄의 어느 길거리든 조금만 후미진 곳을 들여다보면 자전거 놓아두는 곳이 마련되어 있고 그렇지 않은 곳에는 거꾸로 "이곳에 자전거를 놓아두지 마시오."라는 팻말이 붙어 있는 것을 볼 수 있다. 우리 같으면 소변 금지 사인이 붙어 있을 곳에 이런 표지가 붙어다닌다는 것은 그만큼 자전거를 타고 다니는 사람들이 많다는 이야기다. 웬만한 주부들이면 자전거를 타고 시장을 보러 다니는 것이 상식으로 되어 있는 나라다.

누구는 자전거나 오토바이를 타고 싶어도 서울의 도로 사정이 자동차 위주로 되어 있기 때문이라고 강변할지 모른다. 그러나 그것은 닭이 먼저냐, 달걀이 먼저냐의 논쟁에 지나지 않는다. 자전거나 오토바이를 이용하는 사람이 많으면 자연히 그 전용 도로가 안 생길 수 없다. 우리는 안 타면 안 탔지 창피하게 자전거나 싸구려 스쿠터를 타려고 하지 않는다. 자동차를 가져도 포니2 정도는 돼야 이야기가 된다.

타는 사람만 그러는 것이 아니라 보는 사람도 그렇다. 포니를 몰고 다니면 아주머니라고 부르고 같은 사람이라도 스텔라를 몰고 다니면 사모님이라고 부르는 것이 신한국인의 문법이라고 한다. 그래서 "왜 사냐고 물으면 웃지요."라고 했던 순박한 한국인들은 이제 그런 질문을 받으면 웃지 않고 말할 것이다. "남들처럼 자가용 굴리려고 산다."고.

현대인의 신발인 이 자동차에 광을 내기 위해서 싸우고 일하고 울고 웃는다. 포니 위에는 포니2가 있고 포니2 위에는 스텔라가 있다. 또 그 위에는 마크4, 마크5가 있고 또 그 옥상에는 로얄에 슈퍼 살롱이 있다. 겨우겨우 정상에 올랐다 싶으면 그라나다 위에 이른바 0번이 버티고 있고, 이제 휴전인가 하면 이번엔 카폰 경주—자동차의 꽁무니에 안테나를 세우고 다니는 경주가 시작된다.

안테나 하나가 달린 것보다 한 쌈이 달린 카폰이 훨씬 비싼 것은 단순한 성능 차이 때문만은 아닌 것 같다. 물론 발전한 것은 사실이다. 한 세대 전만 해도 안테나 경주를 벌이던 우리가 아니었나. 이웃집에서 모두 텔레비전을 장만해서 하는 수 없이 창피를 면하기 위해 안테나부터 먼저 장만하다가 하늘 높이 세웠다는 서글픈 소시민의 이야기는 이제 보릿고개와 마찬가지로 번영의 예문으로나 쓰이게 되었다.

텔레비전 안테나 경주에서 카폰 안테나 경주로……. 아, 이 눈부신 자동차 경주로 우리는 시속 100마일로 달리고 있다. 이 자동차 경주에는 브레이크도 골인 지점도 없다. 오직 질주하고 질주하는 자만이 이긴다.

굴린다는 것

한국말에는 미묘한 느낌을 담고 있는 말들이 많다. 물건을 사는데도 그 성격에 따라 표현이 모두 다른 것이다. 당장 쓸 자잘한 물건인 경우에는 그냥 '산다'고 하는데 그것이 좀 크거나 여축성을 띤 것이면 '들여놓는다'고 한다. 그래서 같은 쌀이라도 한 됫박의 쌀을 산다고 하고 한 가마의 쌀을 들여놓는다고 한다. 그런데 그보다 더 비싸고 또 내구성이 있는 물건을 살 때는 '장만한다'고 한다. 이미 장만이라고 하면 그 집안의 재산 목록에 등록되는 것으로 단순한 소비나 실용의 의미에서 벗어난 것이 된다.

그래서 같은 물건을 사는 것인데도 시대에 따라 그 말이 달라지는 경우도 생겨난다. 텔레비전이 처음 나왔을 때는 누구나 다 그것을 장만한다고 했다. 그러나 그것이 보급됨에 따라 '장만'은 '들여놓는다'로 '들여놓는다'는 다시 그냥 '산다'로 바뀌게 된다.

그러고 보면 아직도 삼파전을 벌이고 있는 것은 냉장고다. 푸성귀와 마찬가지로 그것을 그냥 산다고 말할 수 있는 사람은 경제적으로 상층류에 속해 있는 사람일 것이고 들여왔다고 하는 사람은 월부를 믿고 살아가는 중류층에 속할 것이다(월부는 언제나 들여놓는다고 한다). 그러나 벼르고 별러 계라도 들어 천신만고 끝에 겨우 산 사람은 집 한 채를 샀을 때와 마찬가지로 장만했다고 할 것이 틀림없다.

　냉장고도 초기에는 사치품과 마찬가지로 전시 효과를 돋우는 경쟁물이기도 했다. 그래서 어떤 사람들은 그것을 남의 눈에 띄지 않는 부엌에 두는 것이 억울하다 하여 피아노처럼 응접실에 내놓은 일도 있었던 모양이다.

　그런데 이상하게도 다른 물건과는 달리 자가용을 사게 되면 '굴린다'는 말이 따라다닌다. 하기야 바퀴가 달렸으니 당연하지 않느냐고 하면 별 할 말이 없지만 그 말 속에는 적대심, 모멸, 질시 등—미묘한 복합 감정이 숨어 있는 것처럼 보인다. 자동차라는 것은 어디까지나 교통수단을 위한 것이지 귀부인의 목걸이와 같은 장식품은 아니다. 어디까지나 필요에 의해 차를 타고 카폰을 달고 다니는 것이지 어찌 그것이 자기 과시요 사치일 수 있겠는가. 그러나 이렇게 당연하고 당연한 것이 문제가 되어야 하는 세상—아무리 자기는 그렇지 않다 하더라도 자가용을 타고 다니는 것이 자가용을 굴리고 다니는 것으로 보이는 사회—이것이 신한국인이 발을 디디고 있는 땅이며 신한국인이 숨 쉬고 있는 공기인 것이다.

　자동차가 실용적 목적에서 벗어나 광내기 경주로 이용되기도 하고, 거꾸로 마땅히 필요에 의해 자기 신분에 맞는 차를 타고 다녀도 자기과시로 비난받는 풍조가 생겨나게 되는 것은 신한국인이면 다 같이 앓아야 하는 일종의 풍토병인 셈이다. 좀 더 구체적으로 말하자면 해방 후 우리에게 가장 큰 바람으로 불어닥친 변화는 경쟁의식과 그 경쟁 형태였다. 또 그것을 한눈으로 볼 수 있게 하는 지표가 '굴린다'는 말로 상징되는 자가용 문화라고 할 수 있다.

이것은 마이카족과 그렇지 않은 사람 사이에서만 벌어지고 있는 것이 아니라 같은 마이카족이라 해도 역시 굴린다는 말이 쓰이고 있는 것이다. 국산 차를 타고 다니는 사람이 외제 차를 탄 사람을 보면 벤츠를 굴린다든지 캐딜락을 굴리고 다닌다는 말을 쓴다. 그 감정도 말투도 차 없는 사람이 차 가진 사람을 흘겨보며 하는 소리와 똑같다. "왕년에 누구 차 굴려보지 않은 사람 있나!" 어쩌다 좁은 골목길을 빠져나가다 행인과 잘못 스치면 이런 말을 듣기 일쑤다. 그런데 바로 그 차가 고속도로 같은 데서 외제 차가 활기 있게 앞질러 가면 그 사람도 이렇게 말하는 것이다. "외제 차면 다냐!"

이렇게 가다 보면 누구도 행복한 사람, 누구도 이긴 사람이 없는 셈이 된다.

그렇다. 승자도 패자도 없는 이 기괴한 경주를 분석하기 위해서 우리는 잠시 어렸을 때(아마 4,50대는 되어야 알 것이다) 친구들과 달음박질 경주를 하던 때로 잠시 돌아가보자.

앞에 가는 도둑

아이들은 이따금 아무 이유도 없이 떼를 지어 달음박질을 할 때가 많다. 한 녀석이 뛰면 나머지 아이들도 미친 듯이 덩달아 뛰는 것이다.

인간들은 남과 겨루려는 맹목적인 경쟁심을 갖고 있다. 그 원초적인 체험을 가장 잘 나타내준 것이 바로 이 이유 없는 경주일 것이다. "13인의 아해가 도로로 질주하오"라는 이상李箱의—그야말로 이상한 난해시도 이런 관점에서 읽어보면 모를 것도 없을 것 같다. 누구나 아이들과 어렸을 때 그 이유 없는 질주를 계속한 경험이 있기 때문이다.

나도 남들처럼 그 달음박질로부터 이 생의 경주를 배우기 시작한 사람 중의 하나다. 그런데 평발기가 있는 나로서는 언제나 그 경주에서 지기만 했는데도 이상스럽게도 그 패배가 나를 실망시켰거나 기를 죽이는 일이 거의 없었다는 점이다. 나만이 아니었다. 뻔히 질 줄 아는 아이들도 누구나 달음박질 경주가 시작되면 빠지질 않는다. 그 비밀은 지더라도 결코 지지 않는 비법들을 갖고 있기 때문이다.

한창 달리다가 뒤에 처지게 되면 그래서 도저히 자기가 이길 수 없다는 것을 알게 되면 앞에서 달리는 아이를 향해서 갑자기 외치는 것이다. "앞에 가는 놈은 도둑놈, 뒤에 가는 사람은 순사(순경의 뜻)!" 그러면 지금까지 이기던 자가 나쁜 사람이 되고 거꾸로 지던 사람이 좋아 보이는 역전 현상이 벌어진다.

앞서 가기 경주를 하다 뒤처지기 경주로 양상이 변하면서 아이들의 속도는 점점 떨어지게 된다. 어차피 지는 싸움이라면 후미 쪽으로 붙는 것이 이롭다고 생각한 것이다. 뒤떨어진 아이는 다수가 되고 제일 앞에서 달리던 아이만이 혼자가 된다. 번연히 패자의 억지요 생떼인 줄 알면서도 이 외로운 승리자는 갑자기 풀이 죽는다. 분명히 이겼는데 이긴 것 같지가 않은 것이다.

'앞에 가는 도둑이 된 아이'는 멋쩍게 뒤돌아본다. 논리로 따져서 될 문제가 아니라 분위기에 심판받는 상황이다. 그것은 여럿이서 외쳐대는 함성이 지배하는 세계다. 함성은 저울이나 자가 아니다. 그것은 정확한 눈금이 아니라 소리의 크기와 그 수에 의해 언제나 결정된다.

경주에 지고서도 오히려 이긴 것 같은 느낌 그리고 기고만장하던 승리자가 갑자기 풀이 죽는 모습─이것은 그 경주에서 이기는 것보다도 더 쾌감을 일으키는 것인지도 모른다.

'앞에 가는 도둑'의 경쟁 논리—우리는 오랫동안 이 유아적 경쟁 논리에서 살아왔다고 해도 과언이 아니다. 더 정확하게 말하면 이런 경쟁의 논리만 갖고서도 살아갈 수 있는 시대가 있었다. 경쟁 없는 시대, 경쟁 없는 사회란 존재할 수 없지만 경쟁을 해석하는 사람들의 인식과 그 규칙, 그리고 논리는 시대와 사회에 따라 다르다.

조선조의 선비들은 과거를 보아 벼슬길에 오르는 치열한 경쟁 속에서 살았지만 언제나 그 마음속에는 한 마리의 백로를 길렀다.

"까마귀 싸우는 곳에 백로야 가지 마라."

옛날 한국인의 경쟁관을 단적으로 나타낸 것이 '까마귀 싸우는 곳에 백로야 가지 마라'였다. 경쟁은 나쁜 것이다. 승부보다도 아예 경쟁 자체에서 벗어나는 길을 가르쳐주었다. 그렇지 않으면 "쥐찬 소리개들아 배부르다 자랑 마라. 청강 여윈 학이 주리다 부를쏘냐" 하는 시조처럼 권력과 부를 비판하고 오히려 배고픈 가난을 내세우는 청빈의 역逆경쟁 체계를 만들어냈다.

그래서 조선조의 선비들은 과시를 통해 벼슬길에 오르는 치열한 경쟁 속에서 살면서도 그 마음 한구석에는 한 마리의 학이나 백로를 키워왔다. 언제라도 앞에 나는 새를 이기지 못할 때는 그것이 까마귀가 되고 소리개가 된다. 그때 백로의 날개를 펴면 되는 것이다. 앞에 가는 도둑의 논리만 있으면 아무리 달음박질에

져도 절망하지 않아도 되듯이, 이런 말만 기억하고 있으면 절대
절명絶對絶命의 패배란 있을 수 없는 것이다.

진왕鎭往에게 백 대의 수레를 받고 돌아온 송나라 조상祖上이 그
것을 자랑하자 장자莊子는 이렇게 말했다.

"듣건대 진왕이 병을 고칠 때 종기를 입으로 빨아 고치는 자에
겐 수레 한 대를 내리고 치질을 빨아 고치는 자에겐 수레 다섯 대
를 준다는데 그대는 얼마나 더러운 것을 빨았으면 수레 백 대를
얻어왔는가. 빨리 내 앞에서 물러가거라!"

샅바 싸움

　한국인은 경쟁의 충격을 흡수하는 안티 쇼크anti-shock의 장치를 갖고 살아왔다. 마치 배가 선착장에 닿을 때 그 충돌을 피하기 위해 자동차 타이어와 같은 것을 매단 것같이, 경쟁 자체를 겉으로 노출시키지 않고 탄력성이 있는 사고로 감싸는 기술을 발휘했다. 서양에서는 경쟁이라는 것이 나쁜 것으로 되어 있지 않다. 오히려 긍정적인 것으로 되어 있다는 것은 프랑스의 라루스판 속담 사전을 펴보아도 간단히 알 수 있다.

　우선 그 첫머리에 『성서』의 잠언이 실려 있다. "쇠가 쇠를 가는 것처럼 사람은 사람을 연결한다."

　그리고 프랑스 것으로는 경쟁심이 단순한 시기심과 어떻게 다른가를 알려주기 위해 "샘과 경쟁심의 차이는 악덕과 덕의 차이만큼 크다."라는 라브뤼예르Jean de La Bruyère의 말이 뒤따른다. "경쟁심은 재능의 양식이고 샘은 마음의 독이다."란 것도 마찬가지다. "나무는 다른 나무와 섞으면 더 잘 탄다."는 페르시아 속담은 자유경쟁 체제를 만들어낸 서양인들의 원리였다.

우리의 속담 "뛰는 놈 위에 나는 놈 있다."는 말은 경쟁을 부채질하는 것이 아니라 오히려 그 불을 끄기 위한 물인 것이다. 뛰는 사람 위에 나는 자가 있으니 우리는 열심히 싸워 나는 사람이 되자는 말이 아닌 것이다. 이것은 경쟁에 이긴 자에게 들려주는 경고판이다. '이겼다고 좋아하지 마라. 경쟁에서 영원히 이기는 자는 없다. 뛰는 사람 앞에는 나는 사람이 있으므로 경쟁은 끝이 없다'는 뜻을 함유하고 있다.

거기에서 생긴 철학이 '……셈만 치고 산다'는 한국 특유의 산술이다. 져도 이긴 셈만 치면 된다. 배고파도 먹은 셈만 치면 되고, 돈을 떼여도 술 먹은 셈만 치면 된다. 어떻게 하지 않은 것을 한 것처럼 생각할 수 있는가? 이 허구의 세계 속에서 사는 기술이 바로 경쟁을 완화시키거나 지고서도 살아갈 수 있는 반충격 장치였다. 경쟁에서 이기는 방법보다는 지고도 가슴 아파하지 않는 훈련이었다. 서양의 경쟁심이 노출적이고 긍정적인 것이라면 우리의 경쟁심은 음성적이고 부정적이다. 그래서 우리의 경쟁심은 행동으로 전이되지 않고 심리적인 것으로 내재화한다.

쉽게 말하면 한국의 경쟁심은 "사촌이 땅을 사면 배가 아프다."는 속담으로 집약될 수 있다. 배 아파하는 것이 나쁜 것일 수 없다. 남이 잘되는 것을 시기하는 것이 잘못이 아니다. 사촌이 땅을 사도 배조차 아파하지 않는 사람만 있다면 그 사회는 발전할 수 없다. 문제는 어째서 하고 많은 사람 가운데 사촌인가 하는 것과 왜 하필 아픈 곳이 다른 데가 아닌 배인가 하는 점이다.

요즈음에는 '하나만 낳아서 잘 기르기'의 구호가 한창이라 사촌이라는 촌수까지 없어질 판이라 관계없는 것처럼 생각할지 모르지만 경쟁의 상대가 항상 가까운 데 있다는 점이다. 그것은 경쟁심이 사회화의 전단계인 시샘의 감정적 차원에 머물러 있음을 의미한다. 그리고 배가 아프다는 것은, 경쟁심이 신경의 영역에 있다는 것을 암시한다. 신경을 쓰면 소화가 안 된다. 남과의 경쟁심이 신경성 위장장애를 일으킨다는 것은 경쟁 그 자체를 내놓고 하지 못하는 데서 비롯되는 병이다.

속담을 문자 그대로의 상황으로 옮겨놓고 생각하면 그 심경을 충분히 이해하고도 남음이 있다. 상대방이 사촌이기 때문에 땅을 사면 마땅히 축하를 해주고 같이 기뻐해야만 한다. 적어도 그렇게 하는 것이 가족주의 사회의 도의인 것이다. 그러므로 속으로는 시기심이 불타오르면서도 겉으로는 기쁜 체해야 한다. 이런 상황에서 신경성 소화장애가 안 일어난다면 거짓말이다.

이 같은 위장병을 고치는 것은 의학의 문제가 아니라 새 경쟁관의 개혁인 것이다. 즉 행동으로 옮겨 사촌보다 더 많은 논을 사도록 해야 한다.

한국의 경쟁이 얼마나 심리적인 것이고 신경증적인 것인가를 알려면 한국의 씨름을 보면 알 수 있다. 한국의 씨름은 경쟁 그 기술이나 경기 자체만 두고 볼 때 어느 나라의 것보다도 재미와 박력과 아기자기한 맛이 있다. 그러나 그 경주를 시작하기 이전의 샅바 싸움은 답답하고 지루한 느낌을 준다. 서로 상대방보다 유리하게 샅바를 잡으려 하고 또 서로가 상대방이 잡기 어렵도록 샅바를 매려 하기 때문에 승강이가 벌어진다.

경기를 상대방과 똑같은 조건에서 공평하게 치르려는 정신보다 언제나 자기가 유리한 입장에 서려는 마음이 앞설 때 샅바에 신경을 쓰게 된다. 성인군자라도 그런 마음이 드는 것은 당연하고 당연한 일이다. 문제는 그런 마음을 어떻게 공정한 정신과 방법으로 바꾸어가느냐 하는 데 경쟁의 규약성이 있고 곧 사회성이 있다.

그런데 샅바를 매고 잡는 룰이 애매하면 그 같은 경쟁의 사회성이 생겨나기 힘들다. 거꾸로 말하면 샅바 잡고 매는 것이 애매하다는 것은 경쟁을 공정한 입장에서 한다는 그 사회성이 부족한 데서 온 것이라는 반증으로 볼 수도 있다.

경쟁 문화가 일찍부터 발전된 서양의 스포츠에는 동양에서 볼 수 없는 '핸디캡'이나 '체급별'이라는 규약을 두었다. 경쟁판에서 제일 무서운 것은 반칙보다도 바로 이 애매성이요, 두루뭉술하게 구렁이 담 넘어가듯이 하려는 적당주의다.

씨름의 시작은 샅바를 잡는 데서부터 시작되는데 그것이 대충대충 되어 있기 때문에 싸우기 전에 샅바 싸움이라는 또 하나의 신경전을 해야 한다. 경쟁의 기본 논리와 규약이 자로 잰 듯 분명하지 못하고 샅바를 매듯 느슨하면 그 경쟁은 신경전이나 심리 싸움이 되고 만다. 이긴 자도 이긴 것 같지 않고 진 자도 진 것 같지 않다. 장지영 장사가 샅바 싸움 끝에 천하장사가 되었을 때 엄연히 이긴 것인데도 관중들은 승복하지 않았고 장사로서의 명예를 인정해주려 하지 않았다.

그런데 우리는 조선조의 경쟁관과 그 논리의 상투를 그대로 튼 채 서구식 근대의 경쟁 사회, 경쟁 시대로 뛰어들었다. 자본주의는 있어도 자본주의의 철학(경쟁 원리와 그 체제)은 없고 경쟁은 있어도 경쟁의 질서는 아직도 골방 속에서 잠자고 있다.

확실한 승부

해방 40년을 경쟁이라는 시각에서 보면 신한국인의 모습이 좀 더 분명하게 드러난다. 일제에서 해방되었다는 것은 막혀 있던 경쟁의 봇물이 터졌다는 뜻이기도 하다. 식민지 시대에서는 아무리 유능한 사람이라도 일본인 또는 그 세력을 업고 있는 사람들과는 시합이 되지 않는다. 언제나 차·포 떼고 두는 장기처럼 승부는 정해져 있다. 그 같은 상황에서는 경쟁이 아니라 투쟁과 저항이 살길인 것이다. 뿐만 아니라 해방은 경쟁으로는 뛰어넘을 수 없던 양반과 상인, 사농공상士農工商의 높은 담장도 무너뜨렸다. 한국인은 역사상 처음으로 사방이 툭 트인 시원한 벌판의 스타트라인에 서게 된 것이다. 길은 어디에나 뚫려 있고 뛰든 날든 거칠 것은 아무 데도 없었다. 적어도 표면상으로는 그러했다. 경쟁의 성격도 여건도 모두 달라졌다.

이미 분석한 대로 옛날 한국인의 경쟁심을 나타낸 "사촌이 땅을 사면 배가 아프다."는 속담에서 우리는 세 가지 특성을 쉽게 읽을 수가 있다. '사촌'이라는 말에서는 친척을 경쟁 대상으로 삼고 있는 폐쇄적 사회성, '땅을 사면'이라는 말에서는 토지를 경쟁물로 삼고 있는 농경 문화성, '배가 아프다'는 말에서는 비행동적 내향성을 각기 찾아볼 수 있다.

여기에 비해서 해방 후의 그것은 개방적 사회성, 상업주의 문화, 행동적인 외향성 등으로 각기 그 대립항을 만들 수 있다. 그러나 이런 상식적 관점보다는 '승부가 불확실한 경쟁'이 '승부가 확실한 경쟁'으로 옮겨졌다는 점에 신한국인의 특성을 찾는 단서가 숨어 있을지 모른다. 실학자 이규경의 지적대로 농경 문화란 하늘과 땅, 그리고 인간의 협력에 의해서만 그 결과가 나타나는 법이다. 아무리 열심히 일을 해도 홍수가 나거나 가뭄이 생기면 게으른 자와 마찬가지로 아무것도 얻을 수가 없을 것이다.

마찬가지로 땅이 토박하면 아무리 부지런히 일을 해도 기름진 땅에서 낮잠을 자는 게으른 농부를 이기기 어렵다. 천지인天地人, 삼재三才가 합쳐서 이루어지는 농사꾼의 경쟁에는 이렇게 3분의 2가 천과 지의 우연한 변수로 되어 있기 때문에 그것은 불확실한 경주가 될 수밖에 없다.

선비들이 문장을 겨루고 이념을 논하는 것도 마찬가지다. 글이나 예술은 사람의 주관이나 지식의 차이에 따라 각기 달라지는 것으로 승패의 정확한 판단을 내리기 힘들다. 판단이라는 글자 자체에도 나타나 있듯이 '판判'이란 칼로 반을 자른다는 뜻이다.

칼은 붓보다 언제나 분명한 것이다. 붓으로 싸우는 선비들의 승부는 칼로 싸우는 무사들의 그것처럼 확실치가 않다. 칼은 승부를 분명히 가른다. 칼로 겨루는 싸움에서는 진 자가 이긴 자에게 굴복하지 않을 수 없다. 그렇지 않으면 잘리고 마는 것이다.

그러나 선비들의 글싸움은 상대가 승복하지 않는 한, 그 우열을 판가름하기 어려운 것이다. 서양 문화의 기층에는 기사도의 칼이 있다. 일본도 무사도라는 칼의 문화가 역사를 지배해왔다. 길고 짧은 것을 금세 대어볼 수 있는 분명한 승부의 세계가 있었다. 또 장사하는 사람들이 쓰는 저울이나 자 역시 분명한 것이다. 한 치의 눈금도 틀리지 않게 어느 것이 길고 짧은지를 가려낼 수 있고 어느 것이 가볍고 무거운가를 밝혀낼 수가 있다. 무인들이 쓰는 칼이나 상인들이 쓰는 저울은 다 같이 눈으로 보고 손으로 만져볼 수 있는 것이다. 그 힘은 단순하고 구체적인 데서 나온다. 칼과 저울의 문화는 어렴풋한 그늘을 용서하지 않는 문화다.

경쟁의 힘으로 움직이는 사회에서는 이런 단순성과 구체성이 위력을 발휘하기 때문에 복잡하고 추상적인 붓의 문화가 발을 들여놓을 땅이 없다.

사농士農이 중심이 되었던 문화가 황혼빛이 되고 공상工商의 승부 세계가 새벽빛이 되는 그사이에서 오늘의 이 신한국인이 태어나게 되는 것이다.

그리고 거기에 6·25와 군사 혁명과 월남전을 치른 칼의 문화가 오랫동안 선비들이 차지해왔던 역사의 아랫목에 오르게 된다.

이런 상황은 선비 문화 자체까지도 바꿔놓았다. 그것 역시 승부를 한눈으로 볼 수 있는 경쟁 체제로 변한 것이다. 입시 경쟁이라는 것이 바로 그것이다.

그러므로 신한국인의 자격증을 얻으려면 적어도 세 가지 경쟁 도구를 얼마나 잘 쓸 줄 아느냐에 달려 있다. 시험지에 'O×'표를 치는 볼펜(시험 경쟁), 그리고 칼(전쟁, 군인 체험)과 저울(상업주의 문화)이다. 이 싸움에서 이겨내야 생존할 수가 있다.

사지선다형 인간

쇠가 용광로의 불 속에서 나온 것처럼 신한국인은 입시 경쟁의 도가니에서 태어난 사람들이다. 그러니까 입시 지옥은 신한국인의 본적지가 되는 셈이다. 비록 '지옥'이란 말이 붙어 있기는 하나 그 치열한 입시 경쟁은 한국인이 역사상 최초로 경험한 공정하고도 공개적인 경쟁이었다. 옛날에도 우리나라에는 과거라는 것이 있었잖느냐고 말할 사람도 있겠지만 그것은 요즈음 말로 '○○○을 논하라'식의 주관식 출제여서 채점 기준이 애매했고, 그나마도 신분이나 출신 가문에 의해 응시 자격이 엄격하게 제한되어 있었다.

한국 사회에서 입시만큼 공정하고 분명하게 치러지는 경쟁이 없는 것은 그 출제가 사지선다의 객관식으로 되어 있기 때문이다. 그것은 사람을 죽여도 서부 활극에서처럼 남보다 빨리 쏘는 경쟁에서 공정하게 이기기만 하면 무죄가 되는 총잡이 문화의 산물이다.

어찌했거나 경쟁으로 이룩된 서구 사회—이를테면 결투권 문화에서는 페어플레이의 규칙이 최고의 덕목이 되는 것이다. 과연 총잡이 문화의 발명품답게 사지선다형으로 치러지는 객관식 시험은 권총으로 싸우는 것과 진배없는 공정성을 띨 수 있다. 입시장에서 동그라미를 쳐가는 아이들의 볼펜은 총잡이의 권총이나 삼총사의 에페épée와 다를 것이 없다.

거기에는 모략도 없고 정실도 없다. 누가 채점을 해도 한 점의 차이가 있을 수 없고 누가 해도 예외가 인정될 수 없다. 그래서 어떤 권력으로도 이 완강한 'O×'의 자물쇠만은 부술 수 없었다. 헌법을 고칠 수는 있어도 시험 문제의 오답을 정답으로 고칠 수는 없었다. 애매성이 조금이라도 생기면 그 유명한 무즙 사건[1] 같은 것이 일어나는 것이다.

이런 시각에서 보면 신한국인이면 누구나 치렀고 또 누구나 치러야 할 입시 지옥은 오히려 신한국인들이 본받고 따라야 할 경쟁 문화의 천국이라고 할 수 있다. 만약 시험 제도나 출제 방식이 '앞에 가는 놈은 도둑'식의 경주가 되거나 혹은 영동 땅 사는 식

[1] 1964년 중학교 입시 문제에 '엿기름 대신 넣어서 엿을 만들 수 있는 것은 무엇인가?'라는 문제에 정답인 디아스타아제 외에 보기로 제시된 무즙으로도 엿을 만들 수 있다는 사실이 알려지면서 일어난 소동. 결국 이 소동으로 당시 서울시 교육감과 교육부차관 등이 사표를 냈고, 6개월 뒤 무즙을 답으로 써서 떨어진 학생 28명이 정원 외로 경기중학교에 입학 허가를 받으며 사건이 일단락되었다.

의 투기 같은 것이 되었다면 한국은 벌써 소돔의 성이 되어 불탔을 것이다.

그러나 우리에게 공정한 경쟁술을 가르쳐준 총잡이식 사지선다형 결투 방법에서 과연 어떤 황야의 영웅들이 나타났는지 그 시험 답안지를 잠시 들여다볼 필요가 있다.

또 뽑기나 술래잡기 놀이를 하던 아이들이 초등학교에 들어가면 사지선다형 시험 경쟁을 하게 된다.

우리나라를 빛낼 일을 하려면 어떻게 해야 할까요?
① 열심히 공부합니다.
② 용돈을 많이 씁니다.
③ 만화책을 읽습니다.
④ 열심히 장난을 칩니다.

아이들은 나라를 빛내는 일이 오로지 이 네 개 속에 있고 모든 진리는 그중 하나를 뽑는 데 있다는 것을 배우게 되는 것이다.

맞는 것은 오직 하나다. 장난꾸러기 아이가 어른이 되어, 올림픽에서 금메달을 따 나라를 빛내도 그것은 정답이 되어서는 안 되고, 공부를 열심히 해 좋은 대학을 나온 정치인이 되어 부정 선거를 해 나라를 더럽혀도 그 정답은 변함이 없는 것이다. 더구나 객관식 시험 문제는 대개 1분에 한 문제씩 풀도록 되어 있기 때문에 펜싱을 하듯이 정답을 골라 볼펜으로(붓으로는 절대로 안 되는 일이다) 찍어가야 하는 것이다.

아, 이 순발력! 이것이 신한국인들이 꿈에서도 생활의 보석으로 믿고 사는 반짝이는 슬기인 것이다. 초등학교 때부터 12년간 사지선다 경쟁을 치르는 동안 그들이 이기기 위해서는 창조적 사고를 버리고 이미 만들어진 생각들로부터 무엇인가를 선택해주는 것, 그리고 깊이 생각하는 것이 아니라 순간순간을 재봉틀 바느질처럼 건너뛰면서 찍어가는 것, 그리고 답은 오직 하나라는 것을 몸에 익히는 것이다.

진리는 언제나 네 개 가운데 하나다. 네 개를 함께 주지 않으면 무엇이 옳은 것인지 알 수 없다. 다른 것과 비교해봐야 한다. 틀린 답을 주지 않으면 무엇이 옳은지도 모르기 때문에 사지선다형 인간들은 맞는 것보다는 틀린 것이 항상 주위에 더 많이 있어야 살아갈 수 있다.

그래서 요즈음 젊은이들은 데이트 상대를 찾는 데도 혼자 놓고서는 모르기 때문에 여럿이 모인 가운데서 자기 상대를 고르는 미팅 방법이 성행하고 있다는 말도 있다. 신한국인이란 맞선을 볼 때에도 앞에 네 남자나 네 여자를 함께 앉혀놓지 않으면 마음에 드는 상대를 고를 수 없는 사람들인 것이다.

오리·토끼 실험

원래 토박이 한국인들은 사지선다형 인간과는 정반대의 사고 속에서 살아온 사람들이다. 한국인이 잘 쓰고 있는 토박이말일수록 'O×'식으로는 풀 수 없는 것들이 많다. 가령 '시원섭섭하다'는 말을 놓고 우리는 긍정에다 O표를 칠 것인가, 부정에다 O표를 칠 것인가? '시원하다'와 '섭섭하다'는 것은 정반대의 감정인데도 한국인은 그 모순을 그대로 함께 쓸 수 있는 넉넉한 보자기를 가지고 있었다. 그렇기 때문에 서양의 형식 논리로는 어느 곳에도 동그라미를 칠 수 없는 생의 미묘한 답안지를 용케 작성할 줄 알았던 사람들이다.

'오락가락'은 온 것인가, 간 것인가? '들락날락'은 들어간 것인가, 나온 것인가? 서양 말에서는 이렇게 대립되는 말을 한 울타리 속에 넣기보다 그중 한쪽을 골라 다른 쪽을 내쫓는 배제적 방법을 많이 써왔다. 그래서 책상 서랍은 빼기도 하고 닫기도 하는 것인데도 서양 사람들은 그것을 '드로어drawer'라고 불렀다. 직역을 하면 '빼내는draw 것er'이다. ○×식 사고로 만들어진 그 말뜻 그대로 하자면 서양 서랍은 빼기만 하고 영원히 닫지는 못하는 것이 되고 만다. 한국인의 눈으로 보면 서랍이란 빼고 닫는 것이니까 그것을 그냥 합쳐 빼닫이라고 하면 된다. 열고 닫는 것은 여닫이가 되고, 밀고 닫는 것은 미닫이가 된다.

이 간단한 것이 서양 사람의 머리로는 간단치가 않은 것이라 어느 한쪽을 버리거나 있어도 없는 것으로 치지 않고서는 생각을 할 수 없는 모양이다. 동양이고 서양이고 할 것 없이 문이란 본시 들어오기도 하고 나가기도 하는 것인데 그것도 서양 사람들의 머리로는 반대 개념이 되기 때문에 논리적으로 뜯어고쳐, 문을 놓고서도 exit(출구), entrance(입구)로 달리 표기하고 있다. 여기에 비해 한국인은 얼마나 융통성이 많은가. 외출이란 문자 그대로 바깥으로 나가는 것인데 미리 들어올 것까지 계산하여 '나들이 갔다'고 말하는 것이 바로 한국인인 것이다. 반대인 것까지 서로 융합시키려는 사고가 아니고서는 '나들이'식의 발상은 나올 수 없는 것이다. 이런 사람들을 잡아놓고 사지선다의 ○×식으로 머리를 단근질해놓았으니 그 충격은 얼마나 컸겠는가.

그 유명한 비트겐슈타인-곰브리치 도형을 이용하여 학생들의 사고를 측정해보면 그동안 한국인의 머리가 얼마나 굳어졌는지 알 수 있다. 그 도형은 그림에서 보듯이 토끼로도 보이고 또 어떻게 보면 토끼 귀가 오리 주둥이로 보이기도 하는 양의성을 지닌 그림인 것이다. 그러나 똑같은 그림을 놓고서도 사람에 따라, 즉 그 사고 양태에 따라 각기 다른 해답이 나오게 된다. 랄프 래다가 설정한 해답의 모델은 세 가지인데 A의 경우는 토끼이고 동시에 오리라고 대답하는 경우다. 즉 전일적 사고의 유형이다.

B—이것은 토끼처럼 보이기는 하나 오리를 그린 것이라고 말하는 경우(이런 유형은 종속적 사고라 부른다), C—이것은 토끼다, 또는 이것은 오리다라고 한쪽만 선택하는 경우(이런 유형의 것을 배제적 사고라 부른다)다.

'오락가락'이란 말을 만들어낸 한국인, '빼닫이'란 말을 생각해낸 토박이 한국인이라면 두말할 것 없이 A에 속할 것이고, 언제나 ○×식으로 양자택일만 해오는 데 이골이 난 신한국인이라면 C에 속할 것이 분명하다. 그리고 토착적 한국인과 신한국인의 한가운데 엉거주춤 끼어 있는 샌드위치 인간은 B와 같은 대답을 할 것이다.

대학생, 그것도 특정한 대학의 한 그룹을 대상으로 임의 추출한 조사이기 때문에 신빙성이 높은 것이라 할 수 없지만 오리·토끼 실험의 결과는 반수 이상이 C로 되어 있다. 흑 아니면 백이라고 말해야 된다는 배제적 사고가 무의식화되어 있다는 증거다. 그중 35퍼센트가 B, 나머지 소수가 A로 되어 있었지만 직접 ○×식으로 물으면 학생들은 예외 없이 어느 한쪽에 ○표를 단다. 대담하게 양쪽 다 같게 보인다는 학생은 거의 없는 것이다.

그렇게 보여도 그렇게 말할 수 있는 용기가 없다. 진리는 오직 하나이고 선택은 오직 한 가지만 주어진 것이라는 흑백논리가 골수에 배어 있기 때문에 양면성이나 중간이란 존재할 수 없다. 이런 사고가 경직화하면 죽기 아니면 살기요, 신이 아니면 악마인 양극적 사고가 태어나기도 하는 것이다.

선택의 시대

입시 경쟁이 자아낸 볼펜 문화의 특성은 결국 창조적 사고보다는 선택적 사고를 발전시켜온 것이라 할 수 있다. 창조적 사고니 선택적 사고니 하면 공연히 이야기가 어려워지고 막연해지지만, 쉽게 말해 엉뚱한 생각을 하는 사람들이 줄어들었다고 하면 쉽게 이해가 갈 것이다. 그 대신 건전한 상식과 임기응변의 순발력 그리고 1분 만에 한 문제씩 찍어내려가는 머리 회전으로 이미 제시되어 있는 문제를 변형하고 선택하는 능력은 날로 눈부신 빛을 발하는 것이다.

우선 요즈음 대학가의 젊은이들을 한 세대 전의 대학생과 비교해보면 그것이 무슨 소리인지 알 수 있을 것이다. 그들은 심각하고 형이상학적인 의미를 내포한 이야기를 주고받기보다는 현실 풍자적인 유머, 단답식처럼 짤막한 경구, 기지의 유행어 같은데서 더 많은 특성을 보여주고 있다.

이른바 요즈음 유행하고 있는 대학가의 웃음은 도저히 옛날 학생들이나 기성인들이 따를 수 없는 재치를 보여주고 있는 것들임에 틀림없다. 교수의 머리로는 어림도 없는 일이다. 그나마 그 웃음을 만들어내는 지성은 창조성 무에서 유를 만들어내는 것이 아니라 이미 시험 문제처럼 주어진 테두리 안에서 엮어내는 선택적 기술이라는 것을 알게 될 것이다.

예를 들자면 끝이 없겠지만 우선 술을 나타내는 은어들을 놓고 생각해보자.

젊은이들은 소주를 소니워커라고 하고 막걸리를 이순신코냑이라고 부른다. 이러한 기지는 모두 서양 술 이름을 변형시켰거나 그 발상을 따온 것이다. 나폴레옹코냑이 있음으로 해서 비로소 이순신코냑이라는 말의 웃음과 효과가 생겨난다. 문학 양식으로 치면 패러디에 해당하는 지성인 것이다.

패러디적인 지성이야말로 사지선다형 인간이 발휘할 수 있는 최대의 무기로서 기존적 텍스트인 한자 성어나 속담 같은 것을 패러디화한 것이 그 대표적인 예라 할 수 있다. 설왕설래說往說來가 설왕설래舌往舌來로 되어 키스한다는 뜻이 되고 귀거래사가 귀중한 것을 거래하는 곳, 즉 전당포를 뜻하는 말이 된다. 고부간의 갈등은 시어머니와 며느리의 싸움이 아니라 고고를 출까 블루스를 출까의 갈등으로 변조된다.

다음과 같은 속담의 패러디에서도 똑같은 발상을 엿볼 수 있다. '가다가 중지하면 간 것만큼 이익이다', '길고 짧은 것은 대봐도 모른다(고무줄)’, ‘서당개 5년이면 보신탕감이다’, ‘아랫물이 맑아야 세수하기 좋다’, ‘가는 말이 거칠어야 오는 말이 곱다’, ‘개천에서 모기 난다’, ‘고생 끝에 골병든다’, ‘아는 길은 곧장 가라’, ‘제비 따라 강남 간다(복부인)’……. 속담의 뜻을 뒤엎거나 말이나 소리를 바꿔쳐서 의외적 효과를 내게 하는 패턴을 응용하면 수없이 많은 패러디를 만들 수 있다. 일견 참신하게 보이면서도 그러한 동일수법으로 엮어지는 웃음들은 기계적인 또 하나의 획일성을 보여주고 있는 것이다.

기성인들의 구호 문화를 뒤집은 것이 바로 젊은이들의 이러한 말놀이라고 할 수 있다. 내용은 정반대라 할지라도 사고의 뿌리는 같은 것이다.

면면히 흐르는 호흡이 긴 사고, 주어진 것을 넘어 현실과 역사를 굽어보는 초월적 사고, 이런 것들이 패러디의 웃음이나 분노 앞에서 보면 세련되지 못한 그리고 촌스러운 것으로 보이기도 한다.

사지선다로 상징되는 신한국인들의 발상 양식은 반드시 학생 문화에서만 볼 수 있는 것은 아니다. 입시 경쟁을 한 사람들은 사회에 나와도 그 사고의 밑뿌리는 변하지 않는다. 그리고 사지선다식 선택지는 민주주의의 기본의식이 되는 것이다. 선거란 결국 입후보자의 이름 밑에 O표를 치는 볼펜 문화가 아니겠는가. 그것은 주어진 것 가운데서 하나를 고르는 명확한 판단적 지성을 요구한다.

신한국인이란 좋은 의미든 나쁜 의미든 선택의 의지와 판단 능력을 갖추어야만 살아갈 수 있는 사람을 일컫는 말이다. 창조적 능력보다는 여러 가지 것을 놓고 비교하고 판단하고 선택하는 힘, 그리고 그것으로 움직여가는 사회—그것이 정치적으로 나타나면 민주주의요, 소비 문화에 나타나면 광고 문화가 되는 것이다.

학교를 나오고 시험 경쟁이 끝나도 신한국인은 죽을 때까지 사지선다의 시험 답안지에서 벗어날 수 없는 것이다.

자유인의 조건

신한국인의 볼펜 문화를 좀 더 근접 거리에서 보기 위해 우리
는 잠시 노예의 이야기 하나를 들어봐야 할 것이다.

주인이 시키는 일이면 무엇이든 열심히 일해온 노예 하나가 어
느 날 감자를 캐라는 명령을 받고서 온종일 밭에서 일을 하고 들
어왔다. 그러자 주인은 그 감자를 한곳에 쌓아놓고 두 군데에 큰
구덩이를 파라는 명령을 내렸다. 다음 날에도 역시 그 노예는 아
무 소리도 하지 않고 일을 다 끝마치고 돌아왔다. 그러자 이번에
는 또 그 감자를 큰 것과 작은 것으로 갈라 왼쪽 구덩이에는 큰
감자를, 오른쪽 구덩이에는 작은 것을 넣으라고 했다. 그런데 가
장 쉬운 일을 시켰는데도 웬일인지 새벽에 나간 노예는 날이 저
물도록 돌아오지 않았다. 주인이 궁금해서 밭으로 나가보았더니
노예는 일을 하나도 하지 않고 감자더미 옆에 우두커니 앉아 있
기만 했다. 화가 난 주인이 큰 소리로 꾸짖자, 그 노예는 슬피 울
면서 이렇게 말하더라는 것이다.

"주인님, 어떤 일이라도 시키는 일이라면 다 하겠습니다. 그러나 제발 큰 감자와 작은 감자를 고르는 일만은 시키지 마십시오. 감자를 손에 들 때마다 그것을 왼쪽 구덩이에 던져야 할지, 오른쪽 구덩이에 던져야 할지 결정지어야 하는 괴로움보다는 차라리 죽는 쪽이 더 낫겠습니다."

노예에게 있어 가장 힘든 일은 흙구덩이를 파는 일이 아니다. 시키는 일만을 해오던 노예에게는 무엇을 자기 스스로 판단하고 결정짓고 선택하는 일보다 어려운 일이 없는 것이다. 자유인과 노예의 차이가 바로 여기에 있다.

우리가 해방이 되었다는 것은 곧 우리가 우리의 자유로운 의사로 무엇인가를 선택하고 결정지을 수 있는 생각을 할 수 있게 되었다는 것이고, 그런 변화가 생활 속에 구체적으로 나타나 직접 체험할 수 있게 된 것이 입시 경쟁이었다. 그것이 비록 큰 감자와 작은 감자를 나누는 것과 다름없는 ○× 문제라 해도 입시 경쟁의 상징성은 신한국인을 결정짓는 가장 중요한 의미가 되는 것이다. 그렇기 때문에 신한국인의 경쟁은 역시 입시 경쟁으로부터 그 막을 올리게 된 것이다.

이른바 치맛바람이 불기 시작한 태풍의 눈은 바로 학교 뜰에서부터였다. 워털루의 승전은 이튼 교정에서 이루어진 것이었지만, 우리에게 있어 결혼에서부터 취직, 승진에 이르는 사회적 지위의 그 승전은 바로 KS마크의 교정에서 이루어졌다고 해도 과언이 아니다.

옛날의 사회적 지위는 주로 태어나자마자 결정되는 귀속적 지위가 대부분이었다. 말하자면 모든 신분은 세습제로 계승되었기 때문에 태어날 때 이미 배꼽처럼 1등칸 지정석 차표를 차고 나오는 사람이 있는가 하면 3등표나 입석표를 들고 나오는 사람이 있게 된다. 그러나 자유경쟁 체제에서는 사회적 지위가 귀속적인 데서 획득적인 데로 바뀌어가게 된다. 본인의 노력이나 실력에 의해서 얻어지는 사회적 지위가 열려진 사회, 참된 경쟁 사회의 이상인 것은 두말할 필요가 없다.

그렇다면 학력 사회는 어디에 속하는 것일까? 개인의 실력보다 그가 어느 학교를 나왔는가의 학벌을 중시한다면 그것은 출신 성분을 따지던 귀속적 지위와 같은 것이라 할 수 있다. 그러나 그 학벌을 얻는 과정을 보면 출신이나 가문처럼 타고난 것이 아니라 공평한 경쟁과 개인의 자유로운 능력으로 얻은 것이니만큼 그것은 획득적 지위에 버금가는 것이다. 즉 학벌은 귀속적 지위와 획득적 지위의 중간에 있는 과도기적 경쟁의 산물이라 할 수 있다. 뿐만 아니라 입시 경쟁에 치맛바람이 일면 경쟁 자체가 개인의 능력보다 가정 환경이나 빈부의 차이를 그대로 반영하는 것이 되기 때문에 그 결과는 귀속적 지위와 다를 것이 없게 된다.

이것을 정치에 갖다놓아도 마찬가지의 것이 되고 만다. 겉으로는 기회 균등과 공평한 경쟁 체제인 것처럼 되어 있어도 금권이 개입하는 부정 선거와 같은 것이 횡행할 때 그것은 봉건제와 마찬가지로 모든 사회적 지위는 귀속적인 것이 되어버린다.

붓의 문화가 볼펜 문화로 바뀌어 사지선다형 인간이 나타나기는 했지만 그것은 공평한 경쟁에 눈뜨기 시작한 선택의 자유와 그 존귀함을 일깨우는 학생 문화를 만들어냈다. 그것이 학생 파워로 등장한 것이 바로 4·19라 할 수 있다. 학생만이 아니라 입시 경쟁으로 어렸을 때부터 선택과 경쟁의 자유로운 사고를 몸에 익힌 신한국인의 체질 속에는 이미 큰 감자와 작은 감자를 고르는 일에 익숙한 자유인의 피가 흐르고 있는 것이다.

백의와 카키색

　사람들은 공기에 대해서 말하는 일이 드물다. 우리는 항상 그 공기 속에서 살고 있기 때문이다.

　신한국인에게 있어서 분단과, 그리고 그 전쟁은 공기와 같은 상황이라고 할 수 있다. 여기에서 대두된 것이 바로 카키색 문화다. 6·25를 치르고 군대 생활을 직접 경험한 우리에게는 그것이 달팽이의 껍질처럼 몸의 일부로 느껴지는 것이지만 불과 1세기 전만 하더라도 그것은 낯선 옷, 낯선 색깔이었다.

　옛날 민요 한 곡조를 들어봐도 알 수 있다.

　"어디 군산가? 경상도 군사제. 몇 천 명인가? 3천 명일세. 몇 백 바퀴 돌았나? 3백 바퀴 돌았네. 무슨 칼을 찼나? 장도칼을 찼네. 무슨 신을 신었나? 가죽신을 신었네……."

　요즈음 아이들이 전쟁놀이를 하고 군가를 부르는 것과 비교하면 참으로 큰 시간의 벽을 느끼지 않을 수 없다. 장도칼에 가죽신이라는 것도 그렇지만 군사보고 이겼느냐 졌느냐가 아니라 기껏 몇 바퀴 돌았느냐고 묻는 말에는 절로 웃음이 터져나온다. 심지어 이와 같은 민요 가운데는 몇 바퀴 돌았나가 아니라 "몇천 냥 벌었나?"라고 묻는 것이 있고 또 "무슨 옷 입었나. 베옷 입었네?"라는 것도 있다.

민요에 나타난 군대 문화만이 아니라 개화기의 실제 군사들이라도 대동소이한 것이라 할 수 있다. 구한말 대원군이 만든 군대에는 무부 광대로 편성된 난원군蘭援軍이라는 것이 있었는데 싸움보다는 굿을 장기로 하는 것이었다.

우리의 전통 문화가 비군사적 문화였다는 것은 백의로 상징되는 한복을 보면 알 수 있다. 한복의 옷소매와 바짓가랑이는 전쟁을 하기에는 너무나도 넓은 것이었다. 박연암이 한복을 벗어던지고 옷소매나 바짓가랑이가 좁은 호복으로 갈아입어야 한다고 주장한 것도 그 때문이었다. 그래야 싸움터에서도 말을 타고 활을 쏠 수 있어 나라를 지킬 수 있다고 생각한 것이다.

옷의 생김새만이 아니라 색채에 있어서도 마찬가지다. 백의의 그 흰빛은 지상의 빛이 아니다. 그것은 달빛과 마찬가지로 하늘의 빛인 것이다. 그래서 풀과 흙의 땅 위에서는 적의 눈에 금세 띄고 마는 불리한 빛이 된다. 싸우기 위해서는 카키색이라야(세계 어느 나라에서나 군복은 땅과 풀 색깔을 기조로 삼고 있다) 한다. 그렇다! 지상의 색인 카키색이라야 한다. 품이 넉넉하고 옷고름이 길고 색깔이 흰 우리 옛날의 한복은 신선이 입고 하늘을 날아다니기에 어울리도록 만들어진 것이지, 진흙바닥에서 싸움하는 데에는 맞지 않는 옷이다.

이는 일본 작가도 지적한 것처럼 임진왜란의 잘못은 일본이 비무장 국가와 다름없는 조선을 침공했다는 데 있다. 걸어다닐 수 있는 나이만 되면 칼을 차고 다녔던 일본인의 눈으로 볼 때 숭문주의崇文主義의 선비들이 지배했던 조선 왕조는 거의 비무장 국가와 다를 게 없었다. 군대가 있어도 전쟁이 무엇인지 모르는 문관들이 지휘하는 일이 많았다.

이런 관점에서 볼 때 해방 후 가장 큰 변화를 가져온 것이 백의에서 카키색 제복으로 전환되는 문화였다. 해방 후 미국 문화의 접촉도 따지고 보면 군정하에서의 경험이므로 그것 역시 카키색 체험의 하나로 볼 수 있다. 우리의 미국 체험은 엄격한 의미에서 보자면 GI 문화에서 출발한 것이라고 할 수 있다.

군대에 직접 나가 병영 생활을 한 젊은이가 아니더라도 6·25동란을 치르고 피난살이를 한 사람들이면, 그리고 아직도 이산가족으로 살고 있는 사람들이면, 혹은 전쟁을 직접 경험해보지 못한 요즘 사람이라 해도 휴전선을 알고 있는 사람이면, 그 머릿속에는 카키색의 짙은 빛이 지속되어 있을 것이다.

그 카키색의 의미는 경쟁이 투쟁이 되고, 그 투쟁이 전쟁이 되는, 이를테면 경쟁의 정점이 있는 색채라는 데 있다. 즉 전쟁의 승부는 죽느냐 사느냐에 있기 때문에 언제나 그것은 극한 상황

속에서 벌어지는 것이고 거기에서 살아남는 길은 오직 힘이라는 사실뿐이다. 이 가열성 속에서 신한국인들은 태어나 자라난 것이다. 미국 여성들이 드센 것은 개척민의 전통, 남자와 함께 라이플 총과 곡괭이를 들었던 그 생활 풍습에서 온 것이라고 했지만, 한국 여성들의 바이탤러티vitality와 거센 치맛바람은 피난 시절에 옷소매를 걷어붙이고 살아남은 그 가열한 전쟁 체험에서 비롯된 것이라고 할 수도 있다. 치맛바람의 색깔 역시 카키색이었다는 것을 잊어서는 안 될 것이다. 한때 유행했던 "죽기 아니면 살기"라는 말은, 그리고 극한적 용어의 대부분은 신한국인의 의식 속에 잠재해 있는 카키색 문화의 발로인지도 모른다.

욕의 문화사

으슥한 골목을 지나다보면 이따금 소변 금지 표지를 볼 수가 있다. 대로상에 내붙인 무슨 주차 금지나 회전 금지 표지처럼 일정한 규격이 있는 것도 아니어서 낙서의 영역을 벗어날 수 없는 것들이다. 더구나 소변을 보는 사람이나 막는 사람이나 남의 눈에 잘 띄지 않는 곳에서 은밀히 행해지는 것이어서 그것은 지하 문화적 성격을 지닐 수밖에 없다. 그러므로 지금까지 소변 금지 표지를 놓고 우리 점잖은 학자들이 이렇다 할 연구를 하지 않았다 해서 조금도 놀랄 일은 아니다. 그러나 누군가 냄새와 체면을 무릅쓰고 잠시 이 골목길의 경고판들을 조사·분석할 용기를 갖는다면 카키색 문화가 얼마나 신한국인의 의식 속에 뿌리박고 있는지 그 궤적을 뚜렷이 읽을 수 있을 것이다. 소변 금지 사인은 다른 표지와 달리 이른바 수사학에서 말하는 제로 레벨의 글을 쉽게 찾아낼 수 있을 뿐만 아니라 그것을 기준으로 하여 다양한 변이항을 추적하여 수사적인 편차를 계산해낼 수 있다.

말하자면 화장술의 효과를 검증하기 위해서는 화장한 얼굴과 화장하지 않은 맨얼굴의 차이를 밝혀내는 작업과 같은 것이다. 소변 금지의 메시지는 아무리 변화가 생겨나도 그 맨얼굴과 같은 제로 레벨을 간직하고 있는데 그것이 바로 '이곳에 소변을 보지 마시오'라는 말이다. 만약 한자 세대의 할아버지가 이 글을 쓴다면 그 수사법은 달라져서 소변이라는 말은 방뇨放尿라는 자못 고전적이면서도 우아한 표현으로 변형될 것이고, 거꾸로 한글 세대의 손자가 그것을 쓴다면 아마도 소변은 보다 직접적이고 좀 비속한 토박이말로 바뀌어 오줌이라는 말이 될 것이다. 수사법만이 아니라 용어도 달라져서 소변 '보다'는 누다, 싸다, 심하면 깔기다로 달라질 수 있다.

시대가 아래로 내려올수록 우리는 그것이 절제, 간접, 중용의 수사법에서 노출, 직설, 극단의 반대편 길로 치닫고 있음을 쉽게 찾아낼 수 있다. 금지를 나타내는 의미론 계층에서도 똑같은 현상을 읽을 수 있다. 금지를 엄금으로, 엄금은 다시 엄벌로 점점 에스컬레이트하고 끝에 가서는 의미 자체가 변질되어 욕설이 되고 만다. 알림—경고—욕의 단계로 소변 금지의 메시지는 바뀌어왔고, 그것이 담고 있는 내용도 호소에서 협박으로 탈바꿈을 해왔다는 것을 알 수 있다.

판잣집에서 살던 시절, 그들이 내건 표지 가운데는 '여기는 부엌이니 소변을 누지 마시오.' 라는 애절한 호소도 있었다. 그런데 이제는 방뇨를 할 만한 골목도 없어지고 선진 조국을 이룩하느라 남의 집 벽에 소변을 보는 야만도 많이 없어졌는데도 그 표지는 날로 살벌해져, 드디어는 가위 그림까지 곁들여 '잘라버린다'는 협박문이 등장하기도 한다.

소변 금지의 수사학적 변천은 우리의 욕이 어떻게 변했는가의 독해법으로 그대로 적용할 수 있다. 우리의 욕이 옛날부터 좀 푸짐한 편이라는 것은 부정할 여지가 없지만 아무리 심한 것이라 해도 그 핵심적 의미는 '나쁜 놈' 유형에 속하는 것이다. 거지발싸개나, 가족을 들먹이는 욕이나, 개새끼라는 말도 역설적으로 말하면 도덕적으로 깨끗한 것을 지향하고 있는 사회에서 나온 것이라 할 수 있다. 상대방을 부도덕한 것이나 더러운 것으로 본다는 것은 도덕적인 것을 중시해온 사회 가치를 이용한 것이기 때문이다. 개새끼라는 말도 따지고 보면 인간은 개가 아니라는 인간 가치의 반증적 선언으로 볼 수 있다.

그러나 신한국인의 위기는 그 욕이 이런 도덕적 또는 청결성에 대한 것으로부터 직접 상대의 신체에 대한 가해의 말로 바뀌었다는 점이다. 즉 '나쁜 놈'형에서 '죽일 놈'형으로 옮아갔다는 것이다. 신체 가해의 구체적 영상으로 사람의 창자를 빨랫줄에 비기는가 하면 "네 배에는 철판 깔았느냐"는 식의 욕이 만들어지고 있는 것들이 그것이다.

우리가 젓가락을 쓰듯이 권총을 쓰는 미국인들이지만 언쟁을 할 때에는 여간해서 죽인다는 말을 쓰지 않는다. 그래서 신한국인들이 가장 많이 쓰고 있는 욕이 미국 법정에서는 살의의 증거로 채택되기도 하는 무시무시한 말이 되는 것이다.

그까짓 골목길 담벼락에 그려진 가위라면 오히려 애교로 보고 웃어주면 그만이다. 그러나 욕마저도 경쟁을 하듯 도덕적인 데서 신체 가해로 변해가는 욕의 문화사에서 우리가 느끼는 것은 무엇인가? 그것은 아마도 인간이 인간을 지배하는 힘의 궁극적인 변화인지도 모를 일이다.

'별것 아니여'의 사상

　'별 볼일 없다'는 말을 자주 쓴다. 비단 이 말만이 아니라 별別이라는 말이 들어가서 부정을 나타내는 말이 신한국인의 두드러진 어법 가운데 하나인 것 같다. 말장난을 좋아하는 젊은이들은 별別과 별[星]이 동음이의어지만 그 뜻을 섞어 써서 별 볼일 없는 것을 스타가 없다고 말하기도 한다. 이것은 스타를 용납하지 않는, 이를테면 별것을 그냥 놔두려고 하지 않는 무별주의無別主義라고 말할 수밖에 없다. 평등사상이라는 좋은 말을 두고 왜 그런 어색한 조작어를 만들어 쓰는가 비난하는 사람이 있을지 모르나, 근본적으로 별것 아니라는 말이나 별 볼일 없다는 말이 암시하고 있는 그 뜻은 결코 평등주의와 같은 문맥에다 놓을 수 없는 것이다. 왜냐하면 이 말이 쓰이는 상황은 대체로 권위를 인정하려 들지 않거나 너는 별것이냐라는 말처럼 남과 싸울 때, 또는 자기의 패배를 애써 은폐하려고 할 때 쓰이는 말이기 때문이다. 평등하다고 해서 바늘이 해야 할 일을 실이 할 수는 없는 것이다. 바늘과 실은 별것이어야 한다. 그것이 별것이기 때문에 서로 제구실을 하면서 바느질이라는 공동의 일을 해낼 수 있는 것이다.

이 무별주의를 평등사상으로 착각하는 데서 사회의 권위도, 전문가의 역할도 파괴되는 일이 많은 것이다. 이러한 무별주의는 이른바 무차별 융단폭격과 다를 게 없다. 그리고 보면 이런 별것 아닌 사상, 일종의 지적 허무주의의 출현 역시 전쟁의 카키색 문화와 무관한 것 같지 않다.

전쟁의 경험에서 보면 모든 것이 별게 아니다. 총탄 앞에서는 배운 사람도 무식한 사람도 미녀도 추녀도 없다. 포탄은 누구의 가슴에도 떨어지는 것이며, 그것을 맞으면 누구나 죽는 것이다. 성인도 악한도 똑같은 피를 흘리고 죽는 것이 총 앞에서의 평등이라는 것이다. 빌라도의 칼이 예수 앞이라고 무뎌지겠는가.

생명만이 아니라 아름다움이나 진리나 착함이나, 전쟁의 문맥에 놓고 보면 하나도 별 볼일이 없고 별것일 수 없는 것이다. "너는 별것이냐?"라는 말을 극단적으로 표현한 것이 "네 몸에는 철판 깔았느냐?"의 끔찍한 욕이 되는 것이다. 전쟁 체험에서 생긴 이런 평등사상은 있어야 할 가치의 차이, 있어야 할 역할의 차이를 깡그리 무너뜨리고 나중에는 원리나 법칙까지도 별것이 아닌 것으로 밀어버리는 반달리즘vandalism 현상을 만들어내는 것이다.

불도저—무엇을 마구 밀고 나가는 그 힘의 저변에도 이 별것 아니라는 무별주의가 도사리고 있는 경우가 있다. 별것이 없으면 무서운 것도 없을 것이기 때문이다.

특히 이 무별주의에는 지성처럼 약한 것도 없어 보인다. 말이라는 것 자체가 별것이 아닌 것, 있으나마나 한 것으로 보인다. 한 줄의 시나 한 권의 책을 놓고 간단히 죽이는 말은 별것 아니라는 말이다. 비평이 무슨 소용이 있고 그 말 앞에서 무슨 논리가 필요할 것인가. 별것 아니라고 생각하는 데야 무슨 말이 설득의 힘을 가질 것이며, 무슨 행동이 공감을 얻어낼 수 있을 것인가.

그러나 별것 아니라는 사상 앞에서 유일하게 존재하는 것은 무엇일까? 죽는 일인 것이다. 원래 이런 극한 상황적인 발상은 전쟁터의 논리에서 나온 것이기 때문에 자기의 목숨을 빼앗는 것, 그 힘만이 별것 축에 속한다. 그 나머지 것이 다 별것으로 보이지 않았던 것도 그 때문인 것이다. 절체절명의 것, 생살여탈권 앞에서 보면 장미가 피는 것이 별것이겠는가, 두견새 울음이 별것으로 들리겠는가.

이 부정적 평등성은 사람들에게 겁 없이 사는 법을 가르쳐주고 도덕적 마비에 대해서 무신경하게 하고 좌충우돌하는 삶에 용기와 힘을 준다.

한탕이라는 말, 화끈하다는 말, 빤짝이라는 말, 그 말 뿌리를 뽑아보면 별것이 아니라는 카키색 허무주의의 잔뿌리가 돋아 있음을 볼 것이다.

이것은 사람과 사람 사이에서만 아니라 세계를 보는 데까지 확산된다. 신한국인들은 세계에 진출하면서 모든 국제적 논리를 무시하는 모순을 범한다. '미국 사람 별것이 아니다', '일본 별것 아니다'라는 생각을 하는 것이다. 이것이 묘한 민족주의와 과대망상증과 칵테일되기도 한다.

　진정한 용기와 진정한 민족주의는 구별되어야 하는 이 무별주의가 국제 무대로 나서면 가혹한 시련을 받게 된다.

씨와 숫자

이미 예고문에서 밝힌 대로 나는 이 글을 워드프로세서로 쓰고 있는 중이다.

보통 타자기와는 달라서 한글로 치고 키 하나만 누르면 그 말이 단박에 한자로 바뀌어진다. 그러나 기억 용량에는 한계가 있기 때문에 미리 시스템에 입력된 단어라야만 한다. 그 때문에 나는 한글로 쳐놓고 전환키를 누를 때마다 묘한 불안감을 느낀다. 과연 이 단어가 한자어로 바뀌어질까라는 기대와 좌절이 있기 때문이다. 언젠가 '시인'이라고 치고 한자 변환키를 눌렀더니 아무 반응도 없었다.

내 요술 램프에서 나온 충직한 그 하인은 시인이 무엇인지 모르는 거인이었던 것이다. 오늘도 나는 이 글의 첫머리에 "사농士農의 시대는 가고 공상工商의 시대가 온 것이다."라고 쓰기 위해 키보드를 두드렸지만, 내 워드프로세서 표시창에는 '사농'이라는 글씨가 한글 그대로였다. 그런데 '공상'은 변환키를 누르자 자형

字形도 또렷하게 '工商'이라고 바뀌었다. 선비와 농사짓는 사람의 시대가 가고 공상인이 지배하는 시대가 왔다는 것을 컴퓨터가 먼저 알고 있었던 셈이다.

워드프로세서의 공화국에는 시인이 그랬던 것처럼 사士와 농農도 그 시민권이 없었던 것이다. 시장의 외침 소리와 공장의 망치 소리에 까무러쳤고 이제는 서서히 사어死語가 되어가고 있는 중이다.

농사를 짓는 사람이라 할지라도 전통적인 의미의 농부와는 다르다. 비닐하우스에서 재배되어 나오는 농작물을 보아도 알 수 있듯이, 그것은 공장에서 물건을 만들고 시장에서 파는 것과 거의 같은 상품이다. 정확하게 말하면 현대에는 농부라는 것이 없고 전부가 농상인인 것이다. 지식도 예술도, 차이는 있어도 비닐하우스 재배의 농작물처럼 궁극적으로는 시장에서 거래되는 상품인 셈이다. 그러므로 현대의 사士는 누구나 '사상인士商人'이라 할 수 있다.

시대가 그렇게 바뀐 것은 어제오늘의 이야기도 아니며 한국에 국한된 것도 아닌데 그 진부한 말을 여기에서 되풀이하자는 것이 아니다. 문제는 공상인의 시대 속에서 살아가는 신한국인의 모습이 어떻게 바뀌었고 그 생각들이 어떻게 변환되었는지 그 풍향을 좇아가보자는 것이다.

사농이라는 것은 여러모로 공상과 대립항을 만들어내는 집합

부호다. 그리고 그 공통항은 어떻게 버느냐가 아니라 어떻게 배우느냐에 있다. 옛날 선비들은 밭을 가는 것과 글을 읽는 것을 동일시했다. 주경야독이라는 직접적인 말이 아니더라도 공부나 수양을 쌓는 것을 마음밭을 간다고 하여 '심경心耕'이라는 표현을 썼고, 인간의 마음 자체를 밭에 은유하여 '심전心田'이라고 한 것들이 모두 그 예에 속한다.

엘리아데Mircea Eliade의 말을 들어보더라도 농사짓는다는 것은 단순히 먹을 것을 얻는 노동을 의미하는 것이 아니다. 농경의 발견이 인류에게 풍부한 식량을 확보시켜주고 이로부터 인구의 대폭적인 증가가 가능했기 때문에 인류의 운명이 근본적으로 변하게 되었다고 말해지고 있지만, 엘리아데는 그러한 관점들이 얼마나 피상적인 것인가를 우리에게 설명해주고 있다. 인류의 운명을 결정지은 것은 농경 생활 자체가 지니고 있는 정신적 가치에 있었던 것이다. 이른바 농경적 신비사상과 구제론이 그것이다.

농사를 짓는다는 것은 씨[種子]가 무엇인가를 배우는 행위인 것이다. 씨를 뿌린다는 것은 성행위와 같은 것이고, 또 동시에 죽음과도 통하는 것이다. 그들은 씨를 뿌리면서 땅속에 묻힌 종자가 다시 싹이 나 재생을 하듯이 사람도 죽으면 땅속에 묻혀 있다가 이 생으로 귀환한다는 낙관주의적 구제론을 몸에 익혔던 것이다. 죽음은 이 생의 최종적인 길목이 아니라는 것을 그들은 씨를 뿌리면서 배웠고 그것을 체험함으로써 유기적 생명의 근본적 단일성을 믿게 되었던 것이다.

　모든 곡식의 근원은 한 톨의 씨앗으로 수렴될 수 있다는 것을 안 그들은 조상과 미래의 자손에서 자신의 모습을 읽으려 했던 것이다. 재생과 연속, 이것이 농경민들이 밭에서 배운 삶의 철학이었다.

　그러나 상업 문화는 씨의 문화가 아니라 근본적으로 숫자 문화에 속해 있는 것이다. 유치원쯤 다니는 아이들이라 해도 사람을 그릴 때 손가락만은 빼놓지 않고 반드시 다섯 개를 그린다. 그것처럼 숫자만 맞으면 다른 것은 아무래도 좋은 것이다. 아무리 괴물같이 그렸어도 손가락이 다섯 개만 있으면 누구나 다 안심하고 사람이라 믿어준다.

　상업 문화에서는 숫자가 본능적이다. 그래서 아이를 낳아놓고도 옛날에는 사낸지 계집앤지 고추부터 보았다지만, 이제는 발가락, 손가락부터 세어보는 세상이 된 것이다.

뷔페병

농경 사회에서 산업 사회로 옮겨간 한국인의 모습이 과연 어떠한 것인지, 그것을 알고 싶은 사람이 있으면 뷔페 식당에 가보면 될 것이다. 가난한 사람도 아주 부자도 잘 드나들지 않는 곳이다. 그곳은 이른바 산업 사회가 낳은 전형적인 중산층, 신한국인의 KS 표시가 붙은 도시인들의 천국인 것이다.

분위기 자체가 그렇다. 밥 먹는 곳이라는데도 증권 시장처럼 서서 북적거리는 사람들이 많기 때문에 보통 식당에서는 구경할 수 없는 열기로 가득 차 있다. 그 이름부터가 프랑스에서 온 것이니 서양 요리는 두말할 것도 없고. 한·중·일 산해진미의 음식들이 백화점처럼 널려 있다. 일단 들어오기만 하면 그것이 다 자기 것이 된다. 무엇을 먹든 얼마를 먹든 누가 뭐랄 사람이 없다. 불타는 식욕은 절대적인 선택의 권리와 무한한 자유의 바다 위에 떠 있다.

그렇다. 당신은 빈 접시를 들고 음식을 찾아다니는 그들의 얼굴에서(아니다. 그것은 바로 당신과 나 자신의 얼굴이다) 어떤 숭고한 긴장감마저 느끼게 될 것이다. 애나 어른이나 사람들의 눈빛부터가 심상치 않다. 음식을 담으면서도 눈은 이미 다른 접시 위를 더듬고 있다. 그보다 좀 더 맛있고 좀 더 값비싸 보이는 음식이 그의 시선을 유혹하고 있기 때문이다. 이상한 것은 눈빛만이 아니다. 자세히 관찰해보면 걸음걸이도 어쩐지 정상이 아니라는 것을 알게 될 것이다.

당신은 두 건초더미 사이에서 굶어 죽었다는 『이솝 우화』의 슬픈 망아지 이야기를 기억하고 있을 것이다. 이것을 먹으려 하면 저것이 마음에 걸리고, 저것을 먹으려고 하면 이번에는 또 이것이 걸려서 그들의 발걸음은 잘 떨어지지 않는 것이다. 두 건초가 아니라 보통 뷔페 식당에서는 아흔아홉 가지의 음식을 차려놓는다 하니, 무엇을 집을까 무엇을 먹을까 그 걱정도 아흔아홉만큼이나 되는 것이다.

신한국인들이 얼마나 성급한가는 이미 중국집에서 음식 독촉하는 예에서 밝힌 바 있지만, 뷔페 식당에서만은 그와 정반대로 모든 동작이 슬로모션으로 찍은 영화 장면을 보는 것처럼 완만해진다는 것도 그 특색의 하나가 된다. 우리는 신한국인들이 그렇게 천천히 음식을 먹고 또 그처럼 오래오래 자리에 앉아 세월아 네월아 하는 것을 일찍이 본 적이 없다. 조사에 의하면 점심의 경우 문을 여는 열두 시에 들어와 문이 닫히는 세 시까지 자리를 사수하는 사람들이 1할을 차지한다.

그러나 진짜 신한국인의 모습이 드러나는 것은 식사를 시작할 때가 아니라 끝났을 때다. 식탁의 접시마다 먹고 남긴 음식들이 가득가득 있는 것이다. 자기 양(능력) 이상의 음식을 담아오는 이 과욕의 신사숙녀의 숫자가 무려 30퍼센트를 넘는다는 이야기다. 그렇다고 너무 흉보지 말라. 한 5백 년 굶주려온 우리가 아닌가. 언제 우리가 이렇게 남의 눈치 보지 않고 양껏 먹어본 적이 있었는가. 묵은 한을 풀자는 것인데 그쯤은 눈감아주어도 될 일이 아닌가.

원래 '뷔페'란 말이 선반·탁자를 의미하는 말이었다던가, 그래서 서양에서는 그 위에 식사를 차려두었다가 간단히 서서 군것질 정도로 하는 간이식사를 뜻하는 것이었다던가, 하는 말로 우리의 뷔페 풍습을 공연히 주눅 들게 해서는 안 된다.

그러나 우리의 뷔페병은 시작할 때보다는 끝날 때가, 끝날 때보다는 끝나고 집으로 돌아온 뒤가 더 중증이고 더 심각하다는 점에 대해서만은 한마디 하지 않을 수 없다. 먹지도 못하는 음식을 퍼다가 남기는 것은 그렇다 치더라도, 과식을 한 나머지 뷔페 식당에서 돌아왔다 하면 으레 배탈을 앓는 사람들이 있다는 것은 피차 손해를 보는 일이다.

그래도 그것은 소화제로라도 고칠 수 있지만 거의 치료 불능이 있는데, 그것은 먹지 못하고 두고 온 음식들이 아깝고 분해서, 그리고 그것이 눈앞에서 자꾸 어른거려서 밤잠을 자지 못하는 뷔페성 불면증이다. 뷔페의 풍성한 음식이 오히려 즐거움보다는 병을 초래하는 것이 바로 과욕의 산업 사회 속에서 살아가고 있는 신한국인의 상징적 모습인 셈이다.

말하자면 뷔페 식당에서 우리가 읽을 수 있는 것은 밥 한 숟가락의 의미다. 옛날 한국인의 비극이 한 숟가락의 밥이 모자라 평생을 공복감 속에서 살아야 하는 괴로움이었다면, 신한국인이 겪고 있는 그 불행은 한 숟가락의 밥을 더 많이 먹은 데서 오는 체증의 고통이라 할 수 있다. 한 숟가락만 더 먹으면 행복해질 수 있었던 옛 한국인을 생각하면 눈물이 흐르고, 한 숟가락만 덜 먹으면 행복해질 수 있는 오늘의 한국인을 생각하면 분노가 치민다.

그렇다. 우리가 이 산업 사회에서 앓고 있는 병을 진단해보면 그 증상이 백 가지라 해도 그것은 모두 한 숟가락의 밥을 절제하지 못하는 데서 오는 과욕의 뷔페병인 것이다. 호화로운 그 메뉴와 손을 뻗치기만 하면 그것이 다 내 것이 될 수 있다는 환상 때문에, 우리는 자기 양도 모르는 어리석은 인간으로 전락하고 만다. 아무리 어리석고 탐욕한 돼지라 할지라도 많이 먹고 소화제를 먹지는 않는다. 음식만이 아니라 술을 먹어도, 우리는 과음을 해 여러 불행을 자초하는 일이 많다. 23개국 1,500여 명의 18세 이상 남녀를 대상으로 조사한 한국 갤럽 조사 보고서를 보면, 음주에 나타난 한국인의 과음률은 가히 세계적이라는 것을 알 수 있다. 아이슬란드 다음으로 2위를 차지하고 있다. 그나마 아이슬란드는 추운 나라니 기후 핑계라도 댈 수 있지만, 우리는 무엇이라고 변명할 말조차 없다.

닫혀진 농경 생활에서 열려진 산업 사회로 들어선 한국인은 꼭 처음 뷔페 식당에 들어온 시골 사람과 다를 바 없다. 상품들은 넘쳐나고 온갖 광고와 쇼윈도는 욕망에 부채질을 한다. 여기에도 저기에도 젓가락만 대면 황금을 담아올 수 있는 빈 접시가 있다. 영동에 구파발에 신도안 새 도읍지에 김이 모락모락 나는 갈비찜 같은 맛있는 땅들이 있다.

뷔페 식당의 단골들이 주로 3,40대 주부로 되어 있는 통계 숫자에서 보듯, 복부인들이 걸려 있는 세균 없는 전염병도 바로 이 뷔페병인 것이다. 문어발 기업들, 눈을 떠보니 졸부가 된 사모님들, 소낙비처럼 갑자기 쏟아진 감투로 흥분한 나리들—모두 앓고 있는 병이 바로 그것이다.

아! 이 신종 한국인들이 한 숟가락만 덜 먹었더라면, 우리도 그들도 다 함께 단군 이래 처음으로 배부른 행복을 맛볼 수도 있었을 것이다.

누구나 외로운 사냥꾼

이범선의 소설「오발탄」은 남북 분단, 전후戰後, 그리고 산업 사회가 대두하기 시작하는 1950년대의 한국적 상황을 배경으로 삼고 있다. 그러므로 그 작품이 당대의 첨예한 문제를 다룬 것이라는 데에는 아무런 이의가 없을 것이다. 주인공의 직업도 현대인답게 계리사로 되어 있다.

그런데도 불구하고 이 소설 속의 주인공 송철호는 자신을 원시인의 한 사나이로 생각하고 있다. 말하자면 '몽둥이 끝에 모난 돌을 하나 칡덩굴로 아무렇게나 잡아매서 들고, 동굴 속에 남겨두고 나온 식구들을 위하여 온종일 숲 속을 맨발로 헤매고 다니는' 사냥꾼으로 묘사되어 있는 것이다.

그렇기 때문에 그의 무력감도, 곰은 용기가 부족하고 멧돼지는 힘이 모자라고 노루는 너무 날쌔어서, 그리고 꿩은 하늘을 날기 때문에 모두 놓치고 마는 외로운 사냥꾼의 심정으로 나타나 있다. 그러므로「오발탄」은 한국적 상황만이 아니라 제2차 수렵 채집 시대라는 보다 넓은 인류의 문화사적 맥락에서 읽혀질 수 있다.

거창한 이야기 같지만 인류 문명을 거시적으로 보면, 수렵 채집기와 농경 문화 시대로 크게 나뉘어진다. 생활 패턴이나 가치관 그리고 미의식에서 사회 형태에 이르기까지, 이 두 개의 축을 기점으로 양극의 문화가 생겨난다. 최초의 인류가 이 지구에 나타나 생을 영위하던 방법은 사냥과 채집에 의한 것이었다. 먹이도 집도 입는 옷도, 제가 만드는 것이 아니라 이미 있는 것들을 사냥으로 잡아다가 하루하루 때워가는 불안정한 삶이었다.

그러나 농경 문화 시대에 이르면 필요한 것을 제 손으로 직접 만드는 법을 익히게 되고, 원하는 것들을 미리 장만하고 여축해 두는 안정된 생활을 하게 된다. 그래서 동굴이 집이 되고 사냥터가 논밭이 된다. 여기까지는 초등학교 학생의 지식만 가지고도 알 수 있는 일이다.

문제는 인간의 문명이 점점 발달하면서 산업 사회, 정보 사회의 시대에 이르게 되자, 다시 원시 시대의 수렵기로 되돌아가는 역현상이 벌어지고 있다는 사실이다. 단도직입적으로 말하면, 우리가 살고 있는 이 시대의 문명이 제1차 농경 문화 시대가 붕괴되고 새로운 제2차 수렵 채집 시대가 온 것이라는 사실을 깊이 깨닫고 있는 사람은 그리 흔치 않다는 사실이다.

우리가 어렸을 때만 하더라도 팽이 같은 장난감은 자기가 만들어 놀았다. 그러나 요즈음처럼 상품이 범람하는 시대에서 자라는 아이들은 모든 장난감을 상점에서 사와야 하는 것이다. 즉 사냥해와야 한다. 아이들이 그런데 다른 것은 말할 것도 없다. 제1차 수렵 시대의 사람들은 필요한 것을 구하려면 무기가 필요했다. 그리고 사냥꾼에겐 항상 정보가 절대적인 역할을 한다. 이 정보를 얻으려면 냄새를 잘 맡아야 한다. 예민한 후각 같은 감각이 발달해야 한다.

이 수렵 문화의 특성을 그대로 제2차 수렵 채집 시대에 적용해 보면, 활이나 창은 바로 돈이라는 화폐다. 그리고 사냥터인 산이나 바다는 시장이나 백화점이다. 그리고 그들은 어디에서 바겐세일을 하는지, 새 유행과 신모델 상품이 어떤 것인지 무엇이든 냄새를 잘 맡아야 하고, 그런 감각을 대신하는 것이 텔레비전 광고요 화려한 컬러로 치장한 여성지, 주간지 들이다.

농경 문화에서는 퇴화되어갔던 감각들이 생생하게 되살아나기 시작한다. 옛날 숲속의 수렵민들이 그랬듯이 문자보다는 영상이나 소리, 몸짓과 같은 보디랭귀지body language가 더 위력을 발휘한다. 농경 문화의 특징인 추상적인 무늬들은 사라지고 그 대신 알타미라의 벽화처럼 생동하는 한순간의 모습이 아름다움이 된다. 디스코텍에서 추는 춤들을 보고 멧돼지 사냥을 하고 몸을 흔드는 원시인들을 연상하지 않을 사람이 어디 있겠는가.

신한국인의 사랑 역시 사냥에 가까운 것이다. 말부터 옛날에는

'연애를 건다'라고 했는데, 요즈음 젊은이들은 '보이 헌팅', '걸 헌팅'이라고 한다. 사랑도 권력도 영화도 사냥의 한 표적물인 것이다. 얼마 전만 해도 '재미가 깨 쏟아지듯 한다'거나 '가슴이 콩 튀듯 한다'는 판박이 말이 있었다. 모두가 농경 문화에서 온 말들이다.

그러나 오늘의 언어 감각이나 생활 습관은 모두 사냥꾼의 말씨로 바뀌고 있다. 그중에서도 가장 대표적인 것이 '찍는다'는 말 그리고 '한탕'이라는 말이다. 수렵 문화는 사냥감을 찍고 그 목적이 달성되면 동굴을 버리고 새로운 숲으로 떠난다. 한탕주의 문화다.

농경 문화의 시대에는 비록 그것이 악한 수단에 의한 권세요, 부라 할지라도 텃밭이라는 것을 지니고 있었다. 그러나 제2차 수렵 채집 시대에는 한탕하고 떠나면 빈 동굴밖에 남는 것이 없다.

불안, 순간, 불확실성. 신한국인들은 누구나 외로운 사냥꾼인 것이다.

'판'의 철학

한국인치고 판소리를 모르는 사람은 없을 것이다. 그러나 '판'이라는 것이 무엇을 뜻하는 말인지 알고 있는 사람은 그리 흔치 않은 것 같다. 전문가들이라 해도 그 말이 한자의 판板에서 온 말인지, 순수한 우리말인지 확실하게 말할 수가 없는 것이다.

그러나 분명한 것은, 한국인이면 누구나 다 이 판 속에서 살고 있고 또 그 판을 의식하면서 살아가고 있다는 사실이다. 적어도 한국인이라면 그것이 편편한 평면을 뜻하는 단순한 물리적 용어가 아니라는 것을 체험으로 알고 있을 것이다. 윷을 놀아본 사람은 윷판이라는 말이 말을 쓰는 판만을 두고 하는 소리가 아니라는 것을 알고 있다. 그것은 장기판, 바둑판의 판과 같은 말이지만, 동시에 여럿이 모여 노는 상황과 그 분위기 전체를 나타내는 추상적 의미이기도 하다. 그래서 판을 벌였다고 하기도 하고 반대로 판이 식거나 깨졌다고도 한다.

사람들이 모여 무엇인가 함께 일하고 함께 노는 그 공동의 자리를 우리는 '판'이라 불러왔던 것이다. 윷이 있으면 윷판이란 것이 벌어지고, 화투가 있으면 화투판이 벌어진다. 굿을 하면 굿판이, 씨름을 하면 씨름판이 생겨난다. 판이 따로 있는 것이 아니다. 이렇게 좋은 일이든 궂은일이든, 그때그때 모이는 사람과 목적에 따라 판은 생겨나기도 하고 없어지기도 한다.

그러나 판은 절대로 혼자서는 만들 수 없는 것이다. 판은 개인보다 언제나 우선하는 집단 개념을 내포하고 있다. 가령 노름판에서 사람들은 제각기 자기 돈을 걸고 눈을 붉히고 있지만, 그 돈은 개인의 것이면서도 동시에 판을 가능케 하는 판 전체의 돈, 즉 판돈이 되는 것이다. 그렇기 때문에 개인이라는 것은 언제나 판에 끼는 존재가 된다. 개인이 판에 끼지 않고 판과 관계를 맺게 될 때 우리는 그것을 '독판'이라고도 하고 '판친다'라고 부르기도 한다. 더 심한 경우에는 판을 쓸어버리는 것이 된다. 판이라는 것은 개인의 운명이 아니라 판 전체의 운명이 되는 것이며, 혼자의 감정이 아니라 판 전체의 집단감정을 나타내는 것이 된다. 그러니까 혼자서 하는 일은 판이라고 하지 않는다.

동시에 판 문화는 외향성을 지닌 문화다. 판이라는 명사를 받는 동사는 '벌인다'다. 두말할 것 없이 '닫는다', '움츠리다', '오므리다'와 같은 온갖 폐쇄적인 말과 대극을 이루는 말이다. 그것은 탁 트인 바깥을 향해 나 자신을 열어 보이는 자리다. 거기에서 집단은 하나의 동질성을 갖고 한 몸처럼 된다. 판은 벌이는 것이기 때문에 언제나 넓은 자리가 있어야만 한다. 달팽이 같은 좁은 공간에서는 판을 벌일 수 없다. 그 껍질을 부수고 넓은 벌판의 판으로 나오는 개방적 문화다.

그러나 판은 획일성을 내포하고 있는 위험한 문화이기도 하다. 어떤 경향이나 세력이 한곳으로 휩쓸릴 때에도 우리는 그것을 판이라고 부른다. 시장에서 외제 물건이 범람하면 외제판이 되고, 모든 사람이 일하지 않고 소비만 하면 먹자판이 된다. 그러므로 한국인에게 가장 무서운 말이 있다면 그것은 개판이라는 말일 것이다. 왜냐하면 한국인에게는 신바람이 나는 굿판 같은 것을 만들어주면 이 세상 어떤 민족보다도 잘 놀고 일 잘하고 힘 잘 쓰는 사람이 되지만, 판이 식고 깨지면 매로도 돈으로도 불러일으킬 수 없는 사람들이기 때문이다.

결국 신한국인이 무엇인가를 알려면 그동안 우리가 어떤 판에서 살아왔고 또 어떠한 판의식을 갖고 살아왔는가를 검증해보면 된다. 그리고 그것은 이미 앞에서 말한 대로 우리의 일상적인 체험을 통해 세 가지 판을 생각할 수 있다.

신한국인은 6·25의 전쟁판을 그리고 5·16의 군사 혁명을 겪어온 사람들이다. 그리고 4·19를 통해 학생들로 상징되는 지식인들의 데모를 체험한 사람들이다. 여기에 1970년대를 기점으로 문어발처럼 뻗어가는 대기업의 광대한 조직에 끼어든 사람들이다.

뿐만 아니라 바다 밖으로 그 판을 넓혀, 군대는 월남으로 가기도 했고, 기업인은 중동으로, 그리고 이민자들은 미국으로 진출했다. 그러나 판이 쏠리면 학생 문화는 데모판이 되고, 기업인들은 먹자판이 되고, 카키색 문화는 주먹판이 되어 역기능이 생기게 된다.

신한국인은 부정적인 판의 문화를 어떻게 극복하여 판을 만들어내는 새 판소리를 부르는가 하는 시련에 의해 그 최종적인 평가가 내려지게 될 것이다.

색동옷의 비밀

신한국인을 아무리 부정하려야 부정할 수 없는 것이 하나 있다. 그것은 고삐 풀린 말처럼 내닫는 활력이다. 마치 목욕탕에서 나온 사람처럼 전신에서 뜨거운 김이 무럭무럭 피어오르고 있는 사람들, 얼굴은 조금씩 상기되어 있고, 눈은 약간 충혈되어 있다. 그리고 옷을 걸치고 있는데도 어쩐지 알몸을 느끼게 하는 원색적인 생명력. 조금도 과장이 아닌 것은, 한국에 온 외국인들이 가장 놀라워하는 것도 바로 그 활력에 찬 모습인 것이다.

거짓말 잘하는 어른들 말은 그렇다 치더라도, 순진한 아이들이 쓴 작문의 한 대목을 읽어보자.

서울에 있는 일본인학교 중1 학생 우에다 요이치[上田洋一] 군은 한국의 인상을 이렇게 적고 있다.

나는 한국에 와서 아직 2년 8개월밖에 안 되었지만, 그 짧은 동안에도 집 가까이에 있는 많은 것들이 변했습니다. 제1한강교의 확장, 반포

대교의 건설과 한강쇼핑센터의 내부 신축 그리고 학교 부근에는 개포동 아파트와 양재천의 새로운 다리. 처음에는 논밭과 숲뿐이던 데가 저렇게 빨리 변하고 있는 것을 보고 그냥 놀라워할 뿐입니다.

물론 이 학생은 어린 나이에도 불구하고 "비록 지진이 없고 지반이 견고하다고는 하나 너무 빨리 짓는 것 같다."는 한마디 걱정을 남기고 있지만, 어찌 되었든 일개미로 소문난 일본 아이가 한국인의 활력 앞에서 오히려 기가 죽어 있는 것은 신기한 일이다.

외국인이 아니라 같은 한국인이라도 강북에서만 살던 사람들이 어쩌다 강남에 가보면 같은 느낌이 든다. 신한국인의 본적지라 할 수 있는 강남에 가보면, 우선 외국 말인지 한국말인지 모르는 상점 이름이나 간판 글씨체부터가 겁을 준다. 어디가 사람 사는 주택이고 어디가 장사하는 상점인지, 미궁 속 같은 그 고층 아파트를 쉴 새 없이 들락거리는 사람들의 표정을 보면 모두가 무슨 조기축구회 회원들 같은 인상을 풍기고 있다.

그렇다. 신한국인들은 분명 옛날 장수들이 태어날 때 겨드랑이에 달고 나온다는 그 번쩍이는 힘의 비늘을 지니고 있는 것 같다. 그것이 나쁜 쪽으로 나타나든 좋은 쪽으로 뻗치든 간에, 우리는 그 신비한 활력의 원천이 무엇인지를 알아내지 않으면 안 될 것이다.

세계인들이 지금 신한국인들의 무한 동력 같은 그 활력에 대해서 고개를 갸우뚱하고 있는 중이다. 이른바 이 달리는 한국인들의 힘이 어디서 나오는가 소리 높여 자문하고 있는 칼더Kent Calder 교수의 탄성도 그중의 하나다.

"군청빛 페르시아 만에서 반 마일쯤 들어간 사우디아라비아의 알 주바일 항에는 세계 최대의 독dock이 있다. 사막의 가열한 자연 조건과 오일 달러를 에워싼 치열한 경쟁을 물리치고 30만 톤급 초대형 탱커가 네 척이나 동시에 들어올 수 있는 이 거대한 독을 완성한 사람들이 대체 누구인가?"라고 그들은 묻고 있는 것이다.

그것을 가능케 한 것은 바로 한국인들이었다는 것이다. 그것을 만든 강철은 미국의 어떤 제철 공장보다 큰 포항제철에서, 그리고 세계에서 가장 생산성이 높다고 자랑하는 일본제보다 톤당 100달러나 싸게 생산해내는 한국 제철 공장에서 만들어낸 것이다.

또한 그 강판을 지구의 반 바퀴나 돌아 신속하게 수송해온 것도 한국 선박들이었고, 그 철골 속에 이겨넣은 시멘트 역시 한국산이었다. 무엇보다도 처음부터 끝까지 그 공사를 가장 빠르고 안전하게 해낸 1천여 명의 노동자들이 모두 한국인이었다는 점이다.

이 힘은 어디에서 나온 것인가? 이러한 물음 앞에서 신한국인의 모습을 다시 바라보면, 가슴을 치다가도 무엇인가 꿈틀거리며 일어나는 힘을 느끼게 된다.

그렇다. 우리는 가끔 한국인 자신의 변화에 한국인 스스로가 놀란다. 가령 명절날 거리에서 우리가 느끼는 감정이 그렇다. 한국인은 누구나 자신을 백의민족이라고 생각해왔고, 남들도 한국을 모노크롬monochrome 문화라고 불러왔다.

그런데 색동옷을 보면 어떤가? 어떤 민족이 과연 저렇게 오색 현란한 색을 이발소 간판처럼 옷소매에 두르고 다니는 것을 보았는가? 집에 칠하는 단청은 또 어떤가. 무당들의 번쩍이는 색채들은 또 무엇인가? '백의'라는 말만 믿어온 우리로서는 도저히 모를 또 하나의 한국이 갑자기 우리 눈앞에 출현하는 것이다.

그것은 백색에 억눌려서 지금껏 남의 눈에 띄지 않는 골방 깊숙이 숨어 있던 색채들의 반란인 것이다. 이불이나 베개나 한국인들이 내실에서 쓰는 것들은 예외 없이 색채가 풍부하지 않던가! 밖의 문화는 백의였지만, 내실 문화는 색실 문화였다.

색동옷처럼 신한국인의 그 힘은 지금껏 억제되었던 색채의 분출과 같은 것으로 풀이될 수 있을 것이다.

몽고반점 증후군

교육헌장을 보면 "우리는 민족 중흥의 역사적 사명을 띠고 이 땅에 태어난" 것으로 되어 있다. 강보에 싸인 아이가 과연 민족 중흥의 빛나는 그 사명감을 알고 울어대는 것인지는 알 수 없는 일이지만, 우리가 푸른 몽고반점을 띠고 이 땅에 태어났다는 것은 분명하고도 과학적인 사실이다.

통계적으로 보아도 한국인 가운데 몽고반점을 갖고 태어나는 수는 90퍼센트가 넘는다. 이것은 한국인들이 인종적으로 몽골로이드에 속해 있다는 것이며, 광대한 아시아 초원의 주인이라는 증거다. 그러므로 비록 작은 반점이라 할지라도 그것을 가만히 들여다보면 멀고 먼 옛날 우리가 말을 타고 달리던 몽골 고원의 스텝이나, 황사 바람이 부는 퉁구스의 넓은 벌판이 보이는 것이다.

거기에서 우리는 안장도 없는 벌거숭이 말에 올라타, 화살을 쏘며 바람을 따라 옮겨다니는 이른바 호복胡服 기사騎射 유목 생활을 했을 것이다. 몽골족이 얼마나 강인하고 날쌘가는 몽골 말만 보아도 알 수 있다고 사가史家들은 적고 있다. 서구의 말들은 보기에는 훤칠하고 잘생겼지만, 다리우스Darius 1세의 증언대로 몽골 말 앞에서는 놀라 도망치고 말았다. 보기에는 목과 다리가 굵고 피부는 더부룩한 털로 덮여 있고 머리는 몸통에 어울리지 않게 크지만, 그 강인함과 지구력은 대단하다. 어떤 말 종자보다도 수명이 길고 극심한 기후 변화에도 잘 적응한다. 거의 모든 식물성을 먹고 심지어는 눈 속을 파헤쳐 스스로 먹이를 찾기도 한다고 룩 관텐Luc Kwanten은 말하고 있다. 세 살만 되어도 이런 말에 올라가고 탈 줄 알았던 몽골로이드의 그 탁월한 기동력과 활력이 얼마나 무서운 것인가 하는 것은, 그것이 한곳으로 뭉쳐지기만 하면 칭기즈칸처럼 삽시간에 세계 정복의 대제국을 만들어낼 수가 있다는 것을 보아도 알 수 있다.

그러나 우리는 어렸을 때 몽고반점이 부끄러워 남이 볼까 감춰왔고, 그것이 점점 흐려져 여남은 살이 되면 완전히 없어지고 말듯이, 우리 역사의식 속에서도 몽고반점은 형적도 없이 소멸해버린 것이다. 우리가 한반도에 정착해 농사를 짓고 한족漢族의 문화에 길들여지면서부터 우리는 알타이족이 걸어온 초원과 그 바람을 망각 속에 묻어놓았다. 뿐만 아니라 우리는 오히려 한족 문화를 정통적인 것으로 받아들여 오히려 원한국인原韓國人의 기층 문화를 스스로 오랑캐 것으로 돌려버렸다. 그래서 한국 민족이 중국 민족과 같은 것으로 착각하여 우리와 가장 종족적으로 가까운 만주족을 야만족이라 경멸했고, 그들이 세운 금金·청淸 등을 끝까지 인정하려 하지 않았다. 청이 명明을 없애고 중국의 주인이 된 뒤에도 우리는 오랫동안 명의 연호를 그대로 사용하기까지 했다.

그러나 표층 문화는 중국 것이 되었지만 틈만 있으면 사라진 몽고반점이 다시 살아나 원한국인의 심층적인 모습이 고개를 들고 나타나려는 징후가 있다. 중국 문화에 동화되어 스스로 소중화小中華의식을 가졌던 조선조 시대에도, 민중들은 중국을 대국이라고 하면서도 그 밑에 '놈' 자를 붙여 '대국 놈'이라고 불렀던 것이다. 그것이 끝내 길들여지지 않은 원한국인의 기질인 것이다.

우리가 근대화하면서 중국 문화의 영향에서 벗어나기 시작하고, 해방 후 미국 문화와의 접촉에서 표층 문화의 단단한 껍질을 이루고 있던 유교 문화 등이 해체되면서 다시 몽고반점 증후군이 생겨나게 된다. 무의식에 갇혀 있던 한국의 원체험이 되살아나고, 선사 이전의 무당가락이 표면으로 대담하게 부상하기 시작한 것이다.

신채호는 『조선상고사朝鮮上古史』에서, 한국인이 오랑캐·여진·거란, 즉 퉁구스족으로부터 자기를 단절시킨 데서 민족의 힘을 잃은 것이라고 주장하고 있다. 우리가 사는 땅덩어리의 의식도 압록강 이남으로 국한된 데 비극이 있다는 것이다.

요즈음의 젊은이들이 굿판을 벌이고 탈춤 같은 민속놀이를 좋아하는 것도 일종의 몽고반점 증후군이라고 볼 수 있다. 거기에서 여지껏 묻혀 있던 숨은 힘을 찾아내고, 농경민의 논두렁에서는 볼 수 없는 초원의 바람을 읽으려고 하는 것이다.

말하자면 퉁구스의 바람이 불어오고 있는 것을 우리는 신한국인의 활력에서 볼 수 있다. 한번 지나가면 먼지밖에 안 남는다는 격렬하고 철저하고 극렬한 힘의 물결, 뼛속까지 고아서 먹는 그 욕망, 거칠고 기민하고 날렵한 기동성, 이것은 공자를 읽고 노장老莊을 말하는 그 점잖은 한국인들이 아니다.

신한국인들의 행동 양식과 생활 양상이 무엇인가 옛날 우리가 알고 있던 그것과 판이하게 다른 것은 천년 넘게 중국 문화에 가려 심층 속에 숨겨져 있던 원한국인의 모습이 되살아나고 있기 때문인지 모른다. 말하자면 우리 스스로가 오랑캐 문화라고 불렀던 것이 표층으로 드러난 것이다. 태어날 때처럼 살갗에 새겨진 그 푸른 반점이 꿈틀거리고 다시 살아나는 몽고반점 증후군―우리는 각 분야에서 그것을 보고 당황해하고 있는 것이다.

말을 탄 여인들

근대 문명의 서양 바람만으로는 한국인의 변화된 모습을 제대로 볼 수 없다. 신한국인의 얼굴을 입체적으로 부각시키기 위해서는 또 하나의 바람—이미 앞에서 지적한 대로 동시베리아나 몽골, 만주 벌판에서 불던 태곳적 바람을 볼 줄 알아야 한다. 가장 새로운 것과 가장 오래된 것의 맞바람 속에서 신한국인의 머리카락이 나부낀다.

여자들을 생각해보자. '뭐니 뭐니 해도 한국인 가운데 가장 많이 달라진 것은 여자이고, 그러한 변화는 역시 남녀평등의 서양 바람 탓'이라고 생각하는 사람들이 많을 것이다. 틀린 이야기가 아니다. '전후에 질겨진 것은 양말과 여자'라는 말이 이제는 해가 동쪽에서 뜬다는 말처럼 당연한 말이 된 것을 보아도 알 수 있다.

그러나 저 거센 치맛바람과 복부인과 큰손들을 바라보고 있으면, 노랑머리의 '노라'를 연상하기보다 말을 타고 천만 리를 달려온 기마족의 한 여인을 생각하게 된다. 칼날 위에서 지칠 줄 모르고 격렬하게 춤을 추는 무당의 몸짓이 떠오른다.

우리가 지금껏 생각해온 한국 여인상이란 삼종지도나 칠거지악으로 길들여진 규방의 여인들이었다. 김소월의 「진달래꽃」처럼 자기를 버리고 가는 임에게 꽃을 꺾어 뿌려주고 어금니를 깨물며 눈물조차 보이지 않으려는 정숙한 여인들. 식물처럼 조용하게 앉아서 소리 없이 잘 참고 잘 따르는 여자들인 것이다.

하지만 사냥꾼이나 유목민, 그리고 샤먼으로 상징되는 한국의 원여인상은 하늘과 땅만큼이나 다른 것이다.

원한국인에 보다 가까웠던 신라의 한 여인 이야기를 들어보자. 『삼국유사』를 펼쳐보면 망부석 전설의 원형이 된 재상의 아내가 나온다. 치술령 고개에 올라 일본으로 건너간 남편을 기다리다가 끝내 그 자리에 쓰러져 죽었다는 이야기다. 이 망부석 설화 역시 유교 문화의 영향 속에선 여필종부하는 한 여인의 부덕한 얼굴로 바뀌어갔지만 그 원전을 자세히 살펴보면, 단순한 열녀의 김소월의 '진달래꽃'식 이별과는 질이 다르다는 것을 알 수 있다.

우선 재상의 아내는 남편이 미해美海 왕자를 구하려고 집에도 들르지 않은 채 일본으로 떠난다는 소식을 듣고 지체 없이 말을 타고 뒤를 쫓아간다. 신라의 여인은 말을 타고 달리는 여성이라는 사실이다. 우리가 생각하는 전통적인 한국 여인상은 아무리 적극적이라야 기껏 떠나는 님의 말고삐를 잡는 정도지만, 재상의 아내는 스스로 말에 올라타 채찍질을 하는 것이다. 앉아서 기다리는 여인이 아니라 달려가 잡는 여인, 이별의 속도감부터가 다르다.

뿐만 아니라 그녀는 이미 떠나버린 배를 돌이켜 세우려고 바다를 향해 목이 터지도록 외친다. 배가 사라진 뒤에는 또 모래벌판에 뒹굴며 길게 울부짖었다고 기록되어 있다. 그래서 그 모래벌판을 '장사長沙'라 이름했다는 것이다.

감정을 억제해 '눈물 아니 흘리는' 여인이 아니다. 모래사장에서 마음껏 통곡하는 여인이며, 방 안에 주저앉아 전전반측 독수공방하는 여인이 아니라, 한 치라도 더 높은 고개 위에 올라 스스로 임의 모습을 찾는 여인이다. 격렬하고 거칠고 외향적이고 적극적인 그녀의 모습에서 우리는 원한국인의 색동옷을 보게 된다.

그녀의 울음은 골방 장지문 안에서 타는 촛불이 아니라, 밤개[栗浦]의 바닷바람 소리, 치술령 고개의 그 소나무 바람 소리인 것이다.

이렇게 한국의 '원여인상'은 우리가 알고 있는 것 같은 열녀나 불교의 보살처럼 다듬어진 문화주의적 여인상과는 거리가 멀다. 오죽이나 격렬하면 그 그리움이 돌로 변했겠는가?

『춘향전』만 해도 '춘향'은 불사이부의 유교의 모럴을 상징하는 여인으로 그려져 있지만, 조금만 주의 깊게 읽으면 억세고 격렬한 여인, 재상의 아내처럼 말을 타고 달리는 여인이라는 것을 알 수 있다. 이도령과 사랑을 나누는 장면도 대담하고 적극적이다.

심지어 사랑 타령의 '맷돌' 대목에 이르면, "왜 여자는 항상 남자 아래 있어야 하느냐. 나는 싫소."라는 말까지 나온다.

다소곳이 남자를 따르는 유교형이 아닌 것이다. 이도령이 아버지를 따라 상경한다고 했을 때에도, 춘향은 방문을 열어놓고 온 마을을 향해 우리 모녀 죽는다고 고함치며 울었다(재상의 아내가 장사에서 뒹굴고 울던 모습이 생각나지 않는가).

재상의 아내와 춘향의 격정이 '사랑'이 아니라 부동산으로 자녀 교육으로 동창생과의 경쟁으로 쏠리면 어떻게 되는가?

바로 '치맛바람', '복부인', '큰손'이 된다. 야적인 오랑캐 바람, 기마족의 생혈 문화가 유교의, 서구의 산업 문화와 맞바람 칠 때, 우리는 머리칼이 하늘로 서는 격렬한 한국인의 새 모습을 본다.

'뜯어먹는다'는 것

　문화의 기층을 이루고 있는 식성 하나를 보더라도 신한국인은 활을 쏘고 사냥을 하거나 짐승을 몰고 다니며 육식을 하던 원한국인에 가깝다. 자타 할 것 없이 우리를 김치, 깍두기를 좋아하는 채식주의자로 알고 있지만, 그것은 어디까지나 겉얼굴의 모습만 보고 하는 소리다.

　신한국인의 도읍지라 할 수 있는 서울의 강남 땅을 다시 한 번 순찰해보면, 결코 우리가 '나물 먹고 물 마시며' 살아가던 옛 시조의 그 민족이 아니라는 것을 절감하게 될 것이다. 강남벌에 도시가 들어서면서 제일 먼저 활기를 띠고 번져간 것이 바로 대형 호화 식당들이었다. 그중에서도 대표적인 것이 불갈빗집이라는 것을 모르는 사람은 없을 것이다.

　그렇다. 강남 땅을 상징하는 것 중 하나가 불갈비의 뜨거운 연기다. 신한국인의 메뉴는 볼 것도 없이 불고기다. 아니다. 그냥 고기가 아니라 뼈가 붙어 나오는 갈비다.

갈비는 씹는 것이 아니라 뜯는 것이다. 그것은 김치나 된장찌개를 먹을 때에는 필요 없는 튼튼한 이빨을 요구한다. "그 연세에 갈비를 잡수신다."라는 말이 노인에게 드리는 최대의 찬사인 것처럼, 갈비는 젊음과 공격적인 힘을 나타내는 기호식품이다. 이 문화의 기호 체계로 볼 때, 우리는 지금 씹는 문화에서 뜯는 문화로 대대적인 민족 이동을 하고 있는 것이다. 신한국인은 씹지 않고 뜯는다. 정신없이 뜯고 또 뜯는다. 뼈를 발라 먹는 강렬한 식욕과 녹슬지 않은 강철처럼 번쩍이는 그 이빨의 건강성을 확인하기 위해 남자고 여자고 아이고 노인이고 모두들 뜯는다.

중산층이 되었다는 것을 확인하는 가장 간단한 방법도 바로 온 가족이 불고깃집에 가서 갈비를 뜯는 순간이다. 이상하지 않은가!

왜 이렇게 갈비들을 좋아하는가. 왜 이렇게 뼈를 좋아하는가.

일본에서 갈비를 시켜보면 뼈가 붙어 나오지 않는다. 그것도 갈비인가라고 한국인은 비웃을 것이다. 그래서 담력이 약한 일본 관광객들이 한국 땅에 와서 대개 첫판에 판정패를 해버리는 것은 바로 이 갈빗집에서다. 생선 가시만 발라 먹어온 일본인들은 한국 요리를 스태미너식으로 동경해오던 터라, 한국에 오자마자 갈빗집을 찾는 것이 관례로 되어 있다.

그러나 막상 연기가 자욱한 자리에 앉아 뼈가 붙은 갈비 쟁반이 나오는 것을 보면 금세 기가 꺾이는 것이다. 가뜩이나 풀이 죽어 있는 사람에게 그 무뚝뚝한 갈빗집 아가씨들이 커다란 가위를 불쑥 들이밀면 대개는 거기에 끝손질의 결판이 나는 법이다.

이 갈빗집 식사 광경은 분명 동방예의지국이요, 평화로운 채식주의의 농경민이요, 그리고 7할이 산이라는 그 산골짝 사람들의 식사라고 하기에는 믿기지 않는다.

옛날 잃어버린 대륙의 초원을 그리워하는 육식의 향수, 그리고 뼈까지 뜯어먹었던 그 근지러운 이빨의 기억, 이것이 갈비를 통해 재생되고 있는 것이라면 지나친 과장이라 할 것인가.

신한국인의 힘이나 그 가능성은 바로 이 갈비 문화, 뜯는 문화로 상징되는 활력에 있다. 그 튼튼한 치아의 소생, 왕성한 육식에의 향수가 이 민족의 새로운 자원이 되는 것이라 할 수 있다.

그런데도 불구하고 이러한 힘이 긍정적인 민족 문화의 창조보다 오히려 그것을 파괴하는 쪽으로 기울고 있는 데 신한국인의 어둠이 있었던 셈이다. 이 글에서 지적된 비판도 거기에서 오는 것이었다. 그러므로 우리가 여지껏 부정적으로 말해온 신한국인의 모습을 그대로 반전시키면 그 어둠은 대낮으로 바뀐다.

그러기 위해서는 뼈까지 씹으려는 의욕과 왕성한 식욕이 과욕이 되지 않게 하는 방법을 배워야 하는 것이다. 그래야 진짜로 뼈까지 먹을 수 있다.

갈빗집에서 우리가 먹는 것은 기분만 뼈를 뜯는 것이지 실제로는 침만 발랐다가 개에게 싸다 준다. 사실 그동안 너나 할 것 없이 땀 흘려 얻은 것을 개에게 다 주고 마는 허망한 일들이 얼마나 많았던가?

뼈를 먹으려면 뜯으려 하기보다는 고아야 한다. 갈비가 곰국 문화로 한 번 더 승화해야 한다. 육식을 재생시켜도 거기에 농경 문화를 가미해야만 된다는 이야기다. 곤다는 것은 튼튼한 이빨보다 시간을 필요로 한다. 우리에게 가장 중요한 동사 하나가 있다면 바로 이 '고다'라는 말일 것이다. 그것은 한꺼번에 익히고 볶고 찌는 것이 아니라 하룻밤 새 지속적으로 은근히 끓이는 조리법이다.

그렇게 해서 속에 든 것을 우려내고 배어내게 한다. 뼈를 고면 뼛속에 있는 것까지 다 먹을 수 있고 이빨을 다치지도 않는다. 그러기에 성급한 자가 먹을 수 없는 것이 곰국인 것이다.

한족들이 이른바 오랑캐 문화에서 살아남은 것은 바로 이 곰국 작전이었다는 점을 알아야 한다. 중국 요리에서 제일로 치는 '곰 발바닥 요리'는 한 달을 고아야 된다고 한다. 갈비를 뜯는 문화가 딱딱한 곰 발바닥을 고아 먹는 그 문화와 조화를 이룬다면 무엇이 두렵겠는가.

밥을 짓듯이

참고 묵묵히 견뎌온 그 한국인들이 아니다. 산골짝에서 태어나 산골짝에서 뼈를 묻은 그 한국인들도 아니다. 가라고 하면 가고 서라고 하면 서는 사람들이 아니다. 잘살아도 제 사주요, 못살아도 제 팔자라고 믿었던 점쟁이들도 아니며 남의 옷을 빌려 입고 춤을 추던 광대들도 아니다.

천년 한을 한꺼번에 풀기 위해서 저 한국인들은 이빨을 갈고 손톱을 세운다. 못 먹었던 한, 억눌렸던 한, 이별의 한, 슬프고 분하고 억울해도 비빌 언덕이 없어 제 가슴이나 치며 살았던 사람들— 온갖 한을 풀기 위해서 거대한 굿판에 모여든 사람들이다.

아니다. 그보다는 그러한 한풀이가 이제는 성숙의 단계에 들어서야만 하는 때다. 말하자면 밥이 되려면 먼저 그것이 끓어야 되는 그런 단계에 들어선 때다. 지금껏 이 글에서 지적한 신한국인의 부정적 요소들도, 따지고 보면 모두가 끓는 밥의 현상으로 풀이될 수도 있다. 해방, 전쟁, 혁명, 이러한 40년간의 문화를 밥짓는 과정으로 비긴다면, 지금은 밥물이 넘쳐나 흐르기도 하고 뜨거운 김을 내뿜기도 하는 그런 찰나다. 혼란과 격동, 밥알들이 곤두서고 뒤집히고 요동을 친다. 이렇게 한바탕 끓어올라 솥뚜껑이 들먹거리지 않으면 밥은 익지 않는다. 언뜻 보기에는 절망적으로 보이던 신한국인들의 모습도 끓는 밥으로 보면 오히려 희망적이 될 수도 있다.

몽고반점 증후군이란 바로 밥솥에서 끓어오르는 김이라고도 할 수 있다. 우리의 기층 문화를 이루고 있는 이른바 원한국인의 힘이라 할 수 있다. 그리고 그것을 억누르고 있는 솥뚜껑의 무게는 중국 문화를 비롯한 외래 문화, 즉 표층 문화라고 할 수 있다.

그런데 이 표층 문화를 담당하고 있는 세력층은 귀족들이나 지적 엘리트들이었고, 기층 문화를 지켜온 것은 이른바 잡초처럼 살아온 민중들이었다.

그런데 밥이 끓을 때 가장 문제가 되는 것은 솥뚜껑과 김의 역학관계인 것이다. 김이 솟구쳐오르는 힘을 그대로 놔두면 뚜껑이 벗겨지고 만다. 그렇게 되면 밥은 영원히 익지 못하고 설어버릴 수밖에 없다. 밥을 지어보지 못한 며느리들은 끓는 밥이 두려워 솥뚜껑을 자주 열어주거나 반대로 무턱대고 눌러두려고 하다가 밥을 설리거나 눌려버리고 만다.

끓어오르는 김이 있기에 밥은 비로소 익을 수 있다. 그러나 또 그 김을 누르는 솥뚜껑이 있기에 밥은 밥이 될 수 있는 것이다.

밥이 끓는 것을 보고 있으면 김과 솥뚜껑은 대립적인 힘처럼 보이지만, 사실은 상호보완적 관계라는 것을 알 수 있다.

솥뚜껑을 너무 열어도 안 되고 꼭 닫아두어도 안 된다. 밥이 끓을 때에는 약간만 젖혀놓아야 한다. 약간만 김을 빼주는 슬기와 절제, 그것이 바로 제3의 문화다. 이 제3의 문화는 은하수에 다리를 놓는 오작교의 문화, 말하자면 민중과 엘리트, 기층 문화와 상층 문화에 튼튼한 고리쇠를 만들어주는 문화인 것이다. 그러나 불행하게도 신한국인의 문화에서 가장 결핍되어 있는 것이 바로 이 까치들이다. 머리가 까지는 아픔 없이는 이 다리를 놓을 수 없다. 왜냐하면 까치들은 이따금 박쥐로 오해될 위험을 안고 있기 때문이다.

비유적인 표현이 아니라 보다 직접적인 말로 하자면, 우리 주변에는 친체제 문화도 많고 반체제 문화도 있지만, 가장 불모의 것이 비체제적인 문화. 비체제는 친親에서 보면 반反으로 보이고 반에서 보면 친으로 보인다. 그것은 외롭고 섬세한 것이기 때문에 거친 바람 속에서는 들리지 않는 목소리다.

이 제3의 문화, 엘리트와 민중의 그 기층 문화와 상층 문화의 양극에 까치의 다리를 놓는 그 새로운 시간이 와야만 한다. 그래서 뜸을 들이는 그 시간이, 공백처럼 보이는 그 시간이 필요하다.

뜸 들이는 그 시간은 생산하는 시간도 소비하는 시간도 아니다. 그래서 어리석은 사람들은 그것을 한낱 낭비로 보고, 지나치게 용감한 사람들은 비겁자의 주저로밖에 생각하지 않는다.

신한국인들이 뜸 들이는 시간의 소중함을 알 때 비로소 한을 풀 수 있는 성숙한 문화를 만들 수 있을 것이다. 이 민족의 한을 푸는 굿판을 위해서는 판 밖에서 판을 바라보는 제3의 시선이 요구된다. 밥이 끓을 때 솥뚜껑을 젖혀주고 뜸을 들여주는 제3의 손이 있어야 할 것이다.

우리는 지금 서양 바람도, 몽골 바람도 아닌 제3의 바람—까치들이 날갯짓하는 새로운 바람을 보고 있는 것이다.

II
젊은이여 한국을 이야기하자

한국인은 하나같이 무당 기질이 조금씩 있어서
한번 신바람이 났다 하면 날 새고 밤새는 줄을 모른다.

그렇게 솟아나는 어깨춤,
우러나는 흥의 신명을 타고 신명의 바람을 타게 되면
세계 어느 것과도 비길 수 없는 놀라운 민족이 된다.

이 민족의 가능성을 어떻게 가꾸어나갈 것인가 하는 것은
우리가 어떻게 어깨춤을 회복할 것인가에 달려 있다.

문화를 읽는 법

나라와 민족이라는 것은
겨울에 입었다가
여름이면 벗어던지는 외투가 아니다.

만약 그것이 편하면 택하고
불편하면 버릴 수도 있는 것이었다면
한국은 벌써 한국인으로부터
오래전에 버림을 받았을지도 모른다.

그 많은 수난 속에서도
대체 무엇이기에
우리는 원망하고 절망하면서도
그것을 이렇게 지켜왔는가?

한국인이여!

나라를 찾은 지 40년……

그 한국을 같이 이야기하자.

'젊은이여, 한국을 이야기하자'는 칼럼 제목에 대한 몇 가지 풀이에 대하여—왜 이런 제목을 붙이게 되었는가? 그리고 '한국!'이라는 부름 소리만 들어도 왜 가슴이 뭉클해지는지, 그 이유는 무엇인가?

한국이라는 것은 나라의 이름입니다. 이름은 부르기 위해서 있는 것이니까 한 개인의 이름이든 한 집단의 이름이든, 그것을 부를 때 그 의미가 가장 뚜렷하게 나타납니다. 친구의 이름을 한번 불러보십시오. 그가 먼 곳에 있다 할지라도 목청을 높여 부르면 아주 가까운 곳으로 나타날 것입니다. 그리고 그 친구의 얼굴과 몸짓, 그리고 그 성격이나 그가 살아온 삶의 전체가 떠오를 것입니다. 그 짧은 말 속에 그 많은 의미와 느낌이 들어 있다는 것은 믿기지 않는 일일 것입니다.

그처럼 한번 한국이라는 나라 이름에 호격을 붙여 불러보십시오. 무엇이 떠오릅니까? 무슨 생각, 무슨 느낌이 피어오릅니까? 그것이 무엇이라도 좋습니다. 우선 우리는 남의 나라 이름을 부를 때와는 전혀 다른 감동이 생겨난다는 점을 알게 될 것입니다. "일본인이여"라든가 "미국인이여"라고 불러볼 때, 우리 마음속으로 그 고유명사가 하나의 울림을 가지고 번져나가지는 않을 것입니다. 마치 전화번호부에 나오는 이름들을 듣는 것과 다를 것이 없을 것입니다.

그런데 제 나라의 이름을 부를 때에는 온갖 감회, 그것이 자랑스러운 이름이든 슬픈 이름이든, 무슨 운명이나 혹은 생명 같은 체온을 느끼게 될 것입니다. 그것은 정치가들이 내세우는 단순한 애국심이나 민족주의와는 좀 더 다른 빛깔을 띠고 있을 것입니다.

돌아가신 김소운 선생의 글이라고 생각됩니다. 우리나라가 해방되던 날의 감동을 적은 이 수필가의 글에서 우리는 바로 나라 이름을 부를 때 생기는 그 형언할 수 없는 감동, 가슴이 왠지 뭉클해지는 그 느낌을 실감할 수 있습니다.

그분은 이렇게 썼습니다.

해방되던 날 한 노인이 눈물을 흘리면서 미친 사람처럼 혼자 무어라고 중얼대며 길을 걸어가더라는 것입니다. 하도 이상해서 뒤를 쫓아가며 가만히 엿들었더니, 그 노인은 "조선아, 너 어디 갔다 이제 왔느냐. 조선아, 너 어디 갔다 이제 왔느냐."라는 말을 계속 되풀이하더라는 것입니다.

그때는 해방 직후니까 조선이라 했지요. 지금 같으면 "한국아, 너 어디 갔다……"가 될 것입니다. 그 무엇이든 간에 이 감동적인 삽화는 제 나라의 이름을 부를 때 생기는 수많은 의미, 온갖 느낌이 어우러져 퍼져가는 음향을 나타내고 있습니다. 이때 그 노인이 부른 "조선아"라는 짧은 말 속에는 수천수만 마디의 말이 요약되어 있고, 말로는 다 설명할 수 없는 복잡한 심정이 담겨져 있다는 것을 우리는 쉽게 알 수 있습니다.

젊은이여, 한국을 이야기하자!

나는 우선 한국의 이름을 부르는 데서 이야기를 시작하려고 합니다. 그때 우리 머리와 가슴에 떠오르는 것을 우리의 명제로 삼아 함께 생각을 펼쳐가자는 것입니다.

그러므로 만약 "한국인이여!"라고 부를 때 아무 생각과 느낌이 들지 않는 사람들, 지리책이나 지도 같은 것만이 생각나는 사람들이 있다면 한자리에서 무릎을 맞대고 이야기를 나누기는 힘들 것입니다.

부른다는 것, 이름을 부른다는 것, 그것은 잠든 것을 일깨운다는 것이며 멀리 있는 것을 가까이에 다가서도록 하는 것이며 침묵하는 것을 말하게 하는 것입니다.

한국은 우리에게 있어 너무나 가까운 존재다. 그렇기 때문에 오히려 한국을 잘 볼 수 없는 일도 있다. 그것은 멀리 떨어져 있는 산은 잘 볼 수 있으면서도 바로 눈앞에 있는 자기 코는 볼 수가 없는 역설과도 통할 것이다. 한국을 보려면 어떻게 해야 하는가?

한국은 우리의 태胎와도 같은 것입니다. 그렇습니다. 가깝다기보다는 그 안에서 살고 있기 때문에 보이지 않습니다. 그것은 항상 나와 함께 있기 때문에 보이지 않습니다. 그것은 항상 나와 함께 있기 때문입니다. 그것은 외국으로 도망친다 해도 내 곁을 따라다닐 것입니다. 그림자 같은 것입니다. 아무리 거부하고 잊으려고 해도 그것은 내 피부처럼 나를 에워쌉니다. 그래서 사람들은 자신이 한국인이면서도 한국인이 무엇인지 잘 모르는 역설적 상황에서 살고 있는 것입니다.

그래서 누구에게 한국 이야기를 할 때마다 으레 들려주는 예화 하나가 있습니다. 이태백의 시구처럼 3천 장이나 되는 긴 수염을 한 할아버지 이야기지요. 어느 날 이 할아버지가 길을 걷고 있을 때, 한 아이가 다가와서 이렇게 물었던 것입니다.

"할아버지, 수염이 그렇게 기신데 밤에 주무실 때에는 그것을 이불 속에 넣고 주무세요, 빼놓고 주무세요?"

그러나 할아버지는 대답할 수 없었습니다. 자기가 지금껏 수염을 어떻게 하고 잤는지를 생각해본 적이 없었기 때문입니다. 그냥 자온 것이지요. 그래서 할아버지는 오늘 밤 자보고 내일 가르쳐주겠다고 말하고 집에 돌아와 잠자리에 들었습니다.

그런데 수염을 이불 속에 넣고 자보니까 답답한 것이 아무래도 지금껏 빼놓고 잔 것 같고, 그것을 빼놓고 자면 허전한 것이 꼭 이불 속에 넣고 잔 것 같아 밤새도록 수염을 넣었다 뺐다 하면서 한숨 자지 못했는데도, 끝내 자기가 수염을 어떻게 하고 잤는지 알지 못했다는 것입니다.

여러분은 이 이야기를 듣고 모두 웃을 것입니다. 그러나 그 웃음은 바로 여러분 자신을 향한 웃음일 수도 있다는 사실을 알아야 할 것입니다. 왜냐하면 누가 여러분에게 한국에 대해 물었을 때, 여러분은 바로 그 할아버지처럼 당황하게 되는 경우가 많을 것이기 때문입니다. 한국인에게 있어 한국은 그 할아버지의 수염과도 같은 것입니다. 너무 친숙하고 매일 되풀이하는 일상의 것이기 때문에, 우리는 그냥 지각할 수 없는 의식 속에 그 수염을 묻어두고 살아가는 것입니다.

이 수염을 의식 밖으로 떠오르게 하기 위해서는 누군가가 어린이와 같은 질문을 던지지 않으면 안 됩니다. 그리고 그 질문에 답하기 위해서 그 노인처럼 밤잠을 설쳐야 합니다. 한국인이 한국을 생각하기 시작하는 순간, 이미 여러분의 잠자리는 비단을 깔아도 편하지 않을 것입니다. 코를 골고 편한 잠을 자는 사람보다 이렇게 밤잠을 설치는 사람이 얼마나 더 많은가 하는 것으로 한국은 무의식의 깊은 어둠에 묻혀 있는가, 혹은 깨어난 의식의 대낮 속에서 숨 쉬고 있는가가 결정될 것입니다.

그냥 사는 사람과 생각하며 눈을 뜨고 살아가는 사람, 두 종류의 사람 가운데 여러분은 어느 쪽에 설 것인가를 먼저 결정지어야 합니다. 그리고 눈뜨고 사는 길을 택했다면 잃어버린 그 수염을 찾는 탐정이 되어야 할 것입니다. 추리소설에 나오는 셜록 홈 즈처럼 흩어진 발자국 같은 흔적들을 살펴서, 역사의 의미와 그 생의 현장에서 벌어지는 사건들을 읽어야 할 것입니다. 그것이 한국 문화를 읽는 해독법이지요.

추리소설의 세계처럼 문화를 읽는다는 것이 무엇이며, 그 구체적인 방법은 무엇인가? 그리고 그 흔적이라는 것은 무엇인가?

『이솝 우화』에 이런 이야기가 있습니다. 어느 날 사자가 숲에 있는 모든 짐승들에게 자기가 왕이니까 아침저녁으로 문안을 드리라고 말합니다. 숲의 짐승들은 모두 문안을 갔는데 여우만은 가지 않았습니다. 사자의 시종이 여우에게 왜 문안 드리러 오지 않았느냐고 묻자 그는 이렇게 대답합니다.

"사자 굴로 들어간 짐승들의 발자국은 있는데 나온 발자국은 하나도 없기 때문이오."

여우는 발자국의 흔적을 통해서 사자가 문안 드리러 온 짐승들을 다 잡아먹었다는 사실을 읽은 것입니다. 발자국은 짐승들이 걸어다닐 때 생겨나는 자연적 현상이지만, 동시에 그것은 어떤 의미 체계를 나타내는 기호(언어)와 같은 구실을 하기도 합니다.

문화라는 것은 일종의 암호 같은 것이지요. 코드를 푸는 법을 알아야 비로소 그 의미를 해독할 수 있는 기호의 한 구조체라 할 수 있을 것입니다.

그러면 이 우화의 세계를 실재하는 현실 세계로 옮겨봅시다. 자유 세계의 기업인들은 중국에 투자를 할 때, 무엇보다 그 안전도를 살피지 않으면 안 됩니다. 체제가 다르고 또 그만큼 폐쇄적인 사회이기 때문에, 그 문화의 암호를 풀 줄 모르면 큰 손해를 입게 될 것입니다. 그래서 어느 한 기업인은 그 안전도를 읽기 위해 북경의 거리를 다니며 주로 고양이와 개를 보고 다녔다는 이야기가 있습니다. 물론 그 사람의 직업이 애완용 동물을 파는 것이라 그렇게 한 것은 아닙니다. 등소평의 개방 정책이나 경제 개혁이 얼마나 성공을 거두었나의 변화를 읽자는 것이었지요.

개와 고양이는 똑같이 집에서 기르는 애완동물이지만 경제적 의미로 보면 빈부의 차이를 나타내는 일종의 기호 작용을 하고 있는 것입니다. 왜냐하면 고양이는 개보다 덜 먹기 때문에 자연히 가난한 나라에서는 고양이를 더 많이 기른다는 것입니다. 그 기업인은 북경 거리에 모택동 시절보다 개가 더 많이 눈에 띄는 것을 보고, 등소평 정책이 확실히 그들의 생활에 변화를 일으키고 있음을 확신하게 되었다고 말하고 있습니다.

반면에 텔레비전에 나오는 등소평 주위를 유난히 눈여겨본다는 기업인도 있습니다. 모택동이 죽고 등소평이 처음 실력자로 등장할 때 텔레비전 뉴스나 사진에 찍힌 것을 보면, 그의 곁에 나란히 서서 다니는 사람들이 많이 있었다는 것입니다. 그런데 요즈음에는 등소평 혼자 걸어가는 일이 많다는 것입니다. 즉 그의 권력이 커지자 옛날 모택동 시절처럼 어느덧 사람들이 몇 발짝 뒤에 떨어져서 쫓아다니기 때문이라는 거지요.

아주 작은 변화 같지만 우리는 거기에서 직접 눈으로 확인할 수 없는 중국 내부의 미묘한 권력의 움직임은 물론 정책 결정이나 통치가 점차 1인 체제로 굳어져가는 징조를 볼 수 있다는 것이지요. 그래서 등소평의 실용주의 노선이라는 것도 모택동 사후의 문화 혁명의 운명처럼 갑자기 무너질 가능성이 짙다는 붉은 신호이기도 한 것입니다.

이런 문화의 해독법은 비교적 단순한 것이지만, 보다 깊고 복잡한 체계의 것이 되면 컴퓨터가 처리 못 하는 애매한 정보까지도 읽을 수 있는 이른바 텍스트 분석이 가능해지는 것입니다.

이와 같은 직관적인 문화 해독법은 나뭇잎 하나가 떨어지는 것을 보고 천하의 가을을 안다는 동양인들이 더 많이 써왔던 것입니다. 그렇기 때문에 일본 기업인들이 한국에 와서 기생관광만 하고 다닌다고 생각한다면 큰 잘못입니다.

아시아를 연구하는 한 문화 단체에서는, 한국이 일본을 따라올 수 있는가의 문제를 놓고 세미나를 한 적이 있었습니다. 한국인 하나가 일본인으로 가장하고 그 자리에 참석했더니, 연사 하나가 나와서 자기는 한국의 정밀산업 분야를 검진해보았는데 아직 멀었다는 말을 하더라는 것입니다. 그 한국인은 무슨 데이터라도 나오는가 싶어 필기 준비를 하고 잔뜩 긴장하고 있는데, 그 사람은 어처구니없게도 자기가 묵었던 호텔의 공중전화가 몇 대나 고장이 나 있었는가를 이야기하더라는 것입니다.

그 사람은 공중전화를 한국인의 전자 기술의 수준과 그 정밀도를 측정하는 비밀 암호문으로 읽었던 셈입니다. 여우가 사자 굴에 들어가보지 않고서도 그 굴 안에서 무슨 일이 벌어졌는지를 알아낸 것처럼, 이 일본 여우는 호텔 방 안에 앉아서 한국의 전자나 정밀 기기를 만드는 기술을 손바닥처럼 들여다보고 있었던 것입니다.

한마디로 이야기해서 추리소설처럼 문화를 읽는다는 것은 자기의 관점에서 물질적 현상을 해석한다는 것입니다. 머리카락이나 담배꽁초가 땅바닥에 떨어져 있다는 것은 물질적 현상이지만, 그것을 보고 범죄자를 찾아내는 것은 그 뒤에 숨어 있는 인간의 행동이나 심리 등을 읽고 그것을 어떤 체계의 틀에 의해서 해석한다는 것입니다. 탐정은 그런 해석 체계를 갖고 있기 때문에 이발사들이 솔로 털어내는 머리카락과 넝마주이가 꼬챙이로 찍는 담배꽁초와는 다른 의미로서, 즉 하나의 기호로서 그것들을 판독할 수 있게 되는 것입니다.

그러한 관점에서 한국 문화를 읽는 구체적인 방법은 무엇인가? 해방된 지 40년, 우리는 우리의 걸음으로 여기에 이르렀다. 그동안의 지각

변동에 대해서 우리는 무엇을 읽을 수 있는가?

행복의 파랑새와 마찬가지로, 진리의 새 역시 우리와 가장 가까운 처마 밑에 있는 것이라고 나는 생각합니다.

한국 문화는 시루떡처럼 여러 켜로 쌓여 있다는 것은 누구나 다 아는 사실입니다. 특히 말 자체를 보아도 알다시피, 모든 물건들이 한韓과 양洋으로 대립되어 한복 옆에는 양복이 있고 한옥 곁에는 양옥이 버티고 서 있습니다. 하다못해 그릇 하나에도 바가지, 은그릇에 '양' 자가 붙은 양재기, 양은 그릇이 있습니다.

우리 문화는 이렇게 동양적인 전통 문화와 서구적인 개화기 이후의 근대 문화가 여러 면에서 이중 구조로 얽혀 있어 매우 복잡하고 혼잡스럽게 느껴지는 것이 사실입니다. 그러나 우리가 이 얽힌 실을 풀려면, 말하자면 문화의 흔적(기호)을 읽기 위해서는, 생활과 밀접하고 구체적인 작은 일에서 전체의 구조를 찾아내는 작업을 해야 할 것입니다.

나는 『흙 속에 저 바람 속에』를 비롯해 최근에 쓴 『떠도는 자의 우편번호』에 이르기까지, 이런 방법으로 한국 문화에 접근해왔습니다. 역사적 자료나 문자로 쓰인 글을 통하는 것보다 앞에서 말한 생활 속에 나타난 문화의 흔적에서 그것을 판독하는 방법으로 문화의 구조를 밝혀내려고 애써온 셈입니다.

가령 『떠도는 자의 우편번호』에서, 나는 프랑스에서 체험한 지극히 사소한 경험에서 한국인의 업어주는 문화의 의미와 서양의 포옹 문화의 문화적인 시차성視差性을 밝힌 적이 있었습니다.

그 과정을 설명해보지요. 내가 파리에서 생활하고 있을 때, 실존철학자로 이름난 가브리엘 마르셀Gabriel Marcel 씨와 저녁 회식을 하고 돌아오던 때입니다. 그분을 아파트에 모셔다드렸는데, 옛날 건물이라 엘리베이터가 없는 거예요. 상상해보십시오. 90객인 이 노철학자가 계단을 한 칸 한 칸 오르는 광경을 말입니다.

아마 여러분 같아도 가만히 보고 있을 수 없었겠지요. 나는 내가 경로사상이 투철한 동방예의지국에서 온 선비라는 점을 과시할 때가 되었구나 하고 소매를 걷어올렸지요. 헐떡거리는 이 가련한 노철학자에게 등을 들이댄 겁니다. 그러나 기특해할 줄 알았던 이 노철학자는 내가 망측한 짓이나 한 것처럼 기겁을 해서 손을 내흔드는 것입니다. 처음엔 사양을 하는 것쯤으로 알고 의기양양해서 계속 업히라는 손짓을 했지만, 그분의 표정엔 불쾌감과 노여운 기색이 역력했지요. 나는 그 순간 내 실수를 알아차렸던 것입니다.

서양에는 우리처럼 업고 업히는 습관이 없지요. 여러분도 전쟁영화에서 보았겠지만 부상자라 할지라도 업어 나르는 광경은 잘 보지 못했을 겁니다. 들것에다 나르는 것이 보통이고, 그렇지 못할 때에는 어깨동무를 하듯이 부축해서 가거나 또는 겨드랑이에 두 손을 끼고 질질 끌고 갑니다.

서양 사람들은 어렸을 때부터 남에게 업혀본 경험이 없는 거지요. 아이들을 등에 업고 다니느냐 유모차에 태워 다니느냐 하는 이 작은 차이가 사회 전체, 의식 구조 전체를 읽을 수 있는 기호 작용으로서 파악될 때 우리는 지금껏 모르고 있던 문화의 결을 발견하게 될 것입니다.

나는 파리에서의 이 사소한 충격을 통해 업히는 문화와 포용하는 문화로 우리의 의식 구조를 조명한 글을 쓰게 되었던 것입니다.

뜰에서 사과가 떨어지는 작은 현상을 가지고 무한히 넓고 먼 우주 공간에서 별들이 움직이는 만유인력의 법칙을 찾아낸 것과 똑같은 이치입니다. 뜰과 우주 공간, 사과와 별, 그것은 크기와 물질적인 성질은 달라도 인력 운동의 구조에 있어서는 동일한 것입니다.

업어주고 업히는 작은 풍습을 보고 인간관계라는 사회 법칙을 찾아내는 것도 그와 별로 다를 게 없는 발상입니다. 구조라는 것은 크기와 관계가 없는 것입니다. 지구와 어린이가 가지고 노는 공은 그 크기와 모양에는 엄청난 차이가 있지만 그 원구를 이루고 있는 구조는 똑같은 것이지요.

도대체 업는다는 것은 어떤 구조를 갖고 있는 행동인가를 생각해보십시오. 우선 분명한 것은 그것이 대등한 수평적 인간관계를 나타내고 있는 게 아니라 업고 업히는 의존적 관계를 토대로 한

수직적 인간관계의 표현이라는 것을 알 수 있습니다. 이와 대립항을 이루는 행위소를 찾아보면 '포옹'이라는 것이 될 것입니다.

업는 것이나 포옹하는 것이나 두 사람이 하나가 되는 결합 작용을 나타내고 있습니다마는, 그것의 차이는 포옹은 수평적인 평등성을 나타낸다는 것입니다. 포옹은 위아래가 없습니다. 그러나 업는 것은 반드시 업는 자와 업히는 자가 위아래로 나뉘어집니다. 개인의식, 평등의식이라는 독립적 사고로 볼 때에는 분명 업는 문화 쪽이 약합니다. 의존과 부담에 의해서 인간 생활이 영위되기 때문에 우리는 업혀서 자란, 또는 업어주고 자란 우리는 차 한 잔을 마셔도 업히고 업는 관계가 생겨나게 되는 것입니다. 즉 찻값을 누가 내나 하는 것이 문제가 됩니다.

선후배에 따라, 연령에 따라, 신분이나 신세를 지고 받은 사람에 따라 찻값을 내는 사람이 결정됩니다. 찻값을 내는 사람이 업는 사람이고 그냥 공짜로 마신 사람은 업혀가는 사람이지요. 윷놀이를 봐도 서양에는 없는 규칙이 있지 않습니까! 넉동을 업어서 나는 것 말입니다. 우리는 물건도 지게로 져서, 이를테면 업어 나르지 않습니까.

업는 체계로 한국 문화를 보면 전문 용어로는 '호몰로지homology라고 하는 상동성을 지닌 구조를 발견하게 될 것입니다. 물론 그 기호 작용은 단일적인 것이 아니라 복합적인 것입니다. 업어주는 것은 또한 유모차로 애를 봐주는 것과 대립항을 이룹니다.

수직·수평의 대립적 구조는 분리와 밀착, 직접과 간접이라는 대립항을 이룹니다. 수직·수평의 대립적 구조는 분리와 밀착, 직접과 간접이라는 대립소를 띠게 되는 거지요. 좀 더 확대하면 살(육체)과 쇠(도구)라는 차원까지도 나갈 수 있지요.

업는다는 것은 살과 살이 맞닿는 것입니다. 너와 내가 없어지는 것입니다. 아이를 업어 기른다는 것은 아이를 독립적인 개체로 보기보다 어른들의 신체 연장(심하면 자기 자녀를 혹이라고 부르는 사람도 있지요)으로 생각하는 수가 많습니다. 그래서 부모가 철모르는 아이와 동반 자살하는 것은 업는 문화권인 한국과 일본에만 있는 사회 문제지요.

업는 문화권은 모두 젓가락을 사용하고 있는데 그것과도 무슨 상호 연관이 있는 것인가. 만약 같은 구조적 의미를 지니고 있는 것이라면 식생활 전반의 문화적 코드와 관계가 있는 것인가.

그렇습니다. 동양 3국인 한·중·일의 공통적인 문화로 젓가락을 들 수 있습니다. 젓가락은 음식을 입에까지 운반하는 수단이지요. 서양의 포크나 나이프와 대조되는 도구입니다. 그리고 동시에 그 도구라는 것은 손가락의 연장이고요. 재미있지 않습니까? 문화라는 것 말입니다. 원시인들이 손가락으로 음식을 먹을 때에는 젓가락이나 나이프는 물론 식사 예법의 차이 같은 것이 어디 있었겠습니까? 문화란 바로 차이지요. 차이라는 것이 없으면 의미란 것도 생겨나지 않아요. 이렇게 보면 젓가락과 포크의 차이는 의미의 차이가 되는 것이고, 결국 그것이 문화를 만드는 것이라는 것을 명확히 알 수 있게 됩니다. 서양 문화가 우리와 다르다는 것을 가장 분명히 느끼게 되는 것이 바로 이 젓가락과 포크의 차이에서지요. 옛날 우리 할아버지네들이 서양 사람들을 보고 문화적 충격을 받은 것은 쇠스랑과 식칼로 밥을 먹는 데 대한 놀라움이었던 것입니다.

그런데 바로 그 차이를 만든 젓가락과 포크, 나이프의 의미는 무엇인가? 여기에 대해 나는 이미 글을 쓴 적이 있습니다마는, 여기에서 다시 문화를 읽는 방법을 알기 위해서 그 과정을 상세히 살펴봅시다.

젓가락을 맨 먼저 쓰기 시작한 것은 중국의 은나라 때라고 하지만, 그것이 일상적으로 쓰인 것은 공자가 나타난 춘추전국 시대라고 합니다. 숟가락은 국물을 떠먹는 것이고 젓가락은 송·원나라 때만 해도 국 속에 들어 있는 건더기를 건져 먹을 때 사용했다는 것입니다. 우리가 수저로 음식을 먹는 것은 우리 음식의 체계가 고체와 액체로 분절되어 있기 때문입니다. 서양도 숟가락은 같지요. 그리고 보면 차이가 있는 것은 건더기, 즉 고체를 집어먹는 방법에서 차이가 생겨난 것임을 알 수 있습니다. 젓가락과 포크─나이프의 차이는 집는 것과 자르는 차이가 아닙니까? 젓가락으로는 음식을 집을 수는 있어도 잘게 썰 수는 없는 것입니다. 포크와 나이프가 일종의 전쟁 도구처럼 무시무시하게 보이는 공격적인 의미를 담고 있는 것도 그 때문이지요.

결국 서양의 음식은 덩어리째로 나왔다는 것을 의미합니다. 먹기 좋게 미리 잘라주지 않고 먹는 사람이 각자 알아서 베어 먹으라는 것이지요. 나이프가 식탁에 등장하게 된 역사를 보아도 알 수 있을 것입니다. 사실 중세 때에도 서양 사람들은 나이프를 썼다고는 하지만 그때에는 식탁에 칼 하나만이 놓여 있어 주인이나 전문적인 요리사가 그 칼로 고기를 잘라 손님들에게 나누어주었다는 것입니다. 그러니까 나이프는 개인용 식사 도구가 아니었다는 것이지요. 만약 이런 식탁에 젓가락만 놓아주었다면 어떻게 될까요. 사람들은 굶을 수밖에 없을 것입니다.

동양인들은 음식을 차릴 때 먹는 사람이 먹을 수 있도록 미리 음식을 잘라줍니다. 상대방이 먹기 좋게 그 크기를 결정해주는 셈입니다. 그러나 서양의 비프스테이크를 먹어본 사람이면 다 알다시피 자기가 원하는 대로 썰어 먹을 수 있게 덩어리째 나옵니다. 음식을 자르는 것이 각자의 자유 의사에 맡겨져 있기 때문에 그 대신 나이프와 포크가 나오게 되는 것입니다.

어린아이에게 스테이크를 먹일 때를 상상해보면 알 것입니다. 우리는 아이를 위해 미리 그것을 썰어줍니다. 우리의 음식이 칼 없이 먹을 수 있다는 것은 요리를 하는 사람이 마치 아이에게 음식을 주듯이 먹는 사람을 대신해서 미리 썰어주었기 때문이지요. 우리의 옛날 할아버지에게 고기를 덩어리째 던져주고 알아서 먹으라고 시퍼런 칼 한 자루만 준다면 그 불친절과 야박한 인심에 눈을 곤두세울 것입니다.

업고 업히는 의존과 부담이라는 문화가 음식을 만들고 먹는 데에도 이렇게 나타나 있는 것이라 할 수 있습니다. 입안에다 떠 넣어주듯이 음식을 만들어주는 나라가 아니면 젓가락만 가지고 식사를 할 수는 없는 것입니다.

서양 사람들이 젓가락으로 먹는 동양인을 볼 때에는 의존적이고 획일적이라고 비난할지 모릅니다. 친절하답시고 비프스테이크를 시킨 서양 사람들에게, 미리 불갈비를 잘라주듯이 가위를 들이대보십시오. 그들은 놀랄 뿐만 아니라 자기의 식사를 간섭한다고 노여워할 것이 틀림없을 것입니다. 그것은 음식을 만드는 사람이 아니라 먹는 사람의 소관으로 된 것입니다. 식칼이 요리를 만드는 사람에게서 먹는 사람으로 넘어갔다는 이야깁니다. 그것은 만드는 사람과 먹는 사람의 관계가 단절되어가는 과정을 의미합니다.

이 식사 방법의 차이를 다른 문화에 적용시켜봐도 그 구조의 유사성을 발견할 수 있을 것입니다. 그것을 교육에 한번 적용해봅시다.

지식을 먹는 음식에다 비교하면 선생은 그 지식을 요리해서 주는 요리사요, 학생은 음식을 먹는 사람이 될 것입니다. 그렇다면 젓가락이나 포크와 같은 것은 그 지식을 수수하는 방법이 될 것입니다. 이러한 유추로 보면 젓가락과 같은 것으로 지식을 흡수한다는 것은 일방적으로 지식을 전달해주는 주입식 교육이라는 것을 알 수 있습니다. 지식을 먹기 좋게 잘라서 입에 넣어주는 암기식이 주가 되는 방법이지요. 그러나 문제만을 던져주고 그것을 베어 먹는 학생들이 토의로 풀어가도록 하는 서양의 개인주의적 교육법은 고기를 덩어리째 주고 자기가 잘라 먹도록 하는 포크-나이프와 같다는 것을 알 수 있습니다.

교육을 정치나 경제의 구조로 바꿔놓고 생각해봐도 마찬가지일 것입니다. 서구식 민주주의 제도와 그 방식은 대개 스스로 제 음식을 자유로 잘라 먹을 수 있도록 하는 포크-나이프라 할 수 있습니다. 민주주의 식탁에 앉아 젓가락으로 먹으려고 덤빈 것이 지난날 40년간의 우리 역사인지도 모릅니다.

젓가락 문화는 의존적이고 비개성적이고 획일적인 데 비해, 포크-나이프의 문화는 자유롭고 독립적이며 개인을 존중하는 민주주의적 문화란 말인가. 그렇다면 우리의 전통 문화는 서구의 것에 일방적으로 양보만 하고 포기해야 마땅한가, 젓가락을 버리고 그 손에 나이프와 포크를 들어야 하는가?

대개들 그렇게 생각하고 있는 사람들이 많지요. 그러나 젓가락은 야만하고 포크는 문명한 것이라는 편견에 간단히 백기를 들수는 없습니다. 왜냐하면 그것은 서로 성격의 차이지 우열의 차이는 아니기 때문입니다. 가치라는 것은 상황이나 기준에 따라 다르기 때문에, 사슴이 호숫가에서 물을 먹을 때에는 그 뿔이 다리보다 가치가 있는 것입니다마는, 포수에게 쫓길 때에는 거꾸로 못생긴 다리가 생명을 구하는 것이 되고 아름다운 뿔은 목숨을 앗아가는 방해물이 되는 것입니다.

합리적이고 기능적인 서구 문명 사회의 기준에서 보면 확실히 나이프-포크로 상징되는 자아 중심의 개인주의적 문화가 가치 있는 것으로 보이지만, 탈산업 사회의 시대가 오면 서구에서도 그 같은 가치는 역기능을 갖게 됩니다. 개인이 각자 칼을 들고 자기가 먹을 것을 잘라 먹어야 하는 사회는 자유로운 사회지만, 또 그만큼 사막을 홀로 걸어가는 것 같은 고독하고 삭막한 사회인 것도 분명합니다.

개인이 의지할 그늘이 없는 땡볕의 문화, 식탁에 놓인 열 개의 포크에도 열 개의 고독이 있다는 것을 잊어서는 안 됩니다. 업어 주고 업히고 남이 잘라준 고기를 젓가락으로 집어먹는 사회는 부담을 안고 있는 사회, 비독립적인 사회지만 그 대신 자기 몸을 무엇엔가 의지하고 살아갈 수 있는 정情의 사회이기도 하지요.

하나의 예를 들어봅시다. 나는 대학에 있기 때문에 매년 대학

입시를 치르는 광경을 보게 됩니다. 수염 터가 시커멓게 잡혔거나 면사포를 씌우기만 하면 당장 예식장에 세워도 어색할 것이 없는 숙성한 수험생들을 코흘리개 유치원 아이들처럼 부모들이 데리고 입시장에 나타나는 것을 볼 때마다 이상한 느낌을 받습니다. 그것 역시 업어주는 문화, 젓가락 문화의 입시 풍경인 것이 틀림없습니다.

그러나 문제는 여기에서 끝나지 않습니다. 수험생들이 시험을 치르는 동안 한국의 어머니들은 줄곧 찬 바깥바람에 떨면서 온종일 시험장 유리창에 매달려 그 자리를 떠나지 않습니다. 유리창 안에 무엇이 보여서 그러는 걸까요. 처음에는 하도 이상해서 그 어머니들 사이를 비집고 들어가 까치발을 하고 들여다보았더니 텅 빈 복도밖에는 아무것도 보이는 것이 없었습니다. 예, 그래요, 텅 빈 복도 말입니다. 무엇 때문에 그들은 온종일 아무것도 없는 그 허공을 지켜보고 있었을까요. 합리적인 눈으로 보면 그것은 아이들의 시험에 아무런 도움도 될 수 없는 행위일 것입니다. 그러나 누가 이 어머니들을 어리석다고, 비근대적 감상이라고 비웃을 수 있을까요. 그들이 허공만을 보고 있었다고 말할 수 있을까요. 그것이 야만이라면 나는 문명인이 되기보다는 그런 야만 쪽을 택할 것입니다.

포크-나이프로 밥을 먹는 미국 사회는 변호사와 정신과 의사가 판을 치는 사회이기도 합니다. 생각해보십시오. 매사를 이치로만 따지며 살아가는 사회에서는 변호사 없이는 잠시도 살아갈 수 없고, 또 그런 사회는 긴장과 외로움으로 정신과 의사 없이는 견뎌내기 어려운 법입니다.

꾀꼬리는 울 때 그 특성이 나타나고 공작은 날개를 펼 때 비로소 그 아름다움이 드러나는 것입니다. 꾀꼬리와 공작을 하나의 기준에서 비교할 수 없는 것입니다. 꾀꼬리가 공작보다 날개가 밉다고 해서 그보다 못하다고 한다면, 우리는 정반대로 공작이 꾀꼬리보다 잘 울지 못하기 때문에 그보다 못하다고 말할 수 있을 것입니다. 우리는 먼저 우리 문화의 특성이 무엇인가를 냉정한 눈으로 바라봐야 합니다. 그리고 그것이 남과 어떻게 다른가를 심층적으로 이해하는 시선을 길러야 할 것입니다.

그러나 한국의 어머니들은 자기 자식만을 위하려다가 반사회적인 일을 저지르는 일이나 과보호로 아이를 더 못쓰게 만들기도 하지 않는가. 정말 그들의 시선이 때로는 공허한 허공만을 보는 일도 있지 않겠는가.

물론입니다. 그렇기 때문에 우리는 문화라는 것이 벽에 박힌 못이 아니라는 점을 강조해왔습니다. 한국을 느끼는 마음은 불덩이처럼 뜨겁고 한국을 보는 눈은 얼음처럼 차갑다고 말해왔습니다. 어두운 면과 밝은 면이 공존하고 있는 것은 하늘 아래 있는 달만이 아닙니다. 나는 텔레비전 연속극 같은 것을 보다가 순간적으로 온몸이 오싹해지는 경험을 한 적이 여러 번 있습니다. 그것은 여자들이 자기 자식을 귀엽다고 끌어안고 "아이고 내 새끼야!"라고 말하는 장면들입니다.

한국인들이 전부 제 자식을 끌어안고 "아이고 내 새끼"라고 할 때 우리는 어떻게 될까요. 비이성적인 집단, 맹목의 애정만이 소용돌이치는 수렁이 되고 말 것입니다.

주사를 맞을 때 우리는 대개 자기 살을 찌르는 바늘을 보지 않으려고 외면을 하지요. 그것처럼 자기의 병을 고치는 말의 주삿바늘에 대해서도 사람들은 얼굴을 돌리려고 하는 경향이 있는 것입니다.

그러나 내 말은 우리의 좋은 것 위에 서양의 좋은 것을 받아들이자는 애매한 절충론을 펴려는 것이 아닙니다. 그런 말은 당연한 말이지만 하나마나 한 소리입니다. "아이고 내 새끼야" 하는 애정을 버리기보다는 그것을 오히려 키우고 넓혀서 가정에서 사회 전체로 확산시키는 방법론을 곁들여야 한다는 것이지요.

우리의 근대화는 지금까지는 버리는 근대화였으나 이제부터는 보태고 붙이는 근대화가 되어야 할 것입니다. 아닙니다! 근대를 넘어서는 새로운 문명의 창조를 위해서 우리가 버린 것을 다시 보는 시대가 온 것입니다.

"고슴도치도 제 자식은 예뻐한다."는 말이 있습니다. 맹목성이라고만 할 것이 아닙니다. 만약에 고슴도치마저 제 자식을 밉게 생각한다면 고슴도치는 벌써 멸종되었을 것입니다. 고슴도치가 고슴도치를 사랑하고 자랑스럽게 생각하는 것은 종족의 존속 논리입니다.

그러나 그냥 사랑만 해서는 동물적인 사랑으로 끝나고 맙니다. 인간은 단지 종족을 보존만 하는 데서 만족하는 들쥐들과는 다릅니다. 아무리 정교한 것이라 해도 똑같은 육각형의 집을 짓고 만족하며 살아가는 꿀벌도 아닌 것입니다. 인간은 그 사랑의 힘으로 자신의 운명과 모습을 바꿀 줄 아는 고슴도치입니다. 한국인에 대한 사랑과 창조에 대해서 가슴을 열고 서로 이야기해보자는 것입니다.

그러니 먼저 사랑을, 어려움이 있다고 해서 눈을 흘길 것이 아니라 먼저 사랑을 그리고 다음에는 창조를, 한 치라도 나의 키를 키우기 위해서 까치발로 서는 연습을······.

모든 것은
부르는 데서 시작된다.

사라진 것들, 묻혀 있는 것들
그리고 강아지들처럼
집을 나가 길을 잃은 것들······.

그것들이 다시
생명의 목소리로 응답하며
우리들 곁으로 오게 하기 위해서
우리는 지붕 위에 올라
초혼굿을 하듯 불러야 한다.

한국인이여! 한국인이여! 라고.

저 긴 옷고름의 의미

어떤 눌림과
가난 속에서도
한국인의 멋은
소멸되지 않는다.

먹고 남는 음식
매고 남은 옷고름 자락
우리 조상들은 그 여유 속에서
세상을 사는 맛을 창조했다.

왜들 이렇게 뛰는지
이것이 과연 옛날의
그 한국인이라 할 수 있는지
반걸음만 멈추고 생각해보자.

어디를 향해

왜들 이렇게 뛰고 있는가

생각해보자.

　남의 나라 말로 번역할 수 없는 순수한 우리말 가운데 '멋'이란 것이 있습니다. 대체 멋이란 무엇이냐? 이에 대해서 학자들이 논쟁을 한 적도 있지만 그건 역시 '멋없는' 일이 아닌가 싶습니다.

　멋에 가까운 말에 '맛'이라는 말이 있습니다. '맛있다', '멋있다'는 똑같은 계통으로, 우리가 미각으로 나타내는 것은 '맛'이고 정신적으로 나타내는 것은 '멋'이라고 할 수 있습니다.

　우리가 흔히 "아 다르고 어 다르다."는 말을 쓰고 있듯이, 한국어는 아, 어의 양성모음이나 음성모음 하나를 가지고 비슷한 의미인데도 그것을 나누는 것이 참 많습니다.

　'아', '으'의 차이 하나로 물건이 오래된 것은 '낡다'가 되고 사람이 오래되면 '늙다'가 됩니다. 그리고 보면 우리가 이 세상을 살아가는 데 있어서 인생의 맛, 이웃끼리 서로 정을 나누는 맛, 아름다운 그림을 보고 노래를 듣고 즐기는 맛, 이런 것들과 음식을 먹는 맛을 구별하기 위해서 '멋'이라는 말을 사용하지 않았는가 생각해볼 수 있습니다.

　우리들이 사람의 성격을 표현할 때도 '맛'으로 나타낼 때가 많지 않습니까. 사람을 평할 때 '짜다', '싱겁다' 심지어 '질기다'란 말까지 씁니다. 외국인들이 들으면 우리를 식인종으로 오인하지 않을까 할 정도로 맛을 따집니다.

이러한 예들은 한 민족이 음식을 먹는 식성, 즉 맛이라는 미각소味覺素가 그 민족의 정신적 구조와 결코 무관한 게 아니라는 증거입니다.

우리의 일상 문화를 보면 세 가지가 있습니다. 우리들이 서로 주고받는 언어, 피를 주고받는 결혼, 그다음에 서로 영양을 또는 음식을 나누어 먹는 것. 그중에서 제일 중요한 교환이 먹는 것이고 다음이 언어, 말하는 것이며 그리고 결혼하는 것, 피를 섞는 것으로 문화의 세 가지의 큰 기층基層을 이룬다는 것입니다

외국인이 "한국의 정신이 무엇이냐?"라고 물으면 선뜻 대답을 못 하는 사람도, 우리끼리는 쉬운 말로 '고춧가루 정신'이라고 합니다.

우리가 아무리 서구화되고 서양 것을 좋아하더라도, 치즈나 버터만 먹고 살아갈 수 없습니다. 운동선수들이 외국에 가서도 꼭 김치, 깍두기 같은 것을 먹는데, 도대체 우리의 음식이 외국 음식 맛과 어떻게 다르기에 그런가, 우리 음식의 미각소가 무엇인가를 분석해보면, '멋'이라고 하는 대단히 추상적인 정신 구조도 풀리지 않을까, 하는 생각이 듭니다.

한국 음식의 맛은 무엇일까요? 여러분이 양식집이나 일식집에 가서 음식을 먹어보면 누구나 우리나라의 음식과 다른 점을 바로

찾아낼 수 있을 것입니다. 우리나라 음식은 대개 국물이 있습니다. 가령 일본의 단무지는 물기 없이 보송보송해서 먹고 나면 아무것도 남지 않지만, 우리 깍두기나 김치는 다 집어먹어도 국물이 남게 마련입니다.

똑같은 무나 배추를 재료로 만들었는데도 그것은 서로 다릅니다. 또 양식을 먹을 때도 마찬가지입니다. 샐러드 같은 것은 야채로 만든 것이지만 김치처럼 국물이 있는 음식이 아닙니다.

우리의 밥상과 외국인의 식탁을 비교해보십시오. 우리는 국, 찌개, 열무김치 등 국물이 주종을 이루고 있기 때문에 밥을 먹고 난 뒤 설거지하기가 번거롭지요. 그러나 서양 음식은 먹고 난 접시를 물로 씻기만 하면 끝납니다. 이를테면 한국인은 빡빡한 음식을 좋아하지 않는다는 이야기입니다. 먹고 난 뒤에도 무엇인가 남아 있는 국물 맛, 그것이 한국인의 맛이지요.

그래서 우리들은 흔히 욕할 때도 "야, 국물도 없어!"라고 합니다.

옛날에 양반들은 물기 없는 밥을 먹을 때, 밥풀 하나도 안 남기고 박박 긁어 먹는 것을 궁하고 천하다 해서 좋아하지 않았습니다. 밥을 한 알도 남기지 않고 박박 긁어 먹기 위해 공기밥을 먹었던 일본과는 아주 대조적입니다.

한국인은 여유 없고 빡빡한 것을 싫어했습니다. 그런 것을 '맛없는' 것이라고 생각한 것입니다.

우스운 이야기로 1950년대에 한국의 한 유학생이 미국에 처음 가보니까 슈퍼마켓에서 도그 푸드(개 먹이)를 팔더라는 거예요. 얼마나 놀랐겠습니까. 가난과 전쟁으로 사람도 먹을 것이 없는데 그들은 개에게까지도 음식을 사다주는 걸 보고, "야, 너희 나라는 정말로 부자구나."라고 감탄을 한 것입니다. 그러자 미국 친구는, "그럼 너희 나라에서는 개에게 무엇을 주느냐."라고 묻더라는 거지요. 그래서 "우리는 사람이 먹고 남는 것을 준다."라고 했더니, "너희 나라야말로 부자구나. 어떻게 먹고 남긴 음식이 그렇게 많으냐?"고 했다는 거예요.

이 우스개 이야기는 한국 음식과 서양 음식의 차이를 단적으로 나타낸 이야기입니다. 서양 음식이라고 하는 것은 먹고 남는대야 빵 부스러기 조금밖에 없지만, 우리 음식엔 국물이 많기 때문에 아무리 알뜰하게 먹어도 반드시 먹고 남는 찌꺼기들이 있는 것입니다.

'보릿고개'란 말이 있었듯이, 그렇게 가난하게 살았으면서도 '빡빡한 것을 싫어하고 먹고 남기는 '여분'의 멋을 즐겼던 것입니다.

이 '국물 맛'의 식생활을 옷 입는 문화에다 대입시켜봐도 마찬가지 구조를 볼 수 있습니다.

내가 어렸을 때만 하더라도 옷이 해지면 그 자리에 헝겊을 대고 깁는데 그 기운 헝겊이 해져서 기운 데다가 또 기워 입는 일이 많았지요.

그런데도 한국 사람의 옷고름을 한번 보십시오. 옷을 여미고도 남은 옷고름 자락이 길게 드리워져 있지 않습니까?

옷고름의 기능이라는 것은 매는 데 있는 것인데 무엇 때문에 필요도 없는 옷고름 자락을 자르지 않고 길게 늘어뜨리고 다녔을까요?

서양 사람들이나 중국 사람들은 아예 단추로 잠갔고, 설령 끈을 맨다 하더라도 매고 남는 불필요한 부분은 가위로 싹둑 잘라 버립니다. 그것이 바로 리본이라는 거지요. 그런데 우리 옷은 매고 남는 그 옷고름을—바람에 나부끼는 긴 옷고름 자락을 우리 옷의 특징으로 삼았습니다.

옷고름만 보면 한국이 제일 여유가 있는 것 같습니다. 그렇다면 이것은 무슨 이유 때문이겠습니까? 낭비 같지만 그렇게 긴 옷고름 자락을 여유 있게 남겨놓았기 때문에 여자들이 손수건 대용으로 쓴다든지 또 낯선 사람을 만나서 거북스럽거나 하면 옷고름을 자꾸 말아올리곤 했지요.

지금 여학생들은 그렇지 않겠지만, 옛날 여자들은 수줍음이 많았기 때문에 옷고름이 없으면 남자하고 만났을 때 시선을 어디에다 둘지 몰라서 공연히 옷고름을 자꾸 말아올리거나 폈다 접었다 했습니다.

옷고름뿐 아니라 한국의 바지와 치마는 또 어떻습니까? 블루진 같은 것은 살이 비집고 나올 것같이 꽉 끼게 입습니다. 여분이라는 게 없지요. 양복 바지는 정확하게 자기의 치수를 재어가지고 맞추어 입기 때문에 몸이 조금만 불어도 허리통이 맞지 않아 애를 먹습니다. 그러나 한국 바지는 처음부터 프리 사이즈로 넉넉합니다. 이 지상에서 허리통이 제일 큰 바지가 바로 한복일 것입니다. 아예 크게 만들어놓고 접어 입도록 만들었기 때문에, 배가 더 나오면 풀어 입으면 되고 마르면 더 접어 입으면 됩니다. 대충 기장만 맞으면 아버지 것을 아들이 입을 수도 있고 형님 것을 아우가 입을 수도 있습니다.

외국인들이 보면 치수 개념이 전혀 없는 것처럼 보일 정도지만, 우리는 무엇을 그렇게 1밀리미터, 2밀리미터 따져서 꼭 맞게 할 필요가 있느냐, 처음부터 여유 있게 하지, 했던 거지요.

세계의 남자 옷 중에서 한국 바지통처럼 넓은 옷은 별로 없을 것 같습니다.

여자들의 저고리 옷소매의 배래 같은 것을 보더라도 팔이 몇 개씩 들어갈 정도로 아주 넓지요. 치마는 그냥 두르도록 되어 있어 처음부터 허리의 치수 같은 것은 염두에도 없습니다. '열두 폭 치마'란 말도 있듯이, 몇 번을 두를 정도로 치마폭이 넓은 것이 좋은 것으로 되어 있습니다. 그런 것을 보면 한국인들은 가난과 억눌림과 시달림 속에 살았으면서도 무엇인가 이어 있는 것, 남아 있는 것의 여분을 간직하면서 세상을 살아왔다는 것입니다.

이것이 바로 '멋'이지요.

그렇다고 한국인의 멋이라고 하는 것이 결코 낭비와 사치를 의미하는 것은 아닙니다.

내가 학교에 다닐 때는 학생들이 멋 부렸다고 훈육주임 선생님한테 끌려가서 얻어맞곤 했는데, 그들이 멋을 부렸대야 뭐 사치스러운 옷을 입은 것도 아니고 그때는 모두 교복인데 그저 교복 단추 하나 슬쩍 풀어놓는다든지 모자를 조금 삐딱하게 쓴다든지 했던 거지요.

이처럼 우리는 어떤 빡빡하고 긴장되고 너무 질서에 딱 짜여 있는 것을 싫어해서, 같은 양복이라도 단추 하나를 슬쩍 끌러놓는다든지 너무 규격에 맞추지 않는다든지 했으며, 이런 것들을 추구한 것을 멋이라고 그랬던 것입니다. 다시 말하자면 여유 있고 자유스럽다는 것이지요. 여러분도 다 알다시피 우리의 '멋'이라는 말 속에 '멋쩍다' 하는 것은 부자연스럽다는 뜻을 말하는 것이지요. "저 사람 아주 멋있어!" 그랬을 때에는 뭔가 여유도 있고 아주 막히지 않은 사람을 뜻합니다.

멋이라는 말이 어떻게 쓰여졌느냐 하면 어려움이나 각박한 상황 속에서도 한 발자국 멈추어 서서 생각해보고 느끼고 그리고 그것을 아름다움으로 승화하려고 하는 것입니다.

이런 정신들이 의상이나 음식이나 생활 속에 하나씩 하나씩 배어서 조상들의 문화가 오늘의 우리에게 전달된 것이 아닌가 생각됩니다.

예로부터 우리나라는 정신적인 면을 많이 강조해온 것 같은데 인생을 살아가는 정신적인 면에서의 멋은 무엇이라고 생각하는가?

내가 지금까지 주로 이야기한 것은 먹는 음식이라든지 옷에 나타난 것과 같이 표면적인 것이었습니다. 그러나 눈으로 볼 수 없는 정신적 세계에 대해서도 앞에서 말한 것과 똑같은 말을 할 수 있습니다.

간단한 예를 하나 들지요. 우리나라 판소리 계통 소설을 읽어 보면 가장 위급하고 가장 고통스러운 순간이 가장 우스운 장면으로 되어 있습니다. 외국 소설 같으면 눈물을 펑펑 흘리고 사람들이 머리를 감아쥐고 가슴을 치고 해야 할 장면이 한국에서는 거꾸로 제일 익살스럽고 재미나는 장면으로 그려져 있는 것입니다. 가령 흥부가 자기 형님 집에 가서 쌀을 꾸고 하다가 형수한테 매를 맞지요. 그런데 흥부의 가난이 극에 달하고 고통이 절정에 이른 슬픈 대목이 실은 가장 우스운 장면으로 널리 알려져 있습니다.

흥부는 "이쪽도 마저 때려주십시오."라고 합니다. 주걱에 붙은 밥풀을 떼어 먹으려고 하기 때문이지요.

이토록 비참한 이야기가 아주 밝게 그려져 있기 때문에 눈물보다는 웃음이 터져나옵니다. 이것이 바로 한국 판소리계 소설의 정신적인 여유, 즉 멋이라고 말할 수 있습니다.

흥부는 너무 가난해서 양식도 없고 많은 식구들을 굶길 수는 없고 하니까 죄지은 사람 대신에 매품을 팔러 갑니다. 원님이 계신 동헌에 가보니까 그것도 무슨 재수라고 그 죄인이 무죄 방면이 되어 흥부가 매를 안 맞아도 되게 되었습니다. 그래 도로 나오다가 보리타작을 하느라고 사람들이 도리깨질을 하고 있는 것을 보게 됩니다. 흥부는 그것을 보고 "저 집은 저렇게 매 풍년이 났는데 나는 그 흔한 매 복도 없나." 하고 한탄을 합니다. 사람이면 다 무서워하는 매를 피하지 않고 더 맞기를 원하는 이 익살은 『흥부전』의 중요한 모티프가 됩니다.

이렇게 한국의 판소리라고 하는 것에는 가장 슬픈 장면이 가장 우스운 장면이고, 고난과 역경과 괴로운 장면이 가장 신나는 장면으로 묘사되고 있습니다. 한국인의 마음속에도 긴 옷고름이 있었다고 말할 수 있는 것입니다. 그런 것을 이해하지 못하면 한국인을 알 수가 없습니다. 그것은 판소리나 소설뿐만 아니라 역사적으로도 나타납니다.

하나의 예입니다만 조선조 때의 한음漢陰 이덕형李德珩은 유명한 재상이었지요. 여러분도 '오성과 한음' 이야기는 많이 들었을 겁니다. 임진왜란 때 임금이 의주로 피난을 가는데 비가 너무 쏟아지는 거예요. 그러자 사람들이 비를 안 맞으려고 너도 나도 뛰어가는데, 한걸음 뒤에서 빙글빙글 웃으며 유유히 걸어가면서, "참 어리석은 사람들이다. 앞에 오는 비까지 다 맞으려고 뛰어가는구나!" 했다는 겁니다.

뛰어가면 걷는 것보다 덜 젖는 건 사실입니다. 그러나 한음은 좀 더 차원이 높았던 겁니다. 지금 나라가 패망해서 왜병들이 쳐들어오고 임금은 몽진하고 있는 이 위급한 때에 비 하나 안 맞으려고 허둥지둥 뛰어다니는 신하들을 조소하고 그 여유 없음을 힐책한 거지요. 이 한음의 말은 "비를 피하려고 하다가 오히려 앞에 가는 비까지 맞는구나." 하는 우스갯소리로 전달되고 있지만, 사실은 이것이 바로 옛날 우리 선조들이 살았던 하나의 슬기였던 것입니다.

좀 더 구체적으로 말하면, 전에 외국인이 쓴 글에 이런 이야기가 있었습니다. "한국은 일제 시대에 식민 지배를 겪었고 6·25동란을 겪었으며 가난하다. 그래서 한국에 가면 기아와 가난에 쪼들려서 사람들이 각박하고 신경질적일 것이다."—우리가 가끔 텔레비전에서 비아프라라든지, 에티오피아의 난민 수용소 사람들이 우수에 젖어 있는 것을 볼 수 있는 것처럼, 이 사람도 그렇게 생각하고 한국에 왔다는 겁니다.

그런데 와보니까 한국인들은 표정이 밝고 수염이 허옇게 난 노인이 아주 유유하게 팔자걸음을 걷는 것을 보고 놀랐다는 겁니다. 전쟁을 겪은 민족 같지 않다. 일제 시대에 식민지 백성으로 고난을 겪은 사람들 같아 보이지 않는다—이 민족은 어디서 그런 괴로움 속에서도 저런 여유와 의연한 멋이 생기는가 했다는 것입니다.

우리도 잘 아는 유명한 작가 토마스 만Thomas Mann의 아들 클라우스 만Klaus Mann이라고 하는 사람이 1930년대에 일본을 통해 한국에 들어왔는데 그 사람이 쓴 글에 이런 것이 있습니다.

그가 한국에 들어와 보니까 어느 쪽이 지배자인 일본인이고 어느 쪽이 피지배자인 한국인인지 전혀 분간할 수 없더라는 겁니다. 한국인 쪽이 피지배자 식민지 사람이니까 막 억눌렸을 텐데 길을 걸어가는 것을 보면 한국 사람들은 여덟팔자로 긴 담뱃대 입에 물고 이리 오너라 하면서 아주 여유 있게 크게 걷는데, 일본 사람들은 허리가 구부정하게 안짱다리로 쫓기듯이 걷는다는 거지요. 지배하는 일본인들의 얼굴을 보면 불안과 초조함이 깃들어 아주 각박하게 보이는데, 오히려 거꾸로 당하는 한국인들은 아주 여유만만하니 얼마나 여유가 있고 늠름한지 모르겠다, 하는 것이었습니다.

여러분이 생각할 때 '멋 부린다'는 것을 사치스럽고 낭비하고 좋은 옷을 입고 하는 것으로 생각할지 모르지만, 우리가 다시 생각해야 할 것은 결국 한국인의 멋이란 우리가 짐승이 아니라는 것, 우리는 기계가 아니라는 것, 0도에서 얼고 100도에서 끓는 물이 아니라는 것, 환경의 어려움 속에서도 억압되고 극한적인 상황 속에서도 인간이기 때문에 뭔가 자기의 꿈과 여유를 찾으려 한다는 것을 알아야 합니다.

우리는 오랜 옛날부터 그 많은 외적의 침략을 받고서도, 쪼들리는 살림 속에서도 구겨진 얼굴을 하지 않고 웃음과 너그러움을 잃지 않았던 선조들의 어떤 손때 같은 것을 여러 문화에서 느낄 수 있으며, 이것을 깊이 생각하고 이해해야만 합니다.

오늘날에도 그때 같은 멋이 존재한다고 생각하는가? 긴 옷고름 자락은 오히려 현실을 살아가려면 불편하지 않은가?

참 좋은 질문입니다. 바로 그 이야기를 하자고 우리는 이 자리에 모인 것입니다. 선조들이 이만큼 멋을 알았고 우리 선조들의 멋이란 이런 것이다, 하는 회고담을 하자는 것이 결코 아닙니다. 그 질문에 앞서 답변하고 싶은 것은 한국 사람들은 지난 이야기를 할 때는 다 신이 나는 듯하지요. 아무리 비참한 역사적인 수난을 겪었어도 한국 사람들이 과거 이야기를 할 때는 얼굴이 밝아지는 것을 볼 수 있어요.

〈각설이 타령〉에도 보면 거지로 지낼망정 자기는 명문 3정승 집안에서 태어났다고 합니다. 그 식으로 뭔가 과거는 다 아름다운 것으로 미화되어 나타납니다. 그러니까 문제는 오늘의 현실을 이야기하자는 겁니다.

'젊은이여, 한국을 이야기하자'의 한국은 오늘 우리가 살고 있는 것, 길거리에서 우리가 부딪치고 있는 것, 우리가 숨 쉬고 있는 것, 또 우리 집이나 학교나 거리에서 만날 수 있는 그 한국인을 이야기하자는 것입니다. 역사책 속에 쓰인 한국 이야기나 판소리 속의 흥부, 놀부를 이야기하자는 것이 아닙니다. 그렇게 긴 옷고름과 넉넉한 바지 허리통을 가지고, 그러한 여유를 가지고 각박한 생활 속에서도 늠름하게 고난의 역사를 버텨왔던 한국의 후예들이 요즘엔 세계 어느 민족보다도 조급해졌습니다. 전쟁을 겪고 여러 가지 생존 경쟁에 시달리고 조금만 한눈팔면 나락으로 떨어지는 경쟁 사회를 지내다 보니, 어느새 우리의 긴 옷고름이 의상에서뿐 아니라 의식 속에서도 가위로 무자비하게 싹둑싹둑 잘렸다는 것이지요.

　요즘 젊은이들의 '식인종 시리즈'에서 엘리베이터를 자동판매기라고 그러지요. 서양에서는 그런 비유를 잘 모를 거예요. 왜냐하면 자동판매기가 그들처럼 느리게 나오지는 않아요. 우리는 고층 건물에서 엘리베이터 문이 열리면 한 떼가 확 나오고…… 확 나오고…… 하는 것이 꼭 자동판매기에서 쏟아지는 것을 연상시키는 그것처럼 지금 우리는 각박해졌습니다.

　외국의 식당에서 음식을 재촉하는 사람들을 보면 대개 한국인들입니다. 원래 음식은 독촉하는 것이 아니지요. 맛있는 음식을 먹으려면 충분히 기다려야 하고 또 서양인들은 꼭 먹는 것만을 위해서 식당에 가는 것이 아니라 가족이 함께 즐기러 간 것이니까 재촉을 안 합니다.

이탈리아에서는 급행료, 완행료를 이해 못하는 사람도 있어요. 급행료는 빨리 내리니까 돈을 적게 내야지 왜 많이 내느냐고 합니다.

여러분이 어렸을 때 어린이대공원 같은 곳에서 무슨 놀이기구를 탈 때는 시간으로 계산해서 시간이 오래되면 돈을 더 내야 하는 것처럼, 완행은 더 오래 가니까 돈을 많이 주고 급행은 빨리 가는 것이고 빨리 내리는 것이니까 돈을 적게 주어야 되지 않느냐 하는 겁니다.

그리고 상점에서 남이 물건을 흥정하고 있는데 옆에서 "이거 얼마요?", "저거 얼마요?" 하고 묻는 사람들이 많이 있지요. 외국에서는 반드시 자기 차례를 기다립니다.

늘 하는 이야기입니다만 우리의 단군 신화는 참는 데서부터 시작하지요.

곰하고 호랑이가 쓰디쓴 쑥과 매운 마늘을 먹고 백 일을 지내면 인간이 될 수 있다고 해서 캄캄한 굴에서 견디는데, 호랑이는 성미가 급해서 참지 못하고 도망가버렸고, 둔한 듯한 곰은 백 일을 견뎌 사람이 되었지요.

이 신화를 가만히 생각해보면 짐승과 인간의 차이를 한마디로 '참을성'으로 본 거지요. 짐승은 본능대로 배고프면 울부짖고 졸리면 그 자리에서 쓰러져 자고 하는데, 인간은 참을 줄 안다는 것입니다.

곰이 인간이 될 수 있었던 것은 바로 자기 자신을 자기가 견디면서 이길 줄 알았다는 것입니다.

이처럼 우리나라 역사의 제1장 1절은 참고 견디는 힘에서부터 시작되고 있지만 오늘날의 한국인들을 참을성과 극기, 나 자신을 뛰어넘는 것을 잊어버렸다고 생각한다면, 우리는 너무나 멋을 상실했고 한국적이 아닌 변종 한국인으로 변모해가고 있으며, 참고 기다리는 습관을 역사 속에 잊어버렸다고 할 수 있습니다.

한 가지만 더 이야기하지요. 이것이 물론 어제오늘 생긴 일은 아닙니다. 내가 어렸을 때에―요즘은 드롭스drops라고 하지만―눈깔사탕이라는 것이 있었습니다.

그 눈깔사탕을 입에다 넣고 대부분은 그것을 지그시 입으로 물어 입안에서 녹여 먹으면서 누가 제일 늦게 먹나 내기를 하기도 했는데, 요즘 아이들은 드롭스를 주면 좀 빨다가 아득아득 깨물어서 먹습니다. 하지만 사실은 이 드롭스는 빨아먹도록 되어 있어서, 서양 아이들은 내가 어렸을 때처럼 빨아먹지요.

드롭스를 어렸을 때부터 녹여 먹는 여유가 있는 어린이들과 입에 넣자마자 아작아작 씹어먹는 성급한 어린이들이 성장해서 서로 경쟁을 한다고 생각해볼 때 어떻게 되겠습니까?

그런데 여러분들은 바로 캔디를 깨물어 먹은 세대로서 지그시

녹을 때까지 빨아먹은 그 외국의 어린이 세대와 국제적인 경쟁을
해야 합니다.

그렇다면 오늘의 젊은이들이 과연 우리가 곰의 후예, 멋을 알
았던 한국인의 후예다운 자부심을 갖고 참을성 있게 먼 미래를
보면서 나가는 저력이 있겠는가 하는 것이 문제가 되겠습니다.

우리의 전통적인 것을 어떻게 계승·전달하고, 동시에 적극적인 사고
를 갖기 위해서는 어떻게 해야 되는가?

여러분이 정신적인 여유, 멋이라는 것을 잘못 받아들이면 두
가지 큰 혼란이 생깁니다. 멋이라는 말이 나쁜 뜻으로 쓰일 때도
있지요. '제멋대로 한다'라는 말이 있습니다. 멋이라고 하는 것은
유연하고 자연스럽긴 하지만 그것이 너무 극단으로 치닫다 보면
방종이 되고 무질서가 됩니다.

일본 문화는 긴장의 문화이고 한국 문화는 푸는 문화라는 것을
여러 번 강조한 적이 있습니다만, 한국인은 참 이상한 것이, 긴장
해서는 절대로 힘이 나오지 않습니다. 각박한 데서는 힘이 안 나
오고 옷고름처럼 긴 데서, 여유 있는 데서 꼭 힘이 나온다는 거예
요.

학생들이 시험을 치르러 가기 위해 집에서 나올 때 부모들이
뭐라고 그러십니까?

"야, 너 이것 평생을 좌우하는 문제다. 지금까지 죽어라고 공부했는데 정신 바짝 차리고 치르지 않으면 큰일난다." 하십니까?

안 그렇지요. 대부분의 부모들은 "야, 마음 푹 놓고, 겁내지 말고 여유를 갖고 해라."라고 말합니다. 한 사람이 붙으면 내가 떨어지는 긴박한 상황, 피비린내가 날 정도의 그 삼엄한 전쟁터에 나가는데 부모들은 어깨를 치면서 마음 푹 놓고 하라고 합니다.

일본인들은 싸울 때면 머리에다 띠(하치마키はちまき)를 두르고 훈도시ふんどし를 단단히 매고 싸우는데, 한국인들은 싸우려면 윗저고리부터 벗지요. 이것은 풀어주어야 우리는 힘이 난다는 것으로 생각할 수 있습니다. 이 풀어주는 상태라고 하는 것은 힘이 없는 것처럼도 느껴집니다. 눈 똑바로 뜨고 독기가 서려서 어깨에 힘을 줘야 뭔가 완강한 힘이 나올 것 같은데, 한국의 힘은 경직된 데서는 안 나오고 부드러운 유연성에서 나오는 것입니다.

그러니 여러분처럼 젊은 사람들 눈엔 어쩐지 화끈하지 않다고 보이겠지요. 멋을 살리려면 유연해야 되는데, 각박한 현대 사회에서 그런 식으로만 살아갈 수 있겠는가, 하는 회의가 들지도 모릅니다.

예를 들어 놀부와의 싸움에서 흥부가 하는 것처럼 웃음으로써 어떻게 그 가난이 극복될 수 있겠는가 하겠지만, 마음의 여유를 갖는 것과 실제 현실적인 일을 하는 것을 혼동해서는 안 됩니다.

우리의 힘이랄 수 있는 이 멋은 오히려 적극적인 것입니다. 긴

박하고 절박한 것에 무릎을 꿇고 초조해하는 것이 아니라, 그것
을 뛰어넘는 적극적인 의지가 깃들어 있다고 생각해야 합니다.

우리의 옛 시조 가운데 내가 특히 싫어하는 것이 두 수 있습니
다.

동창이 밝았느냐, 노고지리 우짖는다.
소 치는 아이는 상기 아니 일었느냐.
아이야, 재 너머 사래 긴 밭은 언제 갈려 하느냐.

하는 것이 그 하나지요.

여유 있지요. 새벽잠이 없는 노인이 일찍 깨어 노고지리 우짖
는 소리를 듣는 것까지 좋습니다. 하지만 자기가 일어나서 일하
면 어때서 "아이야, 재 너머 사래 긴 밭은 언제 갈려 하느냐." 하
고 독촉만 하는지요. 그 행동하지 않는 인물이 나로선 못마땅합
니다.

또 하나는,

풍파에 놀란 사공 배 팔아 말을 사니
구절양장이 물도곤 어려웨라.
이후란 배도 말도 말고 밭갈이나 하리라.

하는 시조입니다.

풍파가 무서우면 배를 팔기보다 큰 배를 만들어야 하지 않겠어요? 꼬불꼬불한 구절양장九折羊腸이 물보다 어렵다고 생각되면 구절양장 길을 똑바로 펴서 넓혀야지요. 풍파가 무서워서 배를 팔고 길이 무서워서 말을 팔고, 결과적으로는 "이후란 배도 말도 말고 밭갈이나 하리라." 하는데, 농사는 천하지대본으로 삼는 중요한 일이며 이런 패배자는 밭도 못 매게 되지요. 왜냐하면 가뭄도 있고 홍수도 있을 텐데 그것이 무서워서 어떻게 농사를 짓겠습니까?

또 다른 시조에 "요순 때에도 가뭄이 들었것다. 이러니 마음의 밭을 갈까 하노라." 하는 것도 있는데, 여기서도 행동하지 않고 마음의 밭만 갈고 있지요. 그런데 그것이 선비 문화라면 곤란하지요.

내가 여기에서 강조하고 싶은 것은, 여유란 오히려 현실에 재차 도전할 수 있고 현실을 냉정하게 볼 수 있는 기반을 마련해준다는 이야기입니다.

그러니까 멋과 실천은 절대로 이율배반적인 것이 아닙니다. 멋이란 현실에 다시 뛰어들어가는 투구요, 긴 창이요, 그리고 부드러운 무장이라고 생각하면 오해가 없지 않을까 합니다.

옛 조상들의 멋과 여유를 계승하는 것은 가능한가, 가능하지 않다면 현실과 이상의 격차를 어떻게 좁힐 수 있을까?

　긴 옷고름이 우리의 멋이라고 해서 여자들이, 특히 공장에서
바삐 일하는 여성 근로자들이 한복을 입고 작업한다고 한번 가
정해봅시다. 기계에 긴 옷고름이 말려들어가겠지요. 또 남자들이
그 통 넓은 한복 바지를 입고 공장이나 건설 현장에서 일을 한다
고 합시다. 불편해서 작업 능률이 오를 리가 없지요.

　옛날 여자들은 머리가 아주 길었습니다. 아름다운 여자를 묘사
할 때는 '삼단 같은 머리칼'이라고 묘사했지요. 세계의 고전이 된
호메로스Homeros의 서사시에는 헬렌이 아름답다는 묘사가 없습
니다. 단지 꼭 한 군데 나오는데 "그 탐스러운 긴 머리칼"이라고
했습니다.

　이처럼 긴 머리카락이 여자의 상징이었는데, 그것이 언제 잘렸
느냐 하면 산업 혁명이 일어나고 여자들이 공장에서 일을 하면서
부터였습니다. 기계에 머리카락이 휩쓸리면 안 되니까 그때부터
짧게 자르기 시작한 거예요. 근대화라고 하는 것은 가위로 싹둑
싹둑 자르기 시작한 것입니다. 여유를 잘라냈다고도 할 수 있습
니다. 한국뿐만 아니라 세계 도처에서 머리카락을 잘랐고 여유를
잘랐습니다. 다시 말해 근대화는 가위로부터 시작되었다고 볼 수
있습니다.

　지금 내가 이야기하는 것은 한복을 입고 지하철을 타라는 이야

기가 아닙니다. 우리들이 서구적인 현대 문명에 똑같이 양복을 입고 똑같이 살아간다 할지라도, 마음속에 옷고름을 하나 가지자는 이야기지요.

예를 하나 들지요. 어떤 사람이 복잡한 출근 시간에 지하철을 탔습니다. 사람들이 발등을 밟고 마구 밀고 하니까 짜증스럽고 화가 나서 직장에 출근해서도 얼마 동안 그 불쾌함이 가시지 않아 속상해한다면, 그 사람은 마음의 긴 옷고름이 잘린 상태라고 말할 수 있습니다. 그런데 어떤 이가 사람들이 마구 비집고 들어오고 밀고 야단인데도 '저 사람 몹시 미는구나' 생각할 뿐 빙긋이 웃으며 사람들을 관찰한다면, 여유가 있는 것입니다. 똑같은 만원 지하철 속에서도 지그시 바라보는 시선과 짜증이 나서 모가 선 시선은 전연 다르다는 겁니다.

그런데 오늘날 우리 4천만이 똑같아지는 것이 하나 있는데, 그것은 바로 여유가 없어지고 앞으로 앞으로만 내닫는 것입니다. 과거 역사 속에서 우리가 지금처럼 이렇게 각박하고 여유 없이 살았다면 어떻게 되었을까를 한번 생각해봅시다.

우리보다 우세했던 민족들이 지구 역사상에서 흔적도 없이 사라진 예가 얼마나 많습니까? 유럽을 말발굽으로 짓밟은 영웅 칭기즈칸의 후예들이 몽골족인데 지금 몽골은 뭘 하고 있습니까. 세계 최고 걸작품으로 치는 아름답고 정교한 에트비아 항아리를 만들었던 에트비아 민족은 이 지상에 남아 있지도 않습니다.

우리가 이렇게 버티고 살아온 것은 힘으로만 살아온 것도 아니고 슬기로만 살아온 것도 아닙니다. 그 각박하고 억압당한 역사 속에서도 인간의 아름다움을 추구하고, 그것을 가치로서 승화시킬 수 있는 마음의 여유가 있었기 때문입니다.

그러니까 오늘을 사는 우리는 사람들이 많이 몰려서 맹목적인 경쟁을 할 때에 나 자신은 한 박자 늦추어 은밀한 여유를 갖는 것, 그것이 우리 전통의 옷고름을 매는 것입니다.

지금 우리는 뭔가 남보다 뒤늦게 가면 지는 줄 알고, 조금이라도 남한테 양보하면 패배인 줄 알고, 또 그것이 점차 생리화되어 가고 있는 듯합니다.

그렇다면 어떻게 해서 우리는 이처럼 각박해졌고, 왜 옷고름을 가위로 잘랐는가를 여기에서 본격적으로 추구해보아야 할 것같습니다.

우리나라 역사를 생각하면 과거에도 그랬듯이 앞으로도 어려운 난관이 많을 것 같다. 그런 미래에 닥칠 어려움에 대처하기 위해서 지금 우리가 해야 할 일은 무엇인가?

우리나라의 지난 역사적 사건들을 돌이켜보면, 다른 민족 같으면 한 민족사에 한 번 또는 두 번 겪을까 말까 한 힘든 일들을, 우리는 10년이 멀다 하고 겪어왔습니다.

우리의 역사는 자랑스러운 것도 있지만, 밤새도록 울어도 뼈아프고 한스러움이 풀리지 않을 침략과 치욕의 사건도 많았습니다.

그러나 한편으론 이렇게도 생각할 수 있을 것입니다.

만일 여기에 짐이 있다고 한다면, 병든 말이 그것을 집니까, 힘 있고 팔팔한 말이 그 짐을 집니까? 적어도 몇천 년 동안 그 무거운 역사의 짐을 짊어질 수 있었던 것은 우리 속에 그만한 능력과 인내심과 힘이 있었던 증거라고 생각합니다.

『춘향전』에서 춘향이가 변학도한테 모진 매를 맞습니다. 『춘향전』에서 가장 아름다운 것은 이 매를 견디는 춘향이의 「십장가」라 할 수 있지요. 모진 매를 맞는데 춘향이는 그냥 울고만 있지 않았지요. 또 거꾸로 덤벼들어 앙칼지게 반항하고 싸우려 하지도 않았지요. 춘향은 매를 맞으면서 모진 매보다 무서운 것을 창조했는데, 「십장가」가 바로 그것입니다. 변학도가 "저년의 볼기를 심히 쳐라." 하면 형장이 한 대를 딱 때리면서 "하나요." 그럽니다. 춘향이는 일이니까 '일' 자를 운韻으로 해서 "일구월심" 하고 시를 짓습니다. 둘이요, 할 때는 "이 내 마음이 이 도령을 잊을손가", 삼이요, 그러면 "삼청동 계신 님을……" 이렇게 형장이 열 대의 매를 때리면 그때마다 춘향의 입에선 열 개의 시가 태어나는 겁니다. 그렇다면 역설적으로 변학도의 모진 매는 무엇을 만들어냈습니까? 바로 시를 만들어낸 거지요.

피멍 맺히는 그 가혹한 시련 속에서도 춘향이가 만든 것은 하나의 시요, 노래요, 매보다 오래가는 아름다운 언어였습니다.

그것이 무슨 소용이 있겠는가? 우리는 짐승이 아니기 때문에 먹고사는 것만이 전부가 아닙니다. 발톱과 이빨이 아무리 날카로워도 짐승들에게는 고난을 시로 바꿀 수 있는 슬기로운 능력이 없습니다. 이처럼 춘향이는 그 가냘픈 몸으로 변학도의 모진 매를 이겼습니다. 뭘로 이겼느냐 하면 아름다운 시로 이겼으며, 이 도령에 대한 그리움과 열정은 한층 더 높아졌으므로, 결국은 변학도에게 이긴 것이 됩니다.

그렇다면 이 세상의 어떤 지독한 매가 한국인의 저 멋의 노랫가락을 꺾을 수 있겠는가? 어떤 날카로운 가위가 우리의 매고 남는, 저 바람에 나부끼는 긴 옷고름 자락을 자를 수 있겠는가?

이 세상의 어떤 매도 어떤 가위도 우리를 자르지 못했습니다. 그러므로 여러분은 자기 자신 속에 그와 같은 멋을 지녔다는 신념을 가지십시오.

정치, 역사, 과학 등 모든 것을 창조의 차원으로, 멋의 차원으로 끌어올릴 수 있는 힘이 우리에게 주어졌다는 것을 확인하십시오.

이 세상 어떤 곤장이
이 노래를 꺾을 수 있단 말인가?

가슴에 피멍이 맺혀도
그것을 아름답고
흐느적거리는 노랫가락으로 승화시킨
한국인의 멋.

대체 어떤 가위가
이 길게 나부끼는
한국인의 옷고름 자락을
자를 수 있단 말인가.

정과 달빛의 문화

모든 것이 다 바람에 흩어지고
거친 땅에 버려질지라도
마지막에 남는 것은
따뜻한 정이다.

아무리 더러운 것도
달빛 아래서 보면 아름답다.

정은 감추어주고 화합시킨다.
그러나 지금은
달빛의 시대가 아니다.

이 격동하는 사회 속에서
한국인을 지켜온 정을

우리의 유산으로

남길 수 있을 것인가?

쇠와 쇠를 끌어당기는 자석이 있듯이, 모든 민족에겐 서로 결합시키고 서로 끌어당기는 마음의 자석 같은 것이 있는데, 중국 사람들은 신의로 뭉쳐져 있다고 말합니다. 중국 사람들이 믿음에 의해서 친구 또는 이웃 사람과 인간관계를 맺는 것이라면, 일본 사람들은 어떨까? 그들은 기리[義理], 인조[人情] ─의리와 인정을 들먹이지만 실제로는 이해관계, 이익으로 뭉쳐진 사람들 같습니다.

일본주식회사라는 말이 있듯이, 이들이 회사라든지 어떤 집단을 위해 그토록 강한 단결심을 보이는 것은 서로의 이해관계 때문인 듯합니다. 그렇다면 한국인은 무엇으로 뭉친 민족인가? 몇백 년, 몇천 년을 살아오면서 한국인들을 서로 결합시킨 자석은 무엇인가? 그것은 바로 정情이라고 할 수 있습니다.

한국 사람들은 오랜 세월을 두고 어려운 일, 기쁜 일, 슬픈 일을 함께 나누면서 정으로 뭉쳐진 집단입니다. 정의 문화가 지열地熱처럼 우리의 마음속에 숨겨져 있는 것입니다.

성서에 보면 "태초에 말씀이 있었다."고 했는데, 그 말씀은 로고스Logos지요. 이성적이고 원리 원칙을 따지고 하는 지적인 세계, 논리적인 세계인데, 만약 우리가 우리의 성서를 쓴다면 '태초에 정이 있었다.'고 썼을 것입니다. 우리가 태어난 것도 부모님의 정, 효孝도 부모님의 정, 모든 것이 정으로 얽힌 민족이라고 말할 수 있습니다.

이것은 우리만의 느낌이 아니고 한국에서 오래 살다 간 사람들의 평을 들어봐도 같은 말을 합니다. 일본 사람들은 친절하고 깨끗해서 좋지만, 어쩐지 정이 붙지 않아 오래 살고 싶은 생각이 없는데, 한국은 일본보다 좀 지저분하고 사람들도 무뚝뚝한 것 같은데 시간이 갈수록 정이 붙는다고 말합니다. 또 중국 사람들은 듬직한 대인 기질은 있어도 서로 아기자기한 정을 나눌 사람들은 못 된다고 합니다.

그런데 대체 이런 한국인의 정은 무엇일까요? 정의 문화를 움직여온 것은 무엇일까요? 우리가 정이라고 이야기했을 때 각자가 연상하는 것이 다르겠지만, 달빛 같은 것을 느낍니다. 똑똑한 사람, 따지기 좋아하는 사람, 아주 명백한 사람, 이런 사람들은 달빛보다도 태양빛이라고 할 수 있지요.

티끌만 한 먼지 하나도 다 보일 것같이 분명해서 햇빛과 같습니다. 정이라고 하는 것은 그렇게 분명한 것이 아니고 어렴풋한 것이기 때문에 나로선 늘 달빛을 생각하게 됩니다. 얼굴에 자신 있는 사람은 태양 앞에 서기를 좋아할는지 몰라도 여드름 같은 것이 나서 얼굴에 자신이 없을 때는 환한 대낮보다는 달밤을 더 좋아할 것입니다. 달빛 아래서는 누구나 다 미인으로 보이니까요.

그러면 정이라고 하는 것은 무엇인가요. 지적으로 이것은 이것이고 저것은 저것이다라는 식으로 흑백을 따지는 것이라기보다는 어렴풋한 달빛처럼 인간과 인간의 관계를 감싸주는 것, 거기에는 어떤 정겨운 따스함이 그윽하게 흐르는 것이라고 할 수 있습니다. 너무 뚜렷하면 정이 생겨나지 않지요.

고려 시대의 유명한 시인 이규보李奎報가 쓴 「경설鏡說」, '거울에 대해서 논하노라' 하는 글을 보면, "모든 사람은 밝은 거울을 가지려 하지만 나는 이 세상에서 제일 흐린 거울을 갖고 싶다. 왜냐하면 밝은 거울이 자기를 비쳐주면 자기의 모순이 다 드러나고 결점이 다 드러나지만, 세상에는 잘난 사람보다는 못난 사람이 많기 때문에 흐린 거울이 오히려 덕이 되고 정겹다."고 했습니다.

내가 지금 이야기한 달빛 같은 어렴풋한 정분과 똑같은 말입니다. 사리를 분명하게 밝히는 것은 좋지만, 인간관계를 너무 합리 일변으로 따지는 것보다 마음으로 이해하고 서로 감싸주고 화합하는 세계가 중요하지 않은가, 그래서 나는 차라리 맑은 거울보다는 흐린 거울을 좋아하노라 하는 것입니다.

이와 같이 우리 주변에서 정의 문화를 생각해볼 때 우리들은 너무 똑똑한 사람을 존경할는지는 몰라도 정을 느끼지는 못하는 것 같습니다. 다시 말하면 정이라고 하는 것은 맹목적인 것 같고 어렴풋한 것 같고 논리를 초월하는 것 같기 때문에 정을 많이 가지고 사는 사람은 합리적이지 못합니다. 비합리적이고 모순까지도 끌어안지요.

여러분들이 얼핏 생각하기엔 한국인들이 그 정 때문에 손해볼 일도 많았겠구나, 현대에서 그런 애매모호한 흐린 거울을 가지고 다니다가 큰일나겠다 하겠지만, 그러나 정이라는 것이 무엇인가를 알아보면 그렇게 단순하게 좋다, 나쁘다로 말할 수 있는 것이 아닙니다.

우리가 정의 문화를 이루고 있다는 것은 우리나라 말을 보아도 알 수 있습니다. 한국말은 과학적인 말이라기보다 정겨운 말이라고 할 수 있습니다. 때문에 분명하게 이야기하지 않으려 하고, 어렴풋하게 이야기하려 합니다.

예를 들어서 여러분이 맥주집에 가서 맥주를 시킬 때 '한 병 주세요', '두 병 주세요' 하지 않고 '한두서너 병 주세요' 이러지요. 한두서너 병은 한 병에서부터 무려 네 병을 가리키는 말인데 그 말을 듣고 술집 종업원은 '네, 알았습니다' 하지요. 그러니까 이것은 논리적으로 의사 전달을 하는 것이 아니라 이심전심으로 하는 거지요. 어떤 사람이 꼬치꼬치 따져서 "작은 병으로 몇 병, 큰 병으로 몇 병" 하는 식으로 시키면, 합리적일는지는 몰라도 그런 사람하고 친구로 사귀어 오래 정을 나누고 싶은 생각은 나지 않을 거예요.

한국의 정겨운 사회에서는 좋은 것, 나쁜 것 하고 분명하게 따지지 않는 면도 많지요. 우리가 흔히 쓰는 말에 '시원섭섭'이라는 말이 있습니다. 이 말은 불어, 영어, 어떤 말로도 번역이 안 됩니다.

시원섭섭이란 정이 많은 민족에게서만 나올 수 있습니다(싫은 것까지도 정을 두었기 때문에). 싫은 것이 없어지면 시원하지요. 논리적으로 시원한 거예요. 그런데도 그것이 나한테는 답답하고 싫고 귀찮은 것이었다고 할지라도 오랜 시간이 지나다 보면 미운 정이 붙어서 떠나고 나면 섭섭하게 느껴집니다.

이 시원섭섭이라는 말을 만들어 가지는 민족, 그러한 사회라고 하는 것도 정이 아니면 설명할 수 없습니다. 이 시원섭섭과 마찬가지로 우리는 '고운 정, 미운 정'이라는 말도 씁니다. 반드시 좋은 것에만 정을 준 것이 아니라 나쁜 것, 모자라는 것, 또 불편한 것, 이런 것까지도 정을 주었던 것을 알 수 있습니다. 뭔가 한아름 끌어안고 가슴으로 모든 것을 받아들이려고 한 것입니다.

이처럼 어떤 것을 수용하는 태도, 수용하는 마음을 정이라 할 수 있으며 그것이 바로 우리의 구심점이 되지 않았나 생각됩니다. 서구 사람들처럼 따져가면서 합리주의로 살아온 것이 아니라 오히려 합리성을 넘어선, 비합리주의에 가까운 정의 세계가 바로 우리 문화의 특징이지요.

그러나 지금 우리는 국제적으로나 국내적으로 많은 어려움을 겪고 있는데, 과연 이러한 정만을 가지고 살아갈 수 있을 것인가, 또 이 좋았던 정이 메말라버렸을 때 한국인은 어떤 모습으로 바꿔는 것일까, 하는 것이 오늘 우리가 이야기할 주제입니다.

한국 사람에게 있어 사물에 관한 정은 어떤 식으로 나타났는가?

정이라고 하는 것은 비합리적이며 기능주의와는 거리가 먼 것이기 때문에 정이 좋은 줄 알면서도 지금 그것이 문제가 되고 있습니다.

우리나라에도 60층 건물이 생겼는데, 이런 경이로운 큰 빌딩숲에 섰을 때 대개의 사람들은 압도당하고 맙니다. 그런 빌딩을 보고 '야, 저 빌딩 참 정겹구나' 할 수는 없지요.

그런데 시골의 초가집을 보면 어떻습니까? 초가집이 비기능적이고 가난의 상징이라서 새마을운동으로 전부 뜯어 없앴지만, 길을 가다가 어느 산자락의 아늑한 곳에 집이 한 채 있고 지붕에는 박꽃이 하얗게 피어 있고, 찌그러진 굴뚝에서는 저녁 연기가 모락모락 올라가는 것이 눈에 띈다면, 참 정겹게 느껴지지요. 그러나 정이 느껴진다는 것과 필요하다는 것, 좋다는 것은 다른 것입니다.

그렇다면 대체 정이라는 것은 무엇일까요? 초가집이라는 것은 살기에도 구질구질하고 기능적이지도 못하고 외국 영화에 나오는 어마어마한 부잣집처럼 샹들리에가 있고 거기서 왈츠를 추고 하는 화려한 집이 아닌데도, 왜 우리의 초가집은 늘 정겹고 우리들의 마음을 끌어안는 힘이 있을까요? 이것은 인간이 합리적이지 않기 때문입니다. 우리는 인간관계뿐만 아니라 사물을 대하는 태도, 인생을 살아가는 추상적인 모든 것에서도 이 정이 어떻게 나타나는가를 볼 줄 알아야 합니다.

초가집과 빌딩에서 우리가 느끼듯이 전통적인 것은 정이 되는데, 현대적인 것은 편리하고 기능적이지만 정이 느껴지지 않습니다. 예를 들면 번쩍거리는 유리 조각에 정이 갑니까? 안 그렇지요. 그런데 옛날 조선조 가구들, 투박한 뒤주, 문갑이라든지 사방탁자 같은 것은 정이 갑니다.

흔히들 플라스틱 문화라고 그러는데, 이 플라스틱 그릇들은 참 편리하지요. 옛날에 쓰던 바가지는 깨지기를 잘합니다. 그 깨진 바가지는 솔뿌리로 꿰어서 여기저기 흉터처럼 자국들이 있어 보기에는 매끈한 플라스틱 바가지보다 예쁘지도 않고 투박하지만, 그것으로 물을 떠먹을 때 우리는 아련한 슬픔 같은 정을 느끼게 될 것입니다.

그런데 현대 문명의 극치인 플라스틱, 우리가 경험해보지 못했던 새롭고 경이로운 문명의 힘에서 생겨난 플라스틱에게서는 정을 못 느낄 것입니다. 사실 우리 주변에서 정다운 것은 다 사라져가고 기능적인 것, 필요한 것만 남게 되지요. 하지만 우리 할아버지, 할머니들이 실제로 쓰셨던 장롱 같은 것은 다 부서져도 골동품으로 팔립니다. 엄청난 값으로 팔려요. 아무리 값비싼 냉장고라 할지라도 20년을 쓸 수 없지만 썼다고 해도 그것을 골동품으로 사가지는 않습니다. 왜냐하면 플라스틱이나 유리와 같은 것은 아주 산뜻하고 좋아 보여도 오래도록 쓴다고 정이 붙는 것은 아니기 때문입니다.

옛날 조선 시대의 가구라고 하는 것은 투박하고 빛이 없고 그것이 비록 기능적이지 않을지라도, 몇백 년이 지난 오늘날에도 사람들이 그걸 갖고 싶어 하는 것은 거기에서 어떤 정을 느낄 수 있어서지요. 안방이나 응접실에다 놓아둔다면 마치 옛날 부잣집 마나님, 또는 우리의 할머니들이 의젓하게 앉아 있는 것처럼 품위가 있어 보입니다.

이와 같이 사람만이 아니고 물건도 정이 있는 것과 없는 것이 있다고 볼 수 있습니다. 그렇다면 한국인들이 다른 민족보다 정겨운 민족이라고 한다면, 과연 한국 사람들이 만든 것과 서양 사람들이 만든 것을 비교해보아서 우리가 더 정을 깊이 느끼고 정을 통해서 문화를 만들었다는 증거가 있을까요?

그 증거를 하나 들어보지요. 어렸을 때 나는 동대문이나 남대문을 처음 보고 아주 실망했습니다. 시골에서는 큰 건 다 '남대문만 하다'라고 해서 나는 그것이 무지하게 크리라 상상했는데 실제로 와보았더니 너무 빈약한 거예요. 내 머릿속에서 그리고 있던 것보다 너무 조그마했지요.

중국의 만리장성, 프랑스의 개선문, 로마 광장은 어떻습니까.

엄청나게 규모가 크지요. 그런 것만 늘 그림엽서나 책에서 보다가 우리의 국보 제1호, 가장 큰 것, 가장 높은 것으로 상징되는 남대문, 동대문을 보니까 기가 막혔어요. 우리는 너무 스케일이 작아 큰일이구나, 하고 걱정했습니다. 그런데 나이 들어 비로소 그 까닭을 알게 되었어요.

아무리 경제력이 약하고 가난했다 할지라도 절대 군주 시대인데 온 나라를 털면 베르사유 궁전만 한 것을 못 지었겠습니까? 개선문만 한 것을 우리가 못 지었겠어요? 얼마든지 지을 수 있었겠지요. 그런데 왜 안 지었느냐 하면 너무 크면 압도되어서 정이 안 가기 때문에, 인간적인 것을 못 느끼기 때문에 그랬던 것입니다. 이처럼 한국 가구는 전부 인간에 기준을 두어 만든 것들입니다.

지금 우리가 쓰는 서양식 가구인 장롱을 살펴본다면 상당히 높지요. 그 위에 물건을 올려놓았을 때 너무 높아서 꺼내 쓰기가 불편합니다. 그러나 한국 장롱은 전부 사람 키만 하지요. 우리의 선조들은 일부러 인간의 규격에 맞추어서 사물들을 만들었기 때문에 참 인간적입니다. 절대로 거대해서 압도당하지 않았습니다.

휴먼 사이즈라는 말이 있지요. 인간적인 척도라 할 수 있겠는데, 이것이 제일 발달된 것이 한국이라고 말할 수 있습니다. 그렇다면 같은 동양이지만 일본 것은 어떠냐 하면 너무 작아요. 내가 『축소지향의 일본인』에도 썼지만, 아주 오밀조밀 작게 해서 손아귀에 들어가게 합니다. 일본인들은 인간에 맞춘 것이 아니라 손에 넣기 좋게 만들었습니다. 일식집에 가면 스시니 초밥이니 하는 것이 있는데, 이것도 밥을 손아귀에 집어넣어서 만든 주먹밥이지요. 라디오니 계산기니, 하다못해 텔레비전 같은 전자 제품도 그들은 아주 작게 손아귀 속에 집어넣게 만듭니다. 고려자기가 왜 아름다운가, 조선조 자기가 왜 아름다운가 하면 스테인리스처럼 번쩍거리지 않기 때문입니다. 빛이 안으로 안으로 배어서 그것을 보면 아늑하고 인간적인 안도감을 느끼게 되지요.

고려자기들은 어떻습니까? 절대로 크지 않습니다. 중국 자기들은 굉장히 큽니다. 우리의 호로병이라든지 그릇들은 너무 작지도 너무 크지도 않아요. 이것은 인간을 기준으로 했기 때문인 것입니다.

우리 선조들이 스치고 지나간 손때 묻은 물건들을 보면 다 인간 같고 그것이 물건인데도 한번 "아저씨" 하고 불러보고 싶은 정이 배어 있는 까닭은, 번쩍거리고 거대하고 기능적이기보다는 물건에도 어딘가 어렴풋하고 어리숙한 구석이 있어서가 아닌가, 하는 생각이 듭니다. 이것이 바로 한국인들이 정을 느껴온 바탕이라 말할 수 있겠습니다.

현대는 기능 위주의 사회인데 우리가 정에 치우쳐 흑백을 분명히 하지 않는다면 발전이 더디고 세계 경쟁 속에서 처질 수도 있지 않겠는가?

오늘날처럼 이렇게 바쁜 세상, 비정한 사회에서 정신 바짝 차리고 재빨리 계산하며 살아가도 끝없이 상처를 입는 이런 시대에 정을 이야기한다는 것 자체가 시대 착오적인 것처럼 느껴진다는 이야기지요? 사실 그렇습니다. 우리는 과거에 정이 너무 넘쳐나서 손해 본 일이 많았습니다.

내가 정이라고 할 때에 달빛을 생각한다고 했지만 한 가지 더 말한다면, 정은 물과 같은 것이라고 할 수 있습니다. '정에 젖는다'라는 말이 있지요. 정을 사물과 비교한다면 분명히 물이지요. 그래서 정이라고 했을 때에는 번쩍거리는 찬란한 햇빛이 가득히 비춰주는 것 같은 것이 아니고 봄비처럼 부슬부슬 내려서 피부로 젖어들어오는 느낌이라고 할 수 있습니다. 흙 속으로 젖어들어가는 비를 상상하게 되지요. 그런데 이 비가 적당히 오면 좋겠지만 이게 넘쳐나면 홍수가 된다 그런 이야기입니다.

그러니 우리나라 사람들이 정을 위해서 살아온 것은 참 흐뭇하고 좋은 일이지만, 너무 정을 찾아 정의 홍수를 이루다 보니까 오히려 정에 빠져서 죽는 경우도 많았다고 할 수 있습니다.

내가 어렸을 땐 명절날 세배를 다니면 반드시 배탈이 납니다. 윗집에서 먹었는데 아랫집에서 또 먹으라고 줍니다. "저 아이가 이씨네 박씨네 다 돌아왔을 테니 배가 부를 거야. 그러니 우리 집에서는 그냥 보내야지." 이치를 따지자면 그러는 것이 너무 당연한데도, 세배만 가면 어느 집에서나 떡국을 내놓고 먹으라고 합니다. 그런데 권하는 사람도 문제가 있지만 받는 쪽도, "아, 배가 불러 절대로 못 먹겠습니다." 하고 딱 잘라 거절하면 될 텐데 그렇게 하지 못하고 저렇게 권하는데 내가 안 먹으면 얼마나 섭섭하겠는가 해서 배가 잔뜩 부른데도 또 먹지요. 그러니 배탈이 안 날 수 있겠어요?

여기까지는 그래도 괜찮습니다. 내가 어렸을 때 친척 집이나 아는 집에 놀러가 신을 벗고 방에 들어갔다가 나오려고 하면 신발이 보이지 않아요. 사람들이 정이 넘쳐나기 때문에 상대방이 바쁜지 시간이 많은 건지 따지지 않고 되도록 오래 붙들어 대접을 해야겠다, 사양하고 간대도 붙잡아두자, 그러기 위해서는 신발을 감추자, 그래서 신발이 보이지 않는 거예요. 이렇게 되면 손님은 가고 싶어도 못 가고, 또 억지로 가고자 한다면 매정할 것 같아서 바쁜 사람도 엉거주춤 머물게 마련입니다. 이것이 한국의 인정이었어요.

그런데 일본 사람들은 남의 집을 방문했을 때 어떻게 하느냐 하면 신발을 벗고 올라서서는 나갈 방향으로 돌려놓습니다. 지금도 일본에 가서 보면 한국 사람이 왔는지 안 왔는지를 현관의 신발만 보아도 알 수 있다는 겁니다. 다른 신발은 전부 나가는 방향으로 놓여 있는데 들어간 채로 벗어놓은 신발이 있다면 그것은 한국 사람 것이기 때문이지요.

그래서 어떤 사람들은 일본과 한국이 싸우면 큰일나겠구나, 일본 사람은 벌써 들어올 때 나갈 것까지 다 생각해서 돌려놓는데 우리는 들어갈 때 그대로니까 도망나올 때에 어떻게 하느냐, 하고 걱정을 하기도 했습니다.

그렇기 때문에 정에 역기능이 있다는 말은 사실이지요. 이치로 따지고 자로 잰 듯이 치밀하게 이 세상을 살아가도 될까 말까 한데 정이 많으면 결과적으로는 논리나 이치로 따지지 않게 되기 때문에 비합리적이 되고 손해를 보게 되는 것이 사실입니다.

흔히 정이란 등 덩굴처럼 한번 얽히기 시작하면 풀 수가 없습니다. 한번 정이 얼크러지면 잘한 건지 못한 건지 줄 게 있는 건지 받을 게 있는 건지 속수무책이 되어 현대적인 합리주의 속에서 살아가자면 힘이 든다는 거지요.

여러분은 너무 많은 정 속에서 컸다고 할 수 있습니다. 반대로 서양 아이들은 정이 메마른 불모 지대에서 컸다고 볼 수 있습니다. 서양에선 어린애를 키우는 데 반드시 취침 시간이 있어서, 꼭 그 시간에 자야만 합니다. 어린이도 제 방이 따로 있어서 잠잘 시간이다, 하면 아무리 텔레비전에서 재미난 걸 해도, 그날 집 안에 무슨 파티가 있어도, 어린애는 혼자서 제 방에 들어가 자야 합니다. 아이가 아무리 떼를 쓰고 울어도 부모는 매정하게 아이를 방에 넣고 문을 닫습니다.

내가 경험한 이야기를 하나 할까요. 내가 미국의 어느 집을 방문했을 때의 일입니다. 잘 시간이 안 되었는데 어린아이가 막 울어요. 그러니까 그 어머니가 아이를 번쩍 안고 안으로 들어가는 거예요. 나는 아마 아이를 달래주느라고 그러는가 보다 했더니, 우는 소리가 듣기 싫으니까 거기에다 내버리고 오는 것이었어요.

그때 나는 저 사람들도 심장이 있는 사람일까, 정이라는 것이 있는 것일까? 어떻게 모자지간, 부자지간에 저럴 수가 있는가, 가슴이 다 서늘했습니다. 그러면서도 그들의 육아 방법인 어렸을 때부터 자는 시간, 되는 것과 안 되는 것, 규율과 질서를 정확하게 가르쳐주는 것이 좋아 보였어요. 저렇게 키우니까 서양 사람들은 가혹한 현실에서 살아남을 수 있는 거로구나, 하고 생각되었지요.

그들이 아프리카 식민지를 어떻게 개척했습니까? 거기에 지금과 같은 호텔이 있었습니까? 먹을 것이 있었습니까? 그 사막 지대에 가서 식민지를 개척하자면 그들 나름대로 비정한 마음이 없어서는 안 되었을 거예요. 정에 겨워서 고향 찾다가는 어떻게 대서양을 건너서 미국을 개척했겠어요. 어렸을 때부터 훈련을 시키고 또 받았기 때문에 그렇게 할 수 있었던 거지요.

그래서 나도 마음을 단단히 먹었지요. 서양 갔다 온 뒤에 우리 아이들만이라도 현대적으로 기르자 해서 아이들 자는 시간을 7시로 정해놓고 너희들은 오늘부터 7시가 자는 시간이다, 했지요. 그런데 그날 할아버지가 오셨는데 아이들이 할아버지하고 이야기하고 싶다고 5분만 좀 어떻게 봐달라는 거예요. 에이구, 이거

죽고 사는 문제도 아닌데 하루만 봐주자, 해서 할아버지하고 놀게 했지요. 또 그다음 날에는 어린애가 감기에 걸려 아팠어요. 아픈데 혼자 얼마나 외로우랴, 그래 여기 함께 있어라 해서 결국 우리 아이들은 7시에 자지 못하는 아이들이 되고 말았지요.

이와 같은 현상은 비단 우리들의 가정 내에서만 그런 것이 아니라 사회 전체가 그렇습니다. 우리 사회에서도 법대로 하는 것이 많지 않은 것 같습니다. 사회나 가정이 정에 물러서 보는 손해, 정 때문에 일어나는 무질서, 정 때문에 비논리적이고 비합리적인 것들이 얼마나 많은지 모릅니다. 그래서 요즘에는 우리도 합리적인 사회를 만들기 위해선 매정한 사회가 되어야 한다. 좋고 나쁜 걸 분명히 하고 끊을 것은 매섭게 끊어야 한다, 옛날처럼 정에 질질 끌려다니지 말고 한번 살아보자, 하고들 이야기하고 있지요.

그러나 우리가 옛날에는 정에 홍수져서 손해를 보았지만 지금처럼 기능주의, 합리주의의 사회, 도시 사회를 건설하다 보니까 감정도 세계 수준이 되어서 오히려 그 이상으로 정이 메말랐다는 이야기입니다. 하지만 세계가 지금처럼 기능주의 일변도로 되어가는 경쟁 사회에서는 오히려 과거보다도 더 정을 필요로 하는 거지요.

이렇게 본다면, 반대로 한국의 정의 문화는 지금부터라는 역설적인 결론을 내릴 수 있습니다.

과거에 우리가 정에 이끌려 비기능적이었다면, 오늘날은 기능과 합리 를 좇다 보니 정이 메말라가고 있다. 그렇다면 정과 기능을 적절히 수 용할 방법은 없는가?

우리가 이 세상을 살다 보면 차츰 개인보다는 조직, 인간미보다는 기능, 하는 식으로 비인간화되지요. 가령 우리가 옛날 같으면 사람을 처음 보았을 때, 아 저 사람 마음에 든다, 저 사람 인간성이 좋은 것 같다, 이럽니다.

그런데 내가 회사의 사장으로서 사원을 뽑는다고 했을 때에 저 사람은 정이 많은 사람, 인간성이 풍부한 사람, 하는 식으로 평가합니까? 저 사람이 이 직종에서 얼마나 일을 잘해낼 것인가 하는, 그의 기능을 더 중요시합니다. 그러니까 지금은 인간성이 좋으냐 나쁘냐를 보는 것이 아니라, 기업인의 가치관이라는 것이 자기 일에 이로우냐 이롭지 않느냐라는 겁니다.

그전에는 아이들이 옛날이야기를 들으면서, 두 사람이 나오면 어떤 사람이 좋은 사람이고 어떤 사람이 나쁜 사람이냐고 묻습니다. 사람을 볼 때 선과 악으로 나눠 평가하는 것이지요.

그런데 요즘 아이들은 어떤 사람이 센 사람이냐고 묻습니다. 심지어는 큰 것을 보면 "탱크하고 공룡하고 싸움 붙으면 누가 이겨?" 하고 묻기도 합니다. 경쟁 사회에서 자라난 아이들로선 누가 이기고 지느냐에 관심이 있고 그것이 그들의 가치 기준이 되는 것입니다.

그러므로 오늘날의 기능주의 사회에 있어선 정이 지닌 의미를 어떻게 평가해야 하고, 어떻게 키워나가야 하느냐 하는 것이 큰 과제라고 생각됩니다.

제2차 세계대전 때의 미국의 이야기입니다. 미국에선 군수 공장을 전부 지하실에다가 만들었어요. 이 지하실 공장을 지상에서 일하는 것과 똑같은 조건으로 만들었지요. 그런데 자꾸 능률이 떨어지더라는 거예요. 왜냐하면 인간은 로봇이 아니기 때문입니다. 인간은 생각하고 느끼는 감정을 지닌 사람이기 때문에 합리주의, 기능주의만으로 모든 것이 해결될 수 없다는 이야기지요.

그래서 공장 측에서 조사를 해보았더니 작업장에서 일하는 사람들이 주로 시골 출신 농부들이었다는 겁니다. 그들의 말로는 벌판에서 일할 때 산들바람이 불면 일이 잘된다고 하더랍니다. 그래서 다시 에어컨으로 인공적인 쾌적한 환경을 만들어주었지만 마찬가지였답니다. 인공적인 환경에선 정을 느낄 수 없었던 거지요. 그래서 그들은 에어컨에다가 종이를 붙여놓아 그것이 나무 이파리가 팔랑팔랑 나부끼는 것처럼 보이게 만들었어요. 그러자 작업 능률이 올라갔다는 것입니다.

이처럼 정이라는 것이 기능주의, 합리주의를 저해하는 것이라고만 생각하는 것은 잘못입니다. 기능주의, 합리주의에다 이 정을 접목시킬 때 훨씬 더 일의 능률을 올릴 수 있었던 겁니다.

서양에서는 기계를 다루는 사람들은 다른 직종보다 스트레스 쌓이는 폭이 크다고 합니다. 미국에서 내가 목격한 일입니다. 고속도로에서 어떤 사람의 자동차가 고장이 났어요. 만약 망아지나 소를 끌고 가는데 그 망아지나 소가 잘못 가면 어떻게 합니까? 때리기도 하고 욕도 하고 발길로도 차보고 막 끌어도 보지 않습니까? 아무리 절망적인 상황에 있어서도 농부들의 얼굴에는 절망이란 것이 없지요. 왜냐하면 이렇게 짐승에게 사정도 해보고 달래도 보고 하니까요. 하지만 자동차가 고장나면 이것은 기계이기 때문에 거기 대고 빌어도 소용없고 발길로 차도 소용이 없어요. 미국의 고속도로에서 자동차가 고장나니까 우두커니 정신 나간 표정으로 하늘을 쳐다보고 있는 그들의 얼굴을 보면서 합리주의가 고장나면 이런 표정이 되는구나, 하는 걸 느꼈어요. 이건 완전히 신이 죽은 모습이지요.

그런데 한국 사람들은 아직도 기계를 다루는 데 합리적이지 못하여 그들보다 스트레스가 덜 쌓인다는 겁니다. 똑같이 자동차가 고장이 나도 여러분이 가끔 길가에서 볼 수 있듯이 우리나라의 운전자들은 차에 대고 마구 신경질을 부립니다. "아, 이놈의 ××차!" 상스러운 말로 "팔아버려야 된다"고도 하지요. 이게 바로 소를 부리던 솜씨지요. 비록 그것이 자동차일망정 욕을 하고 살아 있는 짐승처럼 발길로 차보고 이놈의 것 당장 폐차 처분해야 되겠다고 으름장을 놓으면 속이 시원해집니다. 우리는 서양 사람들과 기계를 다루는 태도가 이처럼 다릅니다.

그런데 20세기는 어떤 사람이 지배하느냐 하면 로봇을 닮지 않은 인간입니다. 정이 많았던 시대에는 이런 사람도 환영을 받았지만, 이제는 그런 일은 컴퓨터, 정확하고 합리적이고 정이 없는 로봇이 다 해주므로 따뜻한 정이 흐르는 사람이 아니면 능률을 못 낸다는 이야깁니다.

합리주의를 하는 과정에 있어서는 우리가 뒤늦었어요. 서양의 합리주의, 일본의 정확성, 치밀성을 우리가 건너뛰려면 그들이 안 가지고 있는 정을 합리주의에다 붙여야 합니다. 치밀성, 합리성, 엄격성에 한국의 정이 접목되었을 때에 우리는 로봇이 아니라는 것이 증명이 되고, 로봇이 해낼 수 없는 것을 우리가 해낼 수 있다는 이야기입니다. 그래서 미래에는 일본 사람이 못 해낸 것을 우리가 해낼 수 있어야 합니다.

일본인들은 한국인들이 일하는 것을 보고 적당적당히 하고 대강대강 건성건성 하고 치밀하지 못하니 한국이 자기들을 쫓아오기는 다 틀렸다고 합니다. 사실 그렇지요.

요즘 아파트에선 모두들 서양 변기를 씁니다. 그런데 뒤뚜껑이 뒤에 가서 딱 붙어 있어야 되는데, 대강대강 건성건성 만든 탓인지 이것이 뒤에 가서 안 붙고 자꾸 앞으로 떨어지는 것이 있어요. 그러면 그것을 동여매서 쓰는데, 가령 여러분의 어머니나 여러분이 그것을 만든 공장에 가서 항의한다고 합시다. "여보시오.

이거 정확하게 만들어야지 적당히 만들어놓아서 뚜껑이 자주 떨어져 불편하니 바꾸어주시오!" 그러면 "그 사람 되게 까다롭네. 아, 그 뭐 잡아매서 쓰지 뭘 그러시오." 합니다. 이것이 우리의 근대화를 저해하고 어떤 치밀한 수출 경쟁에서 뒤지는 요인으로 작용했습니다.

이제는 우리도 정확하고 정밀해져야 해요. 일본 사람보다 더 정확해야 되긴 하지만 정확한 것만으로 경쟁하다 보면 언제나 그들의 뒤만 쫓는 꼴이 됩니다. 우리가 이 사람들을 앞서려면 그들이 가지고 있지 않은 우리들의 특성을 그 사람들이 가진 것에 접목시킬 때 가능한 겁니다.

여러분은 절대로 정이 비합리적이기 때문에 시대착오적인 것이고, 또 합리적인 것이 아니기 때문에 이것을 버려야 된다고 생각해서는 큰 잘못입니다. 오히려 합리주의 시대일수록 이것을 살려야 합니다. 이제는 정으로 사는 사람들의 시대가 왔다, 바로 우리가 자신을 가져야 할 때가 왔다는 것을 과학적으로 증명하자면 여러 가지가 있습니다.

부부간에 정이 없으면 어떻게 되겠습니까. 주식회사 주주들처럼 이해관계만 따질 것 아니겠어요? 가령 예를 들어서, "당신과 내가 결혼했을 때에는 당신 봉급이 30만 원이었는데 지금 물가지수를 따져보니까, 또 아무개 아버지랑 비교해보니까 지금 월급으로는 물가 상승을 따라가지 못했소. 이러니 나는 애초에 당신

봉급을 보고 왔는데 이제는 헤어질 수밖에 없소."라고 한다면 참 합리적이지요.

그러나 한국 사람들은 웬만큼 미워도 정 때문에 헤어지지 못하고 살지요. 그게 나쁜 것처럼 보이지만 그러나 사회 전체로 봅시다. 미국 사회는 직장인 다섯 명 중에 두 사람이 이혼한 사람이고, 한 사람은 이혼 수속 중에 있는 사람이며 나머지 두 사람은 할까 말까 하는 사람이라는 우스개 이야기가 있습니다.

미국과 유럽, 독일, 그 번영을 누리던 선진 국가들이 왜 오늘날 제로섬 경제에 봉착했습니까? 〈크레이머 대 크레이머Kramer vs. Kramer〉라는 영화가 있었지요. 그 영화를 보면 부부가 싸우면 어린애가 어떻게 할지 몰라서 방황하지요. 그 사람 취직해서 직장 다니는 사람인데 아내와 싸우고 마음이 공중에 떠 있다면 직장에 나가서 일할 수 있겠어요?

가정이 편안해야 직장에 가서도 능률적으로 일할 수 있지요. 독일에선 전 노동자 인구의 40퍼센트가 사보타주를 한다고 합니다. 열 명을 고용하면 여섯 명만 정상적으로 일을 하고 네 명은 일찍 퇴근하거나 결근하거나 한다는 겁니다. 이것은 가정이 불안정하기 때문에 그렇다는 거지요.

그러니까 앞으로 경제력을 강화하고 과학을 더욱 발전시키기 위해서는 끝없는 긴장관계를 이겨야 하는데, 그것은 사람의 마음이 편안해야 한다는 것입니다. 그리고 사람의 마음이 편해질 수 있는 사회는 바로 정겨운 사회를 말합니다.

일본은 하나만 알고 둘은 모르는 것입니다. "한국인이 대강대강 건성건성 하니까 우리 일본을 절대로 못 쫓아와." 한다면 천만의 말씀이지요. 지금 일본은 어떻습니까? 어린애들 자살률과 노인들 이혼율이 세계에서 제일 높습니다. 또 젊은이들은 스트레스 때문에 정신질환이 굉장히 많습니다. 결국 일본은 정신질환자가 많아지고 자꾸 긴장감이 더해져서 어느 정도 가면 더 이상 성장을 하지 못할 것입니다.

그런데 한국 사람들은 좀 느슨한 기질이 있고 정이 많은 사회이기 때문에 사람들이 도시 생활을 해도, 산업 사회에 들어서도 그리 각박해지지 않습니다.

그런 전통적인 여유를 잃지만 않는다면 일본 사람들, 서유럽 사람들이 긴장감 때문에 전부 정신적인 중압감을 느끼게 되는 반면, 한국은 따뜻한 정 때문에 어떠한 중압감도 견딜 수 있는 저력과, 억압에 대한 면역성이 있어서 그들을 넘어설 수 있다고 자신 있게 말할 수 있습니다.

그러므로 지금 우리는 옛날에 있던 것에 새로운 것을 합해야지, 옛날에 있던 것을 버리고 새것만을 얻었다 할 때는 마치 심장을 주고 돌심장으로 바꾸어 부자가 된 사람이나 마찬가지가 됩니다.

이제 우리들은 일대일의 정으로부터 사회적인 정으로 눈길을 돌려야 합니다. 이제까지는 아는 사람들끼리만 정을 주고받았는데, 이제는 공장에서 일하는 사람들이나 가난한 사람들, 또 학대받는 사람들에 대해서도 정을 나눠야 하지 않겠는가, 가족끼리 친구끼리 또는 이웃끼리는 정이 두터웠는데, 혹시 낯모르는 사람들에겐 비정하지 않았나를 깊이 생각해봐야겠지요.

요즈음 '상대적 빈곤'이란 말을 많이 씁니다. 그렇더라도 단군 이래 이만큼 잘살아본 적도 별로 없었지요. 그런데 우리는 이 부를 얻기 위해 무엇을 잃었습니까? 전통적으로 내려오는 풍부한 우리의 정을 잃었습니다.

어떻게 해서 이렇게 되었습니까? 물질적 굶주림을 없애려다가 불행히도 정에 굶주린 사람이 많아졌다면, 이제부터 여러분 젊은 세대들이 할 일은 이 정에 굶주린 사람들에게, 외로운 이웃들에게 정을 나누어주어야 할 때가 왔다는 것입니다. 여러분이 무엇인가를 할 때가 온 것입니다. 그것이 여러분의 정의요, 새로운 욕망이요, 미래를 만드는 열정의 구심점이 되어야 할 것입니다.

아무리 큰 빌딩을, 큰 공장을 세우고 그로 인해서 번영을 가져왔다 할지라도, 정이 없는 사람은 하나의 지푸라기로 만든 허수아비에 지나지 않습니다. 여기에 정을 불어넣는 것은 아마도 지금의 젊은 세대가 전통적인 한국적 정의 소중함을 알고 그것을 간직하려 노력하는 데서 실현될 수 있을 것입니다.

추위가 온다.
가까이들 오라!
서로의 체온으로
함께 몸을 덥히지 않으면
살기 어려운 시대가 오리라.

물질적 굶주림을 없애려다가
정에 허기진 사람들을 위하여
가슴을 열자.
그리고 우리가
정으로 살아온 한국인임을
증명할 때가 온 것이다.

함께 살아가는 땅

바늘에는
강철의 딱딱함이 있고
실에는
섬유의 부드러움이 있다.
이 두 개를 함께 가졌을 때
비로소 우리는
해진 것을 깁고
조각난 것을 이을 수 있다.

옷을 찢긴 사람들이여!
두 토막이 난 우리의 땅이여!
그것을 이을 바늘과 실은
지금 어디에 있는가?

한 20여 년 전에 영국 정부의 초청을 받아 토마스 하디Thomas Hardy가 태어난 돌체스터라는 조그만 마을에 간 적이 있었습니다.

토마스 하디 문학의 발자취를 더듬기 위해 하디 기념관이 있는 그 마을에 도착해서 식당에 들어가니, 한 테이블에 태극기가 꽂혀 있었습니다. 관광객도 잘 가지 않는 영국의 외진 마을에서 우리의 태극기를 대하자 가슴 뭉클함을 느껴 그 자리에 가서 앉았습니다.

그런데 식당 안에 있던 사람들이 박수를 치며 좋아하는 사람과 실망하는 사람으로 편이 나뉘어 일제히 반응을 보이는 것이었어요. 나는 웬일인가 싶어 아주 당황했지요. 그래서 알아봤더니 그 마을 사람들이 식당에 꽂힌 태극기를 보고 내기를 한 거예요. '저 깃발은 아프리카 신생국의 국기일 것이다. 아니다. 동양의 어느 나라일 것이다.' 즉 흑인 표와 황인 표로 나뉘었겠지요. 그래서 내가 나타나자 아프리카에 건 사람들은 실망했고 동양에 건 사람들은 좋아서 손뼉을 친 것입니다.

그중에 한 사람이 나에게 다가와서 어느 나라에서 왔느냐고 묻기에 한국인이라고 대답했지요. 마침 이 사람은 한국동란을 알고 있는 사람으로, 한국에 대해서 어느 정도 알고 있다고 했습니다. 태극기를 들여다보던 그가 빨간 쪽이 북쪽이고 파란 쪽이 남쪽, 그것을 가르고 있는 선이 바로 휴전선인가 하고 묻는 거예요.

그때 나는 그 사람에게, "어째서 똑같은 도형을 놓고 당신은 두 개가 나뉘어졌다고 생각하고 나는 두 개의 다른 것이 합쳐진 것으로 보는가."라고 말했습니다.

우리가 알다시피 서양 사람들은 분리하길 좋아하지요. 대립시키고 지배하는 분리 정책을 써왔습니다. 그래서 내가 좀 심한 소리를 했습니다. "우리나라의 국토가 분단된 것도 당신네 서양 사람들의 사고방식인 그 분리주의, 디바이디드 폴리시divided policy에 의해서 분리된 거다. 당신네들의 역사는 쪼개는 데서부터 시작했다. 쪼개고 쪼개서 마지막에 무엇을 쪼갰느냐? 원자핵을 쪼갰고, 수소를 쪼갰고, 이런 게 바로 원폭原爆이다. 당신네들의 힘은 분열, 핵분열 같은 분열에서 나온 힘이다."라고요.

그런데 동양 사람들은, 특히 한국 사람들은 옛날부터 서로 화합하고 조화하고 합치는 융합의 사상 속에서 살아왔다고 이야기해주었습니다. 생각해보십시오. 우리처럼 이별을 싫어하는 사람도 드물지요. 유난히도 떠나 살기 싫어합니다. 한 고향에 함께 모여 살기를 그토록 원하는 민족인데, 다른 나라라면 몰라도 그런 민족이 분단이 되어 고향을 떠나고 가족을 떠나서 살게 된 것은 참 아이로니컬한 일입니다.

한국 대학에 근무하는 외국인 교수가 대학생들을 데리고 시골에 함께 갔더니 나이 스무 살 가까운 대학생들이 외부에 나와 자면서 집 생각을 하더라고, 한국인을 참 이해할 수 없다는 거였습니다. 미국에서는 있을 수 없는 일이지요. 여러분도 다 큰 것 같지만 나가서 자면 집이 그립고 어머니 생각이 날 겁니다.

이렇게 유난히도 우리는 서로 헤어져서는 못 사는 민족이었는데, 나라가 두 동강이가 났습니다. 이것은 좀 전에 이야기한 대로 태극기를 보더라도 우리는 천지가 합쳐서 하나의 태극, 동그란 원으로 완전히 통일된 도형을 그린 것인데, 그들은 그것을 남북 분단의 도형으로 보고 있는 것입니다.

똑같은 그림을 놓고서도 보는 시각이 이렇게 다릅니다. 한자로 '임금 왕王' 자를 써보면 가로로 세 줄을 그어놓고 그 세 개를 하나의 선으로 이었지요. 옆의 세 줄은 하늘·땅·인간을 이어서 융합시켜주는 것이다, 라고 말할 수 있습니다. 그러니까 왕이라는 것은 하늘·땅·인간이 서로 분열된 것을 이어주는 사람, 군대 용어로 말하면 연락장교에 지나지 않는 거지요.

가령 언어 같은 것을 보더라도 서양 사람들은 분리 위주로 사고했고, 우리는 조화, 융화 위주로 생각했다는 것이 잘 드러난다고 할 수 있습니다. 대학에서 논리학 시간에 아리스토텔레스의 논리적 대증률이라는 것을 배우는데, 흑과 백 두 가지로 나뉘어지고 그 중간은 있을 수가 없다는 것이 바로 대증률이라고 그러지요. Yes면 Yes, No면 No입니다. 그래서 모순되는 것은 논리적으로 합칠 수가 없다는 것이 서양인들의 논리 위주의 사고방식이지요.

그들은 반대되는 것은 절대로 함께 보려고 하지 않습니다. 예를 들어서 지난번에도 조금 이야기를 했지만, 책상 서랍을 영어로 드로어drawer라고 합니다. 드로어라고 하는 것은 사전을 찾아보면 알겠지만 '풀 아웃pull out', 바깥으로 끌어내는 것입니다. 서랍은 끌어만 냅니까? 집어넣기도 해야지요. 끌어내는 것하고 집어넣는 것은 정반대가 됩니다.

서양인들은 정반대되는 개념을 한 보자기로 쌀 수가 없는 거예요. 그런데 한국 사람들 눈으로 보면 참 답답한 사람들이지요. 어째서 책상 서랍이라는 것이 빼기만 합니까? 넣기도 하지요. 그래서 우리는 빼고 닫으니까 빼닫이라고 합니다.

또 서양 말에는 여자·남자란 말은 있어도 사람이란 말은 없지요. 참 기가 막힌 일이지요. 여자·남자가 반대 아닙니까! 반대되는 여자·남자가 모이면 사람이라는 하나의 개념이 되는데 영어에선 어떻습니까? 남자는 man, 여자는 woman, 합치면 우리처럼 제3의 말이 나와야 되는데 그렇지 않습니다. man, woman 해놓고 사람은 또다시 man이 되어버립니다.

또 밤·낮은 night·day입니다. 우리말에서 낮·밤을 합쳐 하루라고 일컫는데, 서양 말에는 그것이 없습니다. 낮·밤을 합쳐놓으면 다시 낮으로 하여금 밤을 잠들게 하니까 낮이란 말이 날이 되어서 낮이라는 의미도 day고 하루라는 것도 day예요. 이처럼 우리는 낮·밤을 서로 섞는 말이 있는데 서양에는 섞는 말이 없지요.

이렇게 따져보면 한둘이 아닌데, 이와 같이 서양 사람들은 끝없이 대립 개념을 앞세웠고, 우리는 대립되는 것을 한 보자기에 싸가지고 하나로 종합하고 융합하려고 하는 흐름으로 생활해왔다는 것을 알 수 있습니다.

태극기의 태극이 그렇듯이, 우리는 조화와 융화의 민족이다. 그러나 젊 은 세대는 교육을 통해 조화와 융화보다는 흑백 논리에 익숙해져 있다. 그렇다면 교육이 잘못된 것인가, 아니면 그것이 오늘의 가치관인가?

몇천 년을 이어온 우리 전통 사회는 오늘날 서구사상에 의해서, 교육이나 생활 환경을 통해 만만찮은 도전을 받고 있습니다. 우리의 학교 교육은 서구 중심의 교육(근대 교육이라고 하지만), 서양 사람들이 생각해내고 만들어낸 것에 의거하고 있는 것이 많습니다. 객관식이나 O×식으로 시험을 치르고 생각하니까 교육 자체가 흑백 논리가 됩니다.

여러분은 콜럼버스가 미국 신대륙을 발견했다고 말합니다. 그러나 서양 사람의 입장에서 보았을 때에는 그것이 하나의 신대륙 발견이지만, 아메리칸 인디언 쪽에서 보면 발견이 아닌 서양 사람들의 침략이 되는 것이지요.

그런데 우리는 아메리칸 인디언도 아니고 서양 사람도 아니면서 우리가 그것을 역사 시간에 배울 때는 신대륙 발견이라고 하는데, 그것은 바로 서양의 시점으로 본 것이지요.

아메리칸 인디언 쪽에서 보면 발견은커녕 어느 날 배 타고 갑자기 나타나더니 발견이다 뭐다 떠들어댄 것뿐이 아니겠어요? 미국 대륙이 어디 땅속에 묻혀 있었거나 바닷속에 감춰져 있었던 것을 콜럼버스가 찾아낸 것은 아니지요. 미 대륙은 콜럼버스가 상륙하기 전에 이미 아메리칸 인디언들, 토착 민족이 살고 있었던 것입니다. 그것을 서양 사람들이 서양 사람의 입장에서 발견했다고 하는 것이지 엄격히 세계사를 보았을 때는 분명히 발견이 아니지요.

그런데 우리는 누구 입장을 택하느냐 하면 아메리칸 인디언 토착 민족의 입장이 아니라 서양 사람의 입장을 택해서 신대륙 발견이다 그렇게 알고 있습니다. 그렇기 때문에 중간적·객관적인 입장에서 세계사를 바라본다는 것은 대단히 힘든 일입니다.

우리가 아무리 현대 교육을 받았다 할지라도 우리의 피부색이 달라지지 않듯, 또 우리의 이름이 윌리엄이나 제임스나 그런 이름으로 불려지지 않고 할아버지 때와 마찬가지로 석 자 이름으로 불려지듯이, 젊은이들의 의식이나 마음속 어느 곳에는 옛날부터 면면히 흘러내려오는 한국인의 조화의 감각이 살아 있습니다. 인간은 통일적인 것이 아니라 모순된 것입니다.

하나 비근할 예를 들지요. 어느 초등학교에서 작문 심사를 해

달라고 해서 학생들이 쓴 작문을 보니까 아주 도덕적인 이야기만 쓴 전부 애어른 같은 작문이었습니다. 왜냐하면 애들 마음을 쓴 것이 아니라 선생들이 원하는 작문을 쓴 거지요.

그래서 예비 심사에 뽑힌 것은 하나도 쓸 것이 없어서 어디 떨어진 것 좀 봅시다 했는데, 그 쓰레기통에 들어갈 낙선 작품들 중에 빛나는 것들이 많이 있었어요. 아이들이 아주 솔직하게 쓴 것들이었습니다. 그중 하나가 '닭'이라는 제목이었지요.

내용을 소개하면 그 학생은 실제로 닭을 못 보았다는 거예요. 프라이드치킨이나 통닭집, 이런 데서나 보았지 살아서 꼬꼬거리며 돌아다니는 닭을 본 적이 없답니다. 그런데 엄마를 따라서 외갓집에 갔더니(왜 외갓집은 늘 시골에 있는지 잘 모르지만) 거기에 살아 있는 닭이 돌아다니면서 모이를 쪼아먹더라는 겁니다. 그걸 보고 너무 좋아하니까 외할머니가 한 마리를 주셨고 그래서 서울에 가지고 와서 모이를 주고 닭을 기르는 거예요. 그러니까 그 닭은 아이의 애완용 동물이지요.

학교에서 돌아오면 그 닭은 자기를 강아지처럼 졸졸 쫓아다니고 손바닥에다가 모이를 주면 찍어먹고 서로 다정하게 지냈답니다. 어느 날 학교에서 돌아와 닭을 찾아보니까 안 보여 "엄마! 닭 어디 갔어?" 하니까 엄마가 하는 말이 집 안에다 더러운 것을 누고 다니므로 서울 집에서는 기르기가 힘들어 잡아먹었다고 하는 겁니다. 그래서 아이가 말하기를, "자기는 어른들이 미웠다. 지금도 자기를 쫓아오는 것만 같은 그 닭을 잡아먹다니, 정말 어른들이 두 번 다시 보기 싫다. 그래서 문을 잠가놓고 막 울고 있노라니 저녁이 되었다. 애야! 밥 먹어라 하는 소리에 밥을 안 먹으려고 했지만 배가 고파서 못 이기는 척하고 먹는데 닭고기가 나왔는데 참 맛있었다." 하는 이야기였어요.

야, 이거 잘 썼으니 당선작으로 내자고 그랬더니 선생님들이 아주 입장 거북한 표정을 지어요. "선생님, 문제가 있지 않습니까?" 하는 겁니다. 뭐가 문제냐 그랬더니 닭을 정말 사랑한다는 뜻이라면 뒤에 맛있더라 하는 것은 없애버려야 되고, 또 닭을 그냥 맛있더라 하면 앞의 서러워하는 것은 없어야지 너무 통일성이 없다는 겁니다.

하지만 바로 그 통일성이 없는 것이 인간인 것입니다. 사랑하는 닭을 잃었을 때 우는 것도 인간이고, 또 그러한 닭고기를 먹었을 때 맛있게 느껴지는 것도 인간입니다. 인간이란 그렇게 모순이 많지요. 모순 많은 삶을 전체적으로 긍정하고 그 모순인 채로 피가 뚝뚝 떨어지게 산다는 생각이, 오늘날의 과학주의라든가 논리주의에 있어서 '하나를 택하면 하나를 버려야지 이것도 저것도 다 옳다, 이런 말은 있을 수가 없다' 하는 것이 서구식 형식 논리의 배경입니다. 그러니까 근대 교육, 근대의 서구사상이라는 것은 끝없는 대립, 끝없는 분열, 끝없는 너와 나의 분계선을 통해서 서로 경쟁하고 싸우고 여기에서 하나의 문명이 불꽃을 튀긴다는 논리가 이제는 우리 몸에 많이 배어버렸습니다.

그러나 닭에 대해서 작문을 쓴 좀 전의 그 학생처럼, 여러분들 마음속에는 논리로는 모순이 있지만 현실적으로는 모순이 없는 것들이 깃들어 있고, 그것은 부정할 수 없습니다.

타고르의 시에 나오는 "하나의 강물이 사라졌다고 하더라도 어디엔가 그 물은 남아 있을 것이다." 하는 아름다운 시구처럼, 이미 사라진 것 같은 생각이 들지 몰라도 옛날부터 면면히 흘러 내려오던 전통적인 조화의 사상, 이른바 음양의 세계는 우리들의 피 속에 아직도 흐르고 있고 서양 사람과는 또 다른 독특한 동양인의 시각이 어느 곳엔가 숨어 있다고 말할 수 있습니다.

문제는 그것을 교육에 의해서 끄집어내지 못했느냐 또는 그것이 억제되어 있느냐 하는 것일 뿐, 여러분 마음속엔 그 재산이 항상 간직되어 있다는 것을 잊어서는 안 됩니다.

만약 우리의 몸속에 그런 조화의 사상이 면면히 흘러왔다면 어째서 조선조의 피투성이 당파 싸움이나 양대 이데올로기의 비극적 대립의 전장화가 우리 땅에서 벌어진 것인가?

우리 민족은 대단히 애매한 두 극단을 조화시키고 모순을 화합시키는 중용의 문화를 가졌음에도, 조선조의 유교사상은 극단화되어 있었지요. 주자학 같은 것도 그중 하나지만요. 그리고 가령 기독교 같은 종교가 일단 한국에 들어오면 참 엄숙해지고 엄격해집니다. 이념이 착색되면 아주 극단화되지요.

그건 사실입니다. 그러나 재미있는 건 배운 사람들, 지식인들은 이렇게 외래 사조가 들어왔을 때에 극단적이 되는데, 우리의 토착사상, 다시 말해 민중의식은 그렇지 않았다는 것입니다. 우리의 역사에 서구 사람들 못지않게 극단주의로 흘러 반대를 용납하지 않는 격렬한 당쟁이 일어난 것은 사실입니다. 그러나 그것은 역사의 표면이지 조금 파고들어가면 우물물처럼 지층 문화라는 것이 있습니다.

유교도 바깥에서 들어온 것 아닙니까? 이데올로기도 바깥에서 들어온 것이죠? 외래의 것이 아닌 토착적인 것, 배운 선비들이 아니고 배우지는 않았지만 우리 강산의 흙과 바람과 우리들의 생활 속에서 그냥 살아왔던 민중들은 그렇지 않았다는 겁니다.

예를 들면 우리나라 선비들은 꼬장꼬장해서 양 파로 나뉘어져 유학이 이理냐 기氣냐 맞서서 상대방을 전연 받아들이지 않았어요. 그러나 서민들은 그렇지 않았습니다. 우리말에 "뽕도 따고 임도 본다."는 것이 있지요. 그러니까 뽕 딸 때에는 임 못 보는 것이 아니다, 임 볼 때에는 뽕 못 따는 것이 아니다. 이렇게 생각이 대립되지 않았던 거예요. 사실 모순이 있는 거지요.

노동과 유희, 애정과 노동은 전연 다른 것인데도 우리 서민들은 뽕도 따고 임도 보고 하는 식이었습니다. 선비들이 경직된 획일사상으로 흐른 유교 문화를 만들고 있을 때, 일반 서민층은 천·지·인을 화합시키는, 미신이라고 말해졌던 음양오행사상, 저 지층 문화 속에 그들의 삶을 뿌리내리고 있었다고 말할 수 있습니다.

예를 들면, 일반 서민에게 종교 구실을 했던 무속 신앙에 있어서는 국경이 없어요. 중국 신도 있고 장독 귀신도 있고, 요즈음은 맥아더 장군까지도 모시지요. 모든 것을 다 받아들입니다. 휑하니 뚫렸어요.

굿할 때 떡 해놓고 빌면서 뭐라고 합니까? 무슨 귀신도 먹고 물러가고 무슨 귀신도 먹고 물러가라 하는데, 귀신들 전부를 포용하고 있습니다. 조화의 사상이 우리의 지층 문화인 샤머니즘에 있다는 이야깁니다.

즉 남의 문화를 배워서 지적으로 받아들인 지식인들의 문화와 원래 우리가 생리적으로 가지고 있었던 문화와는 달랐다는 겁니다. 현대에 이르러서도 배우지 않은 사람들은 그렇게 이것저것 따지지 않고 모순을 조화시키는 슬기를 잃지 않는 것 같은데, 교육을 받았다는 지식인들은 영어 발음만 조금 틀려도 따지려 듭니다. 배운 사람들은 유별나서, 영어를 조금 아는 사람이 남의 영어 발음이 틀리면 굉장히 따지지요. 브로큰 잉글리시니 어쩌니 하는데, 외국엘 나가보면 대학교수가 브로큰 잉글리시 해도 우리처럼 부끄러워하지 않아요. 틀린 영어를 해도, 외국어 틀리는 것이 당연하지, 그렇니다.

그런데 우리는 외국어인데도 틀린 영어를 하면 아주 망신을 당합니다. 지나치게 엄격하지요.

유명한 우스갯소리가 있어요. UN 공식 용어가 영어하고 불어인데, 어떤 사람이 보니 불어는 안 쓰고 영어만 써서 UN 사무처에 가서 물어본 거예요. 아니, 어떻게 공식 용어가 영어와 불어라는데 사람들은 전부 영어만 씁니까? 그 말에 사무처 사람이 대답하길, "아, 우리의 공식 용어는 영어가 아닙니다. 브로큰 잉글리시입니다." 그랬다는 겁니다. 각 나라 대표들이 UN에 와서 영어로 말하는데, 하나도 영어를 제대로 말하지 않는다는 거지요.

그러니까 브로큰 잉글리시가 공식 용어다, 했다는 겁니다. 이렇게 소위 UN 대표쯤 된 사람들이 아무렇지도 않게 브로큰 잉글리시를 한다는 것을 볼 때에 우리나라의 선비라든가 지식인들은 외래 문화에 있어서 아주 엄격하지요. 옛날부터 전통적으로 이어져 내려온 서민 문화와 지식층의 엄격한 택일주의들이 문화에 있어서 상당한 혼동을 가져오기 쉽지만, 문화라고 하는 것은 보다 깊숙한 곳에 있습니다.

사우디아라비아 같은 중동의 사막 속에 석유가 묻혀 있는 것처럼, 원래 귀중한 것은 바깥에 드러나 있지 않고 땅속 깊숙한 곳에 있지요. 다이아몬드도, 보석도, 땅속의 지층에 매장되어 있습니다. 특히 맑은 샘일수록 땅속 깊은 수맥에서 흘러나옵니다.

역사나 우리의 문화라는 것도 그 깊숙한 땅속, 끝없이 깊은 곳으로부터 우러나오는 것이 진짜고, 그것만이 영원한 생명력을 가진 것이라고 할 수 있습니다.

이렇게 본다면 지층 문화 속의 우리는 관대했고 모순을 포용하는 조화의 감각이 깊었는데, 그것이 표층으로 올라올수록, 또 외래 문화를 받아들일수록 엄격하고 경직된 것으로 흘렀다고 볼 수 있지 않나 생각합니다.

지식인으로서 그와 같은 논리의 경직성을 극복할 수 있는 방법은 없는가?

어떤 모순이나 서로 대립되는 것을 조화시키는 것이 한국인의 슬기였지만 근래에 와서는 오랫동안 그렇지 못한 것이 사실입니다.

사실 우리나라의 지식인들은 남이 다른 생각을 가지고 있다는 데 대해서 생리적으로 견디지 못하는 것 같습니다. 활을 쏠 때에 활이 나가려면 화살을 놓고 반대 방향으로 잡아당겨야 과녁을 향해 튀어나갑니다.

이처럼 반대자라는 것이 사실은 큰 안목으로 보면 협조자이고 지지자인 겁니다. 서로 대립된 사상과 의식이 부딪치는 이 역동성이야말로 창조의 활력인 것입니다. 그럼에도 반대되는 것을 인정하지 않으려고 하는 태도는, 한 개인이나 사회나 국가에 있어서도 좋은 것이 못 됩니다.

옥으로 빚은 듯 아름다운 몸매를 지닌 사람도 무릎에 흉터 없는 사람이 없지요. 왜냐하면 어렸을 때 걸음마 배우다 얼마나 무릎을 많이 다쳤습니까? 그러면서 어른이 되었지요. 넘어지고 다치고 하는 과정 속에서 커가는 것입니다. 내 인생은 결정되었다, 내 진리는 이곳에서 끝났다 한다면 살 필요가 없었습니다. 틀림없이 이것이 진리다 생각될 때에도 회의하고 또 회의함으로써 그 생각을 반추해봐야겠습니다.

그런가 하면 요즘 기성세대는 젊은이들이 위험의 변경에 이르러보기도 전에 너무 앞질러 위험 팻말을 세워놓는 경향이 있습니다. 그렇게 함으로써 무엇이든 과보호를 받는다는 것은 과간섭을 받는다는 것과 똑같다는 겁니다.

내가 어렸을 때는 개구쟁이였던 모양입니다. 우리 집 대청마루가 굉장히 높았는데, 무지무지한 속도로 대청마루 끝에서부터 끝으로 달립니다. 그러다 떨어지면 크게 다치거나 죽을 수도 있지요. 내가 한번 뛰기 시작하면 온 식구들이 떨어진다고 끌어안는데, 계속 뛰면서 이 장난을 했어요.

할머니가 나들이 가실 때에 온 식구를 불러서는 "아무개가 저렇게 대청마루에서 뛰는데 내가 늘 지켜보니까 저 애가 아직은 성하지 큰일나겠더라, 내가 어디로 지금 나들이 가야 되겠는데,

저 녀석이 떨어져서 목이라도 부러지면 어떻게 하냐? 내가 없는 동안에도 누군가 꼭 붙어서 이 아이 좀 보라."고 당부하시고 가셨지요. 그런데 할머니가 나가시니까 내가 끊은 듯이 마루 끝에도 안 갔지요. 보통 때는 할머니 믿고 계속해서 뛴 건데 나를 보호하고 지켜줄 사람이 없다 싶으니까 뛰기는커녕 뛰라고 해도 떨어질까 봐 안 뛰는 거예요.

그런데 요즘은 기성인들이 여러분이 뛰는 것을 너무 말린 게 아닌지, 너무 과보호하고 과간섭한 게 아닌지, 그들이 무릎을 다치면서도 조금씩조금씩 스스로 어른이 되어가고 책임을 질 줄 알게 되는 그 지혜를 방해한 것은 아닌지 회의가 들 때가 있습니다.

여러분이 어른이 되기에는 아직 시간이 남아 있으며, 시간이 남아 있는 동안에는 너무 빨리 결론을 내리지 말아야 합니다. 여러분이 애어른처럼 모든 것을 보고 모든 것을 듣고 가만히 있으라는 이야기가 아닙니다.

무릎을 다치는 그 시행착오의 과정을 여러분 스스로가 완성시켜가는 것이 젊음이 지닌 특권인데, 너무 빨리 결론을 내린다면 성장하는 것을 포기한 애늙은이가 되는 거지요.

현재 우리가 처해 있는 어떤 상황은 그럴 수밖에 없는 것으로 보는 것이 옳은가. 또는 부딪쳐 개선하고자 노력하는 것이 옳은가. 그리고 그 방법은?

종기가 하나 나면 온 신경이 그 아픈 종기 쪽으로만 가지요. 그렇다고 우리의 온몸에 종기가 난 것은 아닙니다. 성한 부분이 더 많습니다. 그렇지만 신경이 그 아픈 쪽으로만 쏠리는 거예요.

사회 구조의 모순을 해결하는 방법을 찾노라니 저절로 사회과학 쪽으로 관심이 기울어지는 것은 당연합니다. 그러나 문화와 역사는 사회과학적 구조나 사회 제도에만 바탕을 두고 있는 것은 아니지요. 로마 제국이 멸망한 것은 사회 구조적 모순에만 기인된 것이 아닙니다. 도덕적 타락, 정신적 타락, 문화적 고갈, 창조적인 고갈 등 여러 가지 원인이 복합되어 멸망을 초래한 거지요.

그런데 사람들은 제도와 구조만 고치면 금방 모든 것이 잘되리라고 생각하는데, 바로 그 생각이 위험하다는 겁니다. 사회과학적 접근 방법만이 전부는 아니지요.

축구 경기를 예로 들어봅시다. 축구팀에는 골키퍼가 있지요. 축구를 잘 모르는 어떤 시골 노인이 구경을 와서 "야, 모든 사람이 부지런히 뛰는데 저 녀석은 어떻게 문간에 한가롭게 저렇게 버티고 서 있느냐?" 그랬을 때, 그 골키퍼는 억울한 비판을 받는 게 되겠지요.

이처럼 사회는 사회 구조 쪽을 열심히 연구하고 따지고 개혁하는 사람이 있는가 하면, 마치 골키퍼처럼 정신 문화를 다루고 의식 구조를 다루고 언어를 다루는 사람도 있는 겁니다.

그런데 지금 급하다고 해서, 우리 편이 몰린다고 해서, 골키퍼

보고 "너 왜 문간에 있느냐, 뛰어와서 볼을 차지 않고."라고 이야기한다면 어떻게 되겠습니까?

왜 우리가 다양한 가치를 인정해야 하는가 하면 어떤 곳에 사회적 모순이 있다고 해서, 그 모순을 도려내기 위해선 방법이 오직 하나라고만 생각하는 거기에 독선과 편견이 있을 수 있기 때문인 것입니다.

나는 대학교수입니다. 문학을 하는 사람입니다. 한 시민으로서 정치적 발언, 경제적 발언을 할 수는 있지요. 그러나 내가 할 수 있는 것은 골키퍼처럼 어디까지나 자신의 역할뿐입니다. 그런데 사회에 참여한다고 해서 골키퍼가 골문에서 뛰어나오고 풀백이 센터, 포워드 자리에 가 있다면, 그 게임이 어떻게 되겠습니까?

전쟁에서도 정훈장교라는 것이 있고 경리장교가 있고 군의관이 있습니다. 그런데 그들더러 총 들고 안 싸운다고 해서 저건 전부 탈영병들이고 전쟁을 외면한 사람들이라고 규탄할 수 있습니까?

우리들은 각자의 역할을 생각해야만 합니다. 내가 제일 싫어하는 것은 생각할 줄 아는 힘에 대해서 과소평가하는 바로 그 점입니다. 요즘 대학생들은 너무 쉽게 물질주의를 규탄하고 기계주의를 규탄한다고 볼 수 있습니다. 구조를 만드는 것도 인간이고 가치를 판단하는 것도 인간입니다.

거리에 나가서 행동하는 것만이 행동이라고 생각하지 마십시오. 생각하는 힘, 지성의 힘이 얼마나 큽니까? 우리가 짐승과 다른 점이 무엇입니까? 달릴 때 빠르기로 치면 인간보다 타조가 빠르고, 힘이 세기로는 인간보다 사자가 더 강하지요. 인간이 강하다는 것은 생각할 수 있는 힘입니다. 이 생각하는 힘을 개발하자는 이야깁니다. 행동하지 않는다고 해서, 손에 망치를 들지 않는다고 해서, 고함치지 않는다고 해서, 저자는 역사의 방관자라고 생각한다면, 그 생각이야말로 폭력입니다.

우리 사회에는 가짜도 많고 또 가짜에게 속임도 많이 당하지만 그렇다고 진짜를 보고도 가짜라고 생각한다면, 그런 편견을 갖고 있다면, 병이 들어도 아주 중증입니다. 그러니까 흑백을 논하되 좀 더 냉철하게 가려라 하는 이야깁니다.

그리고 지적 다양성에 대한 믿음을 지녀야 합니다. 그것을 안 믿으면 야만의 군단이 되는 겁니다. 폭력을 싫어하는 자가 폭력자가 되는 겁니다. 이것을 극복하려면 정신의식, 문화의식 속에 지성의 불씨를 묻어두어야 합니다.

태권도를 아는 외국인은 누구나 한국인을 무서워한다고 합니다. 한번은 태권도 하는 것을 보았더니 머리로 벽돌 열 장을 깨던데, 머리라는 것은 생각하는 것인데, 벽돌 깨라고 있는 것이 아닌데, 저 사람들이 한국인의 머릿속에 들어 있는 무서운 지성은 보지 못하고 태권도에서 벽돌 깨는 그 머리만 보는구나, 생각되어 안타깝고 한심하기도 했습니다.

내가 늘 증명이라는 말을 쓰는데, 내 자신이 바보가 아니라는 것을, 생각하는 힘을 가진 자라는 것을 증명해야만 합니다. 벽돌을 깨는 머리의 역할이 아니라 학생들은 생각하는 것을, 지식을 닦는 사람은 벽돌을 깨는 힘이 머리에서 나오는 것이 아니라 머릿속에서 나온다는 것을 증명하고 보여주어야만 합니다.

상대적인 가치를 인정하는 것과 실제로 이익과 불이익이 상충되는 계층 간에 조화를 이루는 것 사이에는 상당한 괴리가 있다. 조화를 이루기 위해서 강조되어야 할 것은 무엇인가?

우리 사회에 모순이 얼마나 많고 계층 간의 격차가 얼마나 큰가 하는 것은 인정합니다. 힘들여 일하는데도 가난을 면하지 못하는 사람이 있는가 하면, 일하지 않고도 잘사는 사람이 있지요. 그러나 그와 같은 갈등과 모순을 증오의 감정으로 재단해선 안 되겠습니다. 정의는 칼에 가깝기보다 사랑에 가까운 감정이어야 합니다.

지난번 태풍이 제주도를 휩쓸었을 때, 벽돌로 쌓은 담은 무너진 것이 많았으나 제주도 특유의 돌담은 그 태풍에도 끄떡도 하지 않았습니다. 돌담이 지닌 견고성은 어디에서 생긴 것일까요? 벽돌은 똑같은 크기의 돌로 쌓았기 때문에 한번 힘의 균형이 깨지면 와르르 무너집니다.

그런데 이 제주도 돌담은 긴 것, 둥근 것, 작은 것, 이런 것들이 서로 맞물려서 힘을 분산하고 응결시키므로 그 자체 속에 내구력을 지니게 되는 것이지요.

여러분, 노동자가 불쌍하다고 해서 그들만을 위한 사회를 만들었다고 가정해보십시오. 예를 들어 노동자만을 위하는 사회라고 하는 폴란드는 노동자들이 가만히 있었습니까? 소련의 깃발에는 무엇이 그려져 있습니까? 낫과 망치가 그려져 있습니다. 낫과 망치 이외엔 아무것도 인정되지 않는 사회, 반체제를 한다고 해서 솔제니친Aleksandr Solzhenitsyn처럼 쫓겨나거나 사하로프Andrei Sakharov처럼 유배지에 보내지는 사회도 좋다고 합시다. 그러면 적어도 망치와 낫을 가진 사람만은 행복하게 살았으면 좋겠는데 소련에서 매년 부족한 게 뭡니까? 농산품입니다. 깃발에는 낫을 그려놓았는데 식량이 제일 부족한 나라가 소련입니다.

소련 농민들이 배불리 먹습니까? 그곳 노동자들은 배급을 타지만 밤낮 배고파합니다. 어떤 체제나 사상을 연구해보지도 않고 일방적으로, 나쁘다 좋다 저건 안 된다고 생각하지 말아라, 하는 이야기는 아닙니다. 더욱 깊이 연구하라는 이야깁니다. 더욱 깊이 연구해서 그러한 격차가 왜 생겨났는지, 그러한 격차를 없애려고 하는 여러 가지 방법 중에 더 큰 비중이 있을 수도 있고 가능한 이상도 있겠는데 그 여러 가지 균형을 키워가라는 겁니다.

옛날을 한번 생각해봅시다. 양반이니 상놈이니 해서 심한 계급 차이가 있었지요. 전제군주 시대에는 지금보다 더 많은 모순이 있었습니다. 그런데도 시골 동네에 가보면 바보나 미친 사람 한 둘은 꼭 있었지요.

내가 어렸을 때만 해도 시골 마을에는 도저히 이 세상을 살아갈 수 없는 무능력자나 미치광이가 있었어요. 그런데도 그들이 용케 굶지 않고 마을에서 살아갑니다. 다시 말하자면 바보도 똑똑한 사람과 함께 살아갈 수가 있고, 미치광이에게도 성한 사람과 한자리를 차지하고 같이 살 권리가 허락되었다고 볼 수 있습니다.

요지부동의 계급 구조에다 전제군주 체제임에도 바보와 똑똑한 사람이 공존할 수 있는 탄력성이 그 사회 어딘가에 있었습니다. 그런데 오늘날엔 미친 사람들이나 바보들은 전부 퇴장당해버리고 격리되어 그들이 발 디딜 곳이 없어졌습니다.

좋은 사회, 위대한 사회란 무엇입니까? 엄청난 경제 건설을 이루고 로마 제국처럼 강대한 군사력을 가진 나라입니까? 나는 그런 나라를 별로 원한 적이 없습니다. 우리들의 옛날 작은 마을, 거기에선 죄 없는 사람들이 서로 얼굴에 상처 주지 않고 미치광이나 바보나 똑똑한 사람이나 모두 함께 어울려서 오손도손 살아갔던 것입니다.

지금 우리는 얼마나 많은 사람들이 서로의 얼굴에 상처를 내고 있습니까? 조금 덜 먹고 덜 입더라도 인정이 숨 쉬는 땅, 지나

가는 나그네에게도 고향 같은 느낌을 주는 푸근한 마을을 만들어
내는 것, 이것이 비록 화려하고 위대하지는 못하더라도 우리들의
미래, 우리들의 자식들에게 물려줄 인간다운 사회이며 인간다운
마을이 아니겠는가 하는 것입니다.

　논리를 넘어선 곳에 또 다른 색채가 있고, 우리들이 살 수 있는
또 하나의 마을이 있다는 것을 잊어서는 안 되겠습니다.

　　　죄 없는 사람들끼리 서로
　　　얼굴에 손톱자국을 내며
　　　사는 일은
　　　더 이상 되풀이하지 말자.

　　　못난 바보도
　　　똑똑한 사람과 함께
　　　살아갈 수 있고
　　　미친 사람도 성한 사람과
　　　넉넉히 한자리에서
　　　살아갈 수 있는 땅
　　　우리들의 작은 마을들을
　　　다시 찾아가자.

비록 그것이

화려하고 위대한 것이 아닐지라도

지나는 길손들이 고향처럼

편히 쉬고 갈 수 있는 마을이라면

무엇이 부족하고 또 부끄러우랴?

우리를 지켜주는 집

한국의 역사는
아버지의 피, 어머니의 눈물로
지켜져왔다.

연약한 싸리울타리로
천의 도둑을 막고
쓰러져가는 초가지붕으로
백의 광풍을 막았다.
그 힘은 대체 어디서 왔는가?

여자가 어머니가 되고
남자가 아버지가 되었을 때에
한국인은 그 누구보다도 강했다.

프랑스·영국·독일·미국 등 서구에선 지금 나날이 사회가 위축되고 경제 생산성이 낮아지고 있습니다. 반면에 일본을 포함한 한국·대만·홍콩 같은 나라에선 생산성이 점점 높아지고 있습니다. 이것을 연구하는 교수들이 최근에 상당히 많이 생겼습니다.

그들의 비교 분석 결과, 어렸을 때부터 업어서 키웠으므로 단결심이 강하기 때문이라는 말도 있고, 어렸을 때부터 젓가락질을 하기 위해 손을 자주 놀려서 손재주가 있어 그런 것은 아닌가, 심지어는 한자를 쓰기 때문이라는 사람까지 있습니다. 그중에 가장 유력한 근거로 되어 있는 것의 하나가 동양사상에 대한 지적입니다.

오늘날 동서양이 같은 근대 문명 속에서도 같은 경제, 같은 생산을 해도 동양이 점점 우세해지고 서양이 점점 몰락해가는 이유는 가정의 차이에서 빚어지는 것이라 말들 하고 있습니다. 서양에서는 이혼을 많이 합니다. 또 남녀평등주의이기 때문에 여자가 남자를, 남자가 여자를 자유롭게 선택하니까 살다가도 마음에 안 들면 자꾸 이혼을 하게 되지요.

이혼한 부모의 어린애들은 재판을 받으면 어머니한테도 갈 수가 있고 아버지한테도 갈 수가 있습니다. 이런 아이들이 자꾸 신경쇠약에 걸리는 겁니다. 가정이 튼튼하지 않기 때문에 결과적으로 사회 전체가 병들고, 불안하니까 결과적으로 마음 놓고 일할 수 없기 때문에 생산성이 저하되는 것입니다.

그런데 동양은 어떻습니까? 유교사상에 젖어 가정 중심이지요. 별로 위생 시설이나 환경도 좋지 않은 악조건 밑에서도 높은 생산성을 올리고 있는 동양의 노동자, 근로자들의 어디에서 그런 힘이 생기는가? 우리는 이것을 여론 조사를 할 필요도 없이 잘 알고 있습니다.

만약 여러분이 공장에서 땀 흘리면서 나오는 사람들에게 "당신은 왜 이렇게 열심히 일하십니까?" 하고 묻는다면, 그들은 한결같이 "내 자식들 때문에 그렇소. 나는 고생했지만 내 자식만은 나처럼 키우고 싶지 않소." 하는 대답을 듣게 될 것입니다. 이들이 악조건 속에서도 열심히 일하고 이를 악물고 절약하는 것은 오로지 좋은 아버지, 좋은 어머니가 되어 내 자식만은 이렇게 고생시키지 않겠다는 의지가 거의 종교에 가까울 정도지요.

그런데 동양과는 반대로 서양에서는 자기 쾌락, 자기중심적이기 때문에 자식을 위해서 희생하지 않으려고 합니다. 다시 말하면 한국인은 그들에 비해서 모든 면에서 약한 듯이 보이고 또 과학기술이나 여러 가지 합리적인 생각에 있어서 뒤떨어지는 것 같지만 한국 여자가 일단 어머니가 되고, 한국 남자가 일단 아버지가 되었을 때에는 세계 어느 나라 사람보다 강한 의지로 세상을 살아간다는 것입니다.

그러므로 오늘날 한국 사회가 서구 사회를 앞지를 수 있는 것은, 얼마 전까지만 해도 그 때문에 근대화가 뒤늦었다고 생각한 바로 그 가족주의 때문입니다. 지금은 가정이 튼튼하기 때문에, 또 핵가족보다도 대가족주의가 아직도 남아 있기 때문에 이 사회가 병들지 않고 건실할 수 있는 요인이 되고 있다는 이야깁니다. 칼스 교수들이 지적한 이런 견해가 과연 그럴듯하다는 생각이 듭니다.

좀 오래된 이야기입니다만 프랑스에 갔을 때의 일입니다. 공원에 갔더니 부부가 어린애들 손을 잡고 다정하게 노는 모습이 참 부러웠어요. 그래서 같이 간 한국 유학생보고 "한국인도 저걸 배워야 된다. 남자는 남자들끼리 돌아다니며 술 먹고, 여자는 여자들끼리 계 하러 돌아다니고 하니 부모가 있어도 아이들이 밤낮 고아 같지 않은가. 그런데 저들은 일요일이면 어디를 보든지 전부 부부가 어린애 손을 잡고 돌아다니지 않는가? 백화점에 가도 길에 나서도 온통 저런 모습들이니 참 보기 좋다." 그랬더니 그 유학생이 웃으면서 말했습니다.

"선생님 잘 모르셔서 그래요. 저게 무엇하는 것인지 아세요? 오늘이 첫째 주 일요일이거든요."

무슨 이야기냐 물었더니 "여기는 부부들이 이혼할 때에 언제 애를 만나겠느냐 하는 걸 정하는데 대개 아이 만나는 면회일이 그 달 첫째 주 일요일인데 오늘이 바로 그날이에요. 선생님, 다음 주에 와보세요." 하는 것입니다.

그날이 바로 아버지와 함께 사는 아이는 어머니에게, 어머니와 함께 사는 아이는 아버지에게 데리고 와서 가족 상봉하는 날이랍니다.

우리가 텔레비전에서 이산가족 찾기를 해서 큰 성과를 올렸고, 남북적십자 회담의 골자도 헤어진 가족을 다시 만나게 해주자는 것인데, 이것은 정치·역사가 만들어낸 비극이지만 이 사람들은 이혼을 해서 전천후 이산가족들이 된 거예요.

자식과 부모가 오랜만에 만나서 반갑고 좋아서 품에 안기고 백화점에 가서 선물을 사주고 하는 것이 처음에는 평화로워 보였지만 그 이야기를 듣고 보니까 너무 안타까웠지요. 아이들은 몇 달 만에 만나는 아버지니까 그렇게 품 안에 안기고, 몇 달 만에 만나는 어머니니까 저렇게 손을 안 놓치려고 하는구나, 그것을 단순한 평화요, 애정이요, 사랑이라고 착각한 것은 동양에서 온 이방인이 서구의 문명, 하나의 문화를 잘못 짚은 큰 오해였지요.

그래서 새삼스럽게 우리나라를 돌이켜보면 우리가 근대화를 하는 과정 중에 많은 것을 얻었지만 잃은 것도 또한 많았다는 것, 그 잃은 것의 품목 중에 꼭 잃고 싶지 않은 것이 있다면(내가 보수적인 생각을 하는 것인지는 모르지만), 전통 속에서 우리들의 자식들을 위해 가정을 지켜나가는 점입니다.

아버지는 하나의 가부장으로, 어머니는 내조자로서 튼튼하게 집안을 지켜나가는 그 가족 윤리만큼은 아무리 핵가족 제도와 개인주의의 도전을 받는다 할지라도, 그것만은 버리지 말았으면 하는 생각이 간절했던 것입니다.

우리가 약소국가, 약소민족이었기 때문에 얼마나 많은 변란을 당했습니까. 피난살이를 수없이 겪고, 온 나라가 초토화되는 외적들의 침입을 수십 차례 받았지만, 몇천 년 동안 우리가 견뎌온 것은 국가에 튼튼한 성이 있어서였습니까? 또는 강력한 군대가 있어서 지켜준 것입니까? 우리의 역사를 보면 그렇지 않지요.

국경에는 외적의 침입을 막을 성 하나 없었습니다. 끝없는 외침을 받아오면서도 이 나라가 몇천 년 버텨온 것은 국경을 지키는 나라의 성과 나라의 군대가 아니라 사실은 개개인의 집에 있는, 겉으로 보기에는 형편없어 보이는 싸리울타리, 금세 넘어질 것 같은 초가지붕, 이런 것들이 천의 도둑을 지켜주고 백의 바람을 막아준 역할을 했던 것입니다.

다시 말하면 우리는 전체 사회, 전체 국가로 보아서는 한없이 약했으나, 개개인 가정의 문지방을 넘겨다보면 거기에는 어떤 바람과 침략에도 끄떡하지 않는 튼튼한 가족의 기둥뿌리가 있었다는 이야깁니다.

거기에는 훌륭한 어머니 아버지들이 자식들을 영원히 지켜나가고 있었지요.

지금 우리들이 '젊은이여, 한국을 이야기하자'고 할 때 한국의 가족 제도를 빼놓고 이야기할 수 있겠습니까?

한때는 한국의 가정이라는 것이 전근대적이고, 사회화를 하는

데 있어서 큰 방해가 되는 것이라고 생각했던 일이 있습니다. 이제 근대화되고 문명화되고 서구사상이 밀려들어옴으로써 정말 지켜야 될 것은 가족주의라는 것을 깨닫게 됩니다.

어머니상, 아버지상이 오늘날 어떻게 변하고 있는가 하는 것들을 한번 조용히 따져보고 함께 이야기해보자 하는 것이 이 시간의 주제라고 할 수 있습니다.

여성의 지위 향상이 사회 발전의 추진력이 되어온 것은 사실이다. 그러나 이제는 그 긍정적 한계를 넘어 사회 구석구석에서 부정적인 현상이 드러나고 있다. 앞으로의 바람직한 여성상은 무엇인가?

해방 40년 동안의 여성사를 이야기하는 유행어 가운데, 정비석 선생이 쓰신 소설 『자유부인』에서 나온 자유부인 시대, 치맛바람 시대, 그다음에 복부인 시대, 큰손 시대라고들 흔히 말합니다.

그러나 말하기 쉬운 이런 유행에 대해서 한 역사를 재담으로, 농담으로 돌리기에는 너무나도 심각한 문제라고 할 수 있습니다. 왜냐하면 치맛바람이라는 것을 달리 보면 '한국 여성에게도 자녀들에 대한 교육열이라는 새로운 의식이 싹트기 시작했다'라고도 볼 수 있고, 복부인 같은 것은 지탄받을 만큼 나쁘게 나타났으니 그렇지, 한국 여성에게도 이제 경제 관념이 싹트기 시작한 것이라고 볼 수도 있지 않겠어요?

그것이 나쁘게 나타난 것을 탓할지언정 그런 의식이 생겼다는 것을 부정해서는 안 됩니다. 여자가 집 안에서 밥만 짓고 또 어린 애들 뚫어진 양말만 기우면 그것이 좋은 어머니가 되었던 시절은 이제 지났다고 볼 수 있지요. 여자들이라 할지라도 자녀 교육을 위해서 또는 가사를 위해서 옷소매를 걷어붙이고 일어나는 그 적극적 열정만은 높이 사야 됩니다. 그 열정이 지나치다 보니 나쁜 일도 생겼지만……

이것을 거꾸로 생각해본다면 어떻게 되겠습니까? 우리 속담에 "받는 소가 일도 잘한다."고 그러지요. 소가 받는 것만 보고 "이 뭐할 놈의 소, 이것 갖다가 팔아버려야지." 하지 말고, 받는 소의 힘을 잘 이용하면 밭도 아주 잘 갑니다.

복부인, 치맛바람 해서 우리들을 놀라게 한 여성들의 그 열정과 힘을 다른 좋은 데로 돌릴 수는 없을까, 한번 생각해보아야 되겠지요. 욕을 하기는 쉬워도 그러한 것을 어떻게 창조적인 힘으로 전환시킬 수 있나 하는 문제가 더 절실한 일이라고 생각됩니다.

두 번째는 나와 같은 세대들은 6·25동란을 겪은 사람들입니다. 가족이 6·25동란을 겪었고 그때 남자들은 전쟁터에 나갔지요. 또는 남자들이 있어도 대개 전쟁을 할 수 없는 노약자나 어린 애들뿐이었습니다. 칼 융Carl Jung도 이런 이야기를 합니다. 아니마anima, 아니무스animus라고 해서 보통 때는 남자가 강해 보이고 아주 의지도 굳어 보이지만, 어떤 어려운 일이 닥치면 여자가 더 강해진다는 거예요. 왜냐하면 남자 속에는 여자가 잠자고 있고, 여자 속에는 남자가 잠자고 있기 때문이지요.

보통 때는 남자가 큰소리를 치지만 전쟁이 난다든지 위급한 일이 생기면 남자의 무의식 속에 잠자고 있던 여자가 나오고, 반대로 여자의 무의식 속에서는 남자가 나오기 때문에 어느 쪽이 강하냐 했을 때 여자 쪽이 더 강하다는 거예요. 6·25동란이 일어나서 피난 갈 때에 대개의 아버지들은 죽을지 살지 모르는 판국에 그냥 알몸만 나오면 됐지 무슨 보따리를 꾸리느냐고 했지만 그래도 버선짝이나 쌀 됫박이라도 들고 나온 것은 전부 다 여자들입니다.

피난살이에서 여자 반지 안 팔아먹고 산 사람 별로 없어요. 무일푼의 피난지에서 여자들은 자갈치 시장으로 어디로 돌아다니면서 가족을 지킨 사람들입니다. 그러니까 전후의 여자들이 드세질 수밖에 없지요.

사실상 그 어려운 시기에 투쟁한 것은 여자들입니다. 그 후부터 드센 여자들이 나타나기 시작했지요. 그러나 이것은 투쟁으로 보아야 됩니다. 왜 투쟁으로 보아야 되느냐 하면 그만큼 애썼고 땀을 흘렸고, 그만큼 남자가 없었을 때에 여자들이 남자 구실을 했던 것이지요.

그러니까 여성의 입장에선 지금도 소매 걷어붙이고 부동산 투기 좀 했기로…… 아이들을 좋은 학교로 보내려고 과외공부 좀 시켰기로…… 왜 저 야단들인가 하고 항변할 거예요. 농담으로 이야기하는 것이 아닙니다. 지금 세계에서 여권女權이 어느 나라가 제일 강한 줄 아십니까?

미국이지요. 그런데 미국이 왜 그렇게 여권이 강한지 아십니까? 이 사람들 개척기 때 여자, 남자가 어디 있었어요? 여자들도 라이플총 다 들고 아메리칸 인디언 오면 싸웠습니다. 당신 남자니까 혼자 싸워, 나는 여자니까 밥해줄게, 한 것이 아닙니다. 그럴 수 없었지요. 같이 총 들고 싸웠고 남자와 같이 팔 걷어붙이고 통나무집을 지었습니다.

이처럼 유럽의 여자들은 롱드레스 입고 파티하고 남자들이 인형처럼 모셔줄 때에, 개척기의 미국 여자들은 맨발로 그 거친 흙을 일구었고 인디언과 싸워서 가정을 보호했어요. 그렇게 투자한 것이 있으니까 발언권이 클 수밖에 없지요.

요즘의 한국 여자들이 너무 드세지고 너무 강해졌다고 혹시 비난할지 몰라도 우리나라의 여자들도 6·25동란 때 개척기의 미국 여자들처럼 입을 것 못 입고 화장 못 하고 그리고 그 어려운 시절에 자녀들을 키우고 가정을 지킨 수문장들이었습니다. 남자들은 전쟁터에 나가 상이군인으로 돌아오고, 젊은 나이로 가족과 흩어져 살고 이랬을 때에 누가 가정을 꾸려갔습니까?

한국 여성처럼 세계에서 능력 있는 여성들도 드뭅니다. 일본 여성들이 아주 싹싹하고 친절하고 남편한테 잘해주기는 하지만 생활 능력이 한국 교포만은 못합니다.

한국 교포들이 부부 싸움은 일본 사람보다 잘하면 잘했지 덜 하지는 않아요. 이때 한국 여성들은 큰 소리로 내놓고 싸우는데 일본인들은 한국 여성들이 거칠다고 흉봅니다. 그렇지만 남자들이 실직을 하거나 병들면 진짜 눈물겨운 힘으로 가정을 일으키는 것은 바로 그 부인들이라는 겁니다.

그러니까 여권 신장이 부작용을 일으킨다고 해서 여성의 사회 참여 그 자체를 부정해서도 안 되며, 여성의 사회 참여를 긍정한다 해서 그들이 불러일으키는 부작용까지 덮어두자는 이야기가 아닙니다. 여성사에 혁명이 일어나면 나는 대로 오늘의 여성상, 어머니상, 아버지상에 대해 깊이 생각해보고자 합니다.

그러면 우리 사회에서, 또는 가정에서 남성이 여성을 진지한 인격체로, 삶의 진정한 반려자로 생각하고 있는가? 그런 점에선 가부장 제도가 여전히 여권 신장의 장애 요소가 되고 있는 것은 아닌지?

가부장 제도가 여권 신장에 방해가 된다고 보기보다 그의 장점을 어떻게 살려나가느냐 하는 것이 더 중요한 문제라고 생각합니다.

우리 주위에선 남녀평등이 잘못 인식되어 집안에 주인이 사라져버리는 경향이 많습니다. 나는 가부장 제도를 무작정 옹호하려는 것은 아닙니다. 가정에는 누구인가가 그 집단을 이끌어가는 사람이 있어야 합니다.

시에 시장이 있는 것처럼 가정에도 가정의 장은 있어야지요. 그래야 민주적인 의견이라 할지라도 가족들의 의사를 통합하고 그 가족을 이끌어갈 수 있지요. 무조건 가부장 제도가 나쁜 것이니까 남자들의 독재로부터 벗어나자 하는 데는 좀 문제가 있다고 하겠습니다. 아마 이 칼럼 프로그램도 남자보다는 지금 일찌감치 저녁을 해놓고 보시는 가정주부가 훨씬 많을 겁니다.

남자들은 지금 아직 직장에서 안 돌아왔습니다. 여자들이 점차 유식해집니다. 요즘 어린애들은 아버지가 엄마보다 모르는 게 많다고 생각합니다. 옛날에는 엄마들이 입장 거북하면 "야, 아버지 보고 물어봐." 그랬는데, 지금은 거꾸로 "얘, 너희 엄마보고 물어봐!" 그럽니다.

이러니까 결과적으로 힘의 균형이 깨지고 있는 것은 괜찮다 그런 이야깁니다……. 그러면 가부장이 아니라 가모장家母長, 옛날처럼 모계 사회, 모권 사회로 돌아가도 좋다는 이야깁니다.

어중간해가지고 어머니도 가족의 장이 아니요, 아버지도 가족의 장이 아닌 무정부 상태가 되었을 때가 더 큰 문제인 것이지요.

그런데 우리나라에서는 아직까지도 여자, 즉 자기 아내를 자신의 반려로 생각지 않고 종속관계로 보니까 대개 남자들은 반말하고 여자들은 공대를 합니다. 또 아이들 보는 앞에서 아내보고 "뭐 가져와……뭐 가져와." 하고, 지독한 남자들은 재떨이가 바로 건너편에 있는데도 부엌에서 일하는 부인을 불러다가 가져오라고 하는 사람도 있지요.

나 자신도 그런 사람 중 하나입니다만 뭔가 아내에게 자꾸 심부름을 시킵니다……. 왜 그런가 하면 어렸을 때 아버지가 하는 것을 보았기 때문에 그런 겁니다. 아버지가 밤낮 어머니를 불러 가지고 하는 것을 보았기 때문에 나도 아버지니까 애 엄마한테 그래야지, 하는 일종의 습관 같은 것입니다. 사실 따지고 보면 기막힌 일이에요.

내가 초등학교 다닐 때입니다. 학교에서 어머니 이름을 써내라 하면 대부분 아이들이 써낸 어머니의 이름이 박성녀, 김성녀, 이성녀였습니다. 선생님이 "야, 어떻게 너희들 어머니 이름은 전부 성녀냐?" 했었는데, 사실 '성녀'는 이름이 아니었습니다.

박성녀는 박씨 성을 가진 여자라 해서 박성녀朴姓女인 것이지 이름이 아닙니다. 여자들은 이름이 없어도 아무개 딸, 아무개 어머니, 아무개 부인으로 호칭되었습니다. 사실 여자들은 이름이 있어도 제대로 불릴 기회가 없었지요.

이런 여성들이 오늘날 사회 참여를 하게 되고 맞벌이를 하게 되고 발언권을 갖게 되니까 상대적으로 남자들은 위축되는 거지요. 너무 위축되어 여성을 종속관계로 보기는커녕, 남성 본연의 숫기마저 잃어가지 않나 생각됩니다.

남자들이 여자들을 종속적인 관계로 보고 여자를 억누른다지만, 남자들이 오히려 가정에서 기가 죽은 것 같습니다. 남자들은 회사에 가면 사장한테 야단맞고, 버스 타면 흔들려 이리 밀리고 저리 밀리고 합니다.

어디 가서 남자들이 큰소리 한번 쳐보았습니까? 그러니까 집에 와서 모처럼 한번 어린애들 앞에서 뻐겨보는 것인데 내 생각에는 오늘날 한국 남자들에게 가부장 제도의 잔재가 많이 남아 있는 것 같습니다.

사실 가정이 올바로 되려면 남자들이 숫기를 되찾아야 합니다. 남자가 남자됨을 다시 깨우쳐야 됩니다.

그래야 가정이란 소집단에 중심축이 생기는 겁니다. 그런데 요즘은 어린애들 앞에서 어머니들이 "아무개 아버지는 무엇한다는데 당신은 왜 요 모양이요." 하는 식으로 면박을 주기 일쑤입니다. 그렇게 되면 어렸을 때부터 아이들이 아버지 알기를 우습게 알게 되지요.

옛날에 아이들 야단칠 때면 "너 아버지한테 일러준다." 그랬는데, 지금은 "너 엄마 오면 혼나!" 합니다. 그렇다면 이 아이들이 성장해서 우리 아버지처럼 되겠다는 꿈을 가질 수가 없게 됩니다.

그렇다고 부부 어느 쪽이 이니셔티브initiative, 주도권를 쥐어야 한다는 말은 아닙니다. 어린애들을 위해서, 한 가정의 질서를 위해서, 아버지는 아버지로서의 권위를, 어머니는 어머니로서의 품을 회복할 때 그 가정은 깊은 신뢰와 사랑의 구심력을 가질 수 있을 것입니다. 또 그 속에서 자란 아이들이 사회에 나갈 때 주인 있는 사회가 된다는 것입니다.

'된다', '안 된다'는 가치관을 어렸을 때부터 가르쳐주지 않으면 성장해서 제가 혼자 판단하려면 너무 힘이 들기 때문에 노이로제에 걸린다는 겁니다. 세 살 이전부터 어린애들한테 되는 것과 안 되는 것을 분명하게 가르쳐주어야 합니다. 그것을 소홀히 했을 때 아이들이 커서 사회에 나가 적응을 못 한다는 겁니다. 사회는 질서 속에서 이룩되는 것이므로 그러합니다.

여권을 신장하는 것이 남자의 기를 죽이고 가부장 제도가 몰락하고 아버지 부재의 가족을 만든다면, 여성을 위해서도 어머니를 위해서도 불행한 일입니다.

지금 이야기한 대로 여자는 남자의 종속물이 아니다 하는 것은, 곧 가부장인 남자가 집안의 주인이 되는 것이 여자를 종속관계로 보는 것은 아니다, 하는 겁니다. 어머니의 자리와 아버지의 자리를 서로 이해하지 않는 한 이 싸움에는 승부가 없게 됩니다.

요즘은 세계적으로 남성이 여성화되고, 여성이 남성화되는 유니섹스 경향이 있다. 이런 경향은 단순한 유행인가, 아니면 어떤 필연성에 의한 것인가?

유니섹스는 세계적인 현상이며, 우리나라에도 유니섹스 바람이 이미 불고 있는 게 사실이지요. 음악을 보더라도 옛날에는 남성다운 우렁찬 목소리가 남성 가수의 매력이었고, 여자들은 곱게 비단결처럼 부르는 것이 여성 가수의 가장 좋은 소리, 미성이라고 그랬습니다.

지금은 여자들이 허스키라 해서 남자 목소리 비슷하게 노래 부르고 또 남자들은 가냘픈 소리로 중성中性 소리가 지배하는 시대인 것 같습니다. 영국의 보이 조지Boy George 같은 사람들은 숫제 여자 옷 입고 화장도 여자처럼 하고 다닙니다.

이런 유니섹스 현상이 왜 생기며 이것을 어떻게 바라보아야 할까요? 나는 여자대학 교수입니다만, 내가 제일 싫어하는 말이 여자가 남자친구를 보고 "형, 형" 하는 겁니다. 나는 보수적이라 그런지 여자가 남자보고 "형, 형" 그럴 때마다 내가 이 시대의 20대 대학생으로 태어나지 않은 게 천만다행이구나 싶습니다. 보통 때는 젊은이들이 부러운데도…….

만일 내 여자친구가 나를 보고 형, 형 한다면 도저히 애정을 못느낄 것 같아요. "형, 형" 하는 사람하고 무슨 재미로 데이트를 합니까? 그런데 요즘의 젊은이들은 그게 재미있고 같이 술 마시고 이 애 저 애 그러지요. 시대가 바뀌면 가치관도 달라지는 것이고 유행이란 논리로 따져질 수 없는 것이겠지요.

유니섹스의 문제도 일종의 유행인데 그것에 대해 어떻다고 객관적인 논리를 펼 수는 없습니다. 유니섹스가 왜 나왔으며, 유니섹스가 앞으로 우리 사회나 가정에 어떠한 영향을 줄 것인지 생각해보면 그저 난감할 뿐입니다.

지금 우리는 저 구석기 시대부터 내려온 인간의 위기의 시대를 살고 있다고 볼 수 있습니다. 한 민족, 한 역사의 위기가 아닙니다. 인류가 이 지구에 발을 디디고 한 가족을 만든 후에 가장 큰 시련을 겪고 있는 이 시대에 우리가 태어난 거예요. 어떻게 생각하면 참 재수 없을 때 태어난 거고 어떻게 생각해보면 참 보람있을 때 태어났다고 볼 수 있습니다.

왜냐하면 우리는 지금 할 일이 많아요. 옛날부터 여자와 남자는 분업으로 일했습니다. 혈거 시대로 거슬러 올라가보더라도 여자들은 안에서 일하고 농사를 짓고 남자들은 수렵을 했지요. 옛날부터 남자는 남자의 역할을, 여자는 여자의 역할을 해왔기 때문에 남녀의 구별의식이 쭉 생긴 것이지요. 어느 쪽이 어느 쪽을 지배했든지 간에 말입니다.

그런데 오늘날에 와서는 성性의 차가 없어지니까 결과적으로 인류가 생긴 이후로 남자, 여자라고 하는 차이에서 생겨난 모든 문화의 틀이 송두리째 뒤엎어지고 말았다는 이야깁니다. 이것이 문명론, 문화론으로서 굉장히 큰 문제입니다.

왜 이렇게 되었을까요? 옛날부터 남자는 근육으로 하는 일, 힘으로 하는 일을 했고, 여자는 마음, 섬세한 심경으로 하는 일을 했습니다. 어린애를 키우는 것을 힘으로 키울 수 있습니까?

아기의 목소리가 바뀌었다, 기침소리가 이상하다, 열이 나는 것 같다…… 이런 것을 분별할 줄 아는 아주 섬세한 감성이 아니면 어린아이를 키울 수가 없지요. 남자는 덤덤하지요. 애가 병이 났는지 열이 나는지 모릅니다. 섬세한 사람이라야 애를 키울 수 있습니다.

그래서 아이를 키우는 일은 여자의 몫이었던 겁니다. 남자들은 힘이 세니까 집을 짓고, 밖에 나가 사냥을 해왔습니다. 전쟁이 나면 나가서 싸웠지요.

그런데 놀랍게도 현대의 과학 문명이 생기면서부터 여자, 남자의 직업 차이가 없어져버렸습니다.

통계를 보면 19세기 말까지 모든 지구 에너지의 근원이 사람이나 가축에 의해서, 근육에서 비롯된 에너지가 90퍼센트입니다. 가령 밀을 빻는다든지, 배를 젓는다든지, 수레를 굴린다든지 하는 것이 19세기 말엽만 하더라도 인류의 모든 것을 움직이는 힘의 90퍼센트가 근육에서 나왔다는 것입니다. 그러니까 힘이 있는 남자가 어쩔 수 없이 가정과 사회를 지배하게 되었던 것이지요.

그런데 20세기에는 에너지 분포에서 오직 1퍼센트만이 근육의 힘으로 움직인다는 것입니다. 90퍼센트를 지배했던 힘이 지금은

1퍼센트밖에 쓸모가 없다는 이야기지요.

내가 어렸을 때만 해도 아버지는 어머니 앞에서 뽐낼 기회가 많았습니다. "여보! 이 김장독 좀 파내주오." 하면 그것을 파냈고, "볏섬 좀 지어주오." 하면 무거운 볏섬을 번쩍 들어 짊어졌고, 하다못해 문짝이 떨어져도 그걸 고쳤습니다.

그런데 요즘은 전부 기계로 되어 있기 때문에 남자의 힘을 필요로 하는 것이 별로 없어요. 가정에서 못 박을 때나 조금 필요할까.

옛날에는 도둑이 들어오면 남자가 한몫했지요. 아무리 드센 여자도 도둑만 들어오면 "여보…… 여보…… 도둑이……" 이랬는데, 요즘에는 거꾸로 남자가 "여보, 도둑이 들어온 것 같은데……" 할 날이 얼마 안 남았습니다. 남자들의 권위로 남아 있는 것은 수염밖에 없는 것 같습니다.

사회의 이러한 변동, 기계가 대신해주면서부터 남자는 큰소리칠 수가 없어진 겁니다. 결국 이렇게 되다 보니까 남자와 여자의 성 차이가 없어지게 되고, 또 여자들이 공장에서 일을 하기 시작함으로써 우선 머리카락이 짧아졌던 것입니다. 옛날부터 동서고금 할 것 없이 여자들의 특징은 머리를 길렀다는 것인데 여자들이 가정을 떠나서 공장에서 일을 하면서부터 머리카락이 기계 속에 끼면 안 되니까 짧아진 것입니다.

짧은 머리란 남성이 하던 일을 여자가 대신하면서 시작된 권리 선언의 징표였습니다.

그런데 반대로 남자는 왜 머리를 기르기 시작했나? 사실 남자들은 머리 모양이 여자하고 차이가 있어보았자 별로 중요한 게 아니라는 거예요.

지금 고양이가 지나간다고 할 때 수고양이가 지나간다, 암고양이가 지나간다, 하고 구별해서 말합니까? 수놈이든 암놈이든 고양이라는 사실 이외에 별로 중요하게 생각하지 않지요.

닭은 알을 낳아주니까 암탉, 수탉 해서 구분하는 게 필요하지만 알을 낳지 않을 때에는 수컷, 암컷 구분하는 것이 별로 중요하지 않습니다. 그와 마찬가지로 남자, 여자라는 성별의 비중이 사회 기능적으로는 갈수록 의미가 적어지고 있습니다.

그러나 부권이 약화되고 아무리 과학기술이 발달했어도, 남자와 여자가 아무리 평등해진다고 해도 아이를 분만하는 그 기능을 남자가 대신해줄 수는 없습니다.

그러니까 마지막 남은 성 차이의 의미는 뭐냐? 아이 앞에서 아버지가 어머니 구실을 대신할 수 없고, 어머니가 아버지 구실을 대신할 수 없다는 점입니다. 그럼에도 불구하고 아버지 같은 어머니, 어머니 같은 아버지가 되어감으로써 점점 우리들의 가정이 그 질과 성격에서 달라지고 있다는 것은, 한 번쯤 유니섹스 시대에 마지막으로 생각해보고 짚고 넘어가야 할 우리들의 숙제가 아닌가 생각됩니다.

여권의 신장, 그 진정한 의미는 무엇인가?

우선 가정에서나 사회에서나 남녀의 불평등 관계는 없어져야
합니다.

그러나 불평등한 것하고 역할이 다른 것하고는 절대로 같은 것
이 아니지요.

예를 들어 교향악단을 보게 되면 누가 제일 중심에 앉아 있습
니까? 제1바이올린 연주자가 맨 앞에 앉아 있습니다. 제일 뒤에
보면 내내 기다렸다가 심벌즈라고 놋쇠로 만든 악기, 그것을 한
번 짱 울리고 마는 사람이 있지요.

이것처럼 악기가 다르다는 것이 불평등하다는 것으로 이야기
되기 시작하면 교향곡은 이루어지지 않습니다. 여기에는 바이올
린도 있어야 되고 북도 있어야 되고 심벌즈도 있어야 됩니다. 단
한 번을 위해서라도 교향곡에서는 어떤 악기든 꼭 있어야 되는
겁니다.

그러나 심벌즈 울리는 사람이 "야, 바이올린만 최고냐? 나도
좀 앞에 나가자." 하고, 꽹과리가 울리면 옆에서 북을 쳐야 되는
데 꽹과리 소리가 북소리보다 크다고 해서 누구나 꽹과리만 치려
하면 절대로 안 되지요. 불평등하다는 것하고 역할이 다르다는
것은 이렇게 다른 겁니다. 오늘날의 여성들은 이것을 잘 구별 못
하는 것 같아요. 모든 사람이 다 제1바이올린 연주자가 되어서 교

향곡을 완전히 바이올린 일색으로 만들려고 합니다. 남성과 여성의 차이를 성 차이 내지는 성의 불평등으로 착각한다는 데서 비극이 생긴 것입니다.

『제2의 성 Le Deuxième Sexe』을 쓴 시몬 드 보부아르Simone de Beauvoir는 이런 말을 했습니다.

"옛날의 서양화를 봐라. 여자들이 어린애를 안고 있는 아름다운 그림들, 특히 성모가 아기 예수를 품에 안고 미소를 짓고 는 성모상, 이것은 전부 남자들이 협잡을 한 것이다. 이렇게 여자들이 어린애를 안고 있는 것이 아름답다는 것을 그림으로 그려서 인류의 가장 존귀한 것은 아름다운 모성애다, 하고 자꾸 이야기를 하니까 여자들은 거기에 속아서 그 어려운 애 키우는 일을 남자와 둘이 나누지 않고 혼자서 감당했는데, 이것은 아주 교활한 남자들의 속임수에 넘어간 것이다."라고.

그녀는 어린애를 안고 있을 때 여자가 가장 행복한 듯이 그려져 있는 것은 조작된 허상이다, 라고 했습니다.

과연 그럴까요? 남자들이 애 보기 싫어서 여자들한테 맡겼을까요? 그런 점이 전혀 없는 건 아니지요. 내가 가장 불쾌해하는 것은 같은 남자끼리 좀 뭐하면 "야, 집에 가서 애나 봐라." 하는데, 이게 무슨 이야깁니까? 이런 모욕이 어디 있습니까? 세상에 다른 일은 다 아무렇게나 해도 되지만 애 보는 일은 적당히 되는 것이 아닙니다. 살아 있는 생명이고 내 자식인데, 애 보는 일이 얼마나 어려운데 '애나 봐라'고 '나' 자를 붙입니까!

여자들이 아이를 키워놓으니까 남자들은 거저 키워놓은 줄 착각한 것이지요.

또 한 가지는 자동차를 운전하는 데도 면허증이 있어야 되는데 애 키우는 데는 면허증이 없다는 것입니다. 아이를 올바로 기른다는 것은 자동차를 똑바로 운전하는 것보다 몇 배나 중요한데도 면허증을 주지 않는 거예요. 어머니 자격이 없는 사람이 애를 키우면 이 나라가 어떻게 되겠어요.

우스개 이야기지만 어머니의 자격이 있나 없나를 엄격하게 심사해가지고 자동차 면허증은 미루더라도 어머니 면허증만은 꼭 따서 그것을 갖고 있는 사람만 어머니가 될 수 있고 애를 낳을 수 있는 권한을 주어야 합니다.

물론 농담으로 하는 이야기지요. 그런 사회가 온다면 정말 끔찍하겠지만 그런 마음이 들게끔 오늘날 시대가 바뀌고 있다는 이야기입니다.

어떤 때 보면 정말 철없는 어머니도 있어요. 20대 어머니들, 누님인지 어머니인지 분간할 수 없는 여자도 있어요. 배지만 달면 대학생 같은 옷차림을 한 어머니도 있어요.

그런 애들 같은 어머니가 과연 애를 잘 길러낼 수 있을까 의심이 듭니다. 우리들의 어머니들은 대학도 다니지 않고 명작소설을 읽어본 적도 없고 텔레비전을 본 적도 없지만 거의 본능에 가까운 슬기로 "남하고 싸우지 말아라", "먹는 음식 가지고 그러는 게 아니다", "밥상에서 그러는 게 아니다", "어머니, 아버지한테 그렇게 말하는 게 아니다", "발 꼬고 앉는 게 아니다" 이렇게 어렸을 때부터 아이들을 가르칩니다.

우리 어머니들은 인간이 어떻게 사는 것이 옳은 길인가를 끝없이 가르쳐주셨어요.

그런데 오늘의 젊은 어머니들은 대학 나온 사람이 자기 아이보고 "야, 너 맞고 들어왔어? 가서 너도 실컷 패줘버려! 병신처럼 밤낮 맞고 다니지 말고!"라고 부추깁니다. 그러니 이게 결과적으로 어떻게 되겠습니까. 양보 없이 서로 치고받고 난장판이 되겠지요.

"설령 맞을지라도 사람을 때려서는 안 된다."라고 예전의 어머니들처럼 가르친다면 폭력 없는 사회가 될 텐데 오늘의 어머니들은 안 그럽니다. "너 병신처럼 매 맞고 왜 울어." 합니다. 한마디만 더 하지요. 이런 것은 참 절실한 문제입니다.

옛날에는 애들이 싸우고 오면 서로 제 아이를 때려주었어요. 상대방 어머니 좀 보라고, 그러면 이쪽에서도 화가 나니까 또 저희 애를 때립니다. 사실은 저희 애를 때리는 것이 아니라 저희 애를 때림으로써 상대방에게 항의하는 것이었지요.

지금은 서로 상대방을 때리라고 격려하느라 정신없어요. 이런 것을 보면 아이를 기르는 일이 얼마나 어렵고 중요한 일인지 모릅니다. '애나 봐라' 하고 절대로 '나' 자를 붙일 수가 없지요.

'나' 자 나온 김에 또 한마디 하지요. 인생을 바꾸려면 '나' 자를 '도' 자로 바꾸면 됩니다.

어떤 여자대학 졸업생이 "나는 대학이나 나왔는데 밤낮 차나 끓여내라고 하면 도저히 같이 못살겠습니다." 하는 겁니다. 나는 '차나 끓인다고 생각하지 말고 차도 끓인다고 생각을 하면 마음 편하다. 남편이 늦게 돌아왔을 때에 술이나 밤낮 먹고 다닌다 그러지 말고, 우리 남편이 오늘 술도 먹었구나.' 그렇게 생각하라고 말하고 싶었습니다.

'도'라고 붙일 곳에 '나'를 붙여서 제대로 성공한 사람 본 적이 없어요. 이민 간 사람 중에 한국에서 살기 어려우니 미국에나 가서 살아보자고 한 사람, 거기서도 잘살지 못합니다.

내가 농담하느라고 '도도주의'와 '나나주의'라고 그러는데 인생을 살아가는 데 있어서 지금 이야기한 대로 남자가 애를 볼 때에 '아이구, 나는 애나 본다' 이러지 말고 '애도 본다' 그랬을 때에는 참 눈이 빛날 거예요. 마찬가지로 여자도 '아이구, 나는 애나 보고 밥이나 하고 이래서 되겠나?' 생각하지 말라는 겁니다. 그러니 애도 보고 사회생활도 하십시오. 이렇게 했을 때 한국의 전통적인 가족주의의 윤리가 살아 있게 되며 국제 경쟁을 해도 이기고 사회도 튼튼해집니다.

우리가 좇으려 했던 서구주의의 막다른 골목에 이르러보면 동양이 보이고, 유교가 보이고, 전통적인 우리 어머니 우리 아버지의 얼굴이 다시 보이게 될 것입니다.

핵가족이 낳고 있는 부작용은 무엇이며, 그 부작용의 극복 방법은 무엇인가?

현대 문명과 더불어 서구의 여러 사상, 평등사상도 들어오고 기능주의, 개인주의 또는 자유주의 등 여러 가지 것이 들어왔습니다. 그래서 지난 40년 동안 우리는 급격하게 변했습니다.

내가 『신한국인新韓國人』이라는 책을 썼습니다만 만약 40년 전 한국인이 이곳에 다시 태어난다면 이곳을 파리라고 할까요, 뉴욕이라고 할까요, 어느 나라라고 할까요?

누가 파티에서 "아직도 고부지간의 갈등이 있나?" 하기에 무슨 이야긴가 했더니 "고부, 고는 고고 춤이고 부는 블루스의 부고, 고고를 출까 블루스를 출까 해서 고부지간의 갈등"이라는 것입니다. 세상 참 많이 바뀌었지요.

여자보고 2B, 2B 합니다. 2B가 무엇이냐 하면 B가 두 개 붙는 것인데 월동 준비라는 겁니다. 겨울나는 준비라는 거죠.

월동 준비라면 첫째로 김장김치 담그는 것 아니겠어요. 그런데 여자 대학생들은 월동 준비를 어떻게 하는가 하면 B 두 개를 가져야 하는데 부츠 사 신어야 되고 그다음에 남자친구가 하나 있어야 된다, 그러니까 'B' 자는 부츠 사 신고 남자친구가 있어야 겨울난다 이거지요.

어떻게 월동 준비 속에 부츠와 남자가 들어갑니까? 물론 농담하는 이야기지만 세상이 이렇게 많이 변했구나 하는 것을 실감하게 합니다.

40년 동안 얻은 것도 많았지만 잃은 것 또한 많은데 그 잃은 것 중에서 가장 큰 것이 유교 가정의 튼튼한 뿌리가 흔들리고 있다는 것입니다.

처음에 이야기한 대로 보잘것없는 싸리대문이요 보잘것없는 초가지붕이지만 그곳엔 도둑을 막고 광풍을 막아온 자랑스러운 우리 가정의 전통이라는 것이 살아 있었는데, 지금 양옥집을 짓고 어마어마한 불야성을 이루는 거대한 도시의 빌딩을 지었지만, 가정이 황폐화되고 사막화되면 어떻게 해야 되겠는가? 그렇다면 결국 가정 회복을 해야 하는데 남자 여자의 문제가 관건으로 걸려 있는 거지요. 서구식 남녀평등주의를 남녀 역할의 차이가 없는 것으로 생각지는 말아야 한다, 어머니의 구실과 아버지의 구실은 다른 것이다, 이렇게 결론을 맺고 싶습니다.

남자는 타오르는 불이고, 불이란 것은 전부 상승해서 하늘이 됩니다. 우리가 불을 켜보면 연기와 불꽃이 하늘을 향해 올라가는 것을 볼 수 있는데 결국 불의 고향은 하늘이라고 말할 수 있지요. 그러니까 태양입니다.

그런데 물은 어떻습니까? 뜨겁지 않고 차갑고 무거우니까 자꾸 밑으로 밑으로…… 땅 밑으로 스며드는 것이니까 지하는 물의 고향입니다.

우주는 하늘과 땅으로 이루어졌습니다. 어떤 시대가 오고, 어떤 문명이 와도 하늘과 땅의 구실이 뒤바뀔 수는 없지요. 우리가 두려운 일이나 엄청난 재난을 당하면 '천지가 뒤바뀐 것 같다'고 하지요.

하늘과 땅이 뒤바뀌는 것처럼 무서운 것이 없는데 지금 바야흐로 하늘과 땅, 불과 물이 뒤바뀌는 시대가 왔다고 볼 수 있습니다. 이제 남자는 불이 되거라, 불처럼 타거라 그리고 남자의 고향은 저 이상적인 하늘, 저 넓은 하늘, 과학을 하고 정치를 하는 하늘, 저 높은 하늘의 세계로, 여자는 곡식을 가꾸고 키우고 하는 흙의 세계로 향해야 합니다. 흙은 어머니지요. 우리가 죽어 흙에 묻히듯이 흙에서 태어납니다. 그러나 하늘에서 비가 내리지 않고 빛이 없으면 어떻게 자랍니까?

남자는 불이고 여자는 물이라고 하는 두 성격이 겉으로 보기에는 상극해서 영원히 한자리에 못 앉을 것 같으나 그 사이 쇠붙이, 즉 솥이 있다면 그로 해서 얼마나 맛있는 음식, 밥을 지을 수가 있겠습니까?

그렇다면 그 솥이란 무엇인가? 그게 바로 가정입니다. 우리 가정이라는 것은 여자의 물, 남자의 불이 튼튼한 솥발에 의해서 화합을 이루었을 때, 빛나는 생의 양식을 얻을 수 있는 것입니다. 남자는 불이 되고, 여자는 물이 되어야 합니다. 불이 물이 되고 물이 불이 되는, 천지가 개벽하는 그러한 것이 평등이라고 생각하지 마십시오.

우리는 서양이, 서구 사람들이 잘못 해석한 남녀평등으로 인한 가정의 파괴와 자연 질서의 파괴로, 오늘날 모든 사회가 무질서하고 서서히 몰락의 길을 걷는 것을 현대라는 이름으로 뒤쫓아가서는 안 되겠습니다.

다시 생각해봐도 수천 년의 고생 끝에 우리나라를 지킨 것은 이름 없는 작은 집들의 저 싸리울타리요 초가지붕이었다는 것을, 그 속에서 살았던 것은 유교적인 우리 어머니요 아버지였다는 것을 여러분이 명심한다면, 아마도 내일의 우리 가정은 미국이나 서유럽 같은 황량한 사막으로 바뀌지는 않을 것입니다.

물과 불은
모든 성질이 반대로 되어 있어
한자리에 있을 수 없으나
그 사이에
쇠붙이의 솥을 걸어놓으면
능히 맛있는 음식을
지을 수가 있다.

남자는 불처럼 타고
여자는 물처럼 흐르거라.
우리 가정은 튼튼한 솥발로
그 사이에 끼어 있으니
그곳에서 우리는
빛나는 생의 양식을
얻을 것이다.

세계는 우리의 장터

옛날 우리 소금장수들은
여우에 홀리면서도
산골 깊숙이 있는
등불을 찾아갔다.

한 발 한 발
무거운 짐을 지고 가는
그들의 발밑에서
새로운 길이 열렸다.

오늘의 소금장수들은
어디에 있는가 그들의 발길을 가로막는
구미호는 무엇이며
그들이 찾고 있는

등불은 무엇인가?

오늘의 상업 문화에 대해서

이야기하자.

　우리의 문학작품 속에 흐르고 있는 주제는 빈곤이라고 말할 수 있겠습니다. 가난을 소재로 한 작품들이 아주 많지요. 문학작품뿐만 아니라 아이들이 부르는 동요의 주제도 바로 가난이었습니다.

　흰 날개를 펼치고 푸른 들판의 하늘을 유유히 나는 아름다운 두루미나 황새를 보고도 예전의 아이들은 이런 노래를 불렀습니다.

　　황새야, 황새야, 뭘 먹고 사니?

　　쌀 한 됫박 꾸어다 먹고 산다.

　　언제 언제 갚니?

　　장 보고 갚지.

　이것은 가난했던 시절의 옛 동요라 치더라도 먹고살기에 걱정이 없는 지금도 아이들은 이와 비슷한 동요를 부르고 있습니다.

　　토끼야, 토끼야, 산속의 토끼야.

겨울이 되면은 무얼 먹고 사느냐?

이처럼 한국인의 피 속에, 생활 속에, 한처럼 맺혀 있었던 것은 가난에서 오는 굶주림이나 슬픔이 아니었나 생각됩니다. 우리의 전설이나 신화, 노래에는 '먹는다'는 말이 참 많이 나오지요.

그런데 이상스러운 것은 이렇게 가난하게 살았으면서도 잘살아보겠다는 의지가 엿보이지 않았던 점입니다.

고려 시대 때는 좀 달랐지만 조선조의 역사를 훑어보면 우리들이 어떻게 하면 잘살 수 있을까 하는 경제적인 부흥 정책을, 다시 말해 중상重商 정책을 쓰지 않았다고 볼 수 있습니다.

여러분도 잘 알다시피 사농공상이라고 해서 글을 읽는 선비가 제일 아랫목에 앉고, 그다음에 농사짓는 사람, 그다음이 물건을 만드는 사람 그리고 제일 마지막은 만든 물건을 팔러 다니는 상인이었습니다.

아무것도 생산하지 않는 양반들이 어느 정도로 상인들을 천시했는가 하면 자신들이 아무리 필요해도 그들과는 직접 거래를 하지 않았습니다. 하인들이나 거간꾼들이 이 일을 담당했지요. 오히려 중국에서는 필요하면 양반들도 직접 물건을 사러 갔는데 우리는 안 그랬던 것입니다.

상점을 순수한 우리말로는 가게라고 합니다. 그 가게라는 말의 뜻은 '거짓 가假' 자와 '집 가家' 자를 써서 가짜로 지어놓은 집이라는 말입니다. 이 말에서도 알 수 있듯이 옛날 우리들의 상업은 진짜 집에서 하는 일이 아니고 가가假家에서 임시로 하는 일이었습니다.

중국에서 사신들이 와서 너희 나라에는 왜 장사하는 것을 볼 수 없느냐 하면 급히 민가에다 가가를 급조해서 상점인 것처럼 꾸미기도 하고, 길가에다 자기 집의 물건을 다 가지고 와서 파는 척하기도 했습니다.

이처럼 조선조 시대는 역사적으로 어떤 나라하고 비교해보아도 한 5백 년 동안을 아주 철저하게 중상주의나 상인들을 배제한 반상업反商業 문화를 만들어왔습니다. 이러한 선비 위주의 문화는 가난을 가속화시켰을 것인데, 그러한 가난 속에서 남의 나라처럼 상업을 하지 않고 어떻게 견뎌왔는지, 또 그 속에서도 어떻게 상업 문화의 전통을 이어왔는지, 오늘날 우리 생활하고는 어떤 연결점을 맺는지 하는 점을 오늘의 한국인이라면 경제인이 아니더라도 누구나 궁금하게 생각할 것입니다.

내가 텔레비전을 보다가 눈물을 흘린, 벌써 오래된 이야기입니다만, 슬픈 드라마를 보고 나서가 아니라 장창선인가 하는 레슬러가 멕시코 올림픽에서 은메달을 따고 기자들이 그 어머니와 인터뷰하는 장면에서였습니다.

기자들이 그 레슬러의 어머니를 보고 "어떻게 생각하십니까? 얼마나 기쁘십니까?" 하고 마이크를 대니까, 콩나물을 팔아서 장한 아들을 키워낸 바로 한국의 어머니인 그 어머니가 딱 한마디 하는 말이 "내가 콩나물밖에 평소에 못 먹였는데 쟤가 가서 은메달을 땄네요. 잘 먹이지도 못한 게 마음에 걸립니다." 하며 눈물이 글썽글썽하는데 나도 모르게 눈시울이 뜨거워지더니 눈물이 주룩 흐르는 것이었습니다.

그것은 자식을 가슴 아파하는 어머니의 마음을 느낄 수 있었던 것이며, 또 하나는 정말 콩나물밖에 못 먹고 자란 한국의 아들이 과연 올림픽에서 메달을 땄구나, 하는 생각 때문이었습니다.

서양 사람들처럼 고기를 많이 먹고 과학적으로 훈련을 한 것도 아닌데 잘 먹고 잘사는 나라도 아니고 가난 속에서도 이겼다는 것이 얼마나 대견스럽고 가슴 아팠는지 모릅니다.

이처럼 우리는 빈곤 속에서 그냥 좌절한 것이 아니라 위대한 인물들을 만들었고 문학작품 속에서도 인간답게 살려고 하는 아름다운 노력들이 그려져 있음을 엿볼 수가 있습니다.

나는 어렸을 때 옛날이야기 중에서도 소금장수 이야기를 제일 재미있게 들었습니다. 소금장수가 밤낮 밤길을 걸어가다가 여우한테 홀리는 이야기지요.

이 소금장수가 무엇인가 하면 바로 우리의 장사하는 사람, 상업 정신인 겁니다. 내륙 지방에는 소금이 없어 필수품인 소금이 비싸게 팔리니까 험한 산길을 무거운 소금 짐을 지고 한 발 한 발 걸어간 거지요.

이들이 딛고 간 발자국으로 해서 조그마한 오솔길이 생겼고 아무리 험하고 깊은 산골짜기라도 우리의 산야에 길이 생긴 것은 다 이 소금장수들이 소금 팔러 다닌 길이라는 것입니다.

인적도 없는 위험한 산골짜기에서 여우에게 홀려 고생한다는 것은 바로 낯선 곳을 찾아 소금을 팔려 하고 캄캄한 산길에서 등불을 찾아가는 소금장수의 모험입니다. 이들의 모험 정신과 험한 길을 걷는 끈질김이 현대화한 것이 오늘날 우리들의 잘살고자 하는 바로 그 의지이며 새로운 상업 정신이라고 할 수 있겠습니다.

우리가 일찍이 경제적인 데 눈을 떴더라면 지금 우리나라는 어떤 나라에 비해서도 뒤지지 않는 경제적인 부국의 위치에 있었을 것입니다.

우리들이 가난을 벗어나기 위해서는 어떻게 해야 하며 남에게 뒤지지 않기 위해서는 어떻게 경쟁해야 하는가? 그러면서도 인간답게 사는 길은 어떤 것인가? 우리나라에 없었던 상업 문화가 오늘날 어떻게 꽃피고 어떤 문제점을 갖고 있는가?

이러한 평소의 의문을 소금장수 이야기를 통해 풀어보았습니다.

오늘날의 기업은 기술 개발 없이는 살아남기 어려운데 우리나라의 기술 개발에 있어서 문제점이 있다면 그것이 무엇이라고 생각하는가?

만일 여러분들이 상업, 기업이라고 하는 것을 단순히 돈을 모으고 경제를 윤택하게 하는 것으로만 생각한다면 큰 잘못입니다.

왜냐하면 산업 사회란 우리의 정신 문화나 우리의 전체적인 가치관에도 큰 변화를 일으킵니다. 몇 가지 이야기를 합시다.

지금 첨단 기술 이야기가 나왔습니다만, 이 상업을 하려면 다시 말해 기업을 하려면 정보가 없어서는 안 됩니다. 정보가 뒤지면 큰일나지요.

예를 들면 어느 백화점에서 세일한다는 것을 아는 사람하고 모르는 사람하고는 차이가 있습니다. 내일 세일할 것인데 오늘 가서 값을 비싸게 주고 물건을 샀다면 손해를 본 것입니다. 세일이 30퍼센트였다면 30퍼센트 손해가 난 것이지요. 이것을 거꾸로 생각해본다면 지금 국제적으로 어떤 품종의 물건 값이 오른다 했을 때 그것을 미리 팔아버렸다면 손해를 본 것입니다. 조금 있다 팔면 이익이 더 많아질 테니까요.

이런 것이 나쁜 방향으로 흐르면 매점매석 같은 것이 생기기도 합니다. 어쨌든 정보가 중요한데 상업 문화가 발달하면 바로 이 정보가 밝아지는 것입니다.

나폴레옹 전쟁 때 워털루에서 나폴레옹 군대하고 영국 군대하고 싸움이 붙은 것은 여러분도 잘 아시겠지요. 이기느냐 지느냐에 따라서 유럽의 역사가 뒤바뀔 판이지요. 그런데 이 전쟁에서 영국군이 이긴 것을 제일 먼저 안 사람들은 그 당시의 왕도, 군총사령관도 아니었습니다. 놀랍게도 증권업자들이 승전 소식을 제일 먼저 입수했다는 것입니다.

최초로 비둘기를 통신용으로 사용한 사람들이 이들이었는데 왜 이처럼 그들은 전쟁 소식에 관심이 많았을까요?

영국이 전쟁에 지면 증권이 하루아침에 폭락하는데 이겼을 때는 증권이 반대로 올라가니까 그 정보를 몇 분 전에 알아 증권을 많이 사놓았다 팔게 되면 앉아서도 많은 돈을 벌 수 있기 때문이었지요.

정보의 가치를 가장 잘 아는 것이 바로 장사하는 사람들입니다. 상업 문화가 발달하기 위해서는 반드시 정보의 유통이 이루어져야 합니다. 커뮤니케이션이라고 하는 것은 너와 나 사이에 오고 가는 것인데 이 오고 가는 것을 길이라고 할 수 있습니다. 최초에는 그건 말 그대로 길이었는데 그것이 추상적인 길이 되어서 전화도 되고 텔렉스도 된 것입니다.

이처럼 전화가 발명되고 길이 개척된 것은 전부 상업 문화 때문이라고 할 수 있습니다. 커뮤니케이션은 바로 상업 문화에서 이루어지는 것인데 정보를 얻는 기술이 뒤지면 낙후될 수밖에 없지요. 그러니 한국의 기업하는 사람들이 국제 기업 정보에 귀가 어두우면 나라 전체의 경제에 불이익을 끼치게 된다는 이야깁니다.

두 번째가 기술입니다. 이 기술이라는 것이 참 묘한데 예를 들어 반도체 같은 것을 보십시오.

우리나라도 반도체를 생산하지요. 이러한 반도체를 생산하는 것은 컴퓨터가 합니다. 컴퓨터라는 것이 바로 정보 체제지요. 이 컴퓨터와 커뮤니케이션이 합쳐졌을 때는 엄청난 인간 개혁이 벌어집니다. 카트로닉스라는 로봇이 나오는데 그것은 전자 기술하고 보통 기계하고 합쳐진 것입니다.

이렇게 날로 새로워지는 기술을 못 좇아가면 결국 상품을 만들 수가 없고 물건을 팔 수가 없게 되니까 기업의 세계는 시들어버립니다. 그러니까 기술을 개발해야 됩니다.

세 번째는 창의성입니다. 장사라는 것도 그냥 되는 것이 아닙니다. 기업인이란 반드시 아이디어가 있어야 됩니다. 여러분들이 블루진이라고 부르는 청바지가 원래는 해군들이 바다에서 입던 옷입니다. 바닷바람에도 쉽게 천이 상하지 않는, 노상 험한 일을 해도 쉽게 떨어지지 않는 질긴 옷이 아니면 안 되지요.

그런데 골드러시gold rush라고 해서 금광 붐이 일었을 때 금을 캐는 사람들 역시 질긴 옷이 필요하게 되었습니다. 그때 바다에서 입던 이 옷을 산에 가져다가 팔게 되었고 그것을 먼저 착안한 회사는 엄청난 돈을 벌었습니다. 수부水夫들에겐 수부의 옷을, 광부들에게는 광부의 옷만을 생각하는 사람들의 고정관념을 깨고 새롭게 판로를 연 것입니다.

내가 학교에 다닐 때만 해도 전기 다리미도 없고 해서 교복 바지에 주름을 잡고 매끈하게 다린 것처럼 하기 위해서 요 밑에다 바지를 넣고 자곤 했습니다. 그러다 보면 줄이 두 개가 생길 때도 있어서 학교에 가면 아이들이 놀리기도 했는데, 우리는 이처럼 옷이라고 하는 것은 구겨지면 안 되는 줄 알았습니다.

그런데 모든 사람들이 다 구겨지는 것을 싫어하는데 오히려 이 구겨진 것을 멋으로 삼는 디자인의 옷이 만들어졌습니다. 그래서 요즘 여성들은 미리 구겨진 디자인의 옷을 입고 다닙니다. 아이디어란 이렇게 역전시키는 것입니다.

그러니까 인생을 하나의 판박이로 'A는 A다, B는 B다'라고 생각하지 않고 'A가 B일 수도 있고 B도 A일 수 있다'는 역전사상, 역전의 아이디어를 가져야 하는 것이 바로 기업인들의 사고력입니다. 그래야 끊임없이 새로운 제품이 생겨나는 것입니다.

이와 같은 아이디어, 정보, 기술이 삼위일체가 되어야 비로소 우리의 기업이 살아나게 되고 국제 경쟁을 할 수 있는데 여기에는 막대한 투자가 있어야만 합니다.

그런데 우리나라의 기업인들은 기술과 정보에 투자하기보다는 부동산 같은 것을 더 많이 가지려고 하는 것 같습니다. 부동산은 가만히 있어도 가격이 오르니까 부동산을 사두었다가 기업이 안 되면 그 돈으로 기업의 결손을 메우려고도 하고, 또 욕심이 많은 사람은 기업으로 돈을 벌지 않고 부동산으로 벌려고도 하는데 그것은 참된 기업인이 아닙니다. 자기가 어떤 직종을 가졌다면 그것으로 돈을 벌어야지 다른 짓을 해서 번다는 것은 이미 기업 정신에서 벗어나는 것입니다.

부동산에 투자할 돈이 있으면 부동산 이율보다도 몇 배나 많이 올라가는 기술 투자를 해야 되고, 또 기술 개발을 해야 하는 것입니다. 우리 상품 광고를 보면 '일본과 기술 제휴했다', '프랑스와 기술 제휴했다'고 자랑하는데 그것이 얼마나 부끄러운 일인지 모릅니다. 기술 제휴라면 창피해서 숨겨야 될 거 아니겠습니까?

내가 지금 여러분 앞에서 하는 이야기가 "누구하고 기술 제휴로 이야기하는 것이다."라고 말할 수 있는 것입니까? 우리는 누가 가르쳐주어야 하는 이야기라도 자기 것인 듯이 이야기를 합니다. 남의 것을 인용할 때도 될 수 있으면 자기가 생각한 것처럼 이야기하려고 하지요.

이게 인간의 본능인데 왜 기술 제휴라는 것을 선전합니까? 한국 기술을 소비자들이 믿지 않는다, 그러니까 일본과 기술 제휴다, 프랑스 기술 제휴다 해서 국산품이라도 준準외국산이라는 것을 말하고 싶은 것이겠지만, 기업들이 이렇게 함으로써 소비자들은 자꾸 외국 물건이 좋다고 생각하게 되니까 악순환만 거듭해서 나라도 손해, 기업도 손해를 보게 됩니다.

지금 우리나라 기술이 상당한 위치에 이르렀는데도 국민들이 신임을 하지 않는 원인이 거기에 있습니다. 이러니 기술 개발이 되겠습니까? 소비자가 외국산을 자꾸 사는데 국산품에 기술 투자를 할 수 있겠습니까? 그보다도 수입해다가 파는 쪽이 마진이 훨씬 높은데 뭣하러 고생하면서 기술 개발합니까?

뉴스에 일본이 세계에서 처음으로 무엇을 개발했다는 것이 나올 때예요. 그때마다 아주 속상하고 기분이 언짢았습니다.

이런 공석상에서 이야기해서 안됐지만 내가 재벌급에 속하는 어느 기업인을 아주 좋지 않게 생각한 적이 있었습니다. 그런데 어느 날, 그 사람이 경영하는 공장에서 우리 기술로 제트엔진을 깎는다고 신문에 보도된 것을 보고 그것 하나로 내 마음이 상당히 가벼워졌습니다. 기업인들이 어떤 짓을 하더라도, 어떻게 부당한 방법으로 돈을 모았다 할지라도 자기의 죄나 자기의 잘못을 민족 앞에 또는 후대 사람 앞에 영예롭게 역전시키는 단 하나의 길이 있습니다. 지금이라도 늦지 않았습니다. 기업이 자기가 번 돈을 가지고 부동산 같은 땅을 살 게 아니라 기술 개발을 한다면, 즉 반도체라든가 항공 기술 분야에서 세계 최초의 기술을 개발한다면 지금까지 돌을 던지던 사람이라도 모두 박수를 칠 것입니다. 그 회사가 망한다면 국민이 전부 눈물을 흘릴 것이라는 이야기입니다.

외국하고 축구 시합할 때 사람들은 1대 0, 2대 0으로 지면 마구 가슴을 치고 심지어 맥주 먹다 말고 맥주병을 깨뜨리고, 어느 나라에서는 흥분해서 권총으로 막 쏘기까지 한다고 합니다. 그런데 일본 기술하고 우리 기술하고 지금 축구 시합처럼 잠실 운동장에서 시합을 한다면 몇 대 몇일 것 같습니까? 30대 0정도입니다.

늘 이야기하지만 나는 민족주의자는 아닙니다. 단지 문학하는 사람인데 이 문학이란 국경이 없습니다. 도스토옙스키는 러시아 사람이지만 그의 작품을 읽으면 참 아름답고 좋습니다. 헤밍웨이? 미국 사람이지만 작품들이 좋아요. 오로지 그들 작품의 좋고 나쁜 것을 느낄 뿐, 미국이 어디에 있고 러시아가 어디에 있습니까? 이처럼 문학하는 사람들에게는 국경이 없어요. 민족주의자가 될 수가 없습니다. 아름다운 시 한 줄, 그것이 문학인들의 세계요, 그들의 국적이지요.

그런데도 내가 왜 이런 소리를 하는가, 문학인이면서도 왜 지나친 국수주의자와 같은 이야기를 하느냐 하면, 사람은 피를 못 속인다는 말이 있습니다.

아무리 여러분들이 한국 사람들 어쩌고저쩌고 욕하다가도 외국인이 그와 같은 얘기를 하면 막 화가 나지요. 국내 팀끼리 게임할 때는 누가 이기든 상관없지만, 외국하고 시합을 하면 점잖던 사람도 소리를 지르고 박수를 치곤 합니다. 나도 어떤 때는 텔레비전 앞에서 응원을 하다 보면 목이 쉴 때가 있지요.

이것이 운동 경기가 아니라 우리 기업들이 한국 축구팀이나 한국 야구처럼 국제 경쟁에서 기술 경쟁을 하고 아이디어 경쟁을 하고 정보 경쟁을 해서, 우리가 어느 나라와 10대 0으로 졌었는데 이번에는 10대 0으로 이겼다고 했을 때에 박수치지 않을 사람이 어디에 있습니까?

내가 자주 하는 이야기지만 한국 재벌들의 이름이 적어도 우리의 축구팀처럼, 차범근처럼 국민들에게 친숙해지고 익숙해지도록 하는 것이 우리의 살 길이다, 그러면 모두 응원해줄 것이다, 기술이나 자본이나 정보가 국제적인 경쟁에서 이겨야 된다, 하는 것입니다.

최근 세계의 경제 상황을 살펴볼 때 선진국이 보호무역주의의 장벽 때문에 우리의 국제 경쟁력이 대단히 약화되고 있다. 앞으로 우리가 이 약화된 국제 경쟁력을 극복해나가기 위해서는 어떻게 대처해야 되는지?

우리가 국제 경쟁에서 이기기 위해서는 몇백 년 내려오는 우리의 속담 하나를 속담사전에서 깨끗이 지워버려야 합니다. 앞에서도 약간 언급했지만 그것은 바로 "사촌이 땅을 사면 배 아프다."는 것입니다. 사촌이 아니라도 싸울 사람이 많은데 왜 하필 사촌하고 경쟁을 하고 싸우는 겁니까?

우리는 자기 형이 땅을 사면 배가 덜 아프지요. 안 아파요. 왜? 너무 가까우니까요. 또 너무 먼 사람이 땅을 사도 배가 안 아파요. 그것은 나와 관계가 없으니까…… 그런데 이 사촌이 문제지요. 우스운 이야기 같지만 여자들이 어느 때에 가장 시기 질투를 하고 제일 많이 경쟁하는가 하면 동창회 때인 것 같습니다.

부인들이 동창회를 하고 온 날엔 남편들은 도망쳐야 합니다. 아무개 아버지는 뭣인데, 아무개 동창은 뭣을 하고 있는데, 그 애는 나보다 공부도 못했고 나는 5월의 여왕으로 뽑혔는데, 그 애는 시녀였는데 지금 그 남편은 뭐다…… 이러는 거예요. 이것이 여자들의 시샘 경쟁으로 끝나면 괜찮습니다. 그런데 남자들은 또 누구하고 경쟁하느냐 하면 다른 회사하고 경쟁할 생각은 않고 과장, 계장, 옆의 동료들하고 경쟁합니다. 그러면 여기에서 모략이 생기고 시기가 생기는 겁니다.

배가 아프다는 것은 바로 신경을 쓴다는 것이지요. 그런데 겉으로는 친구니까 뭐라고 합니까? "야, 너 축하한다. 잘됐다." 그러면서도 속으로는 부글부글 끓어오르니까 소화가 되겠어요? 왜 신경을 쓰느냐 하면 내놓고 경쟁을 못하고 뒷구멍으로 하니까 그런 것입니다.

그러나 지금까지는 골방 안에서 사촌끼리 싸우기에 바빴지만, 동족끼리 경쟁하기에 바빴지만, 이제는 넓은 바다로 나가서 외국인과 싸워야 합니다.

지금 우리나라는 '86아시안게임과 '88올림픽을 앞두고 있어 친절 운동을 벌이고 있는데 여기에 단서를 하나 붙여야만 합니다. 저희 나라 동족끼리도 친절하지 않은 사람에게 외국인에게 친절하라는 것은 모순이니까요.

사실 우리는 외국인에게는 항상 친절합니다. 그러면서도 같은 동족에게는 참 가혹하지요. 외국인들에게는 선물을 사주는 등 분에 넘치는 환대를 합니다. 그런 지나친 환대를 하는 사람을 보고 있으면 어떤 때는 부끄러울 때가 있어요. 이런다고 외국 사람들이 감사하는 줄 압니까? 제 분수도 모르는 사람, 내가 무엇을 했다고 이런 선물을 주나, 이렇게 생각합니다. 오히려 우리를 얕잡아볼 것입니다. 그런데도 우리는 외국 사람들에게는 관대하고 우리나라 사람들끼리는 가혹해요. 왜? 서로를 경쟁 상대로 알기 때문이지요.

다시 말해 국제 경쟁 시대로 들어간다는 것은, 작은 반도 속에서 싸우던 우리들의 경쟁의 폭을 넓힌다는 것입니다. 바다를 건너고 사막을 지나고 산맥을 넘어서 미지의 도시, 서로 얼굴빛도 다르고 말씨도 다른 사람들과 싸워서 이겨야 하는 그런 시대지요. '우리들의 라이벌은, 우리들이 싸워야 할 대상은 외국에 있다, 바다 건너에 있다'는 생각을 가져야만 합니다. 이제 우리는 사촌이 땅 사면 배 아픈 일은 없어야 됩니다.

국제 경쟁력에서 한국이 절대 뒤지지 않는다고 하는 것은 포항제철을 생각해보면 곧 알 수 있습니다. 포항제철이라고 하면 과거에 너무 정부 업적으로 이것을 내세워 포항제철, 포항제철 하니까 국민들이 그것을 꼭 남이 한 것처럼 생각해버리기도 했지만, 이 포항제철을 만든 것은 바로 우리의 기술, 우리의 근로자,

우리의 형님, 동생, 아들딸 들입니다. 그것은 정치가가 혼자서 만든 것이 아니요, 외국의 자본이나 외국의 기술만으로 된 것도 아닙니다.

나도 사실은 이 포항제철이 무엇인지 잘 몰랐는데 외국에 가서 글을 읽다 보니까 칼스라는 교수가 쓰기를, 제철업에서 유일하게 중진국 또는 후진국에서 성공한 것이 바로 한국의 포항제철이라고 했습니다. 예를 들면 브라질의 우지미나스Usiminas라고 하는 제철소가 140만 톤짜리인데 우리는 그 당시 260만 톤이니까 거의 배가 되지요.

브라질 사람들은 갖은 노력을 다해서 시공에서 끝내기까지 74개월이 걸렸는데 이것을 아주 빠르다고 했다는 것입니다. 그런데 한국은 얼마가 걸린 지 아십니까? 260만 톤의 대규모, 세계의 단위 공장으로서 열두 번째로 큰 공장인데 이것을 68개월 만에 만들어버렸습니다. 내가 가끔 이야기하지만 한국 사람들 참 성급하지요. 음식을 시켜놓고 음식이 나오는 것을 기다리지 못해서 깍두기, 김치, 반찬 다 집어먹고 진짜 음식이 나왔을 때에는 얼마 먹지 못합니다.

하지만 한국인들의 이 성급함이 잘 뻗어나가면 어느 민족보다도 큰 활력소가 되는 것입니다. 그 쉬운 증거가 바로 이 포항제철입니다. 물론 그 플랜트는 일본에서 가져온 것이지만 가져와도 기술이 없어서는 제대로 작동될 수가 없는 것이지요. 그런데 우리는 단시일에 배운 기술로 일본을 앞지른 것입니다.

브라질에서는 140만 톤을 74개월에 만들어낸 것이 톤당 생산 코스트가 무려 1,750달러인데, 우리는 똑같은 쇠를 제련하는 데 겨우 396달러로 용케도 해냈습니다. 브라질의 1,750달러는 우리의 몇 배입니까? 그들은 여러 가지 손실이 생겨서 톤당 쇠 값이 비싸졌는데 우리는 세계에서 제일 단가가 싼 396달러에 이것을 해낸 것입니다.

물론 그 이유에는 우리나라의 근로자들이 저임금을 받은 일면도 있습니다. 죽어라 일하면서 저임금을 받는 일은 참 안쓰러운 생각도 듭니다만 우리보다도 더 저임금을 받는 인도는 어떤지 아십니까? 인도는 170만 톤밖에 안 되는 공장을 짓는 데 무려 100개월이 걸렸습니다. 그리고 톤당 값이 얼만가 하면 계산도 못합니다. 완전히 실패한 거지요.

나는 숫자가 제일 싫고 얼마 얼마 따질 때엔 정말 한숨이 나와요. 내가 시詩 줄을 외고 있어야지 지금 몇 달러 몇 달러 이야기할 때입니까? 그러나 일본에 가서 통계를 보니까 일본의 경우도 톤당 558달러였습니다.

쇠라고 하는 것은 우리들로 말하면 밥이나 마찬가지입니다. 산업의 주식主食입니다. 모든 기간 산업의 코스트는 이 철강에서부터 생겨나는 것인데 세계에서 제일 기적 같은 싼 철강을 만들어냈다는 일본이 558불인데 우리는 396불입니다. 미국이 얼마냐 하면 820불입니다. US 스틸, 강철의 왕국이라고 하는 미국이 820불인데 우리는 그것의 반값도 안 되지 않습니까? 이것은 저임금에서만 오는 것이 아닙니다.

여기에는 시설 투자를, 다시 말해 시설이 새로웠다는 것하고, 둘째는 그 근로자들의 기술 수준이 높았다는 것하고, 셋째는 기획하는 과정에 있어서 우수한 한국인들의 두뇌가 작용했다고 볼 수 있습니다. 우리는 이렇게 우수한 민족입니다. 절대로 타민족에게 뒤지지 않습니다.

여러분도 잘 알다시피 우리가 중국음식점에 가서 음식을 시키면 잘 안 나오지요. 그러면 그들이 놀고 안 만드는가 하면 그렇지도 않아요. 맛을 들이려면 볶을 것 다 볶고 양념 칠 것 다 치니까 시간이 걸리는데 그들은 장사를 안 하면 안 했지 엉터리로는 안 내놓겠다는 겁니다.

그리고 대만은 어떤지 아십니까? 대만은 고속도로를 놓더라도 땅 사는 데 몇십 년, 밑에 기초하는 데 몇 년, 또 작업하는 데 몇 년, 해서 길이는 짧은 것인데도 몇십 년이 지나고도 고속도로를 다 끝낼까 말까 합니다. 이렇게 늑장을 부리는 것 같아도 대만은 지금 우리보다 국제 경쟁력이 강합니다.

이런 점을 생각해볼 때 중국인보다는 우리가 약하다는 것을 알 수 있어요. 그래서 포항제철처럼 순발력이 있는 산업은 성공적인데 원자력발전소 같은 장기적인 기획이 필요한 것은 대만에 뒤지고 있습니다.

국제 경쟁을 하기 위해 꼭 필요한 몇 가지 요소가 있습니다. 한국은 좋은 정책에다 좋은 기회를 만났을 때엔 국제 경쟁력에서 절대로 뒤지지 않습니다. 한국인만큼 머리 좋고 손재주가 많은 민족도 드물지요. 기능올림픽에서 우리가 매년 우승을 하지 않습니까? 이러한 민족과 이러한 여건을 두고 국제 경쟁력에서 뒤진다면 이것은 기업인들이, 정치인들이, 정책을 담당한 사람들이 반성해야 한다고 말할 수 있지요. 다시 말해 우리는 소재가 좋다 이겁니다. 그러니까 우리가 지금 합심해서 노력만 한다면 절대로 우리는 국제 경쟁력에서 뒤지지 않는다고 할 수 있습니다.

그런데 조건이 하나 있어요. 국제 경쟁력에 뒤지지 않으려면 우리들끼리 경쟁하지 말아야 합니다. 가령 우리가 외국에 나가서 우리 상사끼리 싸운다든지 무역을 하는 데 서로 땅 빼기 작전을 쓴다든지 한다면, 우리는 자멸하고 마는 거지요.

부끄러운 이야기지만 가끔 미국 이민국에서는 한국인 불법 입국자들을 아주 손쉽게 잡는다고 합니다. 왜냐하면 한국인끼리 싸우다가 밀고해버린다는 것이에요. 이제는 이런 부끄러운 민족이 되지 말아야 합니다. 그러기 위해서는 외국하고 경쟁을 해야 되는데 그 외국 중에서도 누구와 경쟁을 하는가 하면 일본과 해야 합니다. 일본을 이기면 바로 세계를 이기는 것이지요.

일본의 지금 국제 경쟁력은 최고입니다. 그런데 우리가 일본을 이미 이긴 것이 있다면 바로 철강 산업입니다. 일본에 2퍼센트의 우리 철강제품이 들어갑니다. 또 섬유에서도 이겼어요. 우리 딸들 고생 많이 했는데 이제는 기업이 허리띠를 졸라맨다 하더라도 이 고생한 딸들을 대우해주어야 합니다.

여러분, 여기서 제가 꼭 한마디 해야겠습니다. 이것은 기업인들도 들어야 되고, 정치인들도 들어야 되고, 여러분도 꼭 들어야 됩니다. 우리가 국제적인 싸움을 강화하기 위해서는 못난 사람들끼리 자루 찢는 일을 하지 말아야 합니다. 국내에서 내가 다 먹어봐야 나라가 없어지면 무엇합니까? 나는 늘 이야기합니다. 발이 성해야 좋은 구두도 신는다고요. 지금 짚신을 신어도 다리가 성하면 다음에 구두도 신을 수 있지만, 내 발이 부러져 다리를 잘라냈을 때에는 비단신을 주어도 그것을 신을 수 있습니까?

그러니까 신발을 탓하고 신발을 바꾸더라도 발을 잘라버리는 어리석음은 범하지 말아라, 민족이요 나라인 이 발을 자르지 말아라, 그러기 위해서는 차라리 지금 맨발로 다니더라도 발은 꼭 지켜야 된다는 말을 강조하고 싶습니다.

마지막으로 한마디 중국의 일화를 소개하지요.

옥이라는 장군이 부하에게 종기가 나자 입으로 그것을 빨아주었어요. 그 이야기를 전해들은 그 부하의 어머니가 감격할 줄 알았는데 막 눈물을 흘리는 거예요.

옥이 장군이 아픈 아들의 종기를 빨아주었다고 하면 기뻐할 줄 알았는데 눈물을 흘리는 것을 보고 "장군이 졸병인 댁의 아들의 그 더러운 종기까지 빨아서 낫게 했는데 왜 우십니까?" 하니까, "이제 우리 아들도 죽었어⋯⋯. 옥이 장군이 우리 남편의 종기를 빨아주어서 남편이 장군을 위해서라면 목숨이 아깝지 않다고 전쟁에 나가서 죽었으니, 이제 우리 아들도 장군을 위해서라면 무슨 짓이라도 할 것 아니오. 그래서 죽을 것이구요. 옥이 장군이 종기를 빨아주는 바람에 저는 남편을 잃고 아들도 잃게 되었지요." 했다는 겁니다.

이 말 참 심각한 이야기지요. 오히려 종기를 빨아준 것이 그 어머니에게는 반갑지 않았던 겁니다. 왜냐하면 그렇게 하면 같이 죽겠다고 한다는 거예요. 가장 현명한 자가 이 짓을 합니다. 여러분은 기업인도 아니고, 권력 있는 사람도 아니고, 나도 마찬가집니다. 앞서 말했지만 서로 쪽박 깨뜨리지 말고 바다를 보라는 것입니다. 피서 가서 해수욕장에서 보는 그 바다가 아닙니다. 푸르고 넓은 바다가 우리 눈앞에 펼쳐져 있는 것입니다.

옛날 소금장수가 여우한테 홀리면서도 그 험한 밤길에 무거운 짐을 지고 한 발 한 발 걸어감으로써 거기에 길이 만들어졌듯이, 오늘의 소금장수인 기업인들에게도 많은 유혹이 있겠지만, 많은 구미호들의 요상스러운 유혹이 있겠지만, 그것을 물리치고 한 걸음 한 걸음 바다를 건너고 사막을 건너고 낯선 도시를 지나서 우리의 장터, 우리의 시장을 넓혀야 합니다.

그렇게 했을 때 우리에겐 물질이 신도 아니고 원수도 아닌 생활하는 데 꼭 필요한 밥이요, 우리가 일하는 데 필요한 에너지가 되는 것입니다. 기업인들이나 정치인들이 그런 슬기로운 한 집안을 만들어주었을 때, 그동안 경제 성장 과정에서 일어난 여러 가지 어두운 면이 내일은 반드시 밝아지리라 생각됩니다.

여러분은 다 어디에서 태어나셨습니까? 어머니의 어두운 태내에서 생겨났지요. 여러분의 생명의 근원은 그 어둠 속이었습니다. 우리들이 가난에 시달리고 고난에 시달렸던 그 어둠, 바로 그 어둠으로 인하여 생명의 빛이 온다는 것을 생각한다면 어두웠던 과거, 우리의 과거는 오히려 밝은 미래로 환치될 수도 있습니다.

내일은 반드시 넓은 바다로 가서, 튼튼한 배를 만들어서, 우리의 자손들이 우리가 이루지 못한 것을 떳떳하게 이룩할 것입니다. 그날을 위해 "오늘의 소금장수들이여! 바다 너머로 가자!" 이렇게 말하고 싶습니다.

우리가 한 번도 가보지 못한
넓고 푸른 바다가 보인다.

미래에 태어날 우리의 아들
우리의 손자들을 위하여
이 바다로 가는

튼튼한 배를 만들어주자.

외로운 산길을 걷던 소금장수여!
이제는 저 넓은 바다에
길을 만들어라.
밤길을 걷던 그 용기로
저 사막과 낯선 도시의
등불을 찾아가거라.
세계가 우리의 장터가 된다.

우리에게 내일은 있는가

어제란 말도 오늘이란 말도
다 우리 토박이말인데
어찌해서 내일來日이란 말만은
한자 말로 되었는가?

우리에게는 내일이란 말이
없었기 때문인가?
아니면 내일을 잊고 산
민족이었기 때문인가?
아니다. 어제, 오늘과 마찬가지로
내일이란 순수한 우리말이
어디엔가 있었을 것이 분명하다.

친구여!

그 잃어버린 말을

찾아나서지 않겠는가?

전에도 잠깐 이야기한 적이 있지만, 한국인들은 과거를 이야기
할 때 신이 나 합니다. 사실 우리는 '왕년往年'이라는 말을 즐겨 씁
니다.

"왕년에 누구 못살아본 사람 있나." 하는 것처럼 모두 왕년에
는 다 빛나는 과거들을 가지고 있으면서도, 오늘을 이야기하라면
머뭇머뭇거리고 유창하던 말이 더듬거려지고 그리고 내일을 이
야기하라면 아예 도망가는 사람도 있습니다. 그것은 개인이나 사
회나 국가도 마찬가지로, 내일을 이야기할 때는 어두운 표정을
짓습니다.

아주 비근한 예를 들자면, 개학을 앞둔 학생들도 내일을 생각
하면 얼굴이 찌푸려집니다. 등록해야지, 개강하면 또 골치 아픈
공부해야지, 별로 즐겁지가 않을 겁니다.

어떤 유명한 시인이 말하기를, 행복한 사람이란 내일 아침을
기다리며 잠자리에 드는 사람이라고 했습니다. 사랑하는 사람을
가진 사람은 어서 아침이 되어 사랑하는 이와 만나게 되기를 기
다립니다.

아침을 기다리며 잠자리에 드는 사람과 아침 해가 뜨지 않기를
바라는 사람이 인생에 있어서 행복과 불행을 결정한다고 할 수

있습니다.

그렇다면 우리 민족은 그 둘 중 어떤 쪽인가, 우리 개개인은 또 어느 쪽인가를 생각할 때, 우리들의 내일은 그렇게 밝은 것만은 아닌 것 같습니다.

내일을 얼마만큼 소중하게 여기며 살아가는가 하는 문제도 대단히 궁금합니다. 근래의 우리 건축을 보면, 내일을 알고 사는 사람들의 집이 아닙니다. 대단지의 으리으리한 아파트일지라도 거기에 설치한 보일러관들, 수도관들이 삭아서 10년을 못 넘긴다는 거예요.

우리나라 현대 건축 구조는 온돌방에다가 난방 파이프를 묻은 것인데, 시멘트 위에다 그냥 깔아서 10년만 되면 그 관이 낡아 집 전체를 부숴뜨려야만 합니다. 그러니 우리가 미래를 내다보는 단위는 기껏해야 10년밖에 되지 않는 것입니다.

그 어마어마한 아파트를 지어놓고 10년 후에는 어떻게 하겠느냐고 묻는다면, 두 가지로 대답할 것입니다. "설마!" 하는 것 하고, "어떻게 되겠지……" 하는 거지요.

'설마'와 '어떻게'를 가지고 내일을 사는 사람은 엄격한 의미에서 내일을 계획하지 않는 사람이며 내일 없이 오늘만을 살아가는 사람입니다. 세간에서 '한탕한다', '반짝한다' 하는데, 이것이 내일을 생각하면서 사는 사람들의 태도인가 하는 회의가 많이 듭니다.

어제란 말도 순수한 우리말이요 오늘이란 말도 순수한 우리말인데, 내일이란 말은 이상하게도 우리말이 없습니다. 내일은 '올 래來' 자, '날 일日' 자 해서 '오는 날'이라는 한자 말입니다. 어제라는 말도 순수한 우리말이고 오늘이라는 말도 순수한 우리말인데 내일이라는 말만은 왜 없을까요? 왜 한자 말을 빌려다 썼을까요? 그렇다면 우리 민족은 내일이 없는 민족일까요, 아니면 내일이라는 순수한 우리네 말이 있었는데 내일을 잊어버린 슬픈 민족일까요? 하루치씩 오늘만 어떻게 임시변통하며 산 사람들일까요?

그런데 이상한 것은, 내일이라는 말은 없는데 우리 순수한 말에 '모레'라는 말은 있다는 겁니다. 내일은 없고 모레라는 말이 있다는 것은 가까운 미래는 없는 민족 같은데 먼 미래는 있는 것 같다고 할 수 있습니다. 즉 당장 내일 닥친 것은 어려운데, 내일 너머의 더 먼 미래에는 모레라는 순수한 말이 있듯이, 희망을 가졌던 것이 아닌가 생각할 수 있지요.

오늘 이야기하고 싶은 것도 바로 이것입니다. 우리는 현실적으로 여러 가지 착잡한 문제들에 둘러싸여 있지만 그 어려움을 견뎌내면 내일보다 더 먼 모레의 빛이 있는 것이 아닐까? 그것을 갖고 사는 민족이 아닐까? 이런 점을 여러분 개개인에서부터 국가에 이르기까지 깊이 생각하고, 또 그런 바탕에서 행동해야 하지 않을까 합니다.

결국 내일이 없다는 것은 무엇을 의미하며, 모레가 있다는 것은 무엇을 의미할까요? 만약 내일은 없어도 모레가 있다면 그것은 내일의 고통을 고통으로 생각지 말라는 위안이 될 수 있습니다. 오늘을 위해서 내일을 저당 잡히는 것처럼 무서운 일은 없습니다. 나는 '가불'이라는 말을 아주 싫어합니다. 한 민족이고 개인이고 간에 미리 꾸어서 오늘 써버리면 내일은 어떻게 됩니까? 가불과 반대되는 것은 예금입니다. 내일을 위해 오늘 아껴서 저축하는 거지요.

인생에는 두 가지 유형이 있는데, 예금을 하기 위해서, 내일을 위해서 오늘 허리띠를 죄는 사람과, 오늘 허리띠를 풀기 위해 내일의 것을 미리 꾸어다 쓰는 사람이 있습니다. 그럼 우리는 가불인가, 예금인가 각자 한번 생각해봅시다.

프로이트라는 사람이 재미난 이야기를 했어요. 인간은 추상 원리를 가지고 사는 것이 아니고 언제나 현실 원리를 가지고 사는데, 현실 원리라는 것은 항상 구체적이고 계획적인 것이 아닌 충동적인 것이라고 했어요. 심리학자가 보는 인간이라는 것은 위대하지 않습니다. 너무 충동적이니까요.

그래서 이 사람은 서양의 재미난 동화를 하나 예로 들었어요. 인간이란 무엇일까요. 옛날 숲에서, 님프라고 하는 요정들이 어려운 처지에 있는 것을 나무꾼 부부가 살려주었어요. 요정은 요술을 잘 부리니까 그 부부에게 고마운 은혜를 갚겠으니 평생 소원이 무엇인지 세 개만 이야기하면 그것을 들어주겠다고 했어요. 가난한 부부는 얼마나 좋았겠어요. 무엇이든지 자기들이 원하는 것은 다 들어준다니까 어머어마한 궁전 같은 집도 갖고 싶고 별의별 욕망이 다 있었을 게 아닙니까.

그런데 세 개밖에 말할 수 없었으므로 어느 것이 좋은지 그것을 찾기 위해 부부가 고민하는데, 자꾸만 시간이 흘러요. 마침 이웃집에서 순대를 굽는 냄새가 나자 무심코 "아, 순대가 먹고 싶다."는 말이 자기도 모르게 입에서 튀어나왔어요. 그러자 순대 하나가 뚝 떨어지는 거예요. "세 가지 소원만으로도 모자랄 판인데 겨우 순대냐?" 하고 욕을 해가면서 부부 싸움을 하게 되니 그 순대가 너무 보기 싫은 거예요.

그래서 그 부인에게 남편이 "이놈의 순대 네 코에나 가 붙어라." 하자 부인의 코에 덜컥 붙어버리니, 소원 중에 두 개가 없어져버렸지요.

"아이구 세 개의 소원 중에 벌써 두 개나 까먹고 내 코에는 이렇게 순대가 붙었으니 어쩌면 좋우. 아무리 소원을 해도 소용없는 것이, 코에 순대가 붙은 여자와 어떻게 삽니까?"

그래서 마지막 소원은 "순대야 떨어져라!" 하는 것이었답니다. 결국 어마어마한 세 가지 소원을 이룰 수 있었는데도 결과적으로는 그 기회를 다 놓치고 결국에는 순대 하나밖에 못 잡았다는 이야기입니다. 어리석은 사람의 이야기가 아니라 인생이 그렇다는 것입니다.

프로이트는 인간을 충동적인 존재로 보았지만, 그건 오히려 동물적인 것입니다. 프로이트가 생각한 것처럼 인간이 그렇게 어리석은 건 아닙니다. 철망 바깥쪽에 고기를 매달고 개를 데려다 놓으면, 대부분의 개는 철망이 있는데도 고기를 먹으려고 계속 그곳을 물어뜯고 짖고 야단입니다.

돌아가면 먹을 수 있는데 돌아갈 줄은 모르고 목전에 있는 고기만 먹으려고 짖어대는데, 침팬지라든지 좀 영리한 짐승은 몇 번 물어보려다 도저히 철망을 뚫을 수 없다는 것을 알면 돌아갈 줄 압니다. 이것이 바로 기획성이지요.

목전에 있는 것을 먹기 위해 오히려 돌아갈 줄 아는 것이 내일을 생각하는 기획성이며, 목전의 욕망을 억제하고 돌아섬으로써 내일 그 욕망을 이룰 수 있다는 겁니다.

같은 불교라도 한국 민중들은 미륵불을 믿었습니다. 미륵불은 내세불입니다. 현세를 다스리는 부처님이 아니라 수천 년, 수만 년 후에 우리를 구제해준다는 미래의 부처인 미륵불을 믿는다는 것은, 우리 민족이 미래 없이 산 민족들이 아니었음을 알게 해줍니다.

그렇다면 오늘의 한국 현실에서 먼 모레가 어떻게 잃어버린 가까운 내일을 건너뛰어 희망을 줄 수 있는가 하는 것이 지금의 주제입니다.

우리가 미래지향적인 가치관으로 전환하려고 할 때, 동動보다는 정情을 중시해온 동양의 전통사상이 장애가 되는 것은 아닌가?

　내일을 이야기할 때는 항상 혁신적이고 새로운 이야기를 해야지 옛날에 우리가 어떠했다는 과거 이야기를 해보아야 무슨 소득이 있겠느냐, 또 옛것을 버리고 새것을 찾아야 미래지향적이고 내일이 있지 않겠는가, 이렇게도 생각할 수 있지요. 그러나 과거는 간단히 사라져버리는 시간이 아닙니다. 그것은 바로 미래로 통하는 터널입니다.

　영어로 혁명이라고 하는 말은 '레볼루션revolution'입니다. 접두어 re가 붙었는데, 리피트repeat, 리프레인refrain 등 re가 붙으면 '뒤로, 다시, 거꾸로'란 뜻이 됩니다. 레볼루션이라는 것은 불어로 볼링인데, 이것은 비약한다, 도약한다는 뜻이지요. 혁명·혁신이라는 말은, 영어 어원을 따져보면 뒤로 뛰는 겁니다. 역진하는 것이니 참 익살맞지요. 이렇게 앞으로 혁신하는 것이 뒤로 가는 것인데, 앞으로 가는 것은 쉽지만 뒤로 가는 건 어렵습니다.

　처음 자동차를 내연기관화해서 만들었을 때, 백기어가 없어 뒤로는 갈 수가 없고 앞으로만 달렸다고 합니다. 뒤로도 갈 수 있는 자동차를 만들기 위해서는 몇십 년이 더 걸렸다고 합니다.

　앞으로 달리는 것은 만들기 쉽지만 뒤로 가는 것은 힘든 것처럼, 우리 개인으로 보아도 앞을 향해서 뛰는 것은 쉽지만 뒤로 생각하고 사라진 것을 다시 생각하면서 앞으로 내닫는 사람은 아주 적습니다. 다시 말하면 한국의 진정한 내일, 한국의 진정한 미래는 먼 앞에만 있는 것이 아니라 바로 먼 뒤에도 있었다는 이야깁니다.

재미있는 것은, 어린애를 낳고 또 어린애가 어린애를 낳으면 그것을 우리는 한자로 선대先代라고 하지 않고 후대後代라고 합니다. 미래에 오는 것을 우리는 뒤라고 그랬어요. 또 우리가 일상으로 하는 말에 다음 날 본다든가 할 때, "뒤에 보자."고 그러지요. 우리는 오는 시간을, 미래를 앞이라고 생각지 않고 오히려 뒤라고 생각합니다.

사라진 조상들은 이미 후대인데 오히려 선대라고 해서 앞이라 했고, 앞으로 올 세대는 후대라고 해서 거꾸로 뒤바꾸었지요. 이런 말들을 보면, 그것이 한국인의 슬기가 아니었나, 하는 생각이 듭니다.

가장 혁신적이고 끝없는 개척 정신을 가졌다는 미국의 예를 들어봅시다. 미국은 역마차를 타고 미래를 향해서 앞으로 앞으로 전진했던, 미래지향적이고 가장 새로운 것을 발견하고 진취적인 사람들이 만든 국가입니다.

케네디의 뉴 프런티어 정신도 새로운 개척 정신이 아닙니까? 개척자라는 것은 오늘을 편히 살기 위해서 개척하는 것이 아니라 미래를 개척하기 위해서 전진하는 사람들입니다.

이러한 미국에서 가장 보수적이고 가장 전통을 잘 지키는 주가 오리건 주입니다. 오늘날 미국의 도시들은 낙서와 더러운 오물로 황폐화되고, 폭력이 난무하고 있습니다. 우리가 알고 있던 미국의 아름다움이나 공중도덕은 옛말이 되고 말았습니다. 그러나 오리건 주만은 예외로 깨끗하고 친절하며, 사람들이 잘삽니다. 오리건 주가 가장 전통적인 보수성을 지키고 있기 때문에 가장 새로운 민주주의를 할 수 있는 겁니다. 오리건 주에서는 쓰레기를 길거리에다 버리면 50달러에서 500달러나 벌금을 물릴 정도로 엄격합니다.

그리고 오리건 주 사람들이 모든 면에서 절제하는 것은 옛날의 개척민들과 비슷합니다. 그래서 미국 각 주에서 이 주는 도대체 어떻게 범죄율도 적고 모두가 다 잘사는가 견학을 하러 옵니다. 이 오리건 주의 비밀은 전통적 가치 위에 새것을 받아들였다는 것입니다. 전통적 가치를 모두 등지고 새것을 받아들인 뉴욕 주 같은 데는 그 거대한 도시가 한심스러울 정도로 폐허화되어 있습니다.

옛날에는 '동양적 정체'라고 그랬지만, 사실은 동양적 정체라고 하는 그것 속에 미래를 위한 힘이 간직되어 있다는 것을 우리는 잊어서는 안 됩니다.

논농사를 보자면, 이것이 장래성이 있어 보입니까? 서구의 호밀 같은 것은 한꺼번에 씨를 뿌리는데 벼는 모를 두 번 심어야 합니다. 모판에 싹을 틔워 어느 정도 큰 다음에 다시 논에다 모를 옮기고, 옮긴 다음에도 손이 아주 많이 가고 비합리적이고 불편합니다.

서양 사람들은 밀을 뿌려놓고 별로 손질하지 않고도 가을에 가서 거둬들입니다. 정성이 없는 농사지요. 그러니까 증산을 하려면 토지를 배로 늘려야 합니다. 이것이 서구식 농경법이에요.

동양의 벼농사는 똑같이 작은 면적이라도 정성을 두 배 기울임으로써 수확도 두 배로 늘립니다. 사람 손이 많이 가지요. 서양 사람들이 말하기를 "동양인들이 벼농사를 짓고 쌀을 먹고사는 한, 밀가루를 먹는 서양 사람한테는 이길 수 없을 것이다. 동양의 정체는 바로 벼농사에 있으며, 신체적으로도 허리가 꼬부라지기도 하고 일이 많기 때문에 다른 것을 생각할 여지가 없다. 동양인들이 눈을 뜨려면 아직도 멀었다."고 했습니다.

그래서 일본인들은 "빵을 먹자, 밀가루를 먹자." 해서 지금은 쌀을 거의 안 먹습니다.

그런데 토지라는 것이 어떤지 아십니까? 오늘날 인간들이 이 지상에서 사는 것은 30센티미터에 불과한 지구의 표토, 그 흙을 먹고사는 것입니다. 농토라는 게 30센티미터 이하로 들어가면 돌자갈로, 기름진 유기물이 있는 표층이라고 하는 것은 대개 10센티미터 미만이며 깊어야 1미터 정도예요.

지금 유럽이나 미국에서는 이 귀중한 표토가 1년에도 수만 에

이커가 유실되어 모래땅이 되어가고 있는데, 그 원인은 바로 밭농사를 짓기 때문이라고 합니다. 벼농사를 지으면 물이 있기 때문에 표층이 절대로 말라버릴 리 없어 수백 년을 지어도 척박해지지 않아요. 비료만 주면 됩니다. 그러나 밭농사는 자꾸 지을수록 산성화되고 표층이 깎여버립니다. 미국의 일부에서는 인천보다 더 큰 땅덩어리가 사막이 되어갑니다.

미국은 세계적인 농업 국가로 네 땅 내 땅 구역을 무시하고 지평선이 보이는 넓은 데다가 트랙터로, 비행기로 씨를 뿌리는 등 전부 기계화되어서 울타리가 없는 농업을 했기 때문에 생산성이 급격히 높아졌어요. 그런데 차츰 비행기가 다닐 수 있도록 방풍림을 없애고 허허벌판, 일망무제의 넓은 지평선이 보이는 땅을 만들어놓았기 때문에 끝없이 바람이 불어와서 사막화되고 있지요. 21세기가 되면 그 광활한 미국 농토의 대부분이 사막으로 바뀌게 될 것입니다.

오늘 좋은 것이 내일 보면 희망이 없습니다. 하지만 우리처럼 품이 많이 드는 벼농사는 비관적이고 발전이 없을 것 같아 보이지만, 21세기를 향해 생각할 때는 대단히 유리할 수도 있다는 이야기입니다.

지금 부당하고 불합리하고 생산성이 없어 보이는 것이 먼 미래에는 오히려 밑거름이 될 수도 있습니다. 동양적인 정체는, 21세기에는 오히려 약진할 수 있는 힘이 거기에 있다는 것입니다.

우리나라는 서구 선진 국가를 모형으로 선진화를 추구해왔는데 이제 그들은 물질적·정신적으로 몰락의 위기에 처해 있다. 그렇다면 우리들의 앞날에도 많은 문제점이 야기되지 않겠는가?

바로 그것이 우리들이 이럴 수도 저럴 수도 없는 점이지요. 우리가 선진국이라고 생각하는 일본이나 미국은 우리보다 더 많은 문제를 안고 있어, 몇십 년 동안 혹독하게 노력해서 선진국이 된다 하더라도 오히려 새로운 문제만을 안게 되는 것이지요.

우리도 선진국을 따라잡자, 우리도 국제 경쟁에서 이기자고 해서 미국처럼 되었을 때, 우리가 이상으로 삼았던 나라가 아닌 것을 깨닫게 된다면 아주 맥이 빠지게 되겠지요.

우리나라에서 통금이 해제된 것은 불과 몇 년 되지 않습니다. 그 통금이 단지 정치적인 것이었던 데 비해서, 미국은 통금은 없지만 밤에 나다닐 수가 없습니다. 도덕적 타락, 치안의 부재 그리고 총을 가진 사람들이 많기 때문에 그곳에선 밤이 곧 지옥이나 다름없습니다.

그러나 남이야 어떻게 되었든 우리가 가야 할 길이 있고. 남이 좋다고 보아도 우리가 버려야 할 것들이 있습니다. 우리가 모형으로 삼았던 나라들에 문제가 있다면, 그것을 빨리 파악해서 우리는 그런 전철을 밟지 않도록 해야겠지요.

자동차로 홍수를 이루고 있는 것이 미국인데, 뉴욕 같은 곳에서는 빨리 가려면 택시를 타지 말고 걸어가라는 농담이 있을 정도입니다.

신혼부부가 결혼식을 올린 뒤 신혼여행을 가려고 차를 탔는데, 파킹할 곳도 없고 차는 막히고 해서 어떻게 겨우겨우 빈터를 찾아 파킹하려고 했더니 은혼식을 하게 되었더라는 유머가 있을 정도입니다.

개척 정신이란 본래 자기가 잘살려는 게 아니라 앞으로 올 사람들을 위해서, 오늘의 행복이 아니라 내일을 위해서 살았던 사람들의 정신적 지표였습니다. 뉴욕에 가보면 벌써 그때 길을 넓게 해놓았다는 것을 알 수 있습니다. 또 파리의 샹젤리제에 가보아도, 자동차가 없던 19세기 말에 만든 것인데 뒤에 자동차가 올 것을 미리 예견이나 한 것처럼 아주 길을 넓게 만들어놓았어요. 훌륭한 조상들을 둔 덕분에 자동차가 넘쳐나는 시대에도 파리는 끄떡없습니다.

그런데 요즘의 파리 사람들이나 뉴욕 사람들은 1세기 전의 미국인이나 프랑스인들과는 달라서, 목전의 자기 쾌락이나 행복만을 위해 살지 미래에 대한 것은 생각하지 않아요. 그렇기 때문에 점점 그들은 몰락의 길을 걷고 있습니다.

뉴욕의 1962년도 통계를 보면, 뉴욕 시가에 자동차가 60만 대였는데 그 후 20년이 지난 지금은 150만 대로 늘었습니다. 한국 전체의 자동차를 모은 것보다도 뉴욕 시의 자동차가 더 많습니다. 그런데 도로 면적은 20년 전 그대로니 심각한 정체 현상이 일어나는 것이지요. 이것이 바로 미국 역사의 상징입니다.

둘째, 1960년대 통계에 의하면, 미국이 고등학교 학생 한 사람에게 들이는 교육비가 419달러고 그때 수학 평균 점수가 502점이었습니다. 그 후 교육비 투자는 여섯 배 늘어났는데, 점수는 도리어 466점으로 떨어졌다는 겁니다. 투자를 해도 안 된 것이지요.

왜 그렇게 되었을까요? 현재의 미국인들은 개척자들처럼 자식들을 공부시키려 하지 않고 자유롭게 놓아두어서, 아이들이 참을성이 없고 개인 주장이 너무 많아 옛날처럼 학생들이 공부를 하지 않는다는 겁니다.

가정에서의 규율이나 질서는 없어지고 개인주의만 팽배해 있어, 자기 자식이지만 부모가 아이에게 이래라저래라 할 수도 없습니다. 그 결과 국가 전체의 수준이 떨어지기 시작한 것입니다.

또 하나 미국에서 심각한 문제는, 옛날에는 미국 시민이 되기 위해서는 반드시 영어를 해서 시험을 보아야 미국 시민이 될 수 있었는데, 이것이 소수 민족에 대한 편견이라느니, 왜 미국 시민이라고 해서 반드시 영어를 해야 하느냐 해서 결과적으로 스페인어를 해도 된다는 법안이 통과되었습니다. 그렇게 되자 미국에는 도로 표지판을 읽지 못하는 시민이 자동차를 몰고 다니는 우스운 일이 벌어지게 되었습니다. 어떤 특수한 군대는 멕시칸이나 남미

스페인 계통 사람이 많아서, 어느 부대는 구령을 스페인 말로 하기도 한다는 거예요.

서부 개척 시대의 도덕과 윤리가 타락하고, 지나친 개인주의와 먼 미래를 기약할 수 없는 실리주의가 판치고 있습니다.

가령 '유에스 스틸(US Steel)'이라는 강철 왕국이던 미국이 어떻게 해서 일본에게 뒤지게 되었는지 아십니까? 그 이유는 강철회사들이 전부 주식회사니까 주주들에게 1년 동안의 배당금을 주는데, 주주들은 이 배당금을 많이 주는 사장에게 투표를 합니다. 그러니까 들어가는 사장마다 10년 후 20년 후를 위한 시설 투자를 안 하고, 단기 수지를 맞추는 데만 몰두한 거예요.

그때 일본은 10년, 20년을 내다보고는 지금 밑져도 좋으니 자꾸 시설 투자를 하자고 해서 신일본 제철이 마침내 유에스 스틸을 앞서게 된 것입니다.

이런 문제들이 있다 하더라도, 미국은 아직 저력이 있는 나라입니다. 그 나라의 저력은 민주주의에 있습니다.

인간이 만든 제도에는 여러 제도가 있지만 민주주의를 신봉하는 이유는, 그것이 비록 결함이 많고 비능률적이며 또 완전하지는 않을지라도, 자기모순을 발견하고 끝없이 고쳐갈 수 있는 선택의 자유가 있기 때문입니다.

미국의 약점을 우리가 보완하고 미국의 장점도 더불어 가지고 있을 때 우리가 미국을 능가하는 것이지, 미국의 장점도 배우고 약점도 함께 배웠을 때는 우리는 평생 가도 남의 뒷다리밖에는 긁을 수 없는 겁니다. 미국의 장점이 무엇이며 약점은 무엇인가를 평가·분석해서 받아들일 것과 버릴 것을 선택하여 행동한다면, 세계에서 가장 강하다는 미국 시민들과 어깨를 나란히 하고 떳떳하게 살아갈 날이 오리라는 점을 강조하고 싶습니다.

진취적인 서양이 오늘날엔 경제·문화적으로 침체에 빠져 있고, 반대로 동양은 상승세에 있다. 그 상승세는 필연적인 것인가, 일시적인 것인가?

토인비Arnold J. Toynbee도 말했지만, 오늘날 인류의 문명이라고 생각하는 것은 모두 서구 문명입니다. 그러나 서구 문명도 이 지구상에 나타났다 사라진 그 많은 문명 중 하나일 뿐, 그것이 온 인류의 절대적인 문명은 아니라는 것입니다.

그리고 그는 또 "서구 문명은 점점 몰락하지만 동양에서는 새로운 문화들이 꽃을 피우고 있고, 미래를 지배하는 것은 동양 문화일 것"이라고 예언했습니다. '파킨슨의 법칙Parkinson's Law'이라는 재미있는 법칙을 만든 사회심리학자도 똑같은 말을 했습니다. 동양과 서양은 천 년을 단위로, 마치 시소 게임하듯 동양이 우수하면 서양이 내려가고 서양이 올라가면 동양이 내려간다고 했습니다.

오늘날의 유럽을 만든 3대 기적은 화약, 종이, 활자인데 그것이 모두 어디에서 왔습니까? 중국에서 건너간 것들입니다. 동양 사람들은 만들어놓고 개발을 하지 않았는 데 비해 서양 사람들은 그 기술을 배워다가 개발을 했던 것입니다. 지금은 서양 사람들이 만든 기계 문명을 동양에서 개발할 차례가 온 것입니다.

지금 그렇게 하고 있는 것이 일본 사람들입니다.

아시아 시대, 동양의 시대가 온다는 것은 단순한 추측이 아닙니다. 서양 사람들은 옛날에 칭기즈칸에게 크게 당했기 때문에, 언젠가 또 한번 동양인들이 그들의 도시를 약탈하고 그들의 도시를 쑥밭으로 만들 때가 오리라는 황화론에 은근히 두려움을 느끼고 있습니다.

앞으로 21세기가 되면 지구의 총인구의 반이 황인종, 아시아 사람이 됩니다. 다시 말해 흑인, 백인, 황인까지 합친다면 비율로 보아도 아시아인의 인구가 세계 인구의 절반이 된다는 것입니다.

둘째는 아시아인의 중심 거점이 되고 있는 지역이 태평양인데, 현재 대서양에서 움직이는 총물동량과 태평양에서 움직이는 총물동량을 비교하면 태평양 쪽이 많다고 합니다.

옛날에는 대서양을 중심으로 해서 미국과 유럽이 전 세계의 모든 중심이 되었는데, 지금은 미국의 서해안, 일본, 한국, 중국, 대만, 싱가포르 등 태평양이 하나의 연못처럼 되어 태평양 연안 국가에서 나날이 생산성이 올라가고 있습니다.

대륙을 보더라도, 동해안 쪽은 점점 일몰에 가까워집니다. 예를 들어 유명한 하버드대학이 서해안의 버클리대학에 위축되고 있습니다. 노벨상을 놓고 보더라도 버클리에서 수상자를 더 많이 배출했습니다.

미국 동부 사람들은 옷을 입어도 정장하기를 좋아하고 자기들은 아주 점잖은 양반이라고 서부 사람 알기를 우습게 알지만, 실제 경제권은 서부가 더 강합니다. 우리가 잘 아는 실리콘 밸리 같은 것도 그렇고, 새로운 기술이 모두 서부에서 생겨나는 거예요. 그것을 태평양 연안 지역, 선벨트sunbelt라고 합니다. 이처럼 미국의 전 경제와 정치는 지금 점점 동부로부터 서부로 이동하고 있습니다.

미국의 문화는 행진의 문화로 볼 수 있습니다. 그것이 바로 뉴 프런티어라는 것을 케네디가 재빨리 알아차리고는, "미국은 멈추면 죽는다. 서부, 서부로 가라. 갈 데가 없으면 달나라라도 가라!"고 했던 것입니다. 미국 사람들은 서부로 서부로 가다가 바다를 넘어 태평양으로 가고 베트남까지 갔는데, 이런 사람들과는 싸울 수가 없는 거예요. 그들은 결국 동양을 잘 몰랐기 때문에 베트남에서 퇴각하지 않았습니까?

또 하나는 일본입니다. 맥아더 장군이 그 멋진 파이프를 물고 점령군으로 일본 사람들 앞에 나타났을 때, 그는 황제와 같았습니다. 그래서 미국에서까지 "저 사람은 동양의 황제다." 했는데,

맥아더 장군은 전쟁이라는 것은 대포와 비행기와 폭약으로만 하는 것이라고 생각한 마지막 승리의 장군이었던 것입니다.

전쟁은 대포알로만 하는 게 아닙니다. 맥아더 장군이나 미국 사람들은 경제적인 무역이나 기술이 전쟁인 줄 미처 몰랐던 거지요. 일본 사람들이 미국 사람을 신처럼 모시니까 "이 정도면 되었다. 너희들은 양이고 우리는 목동이다. 벌어라! 이렇게 유순하고 이렇게 말 잘 듣는 사람들이라면 일본을 경제 부흥시키면 가만있어도 우리 경제는 따라서 상승할 것이다."라고 오산한 겁니다.

그런 일본이 1980년대에 오일 쇼크가 나자 미국으로 마구 밀고 들어가 장사를 했습니다. 자동차 생산지인 디트로이트를 완전히 석권한 것이 한 예입니다. 히로시마가 원폭으로 녹았다면 디트로이트는 일본 자동차의 물결 때문에 그 어마어마한 공장들이 전부 문을 닫게 된 겁니다. 일본의 소형 자동차가 전 미국을 휩쓰는 겁니다. 새로운 칭기즈칸이 출현했다고 할 수 있지요.

또 일본이 섬나라니까 바다로 둘러싸여 있어 입지 조건이 불리하다고 생각했는데 오일 쇼크가 나니까 육지로 수송하는 값보다 바다로 수송하는 것이 값이 싸서, 자동차를 디트로이트에서 로스앤젤레스로 운반하는 값보다 일본 도쿄 만에서 로스앤젤레스까지 배로 운반하는 값이 더 싼 거예요. 국제 경쟁에서 미국이 일본에게 밀리기 시작한 것이 이때부터입니다.

아시아 시대가 온다는 것은 너무나도 명백합니다. 앞으로의 경제나 정치는 아시아를 모르고서는 안 됩니다. 미국 사람들이 아시아를 연구하지 않고서는 미국의 내일은 없습니다.

이제 서양 사람들이 우리의 역사인 한국사를 배우고, 우리의 글인 한글을 배워야 할 날이 머지않은 것 같습니다. 여러분들은 역사의 풍향이 바뀐 새로운 세기의 젊은이들이고, 새로운 한국의 그때를 살아갈 사람들입니다.

아시아 시대는 결코 저절로 다가오는 것이 아니다. 그렇다면 희망차고 밝은 아시아 시대를 가꾸기 위해서는 구체적으로 어떤 전략이 필요한가?

나는 문학을 전공한 사람입니다. 문학은 상상력의 산물입니다. 실제 일어나는 것이 아니라 일어남직한 것, 일어날 수 있는 개연성을 다루는 것이지요.

또 상상력이라고 하는 것은 뭡니까? 몇 세기 전만 하더라도 하늘을 난다는 것은 시인의 꿈이었지만 오늘날은 비행기로 날지 않습니까? 소설 속에서 어떤 주인공을 그릴 때는 정치가를 그릴 수도 있는 것이고 경제인도 그릴 수 있는 것이고, 그렇게 해서 모든 인간의 총체성을 그릴 수 있는 것이지요.

내가 문학을 하니까 상상의 세계 속에서 정치 이야기도 하고 경제 이야기도 하는 것이지, 그게 현실 문제로 옮겨졌을 때에는 내 이야기처럼 그렇게 달콤하게 되는 것이 아닙니다. 비행기가 나오기 이전에 하늘을 날았으면 하는 꿈을 가졌던 것은 시인이었습니다. 그러한 시인의 욕망이 비행기로 현실화되지 않았습니까?

그와 마찬가지로, 나는 여러분에게 비행기를 만들어주는 라이트 형제가 아니라 비행기의 꿈을 심어주는 시인입니다. 비행기는 정치가, 역사가, 경제인 같은 실제의 기술자들이 만드는 것입니다.

다시 말해 아시아의 전략은 정치가, 경제인 들이 세우는 것이지 내가 세우는 것이 아니며 아시아의 시대가 올 것이다라는 꿈만 불러일으켜줄 수 있습니다.

내가 생각하기로는, 아시아의 시대가 오기 위해서는 아시아인들이 단결해야 하는데, 일본 사람들 때문에 이것이 잘 안 됩니다. 일본과 우리의 격차가 너무 커서 우리는 풀밭이 되고 일본은 양떼가 되어 우리가 죽어라 자라면 양들이 다 뜯어먹어 양만 살찐다는 겁니다. 그러면 서양 사람들은 이 양을 잡아먹으려고 드는데, 요즘은 잘 안 잡아먹히지요. 일본 사람들이 싹 돌아서면서부터 양이 늑대가 되어 거꾸로 그들을 물어뜯습니다. 서양 사람들이 어리석어서 일본은 양이니까 크면 잡아먹지 했는데, 경제적으로 오히려 잡아먹히고 있습니다.

일본 상술이란 게 어떤지 아십니까? '가즈노코(数の子, 청어알) 상

법'이란 것이 있습니다. 일본인들이 잘 먹는 가즈노코에 얽힌 이 야기지요.

미국 어부들은 청어가 잡히면 그걸 버렸습니다. 서양 사람들은 잘 안 먹으니까요. 그런데 청어알을 좋아하는 일본인들이 청어를 비싼 값에 사들이니까 미국 어부들이 청어를 많이 잡으려고 그물을 모두 뜯어고쳤어요. 이렇게 일본은 미국 어부들에게 청어를 너도나도 잡게 만들어놓고는 공급 과잉이 되었을 때 사지 않는 겁니다. 그러면 그 청어는 반값, 10분의 1 값으로 떨어지는 거지요. 그물까지 뜯어고치게 해서 요지부동으로 만들어놓고는 자기 이익만 차리는 겁니다.

한국 김이 그렇지 않습니까? 일본 사람 믿고 우리가 장사해서 이익 본 게 뭐가 있어요……. 일본이 이런 상술을 가지고 있는 한, 공존 공생할 뜻이 없는 그들과 함께 아시아의 번영이란 있을 수가 없지요.

그러면 아시아의 전략은 어떻게 해야 하는가. 아시아에서는 대부분 일본에 대한 감정이 나쁘지만, 그래도 어쩔 수 없이 그들의 기술을 빌리기 위해 싱가포르나 대만의 경우 일본에 의지하고 있지만, 그러나 마음은 아픈 것이죠. 우리가 세계에서도 제일 반일 감정이 높은데, 서양인들도 이에 못지 않게 일본을 싫어하고, 같은 동양인들도 일본을 싫어합니다. 우리가 적어도 '일본에 관한 한 일본과 맞서는 전략은 한국에 맡겨라. 일본 킬러는 한국이다!'

라는 자신감만 있다면, 아시아의 주도권은 물론 세계 사람들이 모두 한국으로 올 거예요.

여러분은 역시 문학하는 사람이라 꿈 같은 소리만 한다고 생각할지 모르지만, 이것은 단순한 동화童話가 아닙니다.

'페어차일드 카메라'라고 반도체 만드는 엄청난 회사에서 몰래 보고서를 썼는데, 일본을 이기는 법에는 놀랍게도 이런 구절이 있었습니다.

"일본의 국제 경쟁력은 도저히 이길 수 없다. 그에 맞서서 이긴다는 것은 어려운 일이며, 길이 하나 있는데 그것은 우리의 우수한 기술을 한국인이나 싱가포르, 대만 사람들에게 주어 다국적 기업을 만드는 것이다. 일본 사람보다 몇 배 부지런하고 몇 배 파이팅 스피릿fighting spirit이 있는 한국 사람을 응용하여 한국에다 일본보다 앞서는 기술을 주어 한국에서 생산을 하도록 하자."는 내용이었습니다.

미국에서는 종업원들이 작업장에서 몰래 훔쳐나오는 것이 1년에 30억 달러나 손실을 준다고 합니다. 그런데 일본에서는 종업원들이 큐시를 만들어 10억 달러라는 이익을 냈어요. 그러니 시합이 됩니까?

우리도 기업인들이 종업원들과 호흡을 잘 맞춰 노사관계를 성공시키고, 우수한 노동력에 미국 기술까지 배운다면 절대로 일본에 뒤지지 않습니다.

특정 상품이라 말은 할 수 없지만, K마이신은 일본의 유명한 제약회사와 한국의 모 제약회사가 기술 제휴해서 만든 약입니다. 그런데 일본 본사보다도 한국에서 만든 약품의 합격하는 비율이 높아요. 그래서 일본 제약회사에서는 한국과 기술은 똑같은데 왜 한국 공장보다 못 만드느냐 합니다. 그러나 한국이 이렇게 잘 만들어도, 중동 같은 데서 주문이 들어오면 계약에 묶여 있기 때문에 우리 마음대로 팔지 못합니다.

미국 기술, 유럽 기술을 배워와 일본 사람 능가하는 물건을 만들자고 했을 때에 세계의 시장은 우리의 것이 됩니다. 반도체 산업은 엄청나게 돈이 들고, 또 어렵사리 개발해놓으면 수십억 달러 들여서 만든 소프트웨어라든지 반도체 설계도를 산업 스파이들이 복사해서 팔아먹습니다. 만약 한국에서 미국의 최첨단 기술만 들여온다면, 어디라고 산업 스파이가 옵니까? 어림없는 이야기지요.

페어차일드 카메라의 보고서에 따르면, 한국에서 물건을 만들어 일본 시장에 모두 팔면 일본 가격보다 훨씬 싸니까 일본 산업은 마비되고, 이것이 유일하게 국제 경쟁에서 일본을 스톱시키는 방법으로 되어 있습니다. 일본에 제동을 거는 역할은 한국에 맡겨야 한다는 것입니다.

그런데 맨 마지막에 뭐라고 한 줄 아십니까? "어쨌든 덕 보는 것은 황인종 아니냐……."

나는 이야기할 때마다 흥분하는 버릇이 있어서 아직 어른이 못된 것 같은데, 어른이 못 되어도 좋으니 여러분도 흥분하십시오. 흥분하고 피가 뜨거우면 우리의 과거 역사책을 보고 눈물 흘리면서 꼭 한 가지 해야 할 일이 있습니다. 정치, 경제, 사회, 문화, 어떤 면에서도 부끄러운 한국인이 되지 말며, 속된 말로 손가락질 받는 한국인이 되지 말자는 것입니다.

내일이라는 말이 정말 순수한 우리말이 아니라면, 우리 선조들이 내일을 생각조차 하기 싫어하고 절망스럽게 여겼다면, 내일보다 먼 훗날인 모레라는 그 먼 미래에는 어떻게 희망을 가질 수 있을까?

내일이 없는 사람에게 어떻게 미래가 있을까 하는 이야긴데, 역설적으로 말하자면, 내일이 없기 때문에 모레가 있는 것입니다. 쉽게 말하면, 겨울이 있기 때문에 봄이 있습니다. 겨울을 겪지 않은 꽃이 어디 있습니까? 앙드레 지드Andre Gide는 아프리카에 가서 사시사철 꽃들이 피는 것을 보고는 이것이 극락이고 천국이구나 싶었는데, 일주일 있어보니까 그 꽃이 보기도 싫더랍니다. 늘 보는 그 꽃들이 아주 칙칙한 것을 보고, 버로소 장미는 긴 겨울을 지나기 때문에 5월에 아름다운 꽃을 피울 수 있으며, 겨울을 지나지 않은 구근, 아프리카의 꽃은 꽃이 아니며 추운 겨울을 견딘 구근만이 아름다운 5월의 장미를 만들 수가 있다고 했습니다. 이 말을 여러분이 기억한다면, 내일의 어둠과 시련이 있기 때문에 모레의 밝음이 있음을 이해할 것입니다.

내가 잘 아는 어떤 작가가 있습니다. 이 사람은 술 마시고 노래 부르는 것을 좋아하는 향락주의자라서 결혼해 살 것 같지가 않았는데, 결혼해서 어린아이를 하나 낳더니 달라졌어요. 나한테 달려와 "선생님, 저는 아이를 하나 낳고 달라졌어요. 이 귀여운 아이가 크면서 이 공기를 마셔도 될까요? 혹시 아기한테 나쁜 공해라도 있으면 어떻게 하지요? 우리 아이가 아장아장 걸어갈 때 차에라도 치이면 어떻게 하지요? 과연 도로 사정은 우리 애를 바깥에 내보낼 수 있을 만큼 안전할까요? 이 애를 학교에 보내면 어떨까요? 이 애를 가르칠 선생은…… 훌륭한 선생이 있을까요? 이런 생각을 하니까, 결국 아이를 하나 낳음으로 해서 우리 사회가 눈에 보이게 된 것입니다. 서울의 공기가 보이고 서울의 학교가 보이고 서울의 거리가 보이는 겁니다. 나는 미래를 가졌기 때문에 지금 행복합니다." 하더군요.

이 작가의 미래가 어떻게 생겨났느냐 하면, 아이를 낳는 그 순간, 미래를 갖는 그 순간에 자기의 가까운 미래가 아니라 먼 미래를 생각하게 된 것입니다. 또 자식을 갖는 순간에 오늘날의 모든 현실 문제가 보이기 시작한 겁니다.

다시 말하면, '내일'이라는 말은 빼앗긴 말, 잃어버린 말, 한자가 대신해주는 말이지만, 그보다 더 먼 곳에는 '모레'라는 순수한 우리말이 있지 않습니까! 모레라는 말을 가진 민족이 어떻게 좌절할 수 있겠습니까?

여러분은 오늘의 어둠, 내일의 어둠을 탄식하지 말고, 모레의 새벽, 장밋빛 새벽을 생각하십시오.

그리고 여러분은 장닭처럼 홰를 치고 그날이 오는 것을 예고하십시오.

그것이 여러분에게 주는 나의 메시지이며, 여러분이 지금 아무리 불행해도 여러분의 시대가 오고 여러분이 주인이 됐을 때는 한국은 어둡지 않다는 신념을 버리지 말라는 것이 선배로서 드리는 부탁입니다.

내일이란 말은
한자에서 온 것이지만
그보다 더 먼
모레란 말은
순수한 우리말이 아닌가?

그렇다!
우리의 가까운 미래는 언제나
비관적인 것이었으나
그보다 더 먼 미래는

항상 밝고
낙천적인 것이었다.

누가 내일의
어둠만을 보고
탄식하는가?
그 너머에
장밋빛 모레가 있음에
장닭처럼
홰를 치고 울거라!

사람으로 살아간다는 것

누구나 한국인이면
위급할 때 "사람 살려"라고 한다.
아무리 절박해도
우리는 우리가 사람이라는 것을
잊지 않았다.

그렇다! 우리는 분명
사람을 믿고
또 그 소중함을
알고 있었던 민족이다.

막다른 골목
깜깜한 밤길에서
우리는 외쳤다.

서양 사람들처럼
'나'가 아니라
'사람'을 살리라고.

요즘도 시장에서 야채라든지 어물 같은 것을 거래할 때 한국인들은 '덤'을 주고받습니다. 물건 값을 치르고 받는 것으로 끝나지 않고 사는 사람은 덤을 받아야 흐뭇하고 파는 사람도 물건 값만큼만 주는 것이 어쩐지 야박한 것 같아 한 움큼 더 집어주지요.

또 외국 영화와 한국 영화의 다른 점은 이별하는 장면이 아닌가 생각됩니다. 외국 영화에선 아무리 다정한 사람들끼리라도 대개 문간에서 한 번 이별하고 그만인데, 한국 사람들은 영화에서뿐만 아니라 실제로 잘 가라 해놓고 또 뒤돌아보고 손 흔들고 저만큼 가서 또 돌아봅니다. 참 헤어지기가 힘들지요. 현대적인 공항도 옛날 〈목포의 눈물〉과 다름없는 풍경들이 벌어지고 있지요. 전송하러 나온 사람들이 세계에서 제일 많은 공항이 아마 김포공항이 아닐까 싶습니다.

매정하게 딱 끊고 맺는 점이 한국인에게는 부족하다고들 하지만 거꾸로 그 속에 서양인들이 갖고 있지 않은 한국의 귀한 가치가 숨어 있는지도 모릅니다.

산길을 걸어가는데 갑자기 짐승이 숲에서 튀어나왔다 또는 밤길을 걷다가 도둑의 습격을 받았다 했을 때 한국인이면 누구든지

"사람 살려!" 하고 소리 지를 것입니다.

내가 늘 이상하게 생각하는 것은 그 경황이 없는 절박한 상황에서 "나 살려!" 하지 않고 "사람 살려!"라고 한다는 것입니다. 그 극한 상황에서 자기도 모르게 믿고 있었던 것은 자기가 아니고 사람이었던 것입니다. 이것은 사람에 대한 믿음, 사람은 꼭 살려주어야만 하는 존재이기 때문에 그냥 못 본 체하고 지나가지 않을 것이라는 상대방에 대한 믿음을 엿볼 수 있습니다. 사람을 살려달라고 했을 때 그 사람이라는 말 속에는 이렇게 죽어서는 안 되는 것…… 이 절박한 위험을 누군가가 도와주어야만 할 존재라는 인간에 대한 깊은 신뢰와 믿음이 들어 있는 것입니다. 우리들이 위급한 경우를 당했을 때에 '사람'이라는 소리를 크게 외쳤다는 것은 우리의 문화 속에 인간의 존엄성과 가치를 믿고 있는 정신이 스며 배어 있다는 방증인 것입니다.

이처럼 한국인들의 생활 기조에는 사람에 대한 믿음, 인간에 대한 외경심이 무의식 속에 깔려 있지 않았나 하는 생각이 듭니다.

서양 사람들은 급할 때 우리처럼 "사람 살려" 하지 않고 "헬프 미"라고 합니다. 직역을 한다면 나를 도와달라는 말이지요. 그들은 아무리 급해도 사람이라는 것보다는 '나'라고 하는 것, 죽음 직전에서도 나라는 것을 못 버린다는 증거입니다.

미국인만 "헬프 미"라고 하는 게 아니고 프랑스 사람들도 "에

데 무아(Aidez moi, 나를 도와주시오)" 그럽니다.

이로 미루어본다면 우리는 사람의식을 갖고 살았고 서양 사람들은 나라고 하는 자아, 태어나서 죽을 때까지 나라고 하는 하나의 개인의식을 가지고 살았다고 할 수 있지요.

'나를 살려다오' 할 때의 나하고 '사람을 살려달라' 할 때의 사람하고는 그 의식에서 아주 대조가 됩니다.

이 자아라고 하는 것은 어디까지나 개인적, 독립적, 단독적인 것이기 때문에 '나를 살려달라', '나를 도와달라' 할 때 옆에서 지나가는 사람이 '그건 댁의 사정이지' 하면 그만일 것입니다.

다시 말해 나라고 하는 것은 그만큼 자유로운 것이면서도 외로운 것이지요.

그런데 사람이라는 것은 돕는 사람도 사람이고 도움을 받는 사람도 사람인 것입니다. 그러므로 위기의 순간에 사람 살리라고 외치는 사람의 의식이야말로 모든 문화의 근본일 수 있습니다. 그와 같은 것이 우리 생활의 가장 기본적인 틀이 된 것이 아닌가 가정해볼 수 있지요.

또 한국인들이 싸울 때의 가치 기준이 무엇인가를 알아보는 것도 우리 문화를 파악하는 데 중요할 것 같습니다.

우리들은 싸울 때도 곧잘 "사람이 뭐 저러냐?"라든가 "너도 사람이냐?"라든지 "사람이 어떻게 그럴 수가 있느냐?" 하는데, 이들 싸우는 사람들의 마지막 가치 기준을 어디에다 두었느냐 하면 사람에다 두고 있다는 겁니다. 그러니까 무심코 싸우는데도 사람이란 말이 튀어나옵니다.

같은 뜻이라도 한자로 말해봅시다. 아주 뜻이 달라집니다. 그 증거로 누구에게 "이 인간아!"라고 해봅시다. 인간을 보고 인간이라고 하는데도 마치 짐승이라고 말한 것처럼 인간만은 토박이 말로 우리 가슴속에 살아 있다는 증거입니다. 마구 화를 내고 기분 나빠할 것입니다.

그런데 한편으로는 '인간적'이라는 말처럼 타락하기 쉬운 말도 없습니다. 좀 전에 말한 대로 급해서 구원을 청했을 때 사람을 부르고 또 자기 자신을 사람이라고 표현한다는 것은 사람 앞에 사람들이 대단히 관대하고 인정을 갖고 용서해주고 또 휴머니즘을 토대로 했기 때문에 나쁘게 쓰일 수도 있는 것입니다. 예를 들어 차가 교통법규를 위반해서 교통경찰한테 걸리면 기사들이 교통경찰보고, "아, 인간적으로 한번 봐주시오." 그러지요.

이때의 '인간적'이라는 말은 무엇을 뜻한다고 할 수 있을까요. 불법이 있다 할지라도 또는 내가 잘못했다 할지라도, 인간적으로 봐서 좀 덮어다오, 하는 뜻일 겁니다. 이때의 인간적이라는 말은 정의로운 것, 이치에 맞는 것, 법과는 오히려 반대되는 뜻으로, 즉 타락의 용어로 쓰이고 있습니다.

우리가 숲에서 위험한 짐승을 만났을 때 아무리 사정해도 소용없지요. 그것이 짐승이기 때문입니다. 또 기계가 나한테 어떤 가해를 한다 할지라도 기계한테 무슨 사정을 합니까? 소용없지요. 그러니까 인간적이라는 말은 인간이기 때문에 사정이 통하는, 말하자면 자기의 형편을 호소할 수도 있고 자기를 이해해달라고 사정할 수도 있다는 거지요.

인간을 토대로 한 문화, 인간을 신임하는 문화, 인간을 존경하고 아끼는 문화를 우리는 '사람 살려'라는 짤막한 비명에서 찾아볼 수 있지 않나 생각합니다. 따라서 한국에 휴머니즘이 없다, 인간주의가 없다는 말은 거짓말입니다.

우리들이 마지막 순간에 떠올리는 그 말, 떠올리는 얼굴은 인간의 얼굴이었다는 증거를 찾아본 것입니다.

그러니까 한국의 민중 속에는 인간을 존중하는 의식이 면면히 흘러온 것입니다. 도대체 사람이 사람답게 사는 것은 무엇인가 하는 것이 오늘의 주제입니다.

인간주의 문화에는 운명론과 환경결정론이 있다. 한국인의 의식은 어느 쪽에 속하는가?

우리의 의식 속엔 사람은 태어날 때에 저 먹을 것은 가지고 태어난다든가 또는 사람 팔자 알 수 없다든가 해서, 사람이 스스로 자기 운명을 만들어가는 것이 아니고 이미 주어진 것, 만들어진 것, 결정된 것으로 보는 운명관이 도사리고 있는 것이 사실입니다.

그렇다고 해서 한국인이 과연 운명관만 믿고 인생을 팔자에다 맡긴 채 되는 대로 살아왔는가 하면 결코 그렇지가 않습니다. 그렇지 않다는 것을 내가 한마디로 증명할 수 있어요. 나는 세상의 어떤 말보다 한국말처럼 뜻깊은 말이 없다고 보는데, 그중에서도 나쁜 사람을 보고 "저 사람 못된 사람"이라고 표현하는 경우가 그런 것입니다.

우리는 사람을 처음부터 완성된 것으로 보지 않고 완성해가고 있는 것으로 보았기 때문에 그런 표현을 쓴 것이 아니겠습니까? 사람으로 태어났기 때문에 사람이 되는 것이 아니고 사람이란 되어가는 존재다, 즉 '빙being'이 아니라 '비커밍becoming'…… 생성하는 존재라고 생각을 했기 때문입니다. 인간성의 됨됨이가 올바른 사람을 보고 "저 사람 아주 사람이 되었다."라든가 "됨됨이 좋다." 하는 것도 바로 같은 뜻이지요.

우리가 운명에다 자기 생을 맡겼더라면 처음부터 된 채로 기성품으로 태어났겠지요.

철이 들었다는 말, 사람이 되었다 안 되었다는 말을 쓴다는 것은 인간이란 미완성으로서 끝없이…… 끝없이 사람으로 되어가는 것이라는 사상을 나타낸 것입니다. 자세히 생각해보십시오. 여러분이 "저 애 아주 못됐어…… 못된 애야." 할 때 그것은 아직 되지 못한 것, 아직 사람도 아닌 것이라는 뜻이지요. 태어날 때는 사람도 아닙니다.

우리가 돌날에 아이들한테 상을 차려주고 생일을 챙겨주고 이렇게 해서 점점 한 살, 두 살 나이를 먹어가는 것이 '철' 아닙니까?

철이 든다는 것은 사람이 되어가는 과정을 이야기하는 겁니다.

그래서 한국인들의 경우는 결정론이나 숙명론보다도 인간은 끝없이 변해가면서 자기 자신을 완성해간다고 생각했다는 것을 알 수 있습니다.

또 하나의 예로 '어리석다'는 말이 있습니다. 사람은 되어가는 존재라고 생각했기 때문에 어린애를 가장 사람이 덜된 존재로 본 것이지요. 그래서 '어리다'는 말은 곧 '어리석다'라는 말과 같은 말로 쓰인 것이지요. 그러니까 아직 어린애는 사람이 안 된 거고 어리석은 거지요.

미성년이라고도 합니다. 어른이 안 된 것은 아직 사람이 안 됐다는 것, 미숙한 것이라는 이야기지요.

우리의 시조를 보면 "아이야 박주 산채인들 없다 말고 내와라!" 하는 것이 있는데, 애는 밤낮 술심부름만 하고 어른은 장기나 두는 겁니다.

우리의 미래인 어린이들처럼 귀중한 것이 없는데 옛날에는 그들을 떠받들지 않고 이렇게 박대했다는 것을 생각하면 좀 우울하지요. 그러나 다시 생각해보면 유치하다 할 때 '어릴 유幼' 자에다 '치졸하다 치稚' 자를 쓰는데, 사람이 점점 원숙해져 마지막에 완성되어 죽는다는 인간관을 가진 사람에게는 어린애들은 미숙한 존재로밖에 느껴질 수가 없었다는 겁니다.

서양에서 늙은이는 폐품이지요. 사그라들어갑니다. 없어져가는 존재지 다 된 사람이 아닙니다.

그런데 한국의 노인들은 얼마나 의젓합니까? 즉 우리는 나이를 먹어가면서 완성해가는, 죽을 때까지 마지막 순간까지…… 사람이 되어가는 겁니다.

그렇기 때문에 한국의 경로사상은 단순히 그분이 노인이라 힘이 없어서 받드는 것이 아니라 인간으로서 완성돼가는 최후의 걸작품이기 때문인 것입니다. 마치 오래 묵은 소나무들이 점점 틀을, 자기 자세를 갖추어가듯이 말입니다. 한국 사람들이 어린애들을 무시하고 노인들을 존경했다는 것은 인간을 그만큼 생성적 존재로 생각했기 때문입니다.

처음부터 춘향이가 열녀로 태어났느냐 하면 그건 아니지요. 잘못 생각하는 사람들은 춘향이가 나면서부터 열녀고 아주 완성된 여자로 보기 쉬운데 『춘향전』을 읽어보면 춘향이는 그네 뛸 때는 보잘것없는 평범한 여자였습니다.

뿐만 아니라 이도령하고 결혼도 하기 전에 만나서 자기네들끼리 결혼식을 올리지 않아요? 있을 수 없는 일이지요.

지금으로 보면 결혼도 하지 않고 사는 것이니까 불륜의 사랑이라고 말할 수밖에 없어요.

그리고 춘향이가 이도령하고 노는 장면, 사랑하는 장면을 보더라도 결코 정숙하다고 할 수 없어요. '춘향제' 지낼 때 여고생들로 하여금 그 앞에서 절을 시키는데『춘향전』을 정말 이해한 사람이면 망측한 일을 시키는구나 생각할 것입니다.

요즈음 여학생들을 보고 품행이 어쨌다 하지만 나이가 열여섯도 안 된 춘향이에 비하면 아무것도 아니지요.

뿐만 아니라 춘향이를 처음부터 요조숙녀로 생각하는 사람이 있는데, 그렇지 않다는 증거가 여러 군데 나옵니다. 이도령이 아버지를 따라서 서울로 올라간다는 대목이 있어요.

보통 우리들이 알고 있는 춘향이는 복종형이고 끔찍하게 자기 님을 위하는 열녀로 되어 있기 때문에 마땅히 그 대목에서 잘 가시라고, 돌아오실 때까지 기다리겠다, 이렇게 된 것으로 생각하기 쉽지요. 그런데 그게 아닙니다. 다시 한 번 읽어보세요. 이도령이 한양으로 간다고 그러니까 처음에는 좋아합니다. 영전해서 한양으로 간다니까 좋아하다가, 춘향이 너를 두고 간다는 소리에는 태도가 싹 바뀌는 거예요(물론 판본에 따라서 조금씩 다르지만). 문을 탁 열어놓고 동네 사람 들으라고 커다란 소리로 이제 우리 모녀는 죽었다 하면서 앙탈을 부립니다.

순진한 이도령이 주눅이 들어 얼른, 신주를 버리고 갈지라도 너만은 데리고 가리라고 고쳐 말합니다. 그제서야 얼굴을 싹 바꾸고 편히 가시라고 합니다. 또 어떤 대목에서는 서약서를 쓰라는 장면도 있어요. 절대 버리지 말라는 서약서를 쓰라는 계약까지 할 줄 알았으니 아주 근대적인 여성이지요. 여기까지 읽어보면 춘향이 평범하고 출세지향적인 여자임을 느낄 수 있어요. 이 도령이 사또 아들이니까 처음부터 몸을 허락했지 보통 남자 같으면 그랬겠어요?

그러니까 춘향이는 권력이 무엇인지 남자가 뭔지 아는 여자입니다. 또 남자가 버릴 가능성도 많다는, 양반집 자제의 쾌락주의도 잘 아는, 정말 산전수전 다 겪은 월매 퇴기의 딸입니다. 영락없는 퇴기의 딸이에요.

그런데 춘향이가 어떻게 해서 그렇게 지조 높은 열녀가 되어가느냐 하면, 변학도의 시련을 받아가면서 감옥에 들어가고 거기에서 모진 매를 맞으면서 그 많은 시련과 그 많은 어둠 속에서 님을 생각하는 소중함, 기다림의 소중함을 깨닫는 것입니다. 이래서 그네 타던 춘향이가 옥중 춘향이가 되면서 전연 인간이 달라집니다.

어머니 월매가 와서 이도령이 완전히 거지꼴을 하고 왔으니 이제는 틀렸다, 더 상대하지 말라고 하자 "섭섭하게 해드리지 마시오. 아무리 거지가 되어도 내 낭군인데 절대로 박대하지 마시오."라고 합니다.

이도령의 신분에 업혀보려 했지만, 마지막에는 이도령이 거지가 되어 왔다는 것을 알면서도 끝까지 자기와 싸우는 거예요.

그러니까 춘향이는 되어간 것, 열녀가 되어간 것이지 열녀로 태어난 것이 아니라고 말할 수 있습니다.

시몬 드 보부아르는 "여자는 처음부터 여자로 태어난 것이 아니라, 여자로 되어간 것"이라고 했습니다. 이 말을 두고 훌륭한 말이다, 실존적인 말이다, 인간주의적인 말이다 해서 세계적으로 떠들썩했습니다.

어떤 여대생들은 책에다 적어가지고 다니면서 명언이라고도 했지만, 이것은 시몬 드 보부아르가 말하기 전에 한국인들은 벌써 오랜 옛날부터 깨닫고 있었던 것입니다. 사람이 되었다, 안 되었다라는 민중들 사이에 오고 가는 평범한 말 속에도 이미 '비커밍', 사람은 완성된 것이 아니라 무수한 시련과 선택 속에서 자기가 생각하는 어떤 가치, 어떤 모습으로 점점 완성되어간다는 것을 우리는 옛날의 소설, 옛날의 말씨에서 이미 찾아볼 수 있는 것입니다. 서구의 철학자만이 인간주의 전통과 역사를 가지고 있었고, 우리에게는 인간주의 같은 게 없었다고 생각한다면 큰 오해라는 거예요.

우리 문화 가운데는 얼마든지 인간의 긍지와 인간의 존엄성과 인간의 가치를 향해서 인간주의 문화를 형성하려고 한 광맥이 있었는데, 그것이 단지 학문이나 문학으로서 크게 자라나지 못한 것뿐입니다. 그것을 여러분들과 같은 젊은이들이 해내야 합니다.

오늘날과 같은 상업주의 풍토, 인간이 만든 문명 때문에 인간 자신이 소외되어가는 풍토에서 인간의 존엄성을 지켜나가는 지혜는?

한국인이 그렇게 인간주의 문화에 깊이 뿌리를 박고 있었다면 어째서 오늘날 상업주의 문화에 그토록 쉽게 침식당했는가 하는 회의도 듭니다.

특히 상업주의라고 하는 것은 모든 것을 돈으로 환산합니다. 오늘 우리 사회를 볼 때 과연 사람이 사람 값을 받고 있는가 하는 의문이 듭니다.

"사람 살려"의 '사람'에다가 제곱을 하더라도 끄떡하지 않는…… 귀 기울이지 않는 시대가 아니냐 하는 회의가 듭니다만, 상업주의와 물질주의가 팽배하게 되면 상대적으로 사람 가치가 떨어집니다.

중국에서 옛날부터 전해오는 일화로 이런 것이 있습니다. 제나라의 어떤 사람이 시장에서 금을 매매하고 있는데 사람들의 눈도 의식지 않고 무작정 남의 금을 집어넣고 가더라는 겁니다. 그러니 안 잡히겠어요? 여러 사람이 모두 보는 앞에서 그랬으니 붙잡혀 원님한테 재판을 받는데, "네가 황금이 탐이 나서 가져간 건 알 만하다만 어찌하여 몰래 훔치지 않고 대낮에 여러 사람이 보는 앞에서 훔쳐가는가. 그런 미련한 놈이 어디 있느냐?" 하니까, 이 사람이 대답하기를 아주 명언이었지요. "불견인 도견금不見人

徒見金이로소이다."라고 했다는 것입니다. 해석을 하자면 내 눈에는 사람은 하나도 안 보이고 금만 보였다는 뜻이지요.

"돈에 눈이 어둡다."는 말이 있듯이, 황금을 보면 눈이 어두워지지요.

어떤 외국 관광객이 한국을 여행하는 사람들을 위한 안내책에다 뭐라고 썼느냐 하면, 한국에서 시내버스를 탈 때에는 절대로 손잡이만 잡아서는 안 된다. 손잡이 위에 있는 쇠막대기까지 두 손으로 꽉 잡아야지 잘못하다가는 언제 차가 급정거해서 앞으로 쓰러질지 모른다는 거예요.

우리 자신들도 그 글에 동감할 것입니다. 한국 사회에서 인간 값이 떨어지고 사람이 사람 대접을 못 받는 것은 어딜 가든지 그렇습니다. 식당, 길거리 또 관청 같은 곳을 드나들어보면 사람이 자랑스럽다고 느껴지기보다는 사람이 너무 흔하고 사람이 천하고 사람 값을 제대로 못 받는다고 생각될 거예요. 물건 값은 제대로 아는데 사람 값은 얼마 하는지 가르쳐주는 사람이 없어요.

그러나 자세히 한번 생각해봅시다. 이렇게 인간이 최저 가치로 떨어진 것 같고 끝없이 인간이 하락해가는 위기의 시대에 우리가 살고 있는 것 같지만, 자세히 관찰해보면 다른 나라에서는 도저히 바랄 수 없는, 생각할 수 없는 인간의 싹이 자라나고 있는 것을 볼 수 있을 것입니다. 그것을 여러분이 발견해내고 그 싹을 키워줌으로써, 인간 부재의 얼음벌판을 하나의 꽃과 풀과 인간의 땅으로 만들 수가 있습니다.

그렇다면 그 씨앗, 그 풀이 어디 있는가? 나도 그것을 찾기 전까지는 한국에 희망이 없다고 보았어요. 참으로 한국은 인간이고 뭐고 정말 사람 값이 없는 땅이라고 생각했는데 오히려 외국 사람이 한국의 숨은 싹을 본 겁니다. 바로 아까 버스를 탈 때 쇠막대기를 잡아야 된다고 쓴 외국인이 바로 옆에 뭐라고 썼느냐 하면, 처음 한국에 가서 버스를 타면 도대체 사람 살 곳이 못 되는 것 같은데 열흘만 머무르면서 버스를 자꾸 타다 보면, 이거야말로 사람 사는 곳이구나 하는 것을 알게 되리라고 하는 참 재미있는 것을 지적했습니다. 일본에는 실버 시트라고 해서 노인이나 불구자를 위한 자리를 만들어주어도 양보를 하지 않는데 한국에서는 그렇지 않다는 것입니다.

버스를 마구 몰아 사람을 짐짝 취급하는 것 같은 일면, 아주 긴박한, 절박한 상업주의 문화, 인간 부재의 문화가 있는가 하면, 또 한편에는 어느 나라에서도 볼 수 없는 인간주의적 문화가 건재해 있더라는 겁니다.

외국에선 노인들이 버스에 올라타도 양보해줄 사람을 찾을 엄두도 내지 않는데, 한국에선 노인들이 버스에 올라타면 차 안을 훑어본다, 이겁니다. 그러면 젊은 학생이 얼른 일어나서 "여기 앉으십시오." 그런다는 거지요. 이건 세계 어느 나라에도 없는 광경입니다. 요즘은 그런 사람 없던데, 라고 항의할 사람도 있을 것입니다.

사실 한국에서도 그런 사람들이 점점 줄어들고 있는 것은 사실입니다만 아직 외국에 비하면 그런 문화가 남아 있다는 거지요.

또 그런 사람이 줄어든다 할지라도 남이 무거운 짐을 갖고 있으면 앉아 있는 사람이 자기 무릎에다가 남의 짐을 받아서 얹어 놓는 풍경을 많이 볼 수 있습니다. 이것도 외국에서는 절대 볼 수 없는 광경입니다.

외국에서는 내가 일단 먼저 와서 선취득권을 가졌으면 누구도 그것을 침범할 수 없으며, 누가 짐을 아무리 많이 들고 오더라도 나와는 관계없는 것, 그건 그 사람의 사정이다 하는데, 우리는 남의 고통을 보고도 모른 체하는 것은 일종의 작은 범죄가 되는 거지요.

또한 자리도 양보하지 않고 짐도 받아주지 않는 사람이 있다 할지라도 그 사람의 얼굴을 가만히 쳐다보면 대개는 미안해서 외면한다는 거예요. 남이 서 있는데 나 혼자 앉아 있는 것을 뭔가 미안하게 느낀다는 겁니다.

외국에서는 전혀 미안해할 필요가 없어요. 내 자리 내가 앉았는데 네가 왜 쳐다보느냐는 식입니다.

한국에선 자기 자리 자기가 앉았어도 뭔가 자리에 앉아 있는 사람이 미안하다는 생각을 합니다. 그것이 바로 한국적 휴머니즘의 싹이 송두리째 없어진 게 아니라는 증거입니다.

이걸 다시 살려 키워가자는 것입니다.

21세기는 만능 컴퓨터, 로봇의 시대로 예견되는데, 그런 고도의 기술 사회에서 과연 노인에게 자리를 양보한다는 것이 무슨 의미를 가지는 것인가?

사실 지금 컴퓨터나 로봇 같은 것이 발전하고 있는 것을 보면, 정말 인간이 앞으로 어떻게 될는지, 또 우리가 생각하고 있는 인간 가치라고 하는 것을 과거의 기준으로서는 도저히 평가할 수 없는 시대가 온다는 것은 너무나도 당연한 것이라고 생각합니다.

예를 들어서 지금 로봇 산업이 어디까지 왔느냐 하면, 인간을 대신해주는 단계를 지나, 이제는 쾌락 로봇이라는 것이 만들어집니다. 쾌락 로봇은 인간과 체온도 피부도 똑같고 얼굴도 자기가 원하는 형으로 주문만 하면 컴퓨터에다 전부 찍어서 자기가 이상으로 생각하는 여자 쾌락 로봇 또는 여자에게는 남자 쾌락 로봇을 만들어주는 거예요. 결혼을 하지 않고서도 살 수 있는 쾌락 로봇이 거의 상품화돼간다고 하지요.

이제 외로운 사람이 없어질 것이다, 외로운 사람도 로봇과 대화를 나눌 수 있다, 그때에는 컴퓨터나 로봇이 인간을 완전히 지배하는 시대가 올 것이 아니냐, 그렇게 생각하기 쉽고 우리들이 흔히 지금까지 그런 생각을 해왔지요.

그렇기 때문에 우리들이 컴퓨터나 로봇을 생각하면, 인간들의 정이라든가 지금까지 쌓아올린 문화가 하루아침에 물거품이 될 것 같은 우울한 생각이 들기도 합니다.

그렇다면 여기에서 한번 생각해볼 필요가 있습니다.

우리의 결론일 수도 있고 결론의 해체일 수도 있는데, 인간이 있으면 인간의 상대적인 문화가 꼭 있게 됩니다. 그것이 신일 수도 있고 짐승일 수도 있습니다.

가령 예를 들면 누가 이야기할 때 상대를 보고 "너도 사람이냐?" 하는 것은 짐승과 반대되는 개념이지요. 또 "나도 사람이다." 그러는 것은 신과 반대되는 개념이에요.

실수했을 때에 막 꾸짖으면, '나도 인간인데' 생각할 때는 '나는 신이 아닌데' 하는 뜻이지요. 이와 같이 인간이라는 뜻은 언제나 상대적이라고 할 수 있습니다. 신에 대해서는 미완성품, 불완전성을 주장하는 것이고, 또 짐승에다 비하면 완전성, 또 좋은 긍정적 의미가 되는 것이지요.

우리나라 사람들이 '개'라는 말을 많이 쓰는데 나쁜 건 전부 '개' 자가 붙지요. 가짜라고 하는 '가'가 와전되어서 '개'라고 하는데, 실제 나쁜 것은 개가 들어가는 것이 많지요. 살구도 좋은 살구는 참살구이고 시고 떫은 건 개살구라고 하는데, 흔히 말하기를 "빛 좋은 개살구"라고 그러지요.

기름도 좋은 기름은 참기름이고 얼굴 같은 데 끼는 기름은 개기름이라고 하지요. 하여튼 가짜의 개든 짐승의 개든 '개' 자 붙은 것치고 좋은 것이 없습니다.

우리가 뭘 잘못 만들거나 무슨 행사 같은 것을 치를 때에 엉망 진창인 것을 개판이라고 그러듯이, 사람들과는 반대되는 개념을 말합니다.

인간과 가장 가까운 것이 짐승 가운데 개입니다. 그래서 인간 의식을 짐승으로부터 대립시켜본 것이 개를 통해서 인간을 보았던 거지요. 욕할 때에 개를 들먹이는 것도 인간과 비인간의 대립으로 비인간의 대명사를 개로 쓴 거예요.

이것이 지난날 우리의 인간의식입니다. 그래서 한국 사람들은 개와 인간을 반드시 차별합니다. 아무리 개가 사랑스러워도 개는 개지 인간이 아니라는 겁니다. "개가 인간이 아니었을 때에 인간은 비로소 인간다워진다."라고 임어당이 말했지만 옳은 말입니다.

내가 견강부회牽强附會하는 것이 아닙니다.

개가 개였을 때에 인간이 인간일 수 있고, 신이 신이었을 때에 인간은 인간일 수 있다는 한국인의 철학엔 무서운 일면이 있는 것입니다.

아무리 개를 아끼고 개가 충성을 해도 개는 개라고 생각했기 때문에 어디에다 재웠습니까? 한데다 재우고 개집을 따로 지어 놓고 먹였는데, 서양 사람들은 개를 사랑할 때 개하고 인간의 구별이 없어요.

서양인들에게 너희 식구 몇이냐, 라고 물어보면 네 식구다 하는데, 아무리 따져도 세 식구밖에 안 되어 한 식구는 어디 갔니 물으면 개를 가리키는 거예요. 가족에 개를 집어넣습니다. 그리고 개한테 매니큐어도 칠해주고, 양장점에 가서 벨벳으로 옷도 맞춰주고, 미장원에 가서 미장미용을 해주고, 죽으면 유산 상속도 하고, 또 잘 때도 침대에서 데리고 잡니다. 사람하고 똑같이 대우를 하는 겁니다.

그래서 외국 유학생들이 개를 너무 위해주니까 "야, 우리나라에서는 개를 잡아먹는데 너희들은 개 가지고 너무한다."고 말해서 거의 성사 단계에 들어간 사랑이 깨진 사람도 있다는 겁니다.

지금 올림픽을 앞두고 보신탕집 없애자고 하는데, 외국에서는 개 먹는다면 식인종쯤으로 생각합니다. 그러나 잘 생각해보십시오. 개를 인간으로 대우해주는 것도 견권犬權을 무시한 거지요. 거꾸로 생각해본다면, 지금 개가 인간을 지배한다고 생각하면, 나는 침대에서 자고 싶은데 개가 "우리처럼 들판으로 나와 자자!" 그리고 나는 그런 것 먹기 싫은데 "이거 좋은 거다. 너 이 뼈다귀 먹어라." 한다면 인권을 존중한 것이 아니지요.

서양 사람들은 개와 인간을 차별하지 않아, 즉 개를 개답게 보지 않고 개를 인간화했기 때문에 못 잡아먹는 거예요. 역설적으로 말해서 보신탕 문화가 좋다는 이야기가 아닙니다. 개를 개답게 본다는 것은 소나 돼지와 마찬가지로 독립된 짐승으로 보기 때문에 돼지를 잡아먹을 수 있다면 개도 잡아먹는 겁니다.

개가 처음부터 인간의 애완물로 태어났습니까? 이 말을 지금 컴퓨터나 로봇에다가 바꾸어본다면 한국 사람은 컴퓨터는 컴퓨터이고 로봇은 로봇으로, 마치 개를 기르면서도 개와 차별을 두었듯이 할 것입니다. 그러나 서양 사람들은 개하고 친해지면 개를 인간화했듯이, 서양 문화는 앞으로 컴퓨터와 로봇도 인간화해서 인간과 구별 없는 것으로 생각할 것이기 때문에 하나의 위기가 오는 겁니다.

그런데 한국인들은 아무리 근대화가 되고 아무리 컴퓨터화된다 할지라도, 개와 아무리 가까워도 가축은 가축이라는 의식처럼 인간의식을 가진 한국인들은 컴퓨터가 할 일과 로봇이 할 일과 그들이 하지 못하는 인간의 할 일을 명백하게 구별할 줄 아는 전통이 있기 때문에 걱정이 없습니다.

그렇기 때문에 컴퓨터와 로봇이 할 수 없는 인간의 것을 서양 사람들보다도 한국인이 더 잘 알게 되고, 그러므로 컴퓨터나 로봇으로 인한 기계 공해가 인간을 침해하지 않는 하나의 튼튼한 문화를 우리가 만들 수 있는 가능성이 있습니다.

미래에 컴퓨터, 로봇 시대가 왔을 때 정말 기계에 오염되지 않고 컴퓨터에 오염되지 않고 인간답게 살아갈 수 있는 가능성을 가진 사람들은 아마도 우리들이 아니겠는가 하는, 견강부회에 가까운 자기 위안을 해볼 수가 있는 것입니다.

대니얼 벨Daniel Bell이라는 미래학자에 의하면, 이 시대에 가장

비非20세기적인 산업이 곧 양화점이라는 거예요. 구두를 진열해놓고 고객이 오면 일일이 하나씩 신겨보는 것은 이미 시대에 뒤떨어진 방법이라는 겁니다. 컴퓨터를 이용하면 사람이 들어가 앉는 자리 하나만 마련해서 양화점을 할 수 있다는 겁니다. 쓸데없이 안 신을 신발까지 모두 진열할 필요가 없어진다는 거지요.

그래서 고객이 의자에 앉아 발을 탁 올려놓으면 컴퓨터가 고객의 발 치수를 재어줍니다. 그런 다음 단추가 있어서 자기가 원하는 구두의 색깔을 탁 누르면, 시뮬레이션이라는 컴퓨터 화면에 자기가 그 신발을 신은 모습이 나오는 거예요. 그 다음에 여러 가지 형의 카탈로그가 있어요. 그러면 나는 A형, B형, A1, B2 해서 또 누르면 그 구두 모양이 튀어나옵니다. 그렇게 하나하나 선택해서 마지막에 종료키를 탁 눌러버리면 컴퓨터가 그런 정보를 전부 합쳐가지고 그 자리에서 구두를 만들어서 내보냅니다.

신데렐라처럼 구두가 맞느니 안 맞느니 그럴 필요가 없는 거예요. 키만 누르면 고객이 원하는 것이 나와요. 또 앞으로는 전자책이 생겨서 책방에도 책이 없어지게 됩니다. 지금은 고객이 안 읽을 책까지 전부 서가에 진열해놓는데 결국 고객이 원하는 책은 그중의 하나뿐이지요. 한 고객이 원하는 것은 한 권의 책만을 위한 공간만 있으면 되는데, 이 책 저 책 안 읽는 책까지도 전부 진열해놓는 것은 원시적이라는 겁니다.

그래서 앞으로 이것도 양화점처럼 작은 컴퓨터가 하나 있어서 소설책이 읽고 싶다고 했을 때 작가 이름도 써놓고 또는 작가의 이름을 모르면 연애소설이면 연애난을 택하고 탐정소설을 좋아하는 사람은 추리소설을 택하는 겁니다. 그리고 내용도 자기 취미대로 주로 살인 사건이 많은 거라든가, 살인 사건은 싫다든가 해서 자기가 좋아하는 버튼을 눌러가면 컴퓨터가 종합해서 이 고객이 원하는 것이 어떤 소설인가를 알고, 그러면 그 소설에 입력해둔 것이 컴퓨터로 쭉 나오게 됩니다. 책이라는 것이 없어져버린다는 이야기지요.

그러나 대니얼 벨은 여기에 덧붙이기를 잊지 않았습니다.

"원시적으로 보이는 저 구둣방과 저 책방은 영원히 남아 있을 것이다. 왜냐하면 사람이라는 게 그렇게 계산되어진 존재가 아니기 때문이다. 책방에 탐정소설, 추리소설을 사러 갔다가 금붕어 기르는 책이 우연히 눈에 띄어서 사올 수도 있고, 또는 A라는 작가의 책을 사려고 갔는데 재미있을 것 같아서 다른 C라는 작가의 것을 가져올 수도 있다. 또 구두라는 것도 이것저것 신어보는 가운데 마음에 드는 것이지 어떻게 그것 하나만 놓고서 고를 수 있는가? 컴퓨터나 로봇이 정밀한 정보를 아무리 우리에게 준다 할지라도 거기에는 의외성이라는 것이 있고 비합리성이라는 것이 있다."

그래서 그는 아무리 전자책, 전자 구두가 생겨나도 옛날과 같은 인간적인 서로의 만남, 부딪침 그리고 우연성, 이러한 인간적 문화라고 하는 것은 사라지는 것이 아니라고 했습니다.

이런 모든 것을 종합해보았을 때 결론은 더욱 분명해집니다.

사람을 믿는 것, 사람의 가치를 잘 아는 것이 인간적인 삶이라는 것입니다. 이 세상에서 어떤 짐승이 인간처럼 살아갈 수 있겠습니까? 어떤 식물이 인간적인 깊은 꿈을 꿀 수 있겠습니까?

그렇다면 인간에 대한 사랑과 신뢰와 꿈을 가지고 있는 한국인이라면 로봇과 컴퓨터가 대신할 수 없는 인간의 문화를 만들고, 또 그러한 우리의 문화를 세계에 알려줄 때가 오고 있는 것입니다.

그리고 여러분들은 컴퓨터와 함께 한국의 뿌리 깊은 인간주의를 세계에 알려주어야 할 그런 사명을 가진 세대입니다.

어떤 짐승이 이렇게

서로 사랑할 수 있고

또 어떤 식물이 이렇게

깊은 꿈을 꿀 수 있을 것인가?

짐승도 기계도

감히 할 수 없는 것들을 위하여

한국인이여!

옷소매를 걷어올려라!

창조의 삶

신기하지 않은가?
잡초뿐이었던 빈 들판에
어떻게 저 기둥이 서고
지붕이 오르고
비어 있던 창문마다
불이 켜지는가?

이 신비한 창조의 힘이
어디서 오는가를 물어보자.
그리고 그것으로
우리가 영원히 살
아름다운 집 한 채를
짓지 않겠는가?

우리는 창조적인 일을 하는 사람 또는 직업이지만 철학적인 자기 세계를 갖고 완성의 단계에 이른 사람들에게는 이상스럽게도 '집 가家' 자를 붙여줍니다.

정치에 일가견을 가졌다면 정치가, 기업을 해서 뭘 이룬 사람은 기업가, 예술가, 음악가 등등 '집 가' 자를 붙이지요. 어째서 정치를 하고 기업을 하고 예술을 하는데 예술인, 정치인이라고 하지 않고 집 가……집이라는 말을 붙여주는지?

이것은 아주 상징적으로 생각할 수 있습니다. 일제 시대 때, 지금은 돌아가신 분이지만, 소설 쓰는 어떤 분이 일본인가 만주엘가는데 일본 형사가 불심검문을 했습니다. "당신 직업이 뭐요?" 소설가가 "나는 작가다." 했더니 "작가가 뭐냐?" 하고 묻는 거예요. 그래서 "작가作家다." 하고 써주니까 무식한 일본 형사가 '지을 작' 자에다 '집 가' 자니까 "아, 집 짓는 사람이구나, 건축가네." 했다는 겁니다.

더 기막힌 것은 '저작할 저著' 자가 '젓가락 저' 자 비슷하니까 어떤 사람은 "젓가락 만드는 사람이구나." 했다는 우스개 이야기가 있어요. 그러나 이것을 하나의 우스갯거리로 말하고 있지만 정말은 그 형사가 자기도 모르게 퍽 상징적인 이야기를 했다고 볼 수 있습니다. 예술가, 시인, 소설가, 이런 사람들을 흔히 우리들은 작가作家라고 하는데 문자 그대로 집을 짓는 사람들인 것입니다.

눈에 보이는 집을 짓는 것이 아니고 눈에 보이지 않는 하나의 우주를 만드는 사람들인 것입니다. 자기 세계를 만들어간다는 의미에서 작가들, 시인들을 바로 집 짓는 사람에게다 비교할 수 있습니다. 또 무엇인가 창조한다는 것은 집을 짓는 행위와도 같다고 말할 수 있습니다.

우리에게도 낯익은 철학자로서 엘리아데라는 사람이 있는데 그 사람의 저작을 통해서 보면 참 재미있는 말이 많이 있습니다. 우리는 집이라는 것이 단순히 사람이 사는 곳이라 생각하지만 그는 집이 상징하는 것은 작은 세계이며 우주의 탄생이라고 보았습니다.

아무리 쓰러져가는 판잣집이라도 그것은 작은 세계입니다. 우선 하늘이 있지요. 우리가 말하는 천정天井, 지붕 위에 하늘이 있어요. 또 하나의 낙원, 대자연이 있습니다. 뜰도 있습니다. 아무리 빈약한 뜰이라고 해도 어떤 동산과 마찬가지로 인간들이 만든 하나의 인공의 세계인 것입니다.

뿐만 아니라 집을 보면 지하실이 있고 천장, 다락방이 있어 수직으로 보면 하늘과 땅을 상징하는 것이 있고, 하나의 국가에 국경이 있듯이, 대륙에 변두리와 중심이 있듯이 담과 벽은 바깥 세계와 안의 세계를 그어주는 한계가 되고 조그마한 국경이 되는 것입니다.

지금은 그런 미신이 없어졌는지 몰라도 내가 어렸을 때는 문지방을 밟으면 마구 야단을 맞았습니다. 왜 문지방 밟는 것을 금기로 여겼을까? 생각해보면 그게 바로 우리의 국경이기 때문이 아닌가, 말하자면 내가 만든 이 집과 바깥 세계를 나누어놓는 경계선을 옛날 사람들은 대단히 신성시했다고 볼 수 있습니다.

창조란 무엇인가라는 것을 생각했을 때에 집을 우선 연상한다면 어느 정도 감이 갈 것입니다. 시인이나 글을 써서 무엇인가 정신을 창조하는 사람을 왜 작가라고 불렀는가, 창조적인 삶, 창조를 한다는 뜻이 과연 무엇인가? 하는 것에 저절로 해답이 얻어지리라 생각됩니다.

아무것도 없는 벌판에 동서남북 네 기둥을 세운다는 것이 우주 아니겠습니까? 거기에 지붕을 얹고 외계로 통하는 창문을 만들고 그리고 영혼처럼 안에서 불을 켜는 거예요.

어디를 여행하다가 오두막집에서 불빛이 새어나오는 것을 보면 신비함을 느꼈던 경험이 있을 것입니다. 인간들의 영혼이 바깥으로 스며나오는 것처럼······.

생텍쥐페리Antoine de Saint-Exupéry는 "그것은 하나의 별과 별의 통신이다."라고 했습니다. 캄캄한 밤중에도 창문에 불이 켜져 있는 것을 보면, 마치 우리가 별을 보면서 통신하듯이 불빛을 통해서 우리가 존재하고 있음을 알게 됩니다. 여기에 하나의 생명이 있다는 교통이 생겨난다는 것입니다.

그렇기 때문에 이러한 집을 짓고 거기에 최후의 등불을 켰을 때 그것은 가장 인간의 창조적인 세계를 상징하는 성城이 되는 것입니다. 하나의 영혼의 작은 영토가 거기에 이루어지고 거대한 우주에 비하면 보잘것없지만 신이 주신 것 외에 내 스스로 만든 작은 우주인 것입니다. 비록 쓰러져가는 집이라 할지라도 분명히 내가 만든 하나의 우주요 세계요 내 영역이며, 거기에서 내가 주인이 된다고 생각하면 '집 가'라는 말이 참 자랑스럽게 들리지요.

여러분이 앞으로 결혼해서 가정을 만들고 또 열심히 공부를 해서 학자가 되거나 시인이 되거나 했을 때, 사람들이 그 밑에 '가'자를 붙여준다면 두 개의 집을 짓는 셈이 되지요. 자기가 마음이나 영혼으로 정신의 집을 짓는 것입니다. 이렇게 두 개의 집을 가졌을 때에 그는 이 세상에 나온 하나의 흔적, 하나의 인간으로서 이 세상에 태어나고 한 작은 존재의 표지를 남겨놓고 자신의 완성을 이루는 것입니다.

말하자면 창조자는 집을 짓는 사람입니다. 여러분은 그 물질의 집과 정신의 집 중에 어떤 집을 짓겠습니까? 굉장히 큰 집을 지을 수도 있고 쓰러져가는 집을 지을 수도 있고 또 평생 집을 못 갖는 사람도 있어요.

다시 말해 셋방을 얻어 사는 사람도 있고 기식하는 사람도 있고, 또 어떤 사람은 다리 밑에 사는 사람도 있을 거예요. 우스갯소리에 거지 부자가 불난 집을 구경하면서, 아들이 "아, 저 집 불이 나서 큰일이네." 그러니까 아버지가 "우리는 불탈 집도 없으니 걱정 없잖니, 이게 다 내 덕인 줄 알아라." 했다는 것처럼, 아무것도 가진 게 없는 자는 어느 의미에서는 해방되고 자유로울 것 같기도 합니다.

그러나 그런 자유로운 것, 떠돌아다니며 집을 안 갖는 것도 사실은 하나의 집이라고 할 수 있습니다. 어느 의미에서 정신적인 측면에서는 아주 큰 집을 지었다고 생각할 수 있겠습니다.

오늘 여러분과 같이 생각해보고 토론할 주제는 창조를 한다는 뜻이 무엇이며 또 인간이 그냥 사는 것이 아니고 그러한 창조의 힘이 어디서부터 연유하며 나에게 창조의 열정을 불러일으키는가? 이런 것에 대해 이야기하고, 특히 우리 민족, 한국인들이 이러한 창조적 삶을 살 수 있는 능력을 가진 민족인가 하는 것도 함께 생각해보자는 것입니다.

세계적으로 유태인들이 뛰어난 창조력의 소유자들이라고 말합니다. 그에 비해서 우리 민족은 어느 정도 수준이며 또 창조적인 흐름은 어떤 것인지?

인종적인 이야기를 해서 안됐지만 왜 같은 인간인데 아프리카 흑인들에게는 저명한 음악가, 철학가, 학자가 없는데 유태인들은 아인슈타인을 비롯해서 굉장한 창조적인 두뇌를 갖고 세계적으로 많은 문화적 공헌을 한 인물들이 많을까요. 창조력이라는 것이 민족에 따라서 다른 것 같은데 그렇다면 과연 한국인들은 어떠냐? 바로 그것에 대해 이야기하려고 합니다.

현재까지 나타난 것을 보면 유태인들이 민족별로 볼 때에 가장 머리가 좋고 창조적인 역량을 가진 사람들로 알려져 있습니다. 그렇다면 그 민족이 창조력이 있는 민족인가 아닌가를 측정하는 기준은 무엇일까요?

물질적인 GNP로써 각 나라의 순위를 정하기는 쉽습니다. 그러나 창조적이라고 하는 것은 그렇게 수치로 계산할 수 없지요.

그래서 과연 그 민족이 생각하는 민족, 창조하는 민족인가, 그렇지 않으면 동물과 비슷하게 먹고 잠자고 결혼하고 자식을 낳다가 그냥 시들어버리는 민족인가?

그것을 따지는 방법으로 기준을 삼는 것 중 하나가 노벨상입니다.

노벨상은 전 세계에서 각 분야에 걸쳐 창조력이 가장 왕성한 사람한테 주지 않습니까? 그래서 지금까지 나와 있는 그 민족의 인구와 노벨상 작가 내지는 과학자를 배출한 사람의 수를 비율로 따져보는 거예요. 그러면 백만 명 대 몇 명꼴로 나왔는가 계산을 할 수 있습니다. 이렇게 따져보면 우리는 조금 슬픈 생각이 들겠지요.

우리는 지금까지 노벨상을 아무도 타지 못했지요. 그런데 유태인 출신은 물론, 프랑스, 미국에서 국적은 다르지만 종족으로 보앉을 때에는 유태인이 노벨상을 가장 많이 탔습니다. 최근에 문학상을 탄 사람들도 전부 유태인들이에요. 솔 벨로Saul Bellow, 이 사람도 미국 작가지만 유태인입니다. 동유럽에서 탄 작가들도 전부 유태인들이에요.

그렇다면 왜 유태인들은 이렇게 머리가 좋고 창조적인 두뇌를 가진 것일까?

내가 여러분에게 절대로 실망하지 말라고 이야기한다면, 너무 한국인에 대해서 부질없는 희망을 주는 것이 아닌가 생각할 거예요.

사실 30년 전에 내가 쓴 『흙 속에 저 바람 속에』를 기억하는 사람들은 내 말을 이상하게 생각할지도 모릅니다. 그 글에서는 한국인에 대해서 혹독하게 절망적인 말을 했습니다. 그런데 이제 내가 나이 들어 철이 났다는 게 아니라, 30년 동안의 그 어려움을 겪고 난 오늘에서야 그 가능성이 조금씩 보인다는 것입니다. 오히려 절망 속에서 그 가능성이 보이더라는 이야깁니다. 왜 유태인이 세계적으로 창조적 능력이 뛰어났는가 하는 것을 생각해보았더니 한국인하고 너무 똑같은 점이 많았습니다.

우선 창조력을 끌어내리려면 외부로부터 무지무지한 자극을 받아야 되는데, 즉 침략을 받거나 떠돌아다니거나 많은 시련을 겪어야 창조력이 생기는데, 유태인들은 전 세계에 퍼져 있으면서 나라도 없이 떠돌아다닌 사람들이지요.

유태인들은 어디 가든지 학대를 받았는데 그 학대받았던 것을 들면 한국인이 유태인들보다 별로 뒤질 것 없지요.

그러니까 창조라고 하는 것은 학대와 같은 인종 차별 때문에 오는 여러 가지 설움이라든지 한이 많은 곳에서, 외부로부터의 엄청난 자극에 의해서 나오는 것이지 편안한 곳에서는 절대 창조가 나오지 않습니다.

말하자면 자갈밭, 황토흙 그리고 아무것도 존재하지 않는 갯벌처럼 황량한 데서 뭔가 줄기찬 생명력이 나왔을 때 그게 진짜라는 것입니다. 그렇게 볼 때 우리가 유태인하고 대단히 비슷하다고 할 수 있습니다.

둘째는 이민족의 문화와 많이 부딪쳐야 된다는 것입니다. 유태인들은 전 세계, 동유럽권에서부터 미국에 이르기까지 모든 문화와 접촉하면서 살아갑니다. 우리나라 또한 이민족의 문화를 많이 접하고 있습니다. 우선 옛날에는 중국 문화를 받아들였고 다음에 일본 문화, 또 광복 후에는 유럽과 미국 문화를 받아들였습니다.

그러니까 자국 문화와 외래 문화의 접촉이 심할수록 창조력이 생긴다고 했을 때 우리나라도 지지 않는다고 볼 수 있지요. 자국 문화와 외래 문화가 전혀 섞이지 않았을 때 그 문화는 너무 폐쇄되어 멸망하고 맙니다. 이 전형적인 예가 지금 외몽골·내몽골 하는 몽골공화국인데, 그 민족은 거의 보호를 받지 않으면 살아갈 수 없을 정도로 급격하게 쇠락했습니다.

그런데 그전의 몽골족은 어떤 사람들이었습니까? 전 지구를 지배한 칭기즈칸을 비롯해서 엄청난 문화를 가졌던 민족입니다. 이 사람들이 문화가 없다고 이야기한 건 칭기즈칸한테 당하고 서구인들이 한 소리지, 사실은 역전 제도라든가 행정 조직이라든가에서 우수한 문화를 가졌었지요.

그런데 이 사람들이 외래 문화와의 접촉을 전혀 거부했습니다. 완전히 차단한 것입니다.

몽골인들은 외래어를 전연 안 씁니다. 외몽골 이쪽의 종족들은 중국과 소련에 접경해 있어 소련 말·중국 말이 혼동될 법한데도 자국 말만 사용합니다.

이렇게 배타적이고 남의 것을 받아들이지 않을 때에 창조력이 안 생긴다는 겁니다. 창조력이라는 것은 끝없는 자기 반성과 자기 해체를 할 때 생겨나는 것입니다. 그러니까 유태인들은 자국 문화에 굉장히 애착을 가지지만 그것이 여러 나라에 흩어져 사는 동안 그 나라 문화와 다시 접촉을 하면서 플렉서빌러티flexibility, 즉 융통성이 생겨났다는 겁니다. 창조성이 있다는 것입니다.

세 번째는 유태인들에게는 약간 개인주의적인 데가 있습니다. 물론 이 사람들은 단결심도 강하지만 대단히 개인적인 성향이 큰 사람들입니다. 유태인들은 만장일치는 무효라고 봅니다. 참 재미난 민족이지요. 어떻게 한 안건을 가지고 모인 사람들이 전부 만장일치를 할 수가 있느냐? 이것은 힘이나 폭력 같은 것에 못 이겨서 했거나 또는 그 안건 자체가 너무나도 개인의 힘을 압도하는 것이기 때문이므로 누군가 반대하는 사람이 없으면 부족部族의 율법에 의해서 무효라는 것입니다.

다시 말해 유태인들이 만장일치를 싫어했다는 건 개성이 강하고 자유로운 민족이었다는 증거입니다. 그러니까 유태교의 율법이 엄격한 것 같으면서도 거기에 개개인의 자율적이고 창조적인 힘을 발휘할 수 있는 이유를 주었다고 생각할 수 있습니다.

우리나라 민요에도 "제멋에 겨워서 흥 늘어졌구나." 하는 것이 있는 것처럼 이 제멋에 겨운 사람들이 많았을 때에 창조가 나오는 것이지, 사람들을 판박이에 집어넣어서 모든 사람을 다 똑같이 만들려고 했을 때에는 창조가 나오지 않는다는 겁니다.

이 밖에도 창조력이 생기는 여건에는 몇 가지 더 조건을 내세우고 있습니다. 크게 나누어보면 세 가지인데, 첫째 수난을 겪어야 되고 고생을 해야 된다, 고생 속에서 창조가 나온다는 것이며, 둘째 다른 민족과 섞여야 된다, 절대로 자기 민족만 담쌓고 혼자 있어서는 창조력이 안 생긴다. 셋째 개인적인 자유로운 발상, 개인의 자율성이 있는 민족이 아니면 절대로 창조력을 발휘하지 못한다. 그렇게 본다면 유태인들이 겪었던 시련의 역사를 우리도 겪어왔고 또 이와 같은 세 가지 조건이 절대적인 것은 아니지만 우리들이 마지막 하나만 보태면 가능성이 있다고 할 수 있습니다.

그렇다면 마지막 하나가 무엇인가? 한국인들은 무척 개성이 강한 사람들입니다.

외국에 나가서도 많이 체험하는 겁니다만 외국에서 구두 닦는 사람들이 캐딜락 같은 차가 지나가면 멍하니 바라보면서 "대체 나는 언제 저런 자동차를 타나?" 하는데, 한국 구두닦이들을 가만히 관찰해보면 비록 지금 구두를 닦더라도 그 개성과 자존심이 얼마나 강한지 옆에 캐딜락이 지나가면 "왕년에 저거 못 타본 사람 있나? 저 사람도 세 끼 밥 먹지 뭐 별수 있나." 그럽니다.

언뜻 생각해보면 참 자기 주제를 파악하지 못하는 것같이 느껴져도 한국인은 자존심이나 자신감이 이처럼 어느 민족보다도 강하다고 봅니다.

일본은 오히려 이런 것이 없지요. 일본 사람의 특징이라는 것은 자기보다 조금만 나으면 굴복하고 존경합니다. 우리는 여간해서 남한테 굴복하지 않습니다. 단결이 잘 안 된다고 하지만 그것은 그만큼 자유로운 개성이 강하기 때문이라고 생각할 수도 있습니다.

그렇기 때문에, 너무 피상적인 결론이 될지는 모르지만 우리가 지금까지 겪어왔던 고난이라든가 수난, 한결같이 밖으로부터 들어온 문화들, 그러면서도 개인의 자존심과 존대함을 잃지 않았던 기질이, 좋은 환경을 만들어주면 반드시 큰 창조적 힘을 발휘할 때가 올 것입니다.

그리고 또 사실 그게 오고 있다고 말할 수 있습니다. 무엇으로 그것을 증명할 수 있을까요?

나는 해외에 나가 있는 세계적인 우리나라 예술가들이나 자랑스러운 한국인을 이야기하면 매우 부끄러울 때가 있습니다. 그들은 우리나라에서 활동하고 인정받아서 세계적인 사람이 된 것이 아니라 유럽이나 미국에 나가서 활약했기 때문에 그렇게 된 것이지요.

세계적인 비디오 아티스트 백남준白南準. 사실 나는 그냥 그런가보다 생각했어요. 그런데 내가 외국에 나가보니까 백남준에 대한 보고 논문 같은 것이 프랑스어, 독일어로 씌어 큰 책으로 나온 것이 책방에 있었는데 그걸 보고 아주 놀랐어요.

등잔 밑이 어둡다고 백남준 초기의 조각, 그림 그린 것을 보면 깡통 매달아놓고 피아노에다가 계란 껍질 칠해놓고 요란스러운데, 지금 비엔나 현대박물관의 백남준 방에 가보면 깡통 찌그러진 것, 바이올린 줄 끊어진 것, 요상한 것들을 많이 늘어놓았어요. 한국에서 그런 독창적인, 창조적인 일을 했다면 박물관에서 수집하지 않고 고물상 사람들이 제일 먼저 와서 "아이구 내 것이구나!" 하고 가져갔을 거예요.

나는 백남준 씨를 한국이 낳은 자랑스러운 예술가라고 이야기할 때마다 부끄럽게 느껴집니다. 사실은 한국이 낳은 것이 아니지요. 그분이 한국인임에는 분명하지만 한국 땅이 아니고 유럽과 미국이니까 그러한 예술적인 자유로운 열정을 꽃피우고 또 그렇게 괴상망측한 짓을 해도 예술로서 인정받을 수 있었던 것입니다.

바로 제2, 제3, 수백 수천의 백남준, 수천 수만의 정경화鄭京和 같은 재질을 가진 사람들이 한국에서 살아가고 있다는 하나의 조건 때문에 마음껏 자기 재능을 발휘 못 했다면 이건 부끄러운 일입니다.

어째서 우리의 세계적인 예술가들은 다 줄리어드 음악대학을 나와야 되고, 다 영국 BBC와 협연할 때에야 빛이 납니까? 유학가지 말라는 이야기가 아니라 유학을 가지 않고서도 우리 환경을 그 수준으로 만들어내면 되는 게 아닙니까. 좋은 학교, 부유한 환경이 있었기 때문에, 그들이 한국에서 충분히 기량을 발휘하지 못했을 아까운 재능을 썩히지 않고 발휘했다고 생각하면 잘못입니다. 거기에는 유명한 선생 또 유명한 교향악단이 있어서 출세한 게 아니고, 자기의 재능을 마음껏 발산할 수 있는 활동의 기회가 주어졌기 때문이라는 걸 생각해야만 됩니다.

새로운 것을 용서할 줄 알고 기꺼이 받아줄 줄 알아야 합니다. 여태까지 안 하던 새로운 짓을 하면 미친 사람 취급을 합니다. 우리 민족이 지금부터 자유로운 창조성을 발휘할 수 있는 한 가지 길이 있다면 그것은 개성을 존중하고 새로운 것을 관대하게 받아들이는 것입니다.

한국인이 창조력이 있다는 걸 뭘로 느끼느냐 하면 우리는 역사책에서 세계 최고의 천문대, 세계 최초의 금속활자 이런 것들입니다.

창조적이라고 하는 것은 순발력이 아니고 누가 창조해낸 것을 아낄 줄 아는 것이기도 합니다. 우리가 최초의 금속활자를 만든 것을 아끼고 여러 사람들이 가꾸어갔다면 오늘날 우리는 세계 최고의 문화 국가가 되었을 것이 아닙니까?

그런데 남이 창조해주어도 그것을 받아들이지 않았을 때는 문제가 되는 거예요. 창조하는 사람도 중요하지만 그 창조를 받아들이고 발전시킬 수 있는 힘, 이런 환경만 만들어준다면 한국은 옛날 역사에서 보았듯이 많은 창조적인 힘을 발휘했던 민족이기 때문에 앞으로의 가능성도 어느 나라보다 많지 않은가 생각합니다.

남성과 여성을 비교할 때 남성보다는 여성이 비창조적이라는 통념이 있는데, 이것은 어떤 근거에서인가?

대체로 사람들은 남자들이 창조성이 많고 여자는 창조성이 부족하다고 합니다.

여러분도 고등학교 때 한 번쯤 여자가 잘났나 남자가 잘났나 토론해본 적이 있을 거예요. 그때에 남자들이 대개 뭐라고 하는가 하면, "일반 가정에서는 여자들이 밥을 짓지만 큰 식당의 요리

사는 여자 요리사가 아니라 전부 남자 아니냐, 또 여자들이 집에서는 바느질을 잘하지만 양복점에 가보면 남자들이 재단사지 여자들이 재단사냐?" 그러잖아요?

내가 남자면서도 이런 말을 해서 안됐지만 여자가 창조적 능력이 더 많다, 부족하다 하는 것은 과연 여자에게 창조적 기회를 줘보았느냐의 환경을 가지고 따질 일이지 여자 자체를 놓고 이야기할 수는 없다고 생각합니다.

왜냐하면 사회 활동을 금했기 때문에 가정에서는 훌륭한 일을 하더라도 사회적으로 진출을 못 하니까 결국 거꾸로 남자들이 요리사가 되었다고도 말할 수 있습니다. 인간의 창조력이란 컴퓨터처럼 뇌신경의 세포수가 기억력이라든지 창조력을 갖게 하는데 여자의 뇌신경에 있는 세포하고 남자들 것을 세어보면 150억으로 남녀가 똑같아요.

그러므로 여자의 창조력이 남자에 뒤진다는 말은 사실상 근거 없는 것이라고 볼 수 있습니다.

그렇다면 여자가 창조력이 없다고 하는 이유는 무엇인가 하면 여자 스스로가 나는 여자니까 창조적인 일을 안 해도 된다고 생각하기 때문이라고 볼 수 있습니다. 사회에 나가서 보면 여자들이 조금 창조적인 일을 하려고 하면 "여자가 뭘 안다고!"라고 말합니다. 여자를 제일 경멸하는 게 바로 여자들입니다.

식민지 백성들이 서로 헐뜯는 것처럼 오랫동안 남자 지배하에 지배를 당해와서 그런지 여자를 가장 경멸하는 것이 같은 여자예요.

세계적인 대학자 중에도 마거릿 미드Margaret Mead, 줄리아 크리스테바Julia Kristeva, 수잔 케이랑가 등이 모두 여자지요. 그러니까 절대로 여자들이 창조적인 두뇌가 없는 것이 아니에요.

현대에 와서 많은 여성 철학자, 예술가가 배출되었는데 19세기 이전에 보면 거의 없어요. 지구 역사가 시작한 이래 유명한 여류 작가나 창조적인 분야에서 활동하는 여류들을 전부 모아놓고 퍼센티지를 내면 70퍼센트가 20세기 후반에 활동한 사람들입니다.

몇천 년을 두고 다 모아보아도 옛날의 여자들은 최근 7, 80년 동안 배출된 여자들의 창조적인 활동의 30퍼센트밖에 해당되지 않는다는 겁니다.

이렇게 여자들에게 능력이 있는데도 능력을 발휘할 환경을 안 주었기 때문에 그렇게 된 것처럼 한국인들을 하나의 여자로 비교한다면 그동안 수없이 차별당하고 억눌림을 당했다고 볼 수 있습니다. 그렇다면 한국인이 노벨상을 못 타고 유명한 학자들이 못 나왔던 까닭은 과거 오랜 전제주의 시대라든지, 외래 문화의 지배를 받아왔기 때문입니다.

이젠 오랜 마술에서 풀려나 한국인들이 세계에 두각을 나타내기 시작했습니다.

그러나 창조적인 능력은 연령의 제한을 받는 것이 사실입니다.

창조력이 제일 왕성한 것이 20대인데 그래서 이때는 엉뚱한 짓을 제일 많이 합니다. 뭘 발견하려고 하고 꿈도 크기 때문이지요. 창조력이 가장 고갈될 때가 35세부터 39세로, 30대 후반이 인간으로 치면 제일 자신감을 상실하고 창조적인 긴장감이 없어질 때라고 합니다.

어떤 통계에 의하면 310명의 예술가들이 전부 언제 죽었나 하는 사망 통계를 내보니까 35세로부터 39세에 죽은 사람이 제일 많았다는 거예요. 왜 그런가 하면 20대에 꿈이 컸는데, 자기가 천재인 줄 알고 영웅인 줄 알았는데 대개 35세부터 39세쯤 되면 '내가 착각했구나! 내 인생은 끝났다. 나는 아무것도 아니구나!' 하는 좌절감에 빠지게 된다는 거예요.

그런데 이 고비를 넘기고 40대 후반에 가면 다시 체념 속에서 창조력이 발휘된다는 겁니다. 가장 위대한 일을 해낸 사람들은 에누리 없이 20대에서부터 30대가 가장 피크요 그리고 50대의 피크 두 봉우리가 있다는 이야기지요.

여자는 마흔다섯쯤에 다시 사춘기를 맞는데 그것을 제2의 사춘기라고 합니다. 20대 사춘기를 지나 어린애를 낳고 기르고 그러다가 마흔이 되면 인생을 어느 정도 살았다고 느끼고 다시 젊어지려는 욕망이 생깁니다. 그래서 20대의 딸을 둔 집에서는 어머니하고 딸하고 둘 다 똑같이 사춘기로서, 딸애가 "엄마 이 옷 어때?" 그러면 어머니도 지지 않고 "이 옷 나한테 어울리냐?" 하는 거지요.

20대의 창조는 불꽃 같은 뜨거운 창조기이며 40대의 창조기는 조각같이 잘 다듬어진 창조기, 얼음처럼 싸늘한 창조기라고 말할 수 있습니다. 그래서 인생에는 기회가 두 번 있다고 하는데 그것이 바로 20대와 40대입니다.

그러나 요즘에는 평생 교육이다 뭐다 해서 40대의 만학 학사가 나오기도 합니다. 아주 당연한 일이지요. 그러니까 여자이기 때문에, 남자이기 때문에 창조력이 있다 없다를 따질 일이 아니죠. 연령에 의한 생리적 조건과 정치, 역사와 같은 환경 조건에서 우리는 많은 가능성을 가지고 있고, 이걸 맘껏 발휘해야 합니다.

좀 더 알기 쉽게 말하자면, 요즘은 자동차 시대니까 자동차를 운전하다 보면 고속도로를 달릴 때는 자동차가 제 기능을 다 발휘하지만, 자갈길을 달릴 때는 마차나 자동차나 짐차나 별 차이가 없지요.

우리 민족사를 본다면 지금까지 수천 년 동안 우리 민족이 어느 길을 달렸느냐 하면 자갈길, 수렁길, 낭떠러지길, 어떤 때에는 냇물, 이런 데로 온 것입니다. 각자가 얼마만큼 재능이 있는지 몰랐었습니다. 이제 우리 민족 앞에 진짜로 고속도로만 열린다고 했을 때는 엄청난 창조의식이 생길 수 있습니다.

그러니까 역사적 환경, 연령적 환경, 생리적 환경과 시대적 흐름을 어떻게 타느냐에 따라서 창조기가 달라지는데 왕성한 창조력을 발휘할 때는 여자나 남자이기 때문에 어떻다는 속단을 하지 말고 우리에게 주어진 환경과 주어진 생리적 조건을 끝없이 생각하면서 자기 실현을 해나가는 것이 좋지 않을까 생각합니다.

고도의 과학 문명이 발달한 현대에 있어서 창조력을 고갈시키는 커다란 저해 요인은 무엇인가?

되풀이가 되겠습니다만 창조력이란 다른 것이 아니고 하나의 집을 짓는 것과 같은 것입니다. 아무것도 없는 곳에 자기의 한 세계를 만드는 것, 주어진 세계가 아니라 새로운 자기의 세계를 하나 만드는 것인데, 바로 이 자기의 집을 지을 수 없는 여건들이, 창조를 저해하는 요소가 우리 주변에 있는 것이 아닌가 하는 것은 내 말보다도 여러 사람들이 연구한 것들이 있어요.

오스본Alex Osborn이라든지, 창조력이 왕성한 사람들이 거기에 대해 여러 가지 연구 발표를 했어요. 그중에서 대표적인 것을 골라서 이야기하면 도시화되는 것이 창조력을 가장 저해한다는 것입니다.

왜냐하면 도시화라는 것은 획일화시키기 때문이라는 겁니다. 집단적으로 한곳에 모여서 살기 때문에 도시화 현상이 벌어지면 개인이 특수하게 어떤 생각을 할 줄 모르고 창조력이 고갈된다는 것입니다.

창조라고 하는 것은 백 사람이 앉아 있어도 혼자 일어설 수 있고 천 사람이 일어서도 혼자 앉아 있는 자기 신념과 같은 거예요.

만약 에디슨이 모든 사람하고 똑같이 생각했다고 합시다. 어떻게 엉뚱한 축음기를 만들고 전구를 만들 수가 있었겠어요? 모든 사람들처럼 똑같이 생각한다면 거기에서는 창조력이 생기지 않습니다. 창조라는 것은 엉뚱한 생각이고 또 엉뚱한 것이 용서되는 그것이 창조력이지요. 이렇게 생각해본다면 오늘날에 있어서 우리들의 창조력을 가장 고갈시키는 것은 유행성입니다. 남을 뒤따르다 보면 내가 생각하는 것이 아니라 건성건성 남이 살아가는 삶을 모방해서 살게 되는데 이 도시화 현상이 우리들의 창조력을 저해하는 요인이 된다는 거예요.

두 번째는 자신감의 상실입니다. 여러 사람이 사람 하나 병신 만드는 것은 간단하지요.

어린애를 보고 "이 애는 바보예요. 이 애는 뭐도 할 줄 몰라요." 하는 식으로 자꾸 기죽여놓으면 아이는 절대로 다음에 훌륭한 일, 창조적인 일을 하지 못해요. 창조적인 일이라고 하는 것은 자신감에서 우러나는 거예요.

다시 말해서 젊은이들은 좀 더 열정과 포부가 커야 합니다. 자신감 상실을 우리가 거꾸로 말하면 자신감을 북돋워주어야 되고 기를 키워주어야 된다고 생각할 수 있겠지요.

다음에는 겁이 많으면 창조성이 안 생긴다는 겁니다. 심리적인 요인으로 보면 대담한 사람들이 창조를 하지 겁이 많은 사람들은 못합니다. 다시 말해 '내가 이것을 하면 남들이 어떻게 생각할까? 남들이 나를 우습게 보면 어떻게 할까?' 해서 겁이 많은 사람들은 타인지향적입니다. 이때에 겁이라고 하는 것은 남의 눈치를 많이 보는 것, 나약한 성격을 말하는데, 자기가 충분히 창조적인 생각을 하면서도 남의 웃음을 살까 봐 못한다는 것입니다.

여러분도 잘 아는 동화 한 편을 생각해보면 알 것입니다. 안데르센의 『미운 오리 새끼』라는 이야기에서 백조가 오리들 틈에 들어가니까 백조와 오리가 상대가 되겠어요? 오리 틈에 백조가 생겨나니까 모든 오리들이 저건 바보다, 날갯짓도 다르다, 부리도 못생겼다 해서 막 쪼고……. 그래서 백조는 자신감을 잃었지요.

그래서 나는 왜 다르게 생겼나 고민하는 거예요. 밤낮 주눅이 들어 고민하다가 외롭게 혼자서 호수에 떠 있는데 어떤 아이들이 오더니 "아, 저기 백조 봐라! 저 아름다운 백조 봐라." 그러니까 백조가 비로소 자기가 못생긴 미운 오리 새끼가 아니라는 것을 알고 자신감을 갖게 되지요.

우리는 바로 역사적으로, 또는 세계적으로 어쩌면 미운 오리 새끼처럼 컸는지도 모르겠다는 거예요.

이제는 우리가 백조라는 것을 알아야 해요. 사실 애가 얌전하다는 것처럼 끔찍한 것이 없습니다. 일을 저지르지 않는 아이들, 한곳에서 가만히 있고 어머니 말 잘 듣고 심부름 잘하는 애들은 큰일 못하는 애들이에요. 어디가 병이 났거나 성하지 않은 애가 조용하지, 성하다면 문구멍 뚫고 다니고 뭔가 그릇도 깨뜨리고 어머니 장롱에도 기어올라가고 하는 애가 바로 살아 있는 어린애라고 봐야 합니다.

어린애들은 5분 이상 주의력이 없어요. 그게 어린애들의 특징인데 초등학교에서 선생님이 학부형을 보고 "댁의 아이는 참 착하고 모범생입니다. 수업시간 내내 그렇게 얌전할 수가 없어요." 하면 좋아라 하는데 사실 그 애는 문제가 있는 거예요. 어린애는 심리학적으로나 생리학적으로 한 시간 이상 주의 집중을 할 수가 없거든요.

그러면 그 애는 어린애가 아니에요. 애늙은이지. 5분이 멀다 하고 옆의 아이와 장난치고 막 떠들고 하는 애가 사실은 문제아가 아니고 한 시간 내내 모범생이라고 추켜주는 그 애가 문제아인 거예요. 어린애라면 그럴 수 없는 거지요. 교육이 잘못된 것이, 초등학교에서 어른 같은 애를 좋은 애라고 하는데 애가 애다워야지 왜 어른다워야 합니까? 젊은이들은 또 젊은이다워야 합니다.

창조력이란 절대적인 자신감 그리고 넘쳐나는 왕성한 열정 없이는 생길 수 없어요. 만약 인간들이 창조력이 없었다면 지금쯤 우리는 뭘 입고 있겠어요? 아마 표범가죽을 두르고 있을는지도 모르죠. 힘센 사람은 표범가죽, 힘이 약한 사람은 양가죽이나 입었을 거예요.

우리가 옷을 입고 이런 이야기를 할 수 있는 것도 다 창조력인 것입니다. 인간은 그럴 수가 없는 것이라고 체념했다면 지금도 등불 켜고 있지 전기 같은 것도 발명하지 못했을 거예요. 텔레비전이나 전화도 없었을 거예요. 물질이 아니고 정신 세계에서도 그랬을 것입니다.

요즘 젊은이들 경로사상이 없다고 그러지만 옛날 원시 시대로 가면 노인들 어디 공대했습니까? 야만의 시대로 가면 노인들은 아무 생산성도 없는 사람으로 양식만 축낸다고 지게에다 져서 내버리지 않았습니까? 먹을 것이 없었기 때문에 고려장을 지낸 거예요. 고려 시대에 그랬다 해서 고려장입니다. 일본에서는 최근까지도 그런 일이 있었습니다.

우리는 문명과 문화인으로서 자신을 가져야 합니다. 옛날에는 다 아름다웠고, 다 신선이었고, 성자였다는 착각에서 벗어나야 합니다. 아무리 현대가 불행해도 옛날보다는 휴머니즘이 발전했고 도덕도 발전했고 모든 게 발전해 있는 것입니다. 우선 현대인들이 옛날에는 이랬었다, 라고 생각하는 그 정신이 벌써 발전된 머리가 깨일수록 절망할 줄 아는 것입니다.

그렇기 때문에 우리의 창조력을 저해하는 많은 요인들이 무엇이겠는가 하는 것은 간략하게 세 가지 요인을 들었지만 특히 강조하고 싶은 것은 애는 애답게, 젊은이는 젊은이답게 창조력을 가지고 살아야 되겠다는 것입니다.

50대는 50대답게, 노인은 노인답게 떳떳하게 살아야 합니다. 젊은 사람들에게 주눅 들 필요 없습니다. 젊은이들이 아무리 똑똑하다 해도 연령을 넘어서지는 못합니다. 노인들이 가지고 있는 그 삶을 절대 모방하지 못합니다. 50대는 50대대로 창조력이 있는 것입니다. 죽을 때까지 창조력이 있어요.

　　그렇기 때문에 직장에서는 정년퇴직하지만 창조력에는 정년퇴직이 없습니다. 인류 역사상 80대에 만든 대작이 얼마든지 있습니다. 괴테가 『파우스트Faust』를 몇 살 때 쓴 겁니까? 우리 같으면 망령 날 나이에 완성시켰지 않습니까?

　　피카소는 일흔여덟에, 우리 같으면 칠순 팔순 해서 망령 나고 건망증 걸릴 나이에 개인전을 위해 왕성하게 그림을 그렸습니다. 이처럼 창조적이라고 하는 것은 정년퇴직이 없어요. 그런데 오해하지 말 것은 창조력이라고 하는 것은 생산력과는 조금 다르다는 것을 알아야 합니다. 생산력이라고 하는 것은 주어진 것을 계속 되풀이하는 것이기 때문에 독창적인 자기 머리를 쓰지 않고 기계도 할 수 있어요. 벽돌을 찍는다 했을 때 벽돌 찍는 일이 창조적인 작업은 아니지요. 그것은 기계가 대신해서 찍을 수 있지 않습니까?

　　그렇지만 기계가 시를 지을 수 있습니까? 기계가 정치 비판을 할 수 있습니까? 기계가 기계를 만들어낼 수 있는 설계를 할 수 있습니까? 그러니까 인간이라는 것과 창조력은 같다는 등식인 것입니다.

생산성은 기계로 해내지만 아주 쓸모없을망정 기계가 못 하는 일을 할 수 있는 창조력을 발휘하는 것이 인간이고, 그게 내가 살아 있다는 증거이며 표현인 것입니다.

옷가게에서 기성품을 사오지 않고 집에서 자기 머리로 잘 짜내서 디자인하고 바느질해서 비록 예쁘진 않지만 하나의 옷을 만들었을 때, 그것은 창조적인 욕망을 만족시켜줍니다.

백화점에 가서 뭘 사왔다면 그것은 창조력을 만족시키는 것이 아니고 단지 어떤 물욕, 소유욕을 만족시킬 뿐입니다.

그런 점에서 우리의 창조력을 많이 고갈시키는 것들이 무엇이겠나 하고 묻기 전에 창조력을 고갈시키는 세력을 어떻게 뚫고 나가야 되겠는가, 어떻게 창조력을 길러야겠는가 하는 것이 미래의 한국 민족사를 결판 짓는 중요한 마음가짐이 아니겠는가 생각합니다.

때로는 소비 지향의 이 시대 자체가 창조의 혼을 고갈시키고 있는 것 같다. 이 문제에 대해 어떻게 생각하는가?

소비 시대는 생산하는 것이 아니고 소비를 하기 위해서 사는 것이니까 현대를 소비 시대라고 말할 수 있다면, 생산하고 창조하는 그러한 시대가 아니지 않겠는가 하는 질문이겠지요.

현실 분석을 냉정하게 하면, 다시 말해 내가 병이 들었다는 것을 냉혹하게 깨달으면 바로 거기에 해결의 길이 열립니다.

해결이 따로 있는 것이 아니고, 현실 진단을 잘하면 해결이 있을 수 있다는 것입니다.

"아이구 어떻게 하나, 큰일났네!" 하는 사람은 별로 큰일난 사람이 아닙니다. 큰일났는데도 큰일난 것을 모르는 사람이 진짜 큰일난 사람이지요. 큰일났네 하는 사람은 이미 위기의식을 가지고 있기 때문에 벌써 적응력이 생기고 있다고 봐야 합니다.

오늘날을 소비 시대라고 그랬는데 우리 가정을 한번 봅시다. 앞서 '집 가' 자 이야기를 했는데 '집 가' 자를 써보면 지붕이라는 것이 있고 그 안에 쓴 것이 '돼지 시豕' 자입니다. 그 '집 가' 자라고 하는 것을 한문으로 풀어보면 돼지 집이에요. 집이 왜 돼지 집입니까?

집 가, 가정이라고 하는 것은 지붕 밑에다가 '사람 인人' 자를 써야 되는데 '돼지 시' 자를 썼으니 모욕적인 이야기지요. 옛날에는 집이라고 하는 것은 무엇을 생산하는 곳이었어요.

그렇기 때문에 사람은 동굴에서 살 때 멧돼지를 잡아다가 키웠어요. 벌써 창조인 것입니다. 멧돼지를 수렵하는 것은 창조가 아닙니다. 그런데 멧돼지를 잡아다가 가축을 만들었다면 그 가축 돼지로 만든 행위는 바로 창조인 것입니다. 수렵 채집 시대로부터 농경 목축 시대로 갔다는 것은 벌써 인간이 문화를 창조했다는 이야기가 되는 것입니다.

그러니까 인간은 동굴에 살면서도 잡아오는 멧돼지를 금세 잡아먹지 않고 그것들을 길러서 잡아먹기 위해 집을 지어주었습니다.

그리하여 인류 최초의 집은 사람이 살았던 것이 아니라 돼지를 기른 돼지우리였고 거기에 사람이 들어가 산 것입니다.

주택사를 보면 사람 집에 돼지를 끌어들인 것이 아니라 거꾸로 돼지 집에 사람이 들어가서 산 것입니다.

이렇게 해서 오늘날 집이 생기고 가축 사옥도 생긴 것입니다. 이렇게 생각한다면 집이라는 것은 공장이었고, 생각하는 하나의 정신 작업장이었고, 영혼의 집이었고, 여러 가지 것들을 생산해내는 곳이었는데 오늘날은 집이라는 것이 전부 소비의 장소가 되어버렸습니다.

요즘 불량 간장 사건으로 사회적으로 물의를 일으켰지만 얼마 전까지만 해도 간장을 각 가정에서 담갔고, 또 우리들이 입는 옷도 밤을 새워가며 우리 어머니들이 바느질로 직접 만들었습니다.

그러니까 입는 것, 먹는 것 전부가 가정에서 만든 홈 메이드입니다. 그런데 지금 가정이라는 것은 아무것도 만들지를 않습니다.

또 아기를 출산할 때도 집에서 낳았습니다. 인간이 창조하는 것 가운데서 가장 신비스러운 것이 생명인데 이 생명을 창조하는 장소가 바로 집 안이었고 그래서 거기서 태어난 것입니다.

그런데 요즘 아이들은 어디서 태어나느냐 하면 어린애마저도 집에서 창조되는 것이 아니고 병원에 가서 공장처럼 1호, 2호, 3호, 쭉 배꼽에다 이건 누구 집 애, 누구 집 애 해서 이름을 달아 놓으면 가족들이 "우리 집 애가 어떤 거예요?" 그러면 "저기서 세 번째 아기예요." 그럽니다.

옛날에는 어린애가 생기려고 하면 축제였지요. 아이들에게는 가르쳐주지도 않습니다. 쉬쉬 하지만 대개 감으로 알지요. 아, 동생이 하나 생기는구나 하고. 아기를 출산할 때는 아이들을 바깥으로 내보내서 탄생되는 현장을 못 보게 하는 거예요. 어린이는 생을 못 보게 하고 죽음을 못 보게 해요. 누가 돌아가시면 어린애들을 못 오게 하지요. 즉 인간에게 가장 귀중한 삶과 죽음이 비밀에 감춰져 있었습니다. 다시 말해 인생이라고 하는 것은 깊이가 있었던 것입니다.

지금은 어린애들도 아기가 태어나는 것을 잘 알고, 죽음도 너무 잘 알아서 신비고 뭐고 다 없어졌습니다. 창조의 비밀이 다 없어진 거예요.

그러니까 오늘날의 가정이라고 하는 것은 거대한 소비 기능, 소비를 위한 장소이지 생산을 하는 장소가 아닙니다. 세일즈맨들이 어디를 노리나요? 냉장고, 자동차를 파는 세일즈맨들은 집 안을 노려서 초인종을 누릅니다.

왜냐하면 집은 소비의 장소라는 것을 알고 있기 때문에 많은 상품을 끌고 가정 판매를 하는 거예요.

이렇게 가정이라고 하는 곳은 옛날에는 생산의 장소였는데 지금은 소비의 장소로 바뀌었습니다.

시인들에 의해 다 쓰러져가는 오두막집에서 아름다운 시가 생겨나고 어두운 지하실에서 위대한 음악이 생겨났습니다.

우리가 잘 아는 베토벤의 〈월광〉도 눈먼 소녀의 작은 집에서 달빛이 들어오는 것을 보고 만들어졌던 것처럼 전부 집을 중심으로 해서 이루어졌는데, 오늘날의 가정이라고 하는 것은 시장의 상품의 밥이 되어버렸습니다.

세일즈맨들은 어떻게 하면 저 집 안에 냉장고, 에어컨, 이런 것을 집어넣을까, 연구하고 설득합니다. 우리는 소비를 하기 위해서 살아주고, 가정이라고 하는 것은 소비를 위한 장소가 되어버렸습니다. 이것을 창조의 장소로 옮겨주지 않는 한 우리의 가정이라는 것은 빈 둥지만 남아버리게 됩니다. 뿐만 아니라 어머니는 계를 하러 가지요, 아버지는 일하러 가지요, 어린애들은 유치원, 놀이터에 가지요. 그래서 집은 텅 비어 있습니다. 열쇠로 잠가 놓은 빈집들이 얼마나 많습니까?

엑스선 같은 사진으로 어마어마한 고층 건물이나 아파트를 쭉 촬영해본다면 텅텅 빈 집이 얼마나 많을까 생각해본 적이 있습니까?

옛날에는 집이 인간들의 사랑의 기점이고 하나의 창조를 이룩시키는 활주로였고, 또 모든 인간의 애정과 삶의 가치의 둥지라고 말해줄 수 있었는데 언제부턴가 텅 빈 사막처럼 되어버렸습니다.

그러니까 이 집을 어떻게 회복시키느냐 하는 이것이 한 나라를, 한 민족을 회복시키는 길인데 개개인의 집에 창조의 열정이 일어나지 않으면 안 된다는 것입니다.

이렇게 보면 우리의 결론이 자연스럽게 나올 것 같지만 사실상 우리들이 가진 것이 없고 또는 환경이 나쁘다고 말하기 전에 하나밖에 없는 나의 삶이나 문화를 만들어갈 수 있겠는가 하는 것을 생각해달라는 겁니다.

우리들은 흔히 낙원이라고 해서 '파라다이스'라는 말을 쓰는데 이 용어는 원래 이집트어로서 에덴동산 같은 낙원이라는 뜻이 아니고 황야를 가리키는 말입니다.

어째서 낙원이 아무것도 없는 거친 황야일까요? 다시 잘 생각해보면 황야이기 때문에 바로 파라다이스인 것입니다. 황야이기 때문에 거기에 나무를 심을 수 있고 꽃을 가꿀 수 있고 집을 지을 수 있는 것이지 에덴동산처럼 처음부터 완성된 동산이라면 아무것도 할 게 없습니다. 그것은 낙원이 아니라는 이야기입니다.

어째서 파라다이스가 풍요한 자연이 아니고, 아울러 그 거친 들판을 파라다이스라고 불렀으며 그것이 낙원이라는 뜻이 되었는가? 거칠고 황량하기 때문에 그것은 많은 상상력 속에서 꽃과 나무들이 피어날 수가 있었던 것입니다. 진짜 꽃과 나무가 있다면 현실이기 때문에 우리는 상상할 수가 없습니다.

그러고 보면 창조하는 자란 무엇이냐? 사막에 꽃을 피우는 자들이고 캄캄한 어둠이 있기 때문에 빛이 날 수 있는 자들인 것입니다. 별은 대낮에 볼 수가 없습니다. 캄캄하기 때문에 아주 작은 불똥이라도 켜면 환하게 빛날 수 있습니다.

캄캄한 밤에 등불을 켜 드는 자, 이게 창조자입니다. 빈 병에 술을 가득 채우는 자가 창조자입니다. 병이 가득 찼다면 술을 채울 수가 없습니다. 우리들은 빈 병처럼, 사막처럼, 캄캄한 어둠처럼 이런 역사의 고난 속에서 태어났지만 그래서 창조자일 수 있는 겁니다. 고난 없는 창작은 절대 없습니다.

흔한 비유지만 왜 진주가 진주냐 하면 병들었기 때문에, 성한 조개는 진주가 안 되지만 상처난 조개만이 아름다운 결정結晶을 만들어내는 것처럼, 당신들은 바로 창조자들입니다. 젊은이라고 부르지 말고 창조자라고 불렀을 때에 우리 마음속에 사막을 갖는 것, 어둠을 갖는 것, 빈 병을 갖는 것을 아파하지 말아야 한다는 이야깁니다. 왜냐하면 그것이 창조의 길이며 이 창조의 절실한 욕망은 부족과 결핍에서 생겨나는 것이기 때문입니다.

하나의 창조하는 자의 이름으로서 오늘을 살아갈 때에 20대 또는 50대에 꽃을 피울 수 있는 것이 아닌가 생각해보는 것입니다.

가진 것이 없다고
서러워 말라.

비어 있는 독이 있어야
술을 빚어 채울 수가 있듯이
창조의 공간은
늘 가난한 것이니.

사막에 창조의 꽃을
피우는 자여!
갑자기 암흑 속에
등불을 켜주는 자여!

모든 사람이 소비를 위해
기둥을 뽑을 때에
당신만은 외롭게도
새 기둥을 세우는구나.

가을을 기뻐하라

여름을 지낸
나의 뜨락엔
무엇이 열리고
무엇이 익어가는가?
가을 달처럼
둥그렇게 둥그렇게
익어가는 나의 열매여!

가을에 따는
인생의 의미에 대해
함께 이야기하자.

많은 사람들이 가을에 사색하고 독서를 하는 것은 오래된 하나
의 습관이 아니었던가 생각됩니다. 그런데 가을을 느끼고 생각하

는 것에도 사실은 민족성과 한국 문화의 영향이 내재되어 있다는 것을 알 수 있습니다. 단순히 개인의 느낌이 아니라 가을을 맞이하는 이 감상에는 한국의 문화, 우리 문화의 한자락 바람이 스치고 지나간다는 것을 이야기하고 싶습니다.

특히 요즘 재미있는 실험들을 많이 하는데 인간의 두뇌는 좌측과 우측이 서로 다르다고 합니다. 왼쪽 뇌는 따지고 분석하고 추리하는 과학적 능력이 있고, 오른쪽 뇌는 느끼고 뭔가 감정을 표현하는 감성의 기능을 가졌다는 것입니다.

사람들 사이에서는 왼쪽이 발달한 사람은 대단히 지적이고 분석적인 데 비해, 오른쪽 두뇌가 발달한 사람들은 아주 감정적이고 감성적 인간이라는 겁니다. 가을을 느끼는 데 있어서도 서양 사람들은 좌측 두뇌로 느끼는 데 비해, 동양 사람들은 주로 우측 두뇌로 느낀다는 겁니다.

똑같은 가을인데 가을도 왼쪽 오른쪽이 있느냐고 생각할지 몰라도 실제 실험을 해보면, 서양 어린이들을 초대해서 동양 어린이들과 같이 놀게 하고 가을 풀벌레 소리를 들려주면 아무리 도시에서 자란 아이들이라도 동양 아이들은 벌레 울음소리에서 묘한 정감을 느낀다는 것입니다.

그러나 서양 아이들에게 물어보면 잡음 정도로밖에 안 들린다는 거지요. 그러니까 가을 풀벌레 소리나 달빛 같은 것을 보고 묘한 감상과 정감을 느끼는 것은 동양인의 특성이지 서양 사람들은 안 그렇다는 것입니다. 물론 서양에서도 시인들은 오른쪽 뇌가 발달했겠지만, 대부분이 가을을 정감으로 느끼지 않는다고 합니다.

그래서 가을이 되면 우리들이 느끼는 심정도 사실은 한국 문화의 특성 중 하나라고 생각한다면, 우리는 전체 문화의 바다, 문화의 강줄기에서 벗어나지 못한다는 숙명을 느끼게 됩니다.

실제 외국 사람들이 만들어낸 이야기인데, 독일의 동양 유학생들, 특히 한국 유학생이라고 그럽시다. 가을이 되어서 달이 뜨니까 독일 친구들보고 "우리 달 뜨는 것 구경 가자." 그러니까 "아, 좋아라." 하더라는 거예요. 그래서 인간은 모두 마찬가지구나, 가을 달을 감상하는 것은 동서양이 차이가 없구나 생각했다는 거예요. 그래서 약속을 해서 자기 친구하고 언덕에 올라갔습니다. 그런데 둘 다 삐죽한 것과 길쭉한 것을 들고 왔어요. 달을 보러 오는데 다들 뭘 들고 왔기에 동서양이 다 똑같구나 했다는 거예요.

그런데 달이 뜨니까 한국 유학생은 탁 여는데 보니까 퉁소예요. 달빛 아래서 피리를 불 작정이었지요. 그런데 독일 학생이 가져온 것은 뭔가 보았더니 망원경을 빼더라는 거지요. 가을이 되어 만월이 되니까 관측하기 좋으므로 망원경을 가져왔다는 것입니다.

똑같은 달인데도 동양 학생은 달빛과 달의 아름다움을 정서적으로, 감정적으로 느꼈고, 독일 학생은 그것을 과학적·분석적 관

측을 하기에 좋은 달이라고 생각했다는 겁니다. 물론 이렇게 도
식적으로 끝나는 이야기가 아니고 이것은 한낱 우스개 이야기로
한 것 같습니다만, 사실은 문명화되어가니까 인간들의 우뇌보다
좌뇌 쪽이 더 발달하고, 동양인이 서구화되고, 이렇게 됨에 따라
서 점점 우리의 정감도 옛날과 달라지는 것이 아닌가 생각됩니
다.

가을은 무더운 여름 동안 땀을 흘리고 일한 사람들이 수확을
하고 뜨락의 작은 열매들이 익어가는 계절입니다. 그리고 그 열
매를 수확하게 되는 계절입니다. 그것이 바로 논밭일 수도 있고
직장 또는 가정에서 여름내 일하던 결실들이 얻어지는 것일 수도
있습니다. 가을을 좌뇌로 생각하든 우뇌로 생각하든 철이 지나감
에 따라서 한 번쯤 우리의 삶을, 한국인의 운명을 지그시 생각해
보자는 겁니다.

우리의 전통적인 관습이나 문학작품을 보면 달에 관한 것이 태양에
관한 것보다 상당히 많은 것 같다. 그렇다면 달과 우리의 전통적인 농경
문화와는 어떤 관계에 있는 것인가?

먼저 가요를 보면 서양에서는 "오 솔레미오." 하면서 애인을
태양에다 비교합니다. 애인에게 구혼할 때도 "당신은 나의 태양
이오." 그렇게 말합니다.

그런데 우리의 신라 향가를 보면 남자인데도 달에 비교하는 것이 참 많습니다. 그 유명한 「찬기파랑가」를 보더라도, "열침에 나 토얀다 조차 가지난디야 새파란 날이여에 기랑이 주시스랴." 하는 것이 있습니다.

　　물론 여러 가지 방식으로 읽지요. 향가가 이두 문자라고 하는 것은 한문 음으로 우리나라 말을 옮긴 것이기 때문에 확실하지는 않지만 대개 이렇게 읽는 사람도 있습니다.

　　현대어로 번역하자면 "흰 구름을 탁 밀치고 나타난 달이", 여기서 개운월출開雲月出이라고 하는 것은 불교에서는 구름이 고민을 나타냅니다. 인간의 수심을 뜻하는 것입니다. 이걸 밀치고서 "환한 달처럼", 이 환한 달은 진리의 달입니다. "환한 달처럼 떠오른", "저 파란 냇물에 달 그림자가", 파란 냇물에 기랑이라 하는 것은 화랑을 말합니다. "화랑의 얼굴이 있구나." 아주 고급한 비유입니다.

　　하늘에는 달이 떴다, 보통 사람 같으면 저 흐르는 물에 달 그림자가 어렸구나, 그 달이 기랑의 얼굴 같구나, 이랬을 텐데 위에는 달이 떠간다, 새파란 냇물 위에는 기랑의 얼굴이 떠 있다, 기랑의 얼굴이 바로 달이라는 이야기겠지요.

　　향가의 일 절을 보더라도 신라 사람들이 참으로 대단했다는 것을 알 수 있습니다. 이렇게 끌밋한 남자를 구름을 밀치고 나타난 환한 달에 비교했습니다. 뿐만 아니라 우리의 과거 모든 시가나 문학작품을 보면 해는 잘 안 나오는데 달은 많이 나옵니다. 서양하고 비교했을 때에 우리는 달 문화권이라고 볼 수 있습니다.

좀 딱딱한 이야기 같지만 왜 그렇게 되었는가? 특히 불교에서는 해보다는 달을 많이 씁니다. 이렇게 볼 때, 불교 영향으로 아마도 달이 많이 쓰인 게 아닌가 싶습니다.

인도는 아주 덥습니다. 더운데 태양이라고 하는 것이 밝고 우리에게 광명을 주기는 하지만 그곳에 사는 사람들은 해를 좋아하지 않게 되지요. 자기를 막 불태우니까……. 그 대신 밤이 되면 서늘한 달이 뜨니까 좋게 생각했습니다.

월인천강月印千江, 이런 말이 있듯이 달은 하나지만 온갖 강에는 다 달그림자가 있다, 즉 불심佛心이나 부처님 또는 인간의 진리는 하나지만 인간의 마음을 강물에다 비교할 것 같으면 우리 마음속에다 달 하나씩을 가지고 있다. 달은 하나지만 천 개의 강물 속에 어린다. 아주 아름다운 말입니다. 이 모두가 불교가 들어오면서 영향을 받은 것이라고 볼 수 있습니다.

우리는 북방 민족이므로 태양을 좋아했을 법한데 그 후에 불교 문화가 들어오면서부터 달을 좋아하게 됐다고 생각할 수 있습니다.

또 하나는 농경 문화와 관계가 있지 않을까 생각하는 것입니다. 농경 사회란 해보다는 달을 중심으로 해서 계절감을 느끼는 것이 아닌가 생각되어 과학자보고 물어보았지요. 근거가 없다고 그래요. 사실상 시골에서는 윤달이니 조금이니 해서 참 정확하게 계절과 조수가 맞는 것 같아요.

과학적인 근거는 없다고 하더라도 달은 인체와 직접 관계가 있습니다. 해는 인체와 관계가 없어요. 뭘 보고 아느냐 하면 달이 뜨면 달에 의해서 간만의 차이가 생깁니다.

그리고 특히 여성들은 달의 변화와 몸의 주기적 사이클이 똑같습니다. 그래서 태양은 우리에게 많은 빛을 주지만 직접 인간과 대화를 하지는 않습니다.

그런데 천체 중에서 제일 사람과 비슷한 것이 달입니다. 이런 생각을 하면 참 슬퍼지기도 하고 또 문화라고 하는 것을 깊이 연구해야 되겠다는 생각이 듭니다. 이 달이라고 하는 것을 왜 우리 한국인들이 좋아했나, 농경민들이 왜 특히 좋아했나 하는 것을 생각하면 해는 밤낮 둥글지만 달은 사람처럼 태어난다고 볼 수 있습니다. 초승달이라는 건 어린애 아닙니까? 점점 커져서 둥근 달이 되면 청장년이 되고 그러다 또 이것이 점점 이지러져서 마지막에 그믐달이 되면 노인이 되어 사라져서 죽는 것입니다.

그러면 사흘 동안 완전히 나타나지 않습니다. 그런데 다시 또 태어나거든요. 인간들은 가족끼리, 사랑하는 사람끼리 살면서도 언젠가는 죽는다는 생각을 할 것입니다.

인간들이 한 번 죽어지면 다시 돌아오지 못하니 참 절망적이었습니다. 그때 뭘 보고 희망을 느꼈느냐 하면 농사를 짓는 사람들은 유목민들과 달라서 씨를 뿌리고, 그것이 자라서 가을에 떨어지면 죽는데, 봄이 되면 다시 돋으니까 농사일을 하면서 철학적으로 우리들이 이렇게 농사를 짓듯이 '인생도 끝이 아니다. 죽고 나면 우리는 다시 소생한다. 우리는 몇 배의 열매를 더 거둘 수가 있다.'고 깨닫는 거예요.

이것을 거듭난다 해서 재생사상이라고 합니다. 인간들은 죽음이 끝이 아니라 또 한 번 되살아난다고 하는 농경적 사고를 했었는데, 달이야말로 바로 이런 재생의 기쁨을 우리에게 눈짓해준 징표라고 말할 수 있습니다.

암흑 속에서 사라진 달이 다시 초승달로 돋아나고, 다시 둥그레지지만 다시 없어지고, 이렇게 수천 번 수만 번 달그림자들이 태어났다 사라졌다 하는 것을 보면서 사람들은 죽음이 끝이 아니라는 희망을 가졌던 것입니다.

우리나라뿐만 아니라 농경 사회에서는 전부 달을 숭상하는데, 뉴질랜드 토착민들의 신화에 참 재미있는 이야기가 있습니다. 우리 신화하고 비슷합니다.

어느 날 달이 토끼보고 하는 말이 "지상에 내려가서 사람들한테 일러라. 내가 너희들을 사랑하므로 너희들은 한 번 지상에서 영원히 사라져도 나처럼 다시 태어나는 영생을 얻으리라. 이렇게 가서 전하라." 했는데, 하늘의 사자使者인 방정맞은 토끼가 도중에 그 말을 잊어버렸어요. 그래서 땅으로 내려와 "너희들은 나와 다르므로 한 번 죽으면 다시 태어나지 않으리라."고 전했대요. 그래서 달은 영원히 계속해서 사라졌다가 태어나지만 인간은 한 번 죽으면 돌아오지 못한다는 겁니다.

사람은 너무 분했습니다. 토끼가 말을 잘못 전했기 때문에 인간은 죽으면 영원히 돌아오지 못하니 얼마나 화가 났겠어요. 그래서 토끼 입을 찢어놓았기 때문에 토끼 입이 쭉 째졌다는 이야기가 있습니다. 근원설화라고 그럽니다만 우리는 어떻습니까?

동양에서는 항아가 불사약을 훔쳐가지고 달나라로 도망갔지요. 항아가 달나라로 도망가지 않았으면 우리가 영생을 얻었을 텐데 그만 몰래 불사약을 훔쳐가지고 달나라로 갔기 때문에 인간은 영원히 살 수가 없는 것이라고 했습니다. 우리 조상들이 밭에 심은 곡식을 가꾸고 가을이 되어서 곡식을 수확할 때의 그 느낌을 한번 가만히 생각해보십시오.

'곡식은 가을이 되어 열매를 맺고 봄에 모든 것이 다시 탄생하고 달도 다시 탄생하는데 인간만은 그렇지 못하다. 달처럼 되고 싶다, 가을의 곡식처럼 다시 떨어져 수천 년을 수만 배의 곡식으로 다시 태어날 수 있다면 얼마나 좋으랴.' 하는 달에 대한 그리움과 희망, 구제, 이런 것들을 가을철에 가장 많이 생각했고, 또 그런 씨가 되고 달이 되고자 하는 그 마음 때문에 우리는 이 세상에 잠깐 머물다 가는 하나의 인간이지만 희망을 가지면서 살았던 게 아닌가 생각합니다. 이것이 농경 민족들이 가졌던 가을의 철학이요, 신앙이었다고 할 수 있겠습니다.

또 강강술래를 보면 손에 손잡고 원을 그리며 죄어들어갔다가 풀어졌다 하는 것이 마치 간만의 차이처럼, 밀물, 썰물처럼 삶의 즐거움과 괴로움이, 생과 사가 교체되는 달의 체험을 가을을 통해서 우리의 선조들은 시와 철학으로 삼았던 것 같습니다. 비록 도식화되고 모든 것이 산업화되어가지만, 그래도 가을이 되면 한 번씩 달을 보고 시를 생각하고 내 삶에서 내 밭에서 무엇을 거둘 것인가를 겸허하게 생각해보는 시간을 갖는 것이 필요하지 않나 생각됩니다. 요즘 사람들은 달도 아니고 해도 아니고 도대체 하늘을 잘 보지 않습니다.

언젠가 앙케트 조사를 했더니 그중의 '달을 보았습니까?'라는 항목에 안 보았다는 사람이 많고, 보았다는 사람은 '어떤 계기에서 보았습니까?' 하는 난에다 텔레비전 안테나를 고치러 갔다가 보았다고 썼습니다.

역시 달 보는 시간보다는 텔레비전을 더 많이 보고 있는데, 한 번쯤 텔레비전 스위치를 끄고 가을 달을 묵묵히 쳐다보면서 수천 수만 년 전부터 그 달을 바라보던 사람들의 마음 그리고 수천 번, 수만 번 되풀이하면서 기쁨과 슬픔과 외로움 속에서 살아온 삶의 긴 여정을 생각해본다면 좀 더 나의 삶이 가을 들판처럼 무르익고 풍요로워지지 않을까 하는 생각입니다.

농경 사회에서 산업 사회로 옮겨오면서 우리의 가치관과 인생관이 많이 달라졌다. 그러나 아직도 가을이 되면 공장이나 직장에서 일하던 많은 사람들이 고향을 찾아간다. 이 같은 농경 문화와 산업 사회 사이의 부조화는 예를 들면 어떤 것들이 있을까?

스페이스 셔틀(space shuttle, 우주 왕복선)이 달을 향해 가고 있는 시대의 우리가 농경 사회의 정감적인 문화의 연속성과 어떻게 연결될 수 있을까 궁금한 일이 아닐 수 없습니다.

지금 이 시대의 모든 현상들은 흘러갔던 과거의 한국과 대체 무슨 관계가 있는 건가 하는 것입니다.

옛날 전설 같은 것을 보면 다 잘되다가 뒤돌아보지 말라고 했는데도 뒤돌아보았다가 성공 직전에 실패한 이야기가 많이 있습니다.

"뒤돌아보지 말아라!" 성경에도 있습니다. 우리는 역시 앞을 보고 살아갑니다.

하느님이 인간의 몸을 설계하실 때에 전향성으로 만들어 앞을 보고 가도록 되어 있지 뒷걸음치라고 만들어진 게 아닙니다. 발도 앞을 향해 있고, 뒤꿈치, 뒤통수에는 눈이 달려 있지 않습니다. 귀도 보면 앞쪽이 잘 들리도록 귓바퀴가 나와 있습니다. 바로 앞을 향해서 가야 합니다.

즉 우리는 산업 사회에서 가을을 맞이하는 겁니다. 옛날에는

8할이 농민이었지만 지금은 거의 8할이 도시인이 되어버렸습니다. 특히 서울이 그렇습니다.

농사철과 관계없는 사람들, 공산품을 만드는 사람들에게 봄이 어디 있고 가을이 어디 있습니까? 텔레비전 조립하는 사람, 자동차 조립하는 사람, 이런 사람들에게는 계절이 필요 없습니다. 말하자면 지금은 자연 관리 시대가 아니라 사회 관리 시대라고 합니다.

옛날에는 모든 걸 자연이 관리했습니다. 그런데 지금은 사회가 관리를 합니다. 즉 계절의 영향보다는 사회의 영향을 좀 더 받는다는 이야기입니다. 지금은 에어컨이 있기 때문에 최고 신사는 사실 단벌 신사입니다. 철이 바뀌어도 옷을 갈아입을 필요가 없는 사람이 진짜 신사입니다.

에어컨이 전천후로 되어 있어 자동차를 타거나 직장에 가거나 에어컨이 켜져 있는데 왜 이런 사람이 노타이 셔츠를 입고 다닙니까? 그러니까 여름에 겨울옷 같은 걸 입어도 아무런 상관이 없어요. 또 겨울에도 늘 따뜻한 바람이 부니까 여름옷 같은 걸 입어도 상관이 없습니다.

사실상 오늘날의 최첨단을 걸어간다, 대단히 부자다, 신분이 높다 하는 사람들은 계절에서 되도록 이탈한 사람이며, 바로 그 사람들이 사회에서 성공한 사람이라고 말할 수 있겠습니다.

그런데도 불구하고 오늘날에도 추석만 되면 사람들은 고향이

뭐길래 짧은 휴가를 얻어서 이리 밟히고 저리 밟히고 하면서 무언가를 사들고 시골에 갑니다. 사실 추석 때가 되면 사람들이 서울역에 꽉 차고 선물꾸러미를 들고 가는데, 역시 문명이 발달하고 우리들의 삶이 그렇게 변했어도 원 알맹이, 우리들의 기층 문화, 말하자면 밑뿌리 문화는 바뀌지 않는구나 하는 것을 느끼게 합니다. 이 바쁜 철에도 돈을 들여서 고향집에 가고 성묘를 가는데 이처럼 조상의 무덤을 찾아가는 것을 절대로 잊지 말아야 된다는 것입니다. 이것은 단순히 효孝를 하라는 이야기가 아니라, 우리들이 한 번쯤 이 지상을 떠난 사람들을 생각한다는 그 마음이 얼마나 아름답습니까?

돌아가신 분은 나한테 아무것도 주지 않습니다. 이미 세상을 떠난 사람, 오죽하면 죽은 정승이 산 개만도 못하다고 그러는데, 일단 돌아가신 분들은 나하고 이해관계가 끊어졌음에도 불구하고 그분들을 찾아서 하루쯤 귀중한 시간을 낸다는 것은 얼마나 아름다운 풍습입니까?

마찬가지로 고향 집에서 변변히 큰 덕도 못 본 공장의 근로자들이 힘들여 번 돈을 쓰지도 않고 근근이 모아서는 명절 때가 되면 고향의 부모님이나 가족들을 찾아가고, 또 가서는 옛날 돌아가신 조부모들의 산소를 성묘하는 그 마음은 아무리 살벌한 도시에 오래 살았어도 사라지지 않습니다. 이것이 바로 서양 사람들과 우리가 다른 점이지요. 아무리 근대화되고 서구화되어도 이러한 마음은 반드시 추석에만 있는 것이 아니라 우리 마음속에 살아 있어 서양과 다른 문화를 만들어내는 요인이 되는 겁니다.

이렇게 보면 지금 산업 사회가 왔다고 해서 농경 문화와 부조화를 이루는 반대 개념으로 보지 말라는 것입니다.

지금 우리는 가을 달이나 가을철에서 느끼는 감상보다는 사회역사에서 오는 여러 가지 변동에 신경을 더 많이 쓰게 됩니다.

실제로 칼다 교수 같은 사람이 실험한 것을 보면, 시골에서 논농사를 지어본 사람을 공장에다 넣어 조립을 시키고 기계를 만지게 하면 논농사를 못 지어본 도시 사람들보다 훨씬 생산 능률이 올라간다는 것입니다.

농경 문화가 갖는 특성 중 하나는 자기 생산물에 대해 애정이 있다는 것입니다. 콩을 심고 싹이 나오고 열매가 익어가는 과정을 봄으로써 애정이 깃들게 되는데, 공산품이라는 것은 그것을 생산하는 공장에서 일하는 사람조차도 뭘 만드는지 모릅니다. 나사 죄는 사람은 온종일 나사만 죄고 쬘 뿐이지요. 〈모던 타임스 Modern Times〉라는 찰리 채플린Charlie Chaplin이 나오는 유명한 영화가 생각납니다. 온종일 공장에서 너트만 쬡니다. 그것이 뭐하는 부속품인지도 몰라요.

"너는 이걸 죄어라." 하니까 죄는 것입니다. 이것은 농부들이 곡식을 가꾸는 것하고는 전연 다릅니다. 온종일 나사 죄는 일만한 채플린은 직장인 공장에서 퇴근해 집에 와서도 습관이 되어 여자 외투에 단추가 달린 걸 보고도 가서 죄려고 합니다. 무슨 솟아나온 물건만 보면 죄려고 하지요. 이건 애정이 아니라 습관입니다.

우리가 농부의 마음을 가지고 공산품을 만들고 농사를 짓듯이 자아를 키우고 이웃 사람들을 대하면…… 다시 말해서 농경 문화의 마음가짐으로 여러 가지 일들을 해나갈 수 있다면 아주 빛나는 사회가 될 것입니다.

농경 문화와 산업 사회가 단절되었을 때는 지옥이지만, 농경 사회에서 가졌던 그 인정, 풍습, 참을성, 기다림 그리고 애정, 이런 농부의 마음으로 공산품을 만들거나 회사에서 업무를 본다면 절대로 실수가 없을 것입니다.

한국 사람들은 뽕을 딸 때에도 뽕만 따는 것이 아니라 임도 보고 뽕도 따는 것처럼, 모든 일을 그렇게 한다면 일이라는 게 지루하지 않을 것입니다. 농부가 일을 하면서 그것을 단순히 노동이라고만 생각한다면 농사를 지을 수 없을 것입니다. 흙냄새를 맡고 가을이 되어 벼들이 익어가면 벼 향기를 맡습니다. 나도향羅稻香의 도향이 바로 그것입니다.

벼 향내 그리고 꽃들이 피고 지는 계절의 즐거움이 없이는 도저히 농사를 짓지 못합니다. 밭에서 김을 매기 위해 호미질을 하는데, 통계를 내보니 하루에 몇천 번이나 허리를 꺾는다고 합니다. 이렇게 고된 일을 정감과 사랑이 없이 어떻게 해낼 수 있겠습니까. 이것은 그 고단함에도 불구하고 밤을 새워가며 자녀를 키우는 것과 같은 애정입니다.

남자들보고 애를 키우라고 하면 못 키웁니다. 그러나 여자는 남자보다 애정이 깊기 때문에 어린애를 키울 수가 있습니다. 잠시만 한눈을 팔아도 어린애는 무슨 짓을 할지 모릅니다. 애정 없이 애를 키울 수는 없습니다.

부모가 아이를 키우듯이, 농부가 곡식을 가꾸듯이, 우리들이 공부를 하고, 이웃과 인간관계를 맺고, 공장에서 일을 하고, 직장에서 업무를 본다면 그것이야말로 에덴동산이 될 것입니다.

추석의 전통과 같은 것을 부조화라고 생각하지 말고 농경 문화의 전통을 산업 사회에서 어떻게 꽃피울 것인가를 생각할 때, 한국은 같은 산업 문명 속에서도 서양 사람들처럼 살벌하지 않게 살고 기계에 오염되지 않을 것입니다. 그렇게 하는 것이 새로운 문화를 탄생시키는 젊은이들의 역할이며, 이런 것에 자신감을 갖는 일이 중요하다고 생각합니다.

현대 산업 사회에서는 농경 문화의 전통보다 기마 민족인 유목민적 전통이 더 잘 맞는다고 앞에서 역설했는데, 그것을 좀 더 구체적으로 설명하자면?

아주 아픈 질문입니다. 농경 문화를 산업 사회에 이어가라고 했는데, 어떨 때는 유목적·수렵적 전통을 이으라고 하더니 이번에는 농경 문화냐? 하는 질문 같습니다.

사실 그 글과 오늘의 이야기는 모순점이 있다고 생각하기 쉽습니다. 옳은 소리입니다.

도시 사람들은 한곳에 머물러 있지 않습니다. 고향이라는 것이 없어요. 프로야구 같은 경기를 할 때, 팀마다 지방이 있어서 대구팀, 경남팀, 충청도팀 해서 응원들을 열심히 하는데, 제일 불쌍한 게 서울팀입니다.

서울팀은 누가 응원해주나 걱정이 됩니다. 우리는 서울에 살면서도 서울팀을 응원하지 않고 서울 사람이 자기의 옛날 고향인 경남, 전남, 전북 등을 응원합니다.

그런데 외국에서는 반대로 자기가 지금 뉴욕에 살고 있다면 옛날에 다른 주에서 살았다 하더라도 지금 살고 있는 뉴욕이 자기 고향입니다.

아까 추석 이야기를 했지만, 추석에 서울 인구의 대부분이 서울을 **빠져나간다**는 것은, 서울 사람은 없고 시골에서 온 사람들, 뜨내기들만이 사는 곳이 서울이라고 볼 수 있지요. 그렇다면 서울의 주인은 누구인가? 서울 인구가 이제는 1천만에 육박하고 있지만, 이 1천만이라고 하는 것이 모두 손님들이어서 손님이 사는 땅이 되어버렸다고 할 수 있는 것입니다. 그럼 누가 정말 서울을 아끼고 가꿀 것인가.

아주 옛날 경기고등학교 선생을 하던 때인데, 한번은 고향 이야기를 했더니, 한 학생이 "저는 서울인데요. 그럼 제 고향은 어딘가요?" 그러더군요. "이 녀석아, 서울이 네 고향이지 어디긴 어디야." 했더니 "아, 고향이라면 모두 시골 아녜요?" 그러더라구요. 우리는 언제나 고향이라면 감이 익어가고, 거기에 까마귀 한 마리가 울며 지나가고, 또 초가지붕에 박꽃이 피는 마을을 연상합니다. 가난하지만 따뜻하고 고추가 지붕 위에 빨갛게 널린 집이 늘 마음속 고향인데, 전철이 왔다 갔다 하고 자동차가 홍수처럼 밀리는 도시는 고향이 아니라는 것입니다. 그 학생의 이야기를 듣고 참 가슴이 아팠습니다.

내가 몇 번이나 서울이 바로 네 고향이라고 이야기해주었지만, 그 학생은 끝내 승복하지 않고 "왜 남들 고향은 모두 시골인데 나는 서울입니까? 우리 어머니 고향은 저 목포 어디라던데, 그럼 내 고향도 목포가 아닙니까?" 하는 거예요. 내가 앞에서 유목 전통을 이야기한 것은, 한국인이 농경 민족으로서 정착 생활을 해온 것이 역사적으로 보면 처음부터 그랬던 것은 아니라는 이야깁니다.

거슬러 올라가면 농경 문화만 있었던 것이 아니라 수렵도 했던 것입니다. 몽고반점이라고 어린애가 태어날 때 보면 엉덩이에 파란 점이 하나씩 있는데, 아이가 자라면서 비록 사라지긴 하지만 우리 한국인들은 모두가 이 몽고반점을 하나씩 갖고 태어납니다.

몽고반점은 우리가 몽골리안이었다는 증거입니다.

아시아의 몽골인들이란 말을 타고 천 리를 달리는 사람들입니다. 기동력 있고 민첩하고 활 잘 쏘고 양을 잡아먹으며 사는 아주 호탕한 사람들이에요. 우리 국토의 7~8할이 산골짜기입니다. 우리는 평야라고 배웠지만, 알고 보면 그 평야라는 것은 평야가 아니고 분지입니다. 진짜 평야라고 하면 시야에 산이 안 보이는 것인데, 만경평야라고 해서 넓다고 그러지만 사실은 분지에 지나지 않습니다.

이처럼 산과 산 사이에 있는 골짜기에서 사는 우리이기 때문에 평생을 농사만 짓고 살았다고는 생각지 말라는 것입니다. 즉 우리는 말을 타고 이 땅에 온 사람들이며, 조상들은 퉁구스의 광활한 벌판, 몽골의 고원, 시베리아의 들판을 말을 타고 이곳에 왔기 때문에 우리의 피, 우리의 가슴에 가만히 귀 기울여보면 몽골의 고원이나 고비 사막이나 저 만주 벌판, 그 황량한 벌판에서 불던 바람소리가 들려온다는 것입니다.

우리는 유순한 농경민으로 정이 많기도 하지만 한편으로는 무시무시한 일면도 있습니다. 결코 그렇게 달 보고 눈물짓고 초가삼간 집을 짓고 사는 민족만은 아니라는 것입니다.

앞에서도 잠깐 언급했지만 몽골 말은 아라비아 말처럼 잘생기지도 못했고 머리통은 크고 키는 아주 작달막한데, 이것이 한번 뛰기 시작하면 걷잡을 수 없으며 몇백 리를 달려도 지치지 않고,

생식력은 얼음구덩이에 머리를 처박고 풀을 뜯어먹을 정도로 강합니다. 그래서 잘생긴 아라비아 말은 몽고 말만 옆에 가면 그만 혼비백산해서 도망가버렸다고 합니다.

한국인의 조상은 그런 억척스러운 말을 타고 온 민족입니다. 도시에서 국제 경쟁을 하며 살아가는 우리가 마음이 약해서는 살 수 없으니까, 우리의 기층 문화에는 활을 쏘면서 수렵하던 유목민의 거친 점도 있었다는 것을 이야기한 것입니다.

우리는 농경 문화와 유목 문화, 수렵 문화까지를 살려서, 오늘날의 현대 문명에서 도피할 것이 아니라, 옛날이 그립다고 물레 돌리고 논밭에서 곡식이나 심어서 1차 산업이나 하며 살 것이 아니라, 적극적으로 살아야 한다는 것입니다.

우수한 공산품을 만들어내고 비행기도 만들어 세계 시장에서 싸워 이겨야지요. 그런데 훌륭한 비행기, 훌륭한 반도체를 만들기 위해서는 하나하나 콩을 심듯 현대 문명에 정성을 들여야 한다는 것입니다. 과거로 돌아가라는 이야기가 아닙니다.

꿀벌형과 나비형으로 비유해보면, 일본 사람은 꿀벌형입니다. 일을 할 때 꿀벌이란 것은 저쪽에 꽃이 있으면 꽃을 향해서 일직선으로 날아가 꿀을 가져오는데, 나비는 꽃에 가서도 이 꽃에 앉을까 저 꽃에 앉을까, 앉으려다 말려다 변화무쌍합니다. 그래도 결국 꿀은 따옵니다.

즉 꿀벌은 꿀 따는 데만 집중하지만, 우리 한국 사람들은 나비처럼 꿀도 따고 춤도 추면서, 놀며 꿀을 따는 거예요. 이왕에 똑같은 꿀을 따온다면 그냥 땀을 뻘뻘 흘려가며 꿀 하나만 따오는 것이 아니라 즐거운 마음으로 춤을 추어가면서 꿀을 따오는 나비형이 더 좋지 않겠습니까? 또 그렇게 하는 것이 오래갈 수 있지 않겠습니까?

오늘날 이익만을 위해서, 이익을 얻기 위해서, 생산성만을 위해서 꿀벌처럼 일할 것이 아니라, 인생을 즐기면서 나비처럼 날아다니면서, 꽃의 향기도 맡아가면서, 그러면서 꿀까지 딴다면 그것이 최고가 아니겠습니까? 그래야만 우리는 일본 사람이나 서양 사람들을 이길 수 있는 것입니다.

우리는 '쉬엄쉬엄 일한다'고 그러지요. 그런데 요즘은 일본 것을 배워가지고 일렬로 세워놓고는 큰 소리로 외치며 절하는 훈련도 시키는데 이런 것은 일본 사람들에게나 맞는 규격입니다. 원래 일본인들은 상상력이나 개성이 없고 집단주의적이라 그런 것이 통할 수 있지만, 한국 사람들은 하던 것도 멍석 펴놓으면 안 하는 사람들이라 그런 식으로 해서는 절대 안 됩니다. 서양 사람식으로 해서도 안 됩니다.

쉬엄쉬엄 일하는 법을 가르쳐주면 신바람이 나게 되고, 그렇게 되면 걷잡을 수가 없지요. 한국 사람은 신바람이 나지 않으면 절대로 일 못 합니다. 한국인한테 일을 시키려면 신바람을 일으켜야 합니다. 어깨춤이 일도록 신나게 해주면 돈 안 받고도 일하는 것이 또 한국인입니다.

우리는 하나같이 무당 기질이 조금씩 있어서, 한번 신바람이 났다 하면 날 새고 밤새는 것을 모릅니다. 그런데 온 국민들, 온 이웃들의 어깨춤을 꺾고 신바람이 나려고 하는 것을 다 죽이고서 일을 시키면 한국인은 또 이 세상에서 가장 열등한 민족이 됩니다.

그러나 솟아나는 어깨춤, 우러나는 흥이 흥의 파도를 타고 신바람의 파도를 탔을 때는 세계 어느 나라 사람보다도 무섭습니다. 신바람이 들린 한국인은 무적입니다. 이 세상에 당해낼 사람이 없습니다. 앞으로 정치, 경제, 사회, 문화 각 분야에서 우리가 이 민족을 어떻게 가꾸어나갈 것인가 하는 것은 바로 우리가 어떻게 어깨춤을 회복할 것인가에 달려 있습니다.

예를 들어 아주 정의로운 학생이 있다고 할 때, 이 학생이 집에 돌아가서도 정의로운가 한번 생각해봅시다. 집에 들어가면 옷을 벗어던지고 여동생더러 "야, 물 떠와." 하고 노예 부리듯 합니다.

사회 질서, 정의를 부르짖으면서도, 집 현관에 신발 벗어놓는 것을 보면 가지런히 벗어놓는 사람이 몇 안 된다는 이야깁니다. 자기 신발은 아무 데나 무질서하게 내던지면서 사회가 무질서하다 어떻다 말할 수 있을까요?

우리는 너무 오랫동안 남의 이야기만 해왔습니다. 이제 내 이야기를 하고 나에게로 시선을 돌려보자는 것입니다. 남을 비판하기는 쉽지만 나 자신을 비판하지는 못합니다.

한국 사람들은 자꾸 어린애들처럼 칭찬해주고 "잘한다, 잘한다." 해야 잘하지, "못한다, 못한다." 그러면 더 못합니다. 한국 사람은 아무리 죽을 지경으로 불리한 때라도 신이 안 나면 절대로 굴종하지 않는 민족입니다. 목에 칼이 들어와도 굴종하지 않는 강인한 민족입니다.

그런데 신바람이 나면, 그렇게 좋을 수가 없습니다. 심지어 가불을 해다가 친구들에게 뭘 사주지 않습니까? 신이 나면 다른 한국인이 되는 거예요.

다시 가을 이야기로 돌아가야겠습니다. 가을에 생각해본 우리의 비장한 각오가 이런 것이 아닌가 생각됩니다.

미국의 히피족처럼 우리나라에도 그렇게 미래를 바라보지 않고 시간시간 쾌락만 추구하는 젊은이들이 있는데, 그런 젊은이들을 비롯해서 모든 한국의 젊은이들에게 하고 싶은 말은?

말 하나로 간단히 사회적인 문제를 해결한다면 우리가 고민할 게 없을 겁니다. 말은 다 합니다. 요즘 펑크족이 있는데, 사실 펑크족이니 히피족이니 하는 것을 젊으니까 조금 방황하는 것이라 보고 어른들이 너그럽게 보아줄 수도 있습니다. 그러나 어른들에게는 젊은이들을 조금 너그럽게 보아주고 실수를 하더라도 젊으니까 그럴 수 있다 생각하고 애늙은이들을 만들어서는 안 된다고 말하고 싶지만, 젊은이들한테는 그렇게 관대한 이야기를 하고 싶지 않습니다. 어른들한테는 관대하라고 하고 싶고, 젊은이들에게는 가혹하게 이야기하고 싶습니다.

우리의 삶은 한 번뿐입니다. 또 젊음이라고 하는 것도 마찬가지입니다. 장미가 가장 아름다운 순간은 5분인가 10분밖에 안 된다고 합니다. 원예가한테서 그 이야기를 들었을 때 정말 눈물이 났습니다. 장미가 최고로 아름다운 것은 시간으로 재보면 한 5~6분 동안일 뿐 곧 시든다는 것입니다.

역시 인생이 길다고 하지만 젊은이의 아름다움이라는 건 1~2년입니다. 이 귀중한 것을 왜 헛되게 보냅니까? 왜 허무주의에 빠져 술을 마시면서 인생의 꽃을 낭비합니까? 인간의 생이 허무한 것은 사실입니다. 그러나 허무하다고만 느끼는 사람도 곤란합니다.

그래서 나는 감기 한번 안 걸려본 사람과는 악수도 하지 않겠다는 글을 쓴 적도 있는데, 사람은 병들면서 어른이 되어가기 때문입니다. 병들어보면 내가 혼자구나 하고 바로 자기 운명을 생각하게 됩니다.

가을에 우리가 느끼는 게 뭡니까? 나뭇잎이 지고 서리가 내리고 우리들의 지붕에도 찬바람이 불기 시작하면 죽음을 생각하게 됩니다. 완성과 더불어 죽음을 생각하는 것입니다.

이러한 가을철에 젊은이들이 감상적이 안 된다면 거짓이지요. 그 감상적인 마음에서 한걸음 더 나아갔을 때 가을은 정녕 하나의 겨울의 과정, 추운 겨울로 나는 다리 구실만 하는 게 아닙니다. 윤동주 시의 "떨어지는 나뭇잎마다 봄을 마련해놓고"라는 구절처럼, 나뭇잎이 떨어졌을 때에 나뭇잎 떨어진 자리에서 겨울을 보지 말고 또 한 번 도약해서 봄의 싹을 보라는 것입니다. 셸리Percy B.Shelley의 "가을바람이 불고 스산해지면 또한 봄도 멀지 않았나니……" 하는 시구처럼 한 번쯤 더 건너뛰어 생각하자는 것입니다.

우리들의 삶이라는 것은 시간 속에서 태어나고 시간 속에서 죽고, 우리들의 기억도 아무리 슬픈 이별도 시간이 지나가면 잊히고 맙니다. 그러나 이러한 시간들이 마지막 가는 곳이 어디인가 궁금할 때는 이렇게 생각하시길 바랍니다. 즉 생명의 근원이란 무엇인가? 우리들은 곧 헤어지고 사라질지 모르지만, 우리들 생명의 근원은 뿌리처럼 따뜻한 땅속에 묻혀 있습니다.

한겨울에 문득 우리는 자신이 하나의 나뭇잎처럼 외롭다고 느낄지 몰라도, 흙을 생각하면 생의 마지막이 죽음이 아니라는 걸 잘 알게 됩니다. 씨앗을 믿었던 사람들이기 때문입니다. 이러한 농부의 마음을 가지고 살 때, 우리들의 뿌리에 도달했을 때 우리는 영원한 것입니다.

즉 가을을 슬퍼하지 말고 가을을 기뻐하라는 것이 나의 마지막 이야기입니다.

나뭇잎이 지고 서리가 내리면
외로운 계절이 온다.
모두들
자기의 방 문고리를 닫아걸고
귀뚜라미처럼 홀로 울고 있다.

그러나
땅의 운명을
생각해보자.
이 자리는
누군가가
살다 간 곳이며
누군가가
앞으로 살아갈 곳이다.

내 생명은
나뭇잎처럼 구르지만
그 뿌리는
따뜻하고 영원한
땅속에 묻혀 있으니
이 가을을 기뻐하라!

새 문화를 개척하는 지적 모험가

조갑제 | 《조갑제닷컴》 대표

1. 데뷔작은 「우상의 파괴」

"평론가, 교수, 언론인, 소설가 등 다양한 방면에서 그 필명을 떨치고 있는 재사."

"해박한 지식과 섬광 같은 아이디어를 갖고 있는 데다, 달변까지 갖춘 문화계의 팔방미인."

1989년 12월, 이어령이 신설된 문화부 초대 장관으로 임명되었을 때, 매스컴은 한결같이 이 같은 인물평을 실었다. 이러한 인물평만 보고도 알 수 있듯이, 이어령은 1960년대 이후 산업 사회를 향해 단숨에 내달려온 한국의 지적 발달에 큰 공헌을 해온 인물이다.

이어령은 조선 시대 때부터 대대로 문명文名을 떨친 학자의 집안에서 태어났다. 그 조상을 거슬러 올라가면 수많은 명사가 배출되고 있는데, 그 가운데서도 숙종~영조 때 성리학의 대가로 알려져 있던 유학자 도암陶庵 이재李縡가 특히 유명하다. 아호가 문정공文正公인 이재는 한국 유학의 거두인 이퇴계李退溪와 쌍벽을 이루고 있으며, 그 초상화가 국보로 지정되어 국립박물관에 소장되고 있을 정도의 인물이다. 문화부 장관에 취임한 이어령은 이재의 9대째 직계 자손에 해당한다.

이어령의 가문은 도합 45명의 선대先代가 과거에 급제했다고 전해지는 명문 집안이며, 이러한 전통은 현재까지도 죽 이어져 내려오고 있어, 문중에서 수많은 교육자가 배출되고 있다.

이어령은 1934년, 충청남도 온양시 좌부동이란 마을에서 태어났다. 이 마을 뒤편에는 설화산이 그 빼어난 자태를 뽐내고 있다. 그 고향과 유년 시절을 회상하며 쓴 자전적 에세이 『하나의 나뭇잎이 흔들릴 때』 속에서 그는 신선한 수사적 표현으로 자신의 고향을 다음과 같이 생생하게 묘사하고 있다.

"지금은 신혼부부들 대신 황혼기를 맞이한 노부부가 더 많이 찾아오는 온양시처럼, 나의 고향도 경제 발전과는 반비례하는 길을 걸어왔다. 우리를 망설이게 하고, 우리에게 실망의 한숨을 쉬게 하는 것은 사라져 없어져버린 것, 완전히 변해버린 것 가운데 있으면서도 여전히, 영원히 지워버릴 수 없는 고향에 얽힌 갖가지 흔적들이다."

고향 사람들에게서 "어령이는 저보다 나이가 더 많은 아이들과도 흔히 싸움박질을 하는, 그리고 누구에게도 지기를 싫어하는 아이였지. 그토록 남보다 빼어난 아이였기에 장래 큰 정치가가 되리라고 생각하고 있었지." 하는 말을 들을 만큼 그는 유·소년 시절부터 남보다 뛰어난 데가 있었던 듯하다.

1956년에 서울대학교 문리대 국문과를 졸업하고 나서, 평론가로서 사회에 첫발을 내디뎠다. 《한국일보》에 발표한 평론 「우상의 파괴」가 문단의 주목을 받게 된 데 이어 「현대시의 환위環圍와 그 환계」, 「비유법 논고」 같은 평론으로 《문학예술》지의 추천을 받았다. 그는 대학 재학중인 1955년 문리대학보에 「이상론理想論」을 발표하여 문학평론가로서의 자신을 테스트해본 적이 있었다.

데뷔작인 「우상의 파괴」 가운데서 문단의 대선배인 김동리, 이무영 등을 '과대평가되어 있는 우상'이라고 신랄하게 공격하면서, "(이런 우상을) 파괴하지 않으면 안 된다."고 주장하여 크나큰 파문을 던졌다.

소설가 이병주는 이어령의 데뷔 당시를 다음과 같이 술회하고 있다.

"한국에 있어서 문학평론은 이어령에 이르러 비로소 문학이 되었다. 그 이전에도 문학평론이 없었던 것은 아니지만, 그가 「우상의 파괴」를 치켜들고 문학계에 등장했을 때 모든 사람들은 그 산뜻한 스타일에 매료되기에 앞서, 우선 낭패스러워하는 빛을 감출 수 없었다."

이어령은 '저항의 문학'을 깃발로 내걸고, 전후 세대의 새로운 이론적 기수로 등장했다. 그의 참신한 평론은 당시의 한국 문단에서, 동란 후 처음으로 정규 문학 교육을 받은 세대의 본격적인 평론 활동의 시작을 알리는 봉홧불이기도 했다.

2. 28세의 청년 논설위원

그의 평론의 특징은 이제까지의 양식에 구애받지 않고 감각적인 데다, 많은 비유를 섞어가면서 이론을 전개해나가는 데 있었다. 하지만 문필가로서 확고한 대중적 기반을 구축하게 된 것은, 수필집 『흙 속에 저 바람 속에』를 간행하고 나서부터였다(그에 앞서, 서른 살이란 젊은 나이로 《경향신문》 논설위원을 맡고 있던 때, 황폐한 한국의 문화 풍토에 경종을 울리기 위해 같은 제목의 칼럼을 연재하고 있었다).

"누렇게 뜨고 기미가 낀 그 얼굴, 공포와 당혹이 서린 표정, 마치 가축처럼 육중한 몸짓으로 비틀거리며 쫓겨 돌아다니는 그 뒷모습…… 그리고 그런 위급한 가운데서도 서로 놓치지 않으려 고 꼭 맞잡은 여윌 대로 여윈 손……."

"짜부러진 초가지붕, 돌담과 깨어진 비석, 포플러나무가 죽 늘어서 있는 개천가, 마을의 서낭당, 내버려진 묘석, 아카시아, 풀밭, 할미꽃, 보리밭…… 고요하고 단조로운 풍경이다."

이 말처럼 황량한 1960년대 초반의 한국 사회에 그가 던지기 시작한 자성自省의 메시지는 지식인들의 가슴을 예리하게 파고

들었다. 스물여덟 살의 청년 논설위원이 비교 문화적 관점에서 쓴 이 에세이집은, 출판된 지 1년 만에 30만 부 그리고 그 후 약 200만 부가 팔려나감으로써 초베스트셀러가 되었다.

사람들이 하루 벌어 하루 먹는 생활에 허덕이고 있던 그 시절에, 수필집이 1년에 30만 부나 팔렸다고 하는 사실만으로도 이건 하나의 충격적인 '사건'이다. 이어령은 이 수필집 외에도, 평론집 『저항의 문학』, 칼럼집 『고독한 군중』, 소설집 『장군의 수염』 등을 출판했다. 발간된 그의 저서는 거의 모두 베스트셀러가 되었다.

그의 평론은 간결하면서도 차츰 예리해져서, 타고난 문장력과 서로 어우러져 독자에게 어필하는 농도가 갈수록 짙어졌다. 특히 『축소지향의 일본인』에 이르러서는 그 본령이 유감없이 발휘되고 있다. "노련한 탐정처럼, 하찮은 실마리에서 상상도 못 했던 문화와 의식의 실체를 파헤쳐내고야 마는 천재적인 통찰력"에 의해 그는 '한국 문화론', '한국인론'에까지 계속 불을 지펴나갔던 것이다.

3. 「축소지향의 일본인」이 던진 파문

《서울신문》, 《한국일보》, 《경향신문》, 《중앙일보》, 《조선일보》의 논설위원으로서 현실에 대한 목소리를 높이는 한편, 그는

1966년부터 이화여자대학교 국문과의 교수직을 맡았다. 강의 노트와 강의 소재가 풍부하다는 점에서는 교수들 가운데서 단연 톱 클래스의 학구파이며 능변가의 자질도 갖추고 있었다. 영미 문학, 프랑스 문학에 관한 해박한 지식 외에 한국의 전통 문학에 대한 조예의 깊이 또한 뛰어난 변설가이며 문필가였다.

이어령에게는 언제나 '박학다식'이란 형용사가 따라다니는데, 그의 수필집을 한번 읽어보면 그 까닭을 쉽사리 알 수 있을 것이다.

1972년에 월간 문예지 《문학사상》이 창간된 이래 이어령은 그 잡지의 주간을 맡았으며, 1985년 12월까지 15년 동안 권두 에세이 '이 달의 언어'를 집필해왔다. 이 권두 에세이에는 1950년대 이후 한국의 문학 독자층의 가슴속에 깊이 아로새겨져 있는 '이어령 문체'가 유감없이 발휘되어 있다. 다시 말하면 시적이어서 함축미가 있고, 잠언적이어서 통찰력과 예언성을 고루 갖춘 문체였던 것이다.

그가 15년 동안이나 계속해온 집필을 중단하지 않을 수 없었던 것은 뒤에서도 말하겠지만, 새로이 집필하기 시작한 기호학에 관한 저작에 전념하기 위함이었다.

1981년 6월, 이어령은 일본에 건너가서 1년 동안 도쿄대학 비교문학연구소의 객원 연구원으로 일했다. 『축소지향의 일본인』을 집필하여, 일본의 학생사라는 출판사에서 발간한 것은 이 시기였다. 이 책은 겨우 다섯 달 동안에 16판을 거듭하여, 10만 부가 팔려나감으로써 일본 독서계에 크나큰 파문을 던졌으며, 더 나아가 영국 등지에서도 번역·출판되었다. 이런 일은 한국인으로서는 처음 있는 일이었다.

『축소지향의 일본인』은 온갖 문화를 축소해서 수용하는 일본인의 기질을 해명해 보여준 것인데, 이에 대한 일본 지식인의 반향은 10만 부라는 부수만으로는 설명할 수가 없다. 그 내용을 인정하든 인정하지 않든, '축소지향'이란 말은 그들의 뇌리에 깊이 아로새겨지게 되었던 것이다.

일본의 매스컴은 연일 이 책에 관한 서평을 다투어 실었다. 일본에서 갑자기 유명 인사가 된 이어령은 각계각층의 강연회에 불려다녔는데, 그 어느 곳에서도 그만의 독특한 화술로써 청중을 매료시켰다. 이어령이 일본의 매스컴에 화려하게 등장한 일은 한국인의 존재를 새롭게 인상지어주는 계기가 되었으며, 그와 동시에 재일 교포들에게 긍지를 심어주는 계기가 되기도 했다. 이에 관해 이어령 자신은 다음과 같이 말하고 있다.

"문화라고 하는 것은 공기와 같은 것이다. 아무리 밀폐해두려 해도 그것은 이웃으로 흘러가고 또 이웃에게서 흘러들어오게 마련이다. 한국과 일본의 문화 교류도 이런 측면에서 생각해보아야 할 것이다. 일본인에 대한 우리의 평가를 당당하게 발표하는 일이야말로 건전한 한일관계의 정립을 촉진하는 길이라고 나는 생각한다."

그는 이 책을 구상하는 데 대략 8년이란 세월을 보냈으며, 도쿄 신주쿠 근처에 빌린 방에서 혼자 자취하면서, 때로는 라면을 끓여먹어가며 책을 읽고 집필하는 생활을 1년 동안 계속했다. 그 동안 고독을 스스로 달래면서 거의 방 안에 틀어박혀 지냈다. 그러는 가운데 한국이 보이고 자신이 보이고 이웃 사람이 보이기 시작했다고 전한다.

"생각지도 않던 일본인론을 쓰기는 했지만, 진짜로 발견한 것은 일본이 아니라 한국이었는지도 모른다."

이것이 이어령의 거짓 없는 심경인 것 같다.

4. 새 분야, 기호학으로 가는 길

일본에서의 집필 생활은 꽤 힘든 작업이었던 듯, 1982년 5월에 귀국하고 나서부터는 저작과 강의에만 몰두했다. 이 시기에 발표한 것이 그의 첫 장편소설 『둥지 속의 날개』이다.

이 소설은 원래 1978년에 《한국문학》에 연재했던 것인데, 와병으로 인하여 8회로 중단되어 있었다. 그 후 4년 동안 방치되어 있다가, 아무래도 완성하지 않으면 안 되겠다고 하는 작가로서의 정열이 되살아나 다시 펜을 들게 되었던 것이다.

그는 이 소설을 스토리 중심의 작품으로 꾸미지 않고, 이미지를 주체로 해서 써냈다. 섹스, 현대 산업 사회의 상업 구조, 현대인의 소외의식이라는 세 가지 테마가 동시에 진행되어, 읽는 이의 관점에 따라 여러 모양으로 변화될 수 있는 작품으로 꾸몄다.

"감수성과 직감력을 요했던 이제까지의 작업 방식에 종지부를 찍기로 했다. 나도 나이 쉰이 되었으니 나 자신을 한번 정리해보고 싶었다. 평론, 에세이, 희곡, 소설의 세계로부터, 보다 학문적인 방향으로 전념해나가야 되겠다는 생각이 들었다. 이런 의미에서 나로선 처음으로 쓴 이 장편소설은 나의 문필 생활 50년의 총결산이다."

이 말 그대로 『둥지 속의 날개』를 간행한 이후의 그는 본격적으로 학문의 세계에 돌입했다. 그가 새롭게 뛰어든 분야는 앞에서도 잠깐 언급한 기호학이다. 기호학은 일반적으로는 그다지 알려져 있지 않은 분야이지만, 20세기 초 미국과 스위스의 철학자가 창시한 이래, 전 세계에 널리 퍼진 학문이다.

기호란 언어, 부호, 교통 표지판 등과 같은 명확한 의사 전달 시스템만이 아니라 신체 표현 혹은 의식주 문화 하나하나를 구성하는 요소에 공통되는 의미를 전달하는 모든 사항들이 포함된다. 언어는 가장 발달된 기호 시스템으로서, 이를 연구하는 언어학은 기호학 연구의 기본적 방법을 제공해준다.

1987년 3월, 이화여자대학교에 한국 최초의 기호학연구소가 설치되고 이어령이 초대 소장으로 취임했다. 이 연구소는 해외의 기호학을 소개하는 일과, 전통 문화에 대한 기호학적 측면에서의 접근이 시작되었다는 점에서 학계의 적지 않은 관심과 기대를 불러일으켰다.

연구 영역은 많은 학문 분야에 걸쳐 있으나, 기호학 자체는 한국 내에서 처음으로 시도되는 것인 만큼, 이에 회의적인 학자도 있었다. 하지만 이어령은 이에 관심을 갖는 학자들과 더불어 개척자 정신으로 임해, 온몸을 내던지다시피 연구 활동을 추진했다. 그리하여 그해 기호학 논문을 제출하여 단국대학교에서 문학박사 학위를 취득했다.

5. 서울올림픽 – 세계를 가로막는 장벽에 대한 도전

그 후 이어령은 감동적인 '서울의 드라마'를 연출하게 된다. 1988년 서울올림픽의 개·폐회식전에 수많은 아이디어와 철학을 제공했던 것이다.

박세직 올림픽 조직위원장은 이어령에게 개·폐회식전의 상임위원에 취임해줄 것을 요청했다. 이어령이 이 요청을 받았던 무렵엔 국내의 일부 지식인을 중심으로 '절름발이 올림픽', '분단을 영구히 고착화하는 올림픽'이라고 외치는 올림픽 반대 운동까지 일어나고 있었다. 그러한 정치적인 문제는 제쳐놓고라도, 당시 이어령은 논문을 써야 하는 일거리를 가득 안고 몹시 바빴던 시기였으므로 박세직의 요청을 기어코 뿌리칠 참이었다. 하지만 조금씩 관여하던 중 자신도 모르게 깊이 말려들어버렸다고 한다.

"나는 국내 사정보다도, 세계적인 시점에서 올림픽을 봐야 하지 않을까, 하고 생각했습니다. 남이든 북이든, 밖에서 보면 같은 한민족임에 틀림없는데, 우리들의 올림픽이 외국인에게 실망을 안겨주어도 좋을까? …… 이렇게 생각한 끝에 미력이나마 참여하기로 했던 것입니다. 게다가 정치의 언어는 기껏해야 1~2년밖에 지속되지 않지만 문화의 언어는 100년, 200년도 넘게 지속된다는 인식도 밑바닥에 깔려 있었기 때문입니다."

박세직 조직위원장의 절대적인 신임에 응하여, 이어령은 개·폐회식전 상임위원으로 올림픽의 아이디어맨으로 변신해갔다. 그는 서울올림픽을 역사의 '역전극'이라 표현했다. 이념의 대립에서 벌어진 전쟁으로 세계의 젊은이들이 목숨을 잃은 어두운 묘지를 이제는 올림픽으로 동서양 진영의 젊은이들이 손에 손을 맞잡고 함께 사랑을 나누는 꽃밭으로 바꾸었기 때문이라는 것이다. 이렇게 해서 서울올림픽의 개·폐회식은 이어령의 손에 의해 그말 그대로 '역전극'의 상징으로서 연출되었던 것이다.

이어령은 이러한 의도를 품고 상징적인 각종 장치를 창안했다. 그 대표적인 것이 개회식에서 '벽을 넘어서'라는 테마에 기초를 둔 주제 만들기였다. 그 시나리오의 첫머리에는 다음과 같은 말이 쓰여 있었다.

"인류의 벽, 이념의 벽, 당신과 나를 가로막고 있는 무수한 경계의 벽을 넘어서 모든 인간이 한 전당에서 만날 때 서울은 하나의 광장이 되며, 인류는 또다시 천지와 더불어 하나가 된다. 벽이 허물어지고 난 후에 새싹이 트고 분단의 상흔에 새로이 피가 통하게 되었을 때, 원초의 햇살이 천지를 비춰주던 그날처럼 신들의 어깨춤이 우주의 내일을 연다."

이어령은 또 이렇게 말한다.

"올림픽 개최지로서 서울이 선정되었다고 하는 것은 의심할 바 없이, 세계를 갈라놓는 무수한 장벽에 대한 도전을 의미하는 것이라고 나는 생각했습니다. 왜냐하면 여러 나라 사람들이 서울을 방문하기 위해서는 세계의 그 어느 도시보다 더 높고 더 두꺼운 벽을 넘지 않으면 안 되기 때문입니다."

그는 서울올림픽을 세 가지 측면에서 설명했다. 첫째 정치적 이념의 벽을 뛰어넘을 것, 둘째 서구 문화의 벽을 뛰어넘을 것, 셋째 중심주의의 벽을 뛰어넘을 것.

다시 말하면 탈이데올로기에 의한 신문화주의, 탈서구화에 의한 신아시아주의, 탈중심주의에 의한 신주변주의라는 세 가지 새로운 시대의 도래를 선언하고 그것을 서울올림픽을 통해 표현하려고 했던 것이다.

개·폐회식전에서는 한국 문화의 독창성과 우수성이 8개 국어로 동시통역됨으로써 전 세계에 소개되었다. 이 해설의 시나리오를 쓴 사람도 이어령이었다. 뿐만 아니라 '포스트모더니즘의 시작'이라고 하는 인류 문명적인 뜻을 그 속에 담고, 천·지·인의 동양 사상에 뿌리를 둔 '원융회통圓融會通'의 조화사상에 의해 동유럽 여러 나라의 민주화로 막을 연 새 시대로 가는 이념적 방향도 제시하려 했던 것이다.

6. 서울올림픽 후 한국의 변모

이어령은 서울올림픽을 통하여 한국이 문화의 '수신국'에서 문화의 '발신국'으로 바뀌었다고 하는 자부심을 품게 되었다고 한다.

"올림픽은 단순한 스포츠 행사가 아니라 정치, 경제, 사회, 문화 등 모든 분야에 영향을 미치는 종합적 제전이라고 말할 수 있습니다. 또 전 세계가 관심을 갖고 지켜보고 있다는 점에서는 전쟁에 대한 관심에 버금가는 것이겠지요. 올림픽을 성공리에 치렀다고 하는 데서 오는 우리들의 자신감은 자동차를 몇 대 수출했다는 자신감과는 비교도 되지 않습니다. 올림픽은 또한 한 가지 일을 성취하고자 하는 긍정적인 방향에서 전 국민이 힘을 합친 최초의 경우가 아니었나 생각합니다. 비판과 부정 일변도였던 우리의 지적 풍토에, 긍정과 창조의 사고방식이 뿌리를 내리기 시작했다는 말입니다. 나 자신, 공명심과는 관계없이, 무언가를 성취하고 싶다는 의욕을 갖고 덤벼들었습니다. 그런 의욕이 이토록 충족된 것은 처음 겪는 경험이라고 말해도 좋을 것입니다.”

그 당시 이어령은 올림픽의 문화 페스티벌을 담당한 스태프들로부터 독선적이라는 비판을 적잖게 받았다. 관계자가 고심 끝에 만들어낸 개·폐회식전의 시나리오를 대폭 손질한다거나, 개회식을 일주일 앞둔 긴박한 시점에서 문화 페스티벌의 계획을 변경했던 적도 있었다니 말이다.

이어령 자신은 그러한 스스로의 ‘횡포’를 올림픽에 기울인 정열의 발로라고 설명하며, 자신의 말을 그대로 따라준 축전 참가 학생들, 퍼포먼스의 지도원들을 포함한 전 스태프에게 지금도 고마운 뜻을 계속 품고 있다고 한다. 그리고 그는 올림픽을 계기로 한국은 ‘관리당하는 사회’에서 능동적으로 ‘참가하는 사회’로 변모했다고 강조한다.

올림픽이 막을 내리고 난 후에도 이어령은 그 사후 처리를 위해 눈코 뜰 새 없이 바쁜 나날을 보냈다. 전 세계에서 240명의 석학들이 참가한 올림픽 학술회의의 논문집(전6권)의 편집 일을 떠맡아, 올림픽 1주년을 맞는 1989년 8월 어김없이 출간시켰다. 또 올림픽 기록영화의 작성에도 참여해 타이틀의 선정, 대본의 각색 arrangement에 이르기까지 광범위하게 의견을 제시했다.

7. 황무지에 집을 짓는 '목수'로서

이어령은 1989년 8월부터 일본 교토의 국제일본문화연구센터의 객원교수로 부임한 바 있고, 그해 12월에 한국 문화부의 초대 장관에 임명되었다. 타고난 변설을 가지고 한 취임 인사 가운데서 그는 '목수론'을 전개했다.

"번듯하게 지어진 집에 입주하는 것이 아니라, 도로도 포장되어 있지 않은, 황무지나 다름없는 벌판에 신축 가옥을 지으러 가는 목수와 같은 심정입니다. 바야흐로 1990년대라고 하는 역사적인 전환기의 초대 문화부 장관의 지위가 황량한 벌판에 세워지는 신축 가옥인 셈입니다. 문화, 예술계는 물론이고, 일반 사회로부터도 신설된 문화부에 대한 기대는 자못 큽니다. 따라서 나는 갖가지 목소리를 조화시켜, 문화부의 튼튼한 그리고 당당한 주춧돌이 될 각오입니다."라고 취임 소감을 밝혔다.

취임 후 이어령은 주로 예술의 스페셜리스트들에 의해 기획되고 추진되어왔던 종전의 문화 행정에서 과감히 탈피하고, 생활문화의 기반 위에 선 순수문화의 발전을 이끌어나갈 운동이 필요하다고 강조했다. 그리고 순수예술(예술 지상주의)과 대중예술이 대립해 있던 1980년대형型의 문화, 예술 풍토와 관료주의적인 행정 방식을 타파하고, 생활 속에 저절로 삼투해 들어가는 문화를 겨냥하여 개혁을 성공으로 이끌어나가지 않으면 안 된다고도 주장했다.

문화계의 비상한 관심이 집중된 가운데 거행된 문화부의 시무식_{始務式}에서 이어령은 직원들에 대해 "관료적인 틀과 체질을 타파하고, 문화의 봉사자로서 무한한 상상력을 갖추어주기 바란다."고 문학평론가다운 주문을 했다.

그 시절, 문화부가 독립된 국가 기관으로 출발한 이래 추진된 사업들은 모두 참신하기 그지없었으며, 이어령 장관의 아이디어가 반영되지 않은 것이 거의 없었다.

8. 문화 행정의 세 기둥

정부의 '문화부의 새 사업 계획'으로서, 이어령은 즉각 새 사업의 구체안을 발표했다. 1990년대의 새로운 문화 정책이라고도 볼 수 있는 이 새 사업은 다음의 세 가지 큰 틀로 구성되어 있었다.

첫째, 한국인의 문화적 동질성 회복과 추진.
둘째, 국민의 문화 향수권_{享受權}과 참가권 신장.
셋째, 미래 문명에 적응하는 문화의 창조.

한국인의 문화적 동질성을 회복하기 위해서는 무엇보다 먼저 한국어의 표준화, 종교적 문화 흥륭을 위한 범종교 예술제전의 개최, 한복 바로 입기, 향토 음식의 재발견, 전통을 답습한 아담하고 멋이 풍기는 주거 환경의 모델 제시, 기쁨으로 가득 찬 유희 문화의 프로그램 개발 등 한국 고유의 문화와 멋을 지키는 운동을 대대적으로 전개해나갈 것이라고 밝혔다. 또한 재외 한국인이 많이 사는 지역에서 한민족문화대축전을 순회해가며 개최하고, 베이징 아시아대회를 계기로 해서 중국과 구 소련 지역에 거주하는 동포들을 상대로 한 예술단을 파견할 계획도 세웠다.

국민의 문화 향수권과 참가권을 신장시키는 일에 관해서는, 지역마다의 문화 동호자同好者들을 동원하여 문화 소집단 운동을 활성화하고, 예술가나 종교인들에게 문화 그림엽서 보내기 운동을 일으키게 했으며, 문화 가족 운동을 적극적으로 펼쳐나갔다. 한편, 가만히 앉아서 관객이 찾아오기만을 기다리고 있을 뿐이었던 박물관이나 미술관들을 시민들이 찾아오기 쉬운 장소로 개선하고, 문화지도를 발행할 계획을 세웠다.

또한 종전까지 사장된 것 같은 상태였던 지방 문화원을 '문화 사랑방'으로 바꾸고, 이것을 지역 유지, 사업가, 문화인, 예술가들이 함께 참가하는 고향 문화 만들기 운동의 센터로 활용했다. 이 밖에 근로청소년들이 흥미를 끌게 될 프로그램을 개발해서 보급하는 한편, 서울의 인사동, 명동, 이태원 등 문화적 명소와 거리를 정리했다.

미래 문명에 알맞은 문화를 창조하기 위하여 수도권엔 '예술가의 집'이 세워지고, 지방에는 '예술 창조 마을'이 건설, 운영되어야 한다는 확신 아래 그 기초적인 작업을 다져놓았다.

이어령 장관은 이 같은 새 사업을 추진함에 있어 국민의 요구에 응하기 위해 문화부에 '까치 전화'라고 하는 텔레폰 서비스를 개설했다. 문화부에서는 매일 까치 소리를 듣는 것이 국민들에게 매우 큰 화제가 될 것이라고 자부했던 것이다.

9. 계획 못지 않은 실천력

이어령 장관은 한국어의 뜻을 멋있게 살린 갖가지 신조어를 만들어내어 화제를 불러일으켰다. '신바람나게 일하기'라고 하는 타이틀의 문화부 직원용 근무 원칙에 담긴 '3불不 원칙', '3가可 원칙'에는 그것이 충분히 담겨 있다.

"3불 원칙—문턱 없이 일하기, 생색내지 않고 일하기, 사심 없이 일하기. 3가 원칙—이끼 입히기, 두레박 놓기, 부지깽이 되기."

오랜 바위에 이끼가 저절로 끼듯이 경직된 문화에 활기를 불어넣고, 문화라고 하는 우물에 걸린, 작지만 그러나 귀중한 두레박 역할을 자진해서 떠맡고 사그라져가는 문화의 불을 몸을 바쳐 되살리자는 뜻이다.

이어령은 1990년대를 '문화의 시대'라고 정의했다. 일찍이 한국 지적 풍토의 최첨단을 걸으면서 우상을 파괴하고 새 지평을 개척해온 이어령이기는 하지만 스스로가 기성 질서의 기둥이 되어 있는 지금, 다시 어떤 지적 모험에 도전하여 새로운 사회, 문화적 현상을 창출해낼지 자못 기대가 크다.

이어령은 정치 관료로서 초대 문화부 장관의 직책을 맡아 왕성한 의욕을 발휘하며 이 나라 문화 행정 백년대계의 기초를 닦아놓고 1991년에 자리에서 물러났다.

— 이 글은 필자(조갑제)가 일본에서 출간한 저서 『한국의 뉴 리더』(講談社新書)에 소개한 이어령 씨의 인물론을 발췌 수록한 것임을 밝힌다.

조갑제

1945년 일본 사이타마 현에서 태어났다. 부산수산대학과 하버드대학을 다녔으며, 제7회 한국기자상, 제4회 아시아 태평양상 특별상, 관훈클럽언론상 등을 수상했다. 저서로는 『대폭발』, 『코리안 커넥션』, 『7광구의 대도박』 등이 있고, 《월간조선》의 편집장, 대표를 역임했으며, 현재 인터넷 언론 《조갑제닷컴》의 대표이다.

이어령 작품 연보

문단 : 등단 이전 활동

「이상론 – 순수의식의 뇌성(牢城)과 그 파벽(破壁)」	서울대 《문리대 학보》 3권, 2호	1955.9.
「우상의 파괴」	《한국일보》	1956.5.6.

데뷔작

「현대시의 UMGEBUNG(環圍)와 UMWELT(環界) – 시비평방법론서설」	《문학예술》 10월호	1956.10.
「비유법논고」	《문학예술》 11,12월호	1956.11.
* 백철 추천을 받아 평론가로 등단		

논문

평론·논문

1.	「이상론 – 순수의식의 뇌성(牢城)과 그 파벽(破壁)」	서울대 《문리대 학보》 3권, 2호	1955.9.
2.	「현대시의 UMGEBUNG와 UMWELT – 시비평방 법론서설」	《문학예술》 10월호	1956
3.	「비유법논고」	《문학예술》 11,12월호	1956
4.	「카타르시스문학론」	《문학예술》 8~12월호	1957
5.	「소설의 아펠레이션 연구」	《문학예술》 8~12월호	1957

학위논문

단평

국내신문

3. 「화전민지대-신세대의 문학을 위한 각서」　　《경향신문》　　　　　1957.1.11.~12.

4. 「현실초극점으로만 탄생-시의 '오부제'에 대하여」《평화신문》　　　　1957.1.18.

5. 「겨울의 축제」　　　　　　　　　　　　《서울신문》　　　　　1957.1.21.

6. 「우리 문화의 반성-신화 없는 민족」　　《경향신문》　　　　　1957.3.13.~15.

7. 「묘비 없는 무덤 앞에서-추도 이상 20주기」《경향신문》　　　　1957.4.17.

8. 「이상의 문학-그의 20주기에」　　　　　《연합신문》　　　　　1957.4.18.~19.

9. 「시인을 위한 아포리즘」　　　　　　　《자유신문》　　　　　1957.7.1.

10. 「토인과 생맥주-전통의 터너미놀로지」　《연합신문》　　　　1958.1.10.~12.

11. 「금년문단에 바란다-장미밭의 전쟁을 지양」《한국일보》　　　　1958.1.21.

12. 「주어 없는 비극-이 시대의 어둠을 향하여」《조선일보》　　　　1958.2.10.~11.

13. 「모래의 성을 밟지 마십시오-문단후배들에게 말　《서울신문》　　　1958.3.13.
　　한다」

14. 「현대의 신라인들-외국 문학에 대한 우리 자세」《경향신문》　　　　1958.4.22.~23.

15. 「새장을 여시오-시인 서정주 선생에게」　《경향신문》　　　　1958.10.15.

16. 「바람과 구름과의 대화-왜 문학논평이 불가능한가」《문화시보》　　1958.10.

17. 「대화정신의 상실-최근의 필전을 보고」　《연합신문》　　　　1958.12.10.

18. 「새 세계와 문학신념-폭발해야 할 우리들의 언어」《국제신보》　　　1959.1.

19. *「영원한 모순-김동리 씨에게 묻는다」　《경향신문》　　　　1959.2.9.~10.

20. *「못 박힌 기독은 대답 없다-다시 김동리 씨에게」《경향신문》　　1959.2.20.~21.

21. *「논쟁과 초점-다시 김동리 씨에게」　　《경향신문》　　　　1959.2.25.~28.

22. *「희극을 원하는가」　　　　　　　　　《경향신문》　　　　　1959.3.12.~14.

　　* 김동리와의 논쟁

23. 「자유문학상을 위하여」　　　　　　　《문학논평》　　　　　1959.3.

24. 「상상문학의 진의-펜의 논제를 말한다」　《동아일보》　　　　1959.8.~9.

25. 「프로이트 이후의 문학-그의 20주기에」　《조선일보》　　　　1959.9.24.~25.

26. 「비평활동과 비교문학의 한계」　　　　《국제신보》　　　　　1959.11.15.~16.

27. 「20세기의 문학사조-현대사조와 동향」　《세계일보》　　　　1960.3.

28. 「제삼세대(문학)-새 차원의 음악을 듣자」《중앙일보》　　　　1966.1.5.

29. 「'에비'가 지배하는 문화-한국문화의 반문화성」《조선일보》　　　1967.12.28.

460

43. 「이상문학의 출발점」	《문학사상》	1975.9.
44. 「분단기의 문학」	《정경문화》	1979.6.
45. 「미와 자유와 희망의 시인 – 일리리스의 문학세계」	《충청문장》 32호	1979.10.
46. 「말 속의 한국문화」	《삶과꿈》 연재	1994.9~1995.6.

외 다수

외국잡지

| 1. 「亞細亞人の共生」 | 《Forsight》新潮社 | 1992.10. |

외 다수

대담

1. 「일본인론 – 대담:金容雲」	《경향신문》	1982.8.19.~26.
2. 「가부도 논쟁도 없는 무관심 속의 '방황' – 대담:金	《조선일보》	1983.10.1.
環東」		
3. 「해방 40년, 한국여성의 삶 – "지금이 한국여성사의	《여성동아》	1985.8.
터닝포인트" – 특집대담:정용석」		
4. 「21세기 아시아의 문화 – 신년석학대담:梅原猛」	《문학사상》 1월호, MBC TV	1996.1.
	1일 방영	

외 다수

세미나 주제발표

1. 「神奈川 사이언스파크 국제심포지움」	KSP 주최(일본)	1994.2.13.
2. 「新潟 아시아 문화제」	新潟縣 주최(일본)	1994.7.10.
3. 「순수문학과 참여문학」(한국문학인대회)	한국일보사 주최	1994.5.24.
4. 「카오스 이론과 한국 정보문화」(한·중·일 아시아 포럼)	한백연구소 주최	1995.1.29.
5. 「멀티미디어 시대의 출판」	출판협회	1995.6.28.
6. 「21세기의 메디아론」	중앙일보사 주최	1995.7.7.
7. 「도자기와 총의 문화」(한일문화공동심포지움)	한국관광공사 주최(후쿠오카)	1995.7.9.

8. 「역사의 대전환」(한일국제심포지움)	중앙일보 역사연구소	1995.8.10.
9. 「한일의 미래」	동아일보, 아사히신문 공동주최	1995.9.10.
10. 「춘향전'과 '忠臣藏'의 비교연구」(한일국제심포지엄)	한림대·일본문화연구소 주최	1995.10.
외 다수		

기조강연

1. 「로스엔젤러스 한미박물관 건립」	(L.A.)	1995.1.28.
2. 「하와이 50년 한국문화」	우먼스클럽 주최(하와이)	1995.7.5.
외 다수		

저서(단행본)

평론·논문

1. 『저항의 문학』	경지사	1959
2. 『지성의 오솔길』	동양출판사	1960
3. 『전후문학의 새 물결』	신구문화사	1962
4. 『통금시대의 문학』	삼중당	1966
* 『축소지향의 일본인』	갑인출판사	1982
* '縮み志向の日本人'의 한국어판		
5. 『縮み志向の日本人』(원문: 일어판)	学生社	1982
6. 『俳句で日本を讀む』(원문: 일어판)	PHP	1983
7. 『고전을 읽는 법』	갑인출판사	1985
8. 『세계문학에의 길』	갑인출판사	1985
9. 『신화속의 한국인』	갑인출판사	1985
10. 『지성채집』	나남	1986
11. 『장미밭의 전쟁』	기린원	1986

| 『다시 한번 날게 하소서』 | 성안당 | 2022 |
| 『눈물 한 방울』 | 김영사 | 2022 |

칼럼집

| 1. 『차 한 잔의 사상』 | 삼중당 | 1967 |
| 2. 『오늘보다 긴 이야기』 | 기린원 | 1986 |

편저

1. 『한국작가전기연구』	동화출판공사	1975
2. 『이상 소설 전작집 1,2』	갑인출판사	1977
3. 『이상 수필 전작집』	갑인출판사	1977
4. 『이상 시 전작집』	갑인출판사	1978
5. 『현대세계수필문학 63선』	문학사상사	1978
6. 『이어령 대표 에세이집 상,하』	고려원	1980
7. 『문장백과대사전』	금성출판사	1988
8. 『뉴에이스 문장사전』	금성출판사	1988
9. 『한국문학연구사전』	우석	1990
10. 『에센스 한국단편문학』	한양출판	1993
11. 『한국 단편 문학 1-9』	모음사	1993
12. 『한국의 명문』	월간조선	2001
13. 『뜻으로 읽는 한국어 사전』	문학사상사	2002
14. 『매화』	생각의나무	2003
15. 『사군자와 세한삼우』	종이나라(전5권)	2006

    1. 매화

    2. 난초

    3. 국화

    4. 대나무

    5. 소나무

| 16. 『십이지신 호랑이』 | 생각의나무 | 2009 |

8. 『느껴야 움직인다』　　　　　시공미디어　　　　　2013

9. 『지우개 달린 연필』　　　　　시공미디어　　　　　2013

10. 『길을 묻다』　　　　　시공미디어　　　　　2013

일본어 저서

* 『縮み志向の日本人』(원문: 일어판)　　　学生社　　　1982

* 『俳句で日本を讀む』(원문: 일어판)　　　PHP　　　1983

* 『ふろしき文化のポスト・モダン』(원문: 일어판)　　中央公論社　　1989

* 『蛙はなぜ古池に飛びこんだのか』(원문: 일어판)　　学生社　　1993

* 『ジャンケン文明論』(원문: 일어판)　　　新潮社　　　2005

* 『東と西』(대담집, 공저:司馬遼太郎 編, 원문: 일어판)　朝日新聞社　1994. 9

번역서

『흙 속에 저 바람 속에』의 외국어판

1.	* 『In This Earth and In That Wind』 (David I. Steinberg 역) 영어판	RAS-KB	1967
2.	* 『斯土斯風』(陳寧寧 역) 대만판	源成文化圖書供應社	1976
3.	* 『恨の文化論』(裵康煥 역) 일본어판	学生社	1978
4.	* 『韓國人的心』 중국어판	山侁人民出版社	2007
5.	* 『В ТЕХ КРАЯХ НА ТЕХ ВЕТРАХ』 (이리나 카사트키나, 정인순 역) 러시아어판	나탈리스출판사	2011

『縮み志向の日本人』의 외국어판

6.	* 『Smaller is Better』(Robert N. Huey 역) 영어판	Kodansha	1984
7.	* 『Miniaturisation et Productivité Japonaise』 불어판	Masson	1984
8.	* 『日本人的縮小意识』 중국어판	山侁人民出版社	2003
9.	* 『환각의 다리』『Blessures D'Avril』 불어판	ACTES SUD	1994
10.	* 『장군의 수염』『The General's Beard』(Brother Anthony of Taizé 역) 영어판	Homa & Sekey Books	2002
11.	* 『디지로그』『デヅログ』(宮本尙寬 역) 일본어판	サンマーク出版	2007
12.	* 『우리문화 박물지』『KOREA STYLE』 영어판	디자인하우스	2009

공저

1.	『종합국문연구』	선진문화사	1955
2.	『고전의 바다』(정병욱과 공저)	현암사	1977
3.	『멋과 미』	삼성출판사	1992
4.	『김치 천년의 맛』	디자인하우스	1996
5.	『나를 매혹시킨 한 편의 시1』	문학사상사	1999
6.	『당신의 아이는 행복한가요』	디자인하우스	2001
7.	『휴일의 에세이』	문학사상사	2003
8.	『논술만점 GUIDE』	월간조선사	2005
9.	『글로벌 시대의 한국과 한국인』	아카넷	2007

전집

5. 『한국과 한국인』　　　　　　　　　　　삼성출판사(전6권)　　　　　　1968

   1. 한국인의 정신적 고향(상)

   2. 한국인의 정신적 고향(하)

   3. 노래여 천년의 노래여

   4. 생활을 창조하는 지혜

   5. 웃음과 눈물의 인간상

   6. 사랑과 여인의 풍속도

편집 후기

지성의 숲을 걷기 위한 길 안내

34종 24권 5개 컬렉션으로 분류, 10년 만에 완간

이어령이라는 지성의 숲은 넓고 깊어서 그 시작과 끝을 가늠하기 어렵다. 자칫 길을 잃을 수도 있어서 길 안내가 필요한 이유다. '이어령 전집'의 기획과 구성의 과정, 그리고 작품들의 의미 등을 독자들께 간략하게나마 소개하고자 한다. (편집자 주)

북이십일이 이어령 선생님과 전집을 출간하기로 하고 정식으로 계약을 맺은 것은 2014년 3월 17일이었다. 2023년 2월에 '이어령 전집'이 34종 24권으로 완간된 것은 10년 만의 성과였다. 자료조사를 거쳐 1차로 선정한 작품은 50권이었다. 2000년 이전에 출간한 단행본들을 전집으로 묶으며 가려 뽑은 작품들을 5개의 컬렉션으로 분류했고, 내용의 성격이 비슷한 경우에는 한데 묶어서 합본 호를 만든다는 원칙을 세웠다. 이어령 선생님께서 독자들의 부담을 고려하여 직접 최종적으로 압축한 리스트는 34권이었다.

평론집 『저항의 문학』이 베스트셀러 컬렉션(16종 10권)의 출발이다. 이어령 선생님의 첫 책이자 혁명적 언어 혁신과 문학관을 담은 책으로

478

1950년대 한국 문단에 일대 파란을 일으킨 명저였다. 두 번째 책은 국내 최초로 한국 문화론의 기치를 들었다고 평가받은 『말로 찾는 열두 달』과 『오늘을 사는 세대』를 뼈대로 편집한 세대론 『거부하는 몸짓으로 이 젊음을』으로, 이 두 권을 합본 호로 묶었다. 베스트셀러 컬렉션의 세 번째 책은 박정희 독재를 비판하는 우화를 담은 액자소설 「장군의 수염」, 보카치오의 『데카메론』 형식을 빌려온 「전쟁 데카메론」, 스탕달의 단편 「바니나 바니니」를 해석하여 다시 쓴 한국 최초의 포스트모던 소설 「환각의 다리」 등 중·단편소설들을 한데 묶었다. 한국 출판 최초의 대형 베스트셀러 에세이 『흙 속에 저 바람 속에』와 긍정과 희망의 한국인상에 대해서 설파한 『오늘보다 긴 이야기』는 합본하여 네 번째로 묶었으며, 일본 문화비평사에 큰 획을 그은 기념비적 작품으로 일본문화론 100년의 10대 고전으로 선정된 『축소지향의 일본인』은 베스트셀러 컬렉션의 다섯 번째 책이다.

여섯 번째는 한국어로 쓰인 가장 아름다운 자전 에세이에 속하는 『하나의 나뭇잎이 흔들릴 때』와 1970년대에 신문 연재 에세이로 쓴 글들을 모아 엮은 문화·문명 비평 에세이 『현대인이 잃어버린 것들』을 함께 묶었다. 일곱 번째는 문학 저널리즘의 월평 및 신문·잡지에 실렸던 평문들로 구성된 『지성의 오솔길』인데 1956년 5월 6일 《한국일보》에 실려 문단에 충격을 준 「우상의 파괴」가 수록되어 있다.

한국어 뜻풀이와 단군신화를 분석한 『뜻으로 읽는 한국어사전』과 『신화 속의 한국정신』은 베스트셀러 컬렉션의 여덟 번째로, 20대의 젊은이에게 들려주고 싶은 말을 엮은 책 『젊은이여 한국을 이야기하자』는 아홉 번째로, 외국 풍물에 대한 비판적 안목이 돋보이는 이어령 선생님의 첫 번째 기행문집 『바람이 불어오는 곳』은 열 번째 베스트셀러 컬렉션으로 묶었다.

　이어령 선생님은 뛰어난 비평가이자, 소설가이자, 시인이자, 희곡작가였다. 그는 남들이 가지 않은 길을 가고자 했다. 그 결과물인 크리에이티브 컬렉션(2권)은 이어령 선생님의 장편소설과 희곡집으로 구성되어 있다. 『둥지 속의 날개』는 1983년 《한국경제신문》에 연재했던 문명비평적인 장편소설로 10만 부 이상 팔린 베스트셀러이고, 원래 상하권으로 나뉘어 나왔던 것을 한 권으로 합본했다. 『기적을 파는 백화점』은 한국 현대문학의 고전이 된 희곡들로 채워졌다. 수록작 중 「세 번은 짧게 세 번은 길게」는 1981년에 김호선 감독이 영화로 만들어 제18회 백상예술대상 감독상, 제2회 영화평론가협회 작품상을 수상했고, TV 단막극으로도 만들어졌다.

　아카데믹 컬렉션(5종 4권)에는 이어령 선생님의 비평문을 한데 모았다. 1950년대에 데뷔해 1970년대까지 문단의 논객으로 활동한 이어령 선생님이 당대의 문학가들과 벌인 문학 논쟁을 담은 『장미밭의 전쟁』은 지금도 여전히 관심을 끈다. 호메로스에서 헤밍웨이까지 이어령 선생님과 함께 고전 읽기 여행을 떠나는 『진리는 나그네』와 한국의 시가문학을 통해서 본 한국문화론 『노래여 천년의 노래여』는 합본 호로 묶었다. 한국인이 사랑하는 김소월, 윤동주, 한용운, 서정주 등의 시를 기호론적 접근법으로 다시 읽는 『시 다시 읽기』는 이어령 선생님의 학문적 통찰이 빛나는 책이다. 아울러 박사학위 논문이기도 했던 『공간의 기호학』은 한국 문학이론사에서 빼놓을 수 없는 명저다.

사회문화론 컬렉션(5종 4권)은 이어령 선생님의 우리 사회와 문화에 대한 관심을 담았다. 칼럼니스트 이어령 선생님의 진면목이 드러난 책 『차 한 잔의 사상』은 20대에 《서울신문》의 '삼각주'로 출발하여 《경향신문》의 '여적', 《중앙일보》의 '분수대', 《조선일보》의 '만물상' 등을 통해 발표한 명칼럼들이 수록되어 있다. 『어머니와 아이가 만드는 세상』은 「천년을 달리는 아이」, 「천년을 만드는 엄마」를 한데 묶은 책으로, 새천년의 새 시대를 살아갈 아이와 엄마에게 띄우는 지침서다. 아울러 이어령 선생님의 산문시들을 엮어 만든 『시와 함께 살다』를 이와 함께 합본 호로 묶었다. 『저 물레에서 운명의 실이』는 1970년대에 신문에 연재한 여성론을 펴낸 책으로 『사씨남정기』, 『춘향전』, 『이춘풍전』을 통해 전통사상에 입각한 한국 여인, 한국인 전체에 대한 본성을 분석했다. 『일본문화와 상인정신』은 일본의 상인정신을 통해 본 일본문화 비평론이다.

한국문화론 컬렉션(5종 4권)은 한국문화에 대한 본격 비평을 모았다. 『기업과 문화의 충격』은 기업문화의 혁신을 강조한 기업문화 개론서다. 『푸는 문화 신바람의 문화』는 '신바람', '풀이'라는 키워드를 통해 고급의 예화와 일화, 우리말의 어휘와 생활 문화 등 다양한 범위 속에서 우리 문화를 분석했고, '붉은 악마', '문명전쟁', '정치문화', '한류문화' 등의 4가지 코드로 문화를 진단한 『문화 코드』와 합본 호로 묶었다. 한국과 일본 지식인들의 대담 모음집『세계 지성과의 대화』와 이화여대 교수직을 내려놓으면서 각계각층 인사들과 나눈 대담집『나, 너 그리고 나눔』이 이 컬렉션의 대미를 장식한다.

　2022년 2월 26일, 편집과 고증의 과정을 거치는 중에 이어령 선생님이 돌아가신 것은 출간 작업의 커다란 난관이었다. 최신판 '저자의 말'을 수록할 수 없게 된 데다가 적잖은 원고 내용의 저자 확인이 필요한 부분이 있었으니 난관이 아닐 수 없었다. 다행히 유족 측에서는 이어령 선생님의 부인이신 영인문학관 강인숙 관장님이 마지막 교정과 확인을 맡아주셨다. 밤샘도 마다하지 않으면서 꼼꼼하게 오류를 점검해주신 강인숙 관장님에게 이 지면을 빌려 감사의 말씀을 드린다.

KI신서 10646
이어령 전집 09

젊은이여 한국을 이야기하자

1판 1쇄 인쇄 2023년 2월 17일
1판 1쇄 발행 2023년 2월 26일

지은이 이어령
펴낸이 김영곤
펴낸곳 (주)북이십일 21세기북스

TF팀 이사 신승철
TF팀 이종배
출판마케팅영업본부장 민안기
마케팅1팀 배상현 한경화 김신우 강효원
출판영업팀 최명열 김다운
제작팀 이영민 권경민
진행·디자인 다함미디어 | 함성주 유예지 권성희
교정교열 구경미 김도언 김문숙 박은경 송복란 이진규 이충미 임수현 정미용 최아림

출판등록 2000년 5월 6일 제406-2003-061호
주소 (10881) 경기도 파주시 회동길 201(문발동)
대표전화 031-955-2100 **팩스** 031-955-2151 **이메일** book21@book21.co.kr

© 이어령, 2023

ISBN 978-89-509-3862-8 04810

(주)북이십일 경계를 허무는 콘텐츠 리더

21세기북스 채널에서 도서 정보와 다양한 영상자료, 이벤트를 만나세요!
페이스북 facebook.com/jiinpill21 포스트 post.naver.com/21c_editors
인스타그램 instagram.com/jiinpill21 홈페이지 www.book21.com
유튜브 youtube.com/book21pub